TILMAN RÖHRIG

DER FUNKE
DER FREIHEIT

Roman

Illustrationen von
Axel Bertram

BASTEI LÜBBE TASCHENBUCH
Band 14 826

1. Auflage: Dezember 2002

Vollständige Taschenbuchausgabe
der im Gustav Lübbe Verlag erschienenen Hardcoverausgabe

Bastei Lübbe Taschenbücher und Gustav Lübbe Verlag
sind Imprints der Verlagsgruppe Lübbe

© 1993 by Verlagsgruppe Lübbe GmbH & Co. KG,
Bergisch Gladbach
Einbandgestaltung: Gisela Kullowatz
Titelillustration: AKG, Berlin – Jean Béraud (1849–1936)
Satz: Kremerdruck GmbH, Lindlar
Druck und Verarbeitung: Elsnerdruck, Berlin
Printed in Germany
ISBN 3-404-14826-6

Sie finden uns im Internet unter
http://www.luebbe.de

Der Preis dieses Bandes versteht sich einschließlich
der gesetzlichen Mehrwertsteuer.

Inhalt

Prolog 9

Erster Akt:
Die Festnahme 15

Zweiter Akt:
Die Untersuchung 87

Dritter Akt:
Das Verhör 157

Vierter Akt:
Der Prozeß 211

Fünfter Akt:
Das Urteil 271

Epilog 309

DANKSAGUNG

Mein besonderer Dank für ihre Hilfe und ihren fachlichen Rat gilt Herrn Prof. Dr. Dieter Jetter und Herrn Dr. Axel Karenberg vom Institut der Geschichte der Medizin, Universität zu Köln; Frau Dr. Anneliese Senger, Universität zu Köln; Herrn Dr. Thomas Degen, Köln; Herrn Prof. Dr. Peter Conrady, Universität Dortmund, und Frau Mariele Conrady, Greven; Frau Brigitte Müller-Beyreiß, Pulheim; Frau Elke Sinn, Köln; Frau Dr. Grit Arnscheidt und Frau Liselotte Homering vom Reiss-Museum der Stadt Mannheim sowie Frau Elisabeth Jäger vom Stadtarchiv Wunsiedel.

PROLOG

Vom Westen her drängten Wolken über den Rhein. Nur selten fand die Sonne noch einen Spalt; ihr flüchtiges Licht streifte die Giebel und Türme der Stadt. Der Himmel war die Bühne, der Tag das Stück.

Wie von Gängen und Reihen, schnurgerade, zwischen Toren, Wällen und dem fürstlichen Schloß, wurde Mannheim durch namenlose Straßen straff geordnet und gekreuzt. Dicht an dicht lebten die Bürger in eckigen Maschen. Q6, R5, A2, für jedes Quadrat Buchstabe und Zahl. Die Stadt, das Parkett.

Am späten Nachmittag, wenige Minuten nach 5 Uhr, schloß

sich der graue Vorhang. Kein Applaus. In Mannheim war es still. Es war der 23. März 1819, ein kühler Tag. Es roch nicht nach Frühling in der Stadt.

Längst hatte die Stubenmagd des Lustspieldichters August von Kotzebue alle Fenster im ersten Stock des vornehmen Stadthauses wieder fest verriegelt. Das Eckgebäude im Quadrat A2, nur einen Steinwurf schräg über die Kreuzung vom Theater entfernt, war frisch getüncht. Seine herrschaftliche Fassade blickte stumm und abweisend zu B2 hin, zu den schmalgesichtigen Häusern der anderen Straßenseite. Aus der Schusterwerkstatt, dem Eingang direkt gegenüber, drang eintöniges Hämmern. Hin und wieder eilten Menschen vorbei, ihr Tritt klackte auf dem Kopfsteinpflaster.

Ein Schrei. Dann schrille Schreie, langgezogen; im Eckhaus wuchs Lärm, Frauen schrien, wieder und wieder.

Langsam, beinah zögernd, wurde das Eichenportal geöffnet. Im Eingang schwankte ein junger Mann, suchte Halt und lehnte erschöpft die linke Schulter an den Türholm. Tonlos bewegte er die Lippen, als übte er Worte, dann klar und laut: »Wer kann mir etwas tun?« Entschlossenheit erwachte in den grauen Augen. Mit Mühe richtete er den Oberkörper hoch und stieß sich weiter. Schritt für Schritt torkelte er ins Freie. Wie ein Fechter streckte er den rechten Arm, seine Faust umklammerte einen Dolch. Die Spitze der langen Klinge war blutgefärbt.

Hinter ihm erschienen zwei Mägde in der Haustür. »Helft. So helft doch.« Fassungslos jammerten sie und wagten sich nicht hinaus. Mit einem Mal schrien sie: »Zu Hilfe!« Ihre Verzweiflung gellte in den späten Nachmittag und öffnete die Türen der Nachbarhäuser.

Fast hatte der junge Mann die Mitte der Straße erreicht.

»Zu Hilfe!«

Er stockte und hob den Kopf. Sein dunkles Haar fiel in Locken bis über den weiten Kragen. Er wandte sich um. Der schwarze Rock klaffte vor seiner Brust auseinander. Aus der

Wunde über dem Herzen quoll Blut und tränkte die rot-goldne Weste.

»Zu Hilfe!«

Vorwurfsvoll starrte er die Frauen an. »Wer kann mir etwas tun?« Schweiß perlte auf der hohen Stirn, dem starken Nasenrücken und floß in Straßen über die breiten Wangen, schweißverklebt war der spärliche Lippenbart.

Von gegenüber, von nebenan, von weiter her, vom Lärm aufgeschreckt kamen Leute gelaufen. Doch der Anblick des Dolches hielt sie zurück. In sicherer Entfernung drängten die Neugierigen sich zu einem Halbkreis. Stumm beobachteten sie den Fremden.

»Zu Hilfe!« schluchzten die Mägde im Eingang. Der Hausdiener schob sie zur Seite. Geduckt näherte er sich dem jungen Mann. Sofort bedrohte ihn die Spitze der langen Klinge.

»Der Kerl hat unsern Herrn erstochen!« Laut forderte der Diener von den Umstehenden: »Helft mir!« Doch keiner half.

Mit der Linken tastete der Fremde nach der Innentasche seines Rocks, nestelte ein Papier heraus, flattrig entfalteten die zitternden Finger das Blatt. Ein großer Foliobogen, engbeschrieben. Die Augen wurden lebhaft. Er zeigte das Plakat dem Volk. »Gottlob, es ist vollbracht.« Triumph lag in seiner Stimme. »Ich kämpfe für mein deutsches Vaterland. Wer kann mir dafür etwas tun? Es lebe mein deutsches Vaterland!« Das Kinn gereckt, blickte er den Diener an. »Da, nimm das.«

Vorsichtig schnappte der Mann nach dem Schreiben und wich zurück. »Verrückt. Der ist verrückt!« stammelte er. »Ein Irrer«, warnte er die Leute, »laßt ihn nicht weg! Polizei!« und rannte über die Kreuzung davon. »Ich hol' die Wache.«

Im ersten Stock wurden Fenster aufgestoßen. »Tot. Er ist tot.« Zerwühlte Frisuren, gleiches Entsetzen in den Gesichtern, drei Damen beugten sich heraus. »Mord!« Sie zeigten auf den Fremden. »Mörder!« »Faßt ihn!« »Haltet ihn!«

Der junge Mann warf den Kopf zurück. Unter der heftigen

Bewegung wankte er. Frisches Blut pulste aus der Wunde. Er fand das Gleichgewicht wieder. »Ja, ich habe es getan«, rief er zu den Damen hinauf. Wie ein Feldzeichen hielt er die Waffe. »So müssen alle Verräter sterben!«

Er rang nach Atem. Nach einer Weile erfaßte sein Blick die Umstehenden, die Augen brannten sich in das gaffende Publikum. »Hoch lebe mein deutsches Vaterland!« Er wuchs zum Herold der eigenen Botschaft, dehnte jedes Wort: »Ein Hoch für alle im deutschen Volk, die den Zustand der reinen Menschlichkeit zu fördern streben.«

Er ließ dem Satz die gebührende Andacht. Dann trat er mit dem linken Fuß vor und sank in feierlicher Geste auf das rechte Knie nieder. »Ich danke dir, Gott, für diesen Sieg.«

Atemlos stand das Volk.

Er schloß die Augen. Sein Gesicht, umrahmt von schwarzen Locken, glänzte im Schweiß. Er betete stumm. Schließlich preßte er die Lippen, setzte sorgfältig die Spitze des Dolches unter der ersten Wunde an, faßte den Griff mit beiden Fäusten und zog die Klinge gerade in seine Brust, bis die Hände erschlafften. Der Körper sank und kippte langsam zur rechten Seite. Ausgestreckt, auf dem Rücken lag der Fremde vor seinem Publikum.

Der Schreck lähmte die Zuschauer. Nur in der ersten Reihe des Parketts hob eine junge Frau die Hände zum Kopf; ihre Finger krallten sich ins blonde, zum Kranz gesteckte Haar. »Bitte«, flehte sie. »So helft ihm doch.« Sie zerrte den Zopf herunter, angstvoll preßte sie das geflochtene Ende an die Brust. »Helft. Er stirbt.«

Ihr Bitten erreichte den Schustergesellen auf dem Platz neben ihr. Die Erstarrung fiel ab. Mit großen Schritten eilte er zu dem Verwundeten, packte den Griff der Waffe und riß ihm die Klinge aus der Brust. Blut quoll. Entsetzt ließ der Schustergeselle den Dolch fallen. Blut schoß aus der Wunde.

Der Bann war gebrochen. »Er hat sich selbst erstochen!«

Frauen, Männer und Kinder schoben sich näher. »Woher kommt der Kerl?« »Sieht aus wie ein Student!« Rufe von überall her.

Eine harte Stimme übertönte den Lärm. »Ich bin Hebamme! Macht Platz.« Mit starken Armen schaffte sich die Frau eine Gasse und kniete sich zu dem Fremden. Sie faßte die Stirn, ihre Daumen schoben die Augendeckel kurz nach oben. »Er lebt.« Geübt riß sie die Wollweste um die Wunden auf und drückte die Hand auf die blutenden Einstiche. Sie blickte zum Eingang des vornehmen Stadthauses. »Bringt Essig!« befahl sie den Mägden.

»Er lebt«, flüsterte die junge Frau vor sich hin. Sie lächelte den Schustergesellen an. »Er lebt.« Der hochgewachsene Bursche sah ihre Augen. »Wenn er's nur tut«, murmelte er und wischte verlegen die Hände an seiner Lederschürze.

Eine Schüssel voll Essig. Ein Tuch. Umsichtig wusch die Hebamme die Wunden. Bald quoll das Blut nicht mehr so heftig. Sie tränkte das Tuch erneut im Essig und rieb kräftig das bleiche, stille Gesicht. Mit einem Mal seufzte der Fremde, bewegte den Kopf hin und her, seufzte wieder.

Schritte, Stiefeltritte die Straße entlang. Voraus eilten zwei Ärzte; ohne das Winken der Hebamme zu beachten, betraten sie das Eckgebäude. Geführt von dem Diener, näherten sich Polizei und Wachsoldaten in Begleitung des Stadtphysikus.

»Aus dem Weg!« Eine Gruppe Uniformierter postierte sich am Eingang, die zweite stürzte ins Haus des Herrn von Kotzebue. Und gemessenen Schrittes, im langen, enggeschnittenen Gehrock, folgte der vom Rat der Stadt berufene Amtsarzt den Soldaten.

Schon wenige Augenblicke später verließ ein Offizier der Wache wieder das Gebäude. Breitbeinig baute er sich vor dem Verletzten auf. »Wer ist das?«

»Egal!« schimpfte die Hebamme. »Der Junge muß ins Spital. Sonst hält er nicht mehr lange durch.« Schon bellte der Befehl: »Bringt die Trage!« Unter Anweisung der Hebamme wurde der Fremde darauf gebettet und mit einem Tuch bedeckt. Neue

Befehle. Eskortiert von zwei Wachen, trugen sie ihn davon; Kinder rannten hinterher.

Angespannt wandte sich der Offizier an die Leute. »Kennt einer diesen Kerl?« Nur Achselzucken. »Wer weiß etwas?« Der Diener zog hastig die zerknüllte Schrift aus der Tasche und glättete den Foliobogen. »Da, das hat er mir gegeben. Wahnsinnig ist er.«

Kurz prüfte der Offizier das Plakat, dann stutzte er, las laut die Überschrift: »Todesstoß an August von Kotzebue!« Mit dem Handrücken wischte er über den Text. »So was. Ein Bekenntnis.« Er schüttelte den Kopf und pfiff ungläubig durch die Zähne. »So was. Und geschrieben hat er's schon vorher.«

Oben im ersten Stock waren die Schreie verebbt. Ersticktes Schluchzen und Wehklagen folgten dem hageren Stadtphysikus, als er mit versteinerter Miene das Totenhaus verließ.

Der Offizier zögerte nicht. Der Ermordete war ein berühmter Gast der Stadt Mannheim, er war der in ganz Europa gefeierte Lustspieldichter, und er war russischer Staatsrat, ein Freund des Zaren. Der Ermordete war der Freiherr August von Kotzebue.

Ein Meuchelmörder hatte ihn heute erstochen. Fragen, Aussagen für das Protokoll – mit aller Gründlichkeit begann der Offizier das Verhör. Seine Wachen sperrten die Straße nach beiden Seiten. Nachbarn und Neugierige mußten bleiben; kein Zeuge sollte sich unbemerkt entfernen können.

»Vielleicht hast du den Fremden gerettet«, sagte die junge Frau leise zum Schustergesellen. »Dafür dank' ich dir.«

Sie standen im Publikum eng beieinander. Behutsam faßte der Bursche ihren Arm. »Du kennst ihn doch?«

Sie löste sich. »Vorhin hab' ich ihn zum ersten Mal gesehen.«

»Sebastian heiße ich«, flüsterte er und zeigte zur Schusterwerkstatt hinüber; fester fuhr er fort: »Beim Meister wohn' ich.«

»Ich wohn' im Zuchthaus.« Sie lachten beide. Die junge Frau erklärte: »Ich bin die Friederike Kloster. Mein Vater ist Oberzuchtmeister. Deshalb wohnen wir im Zuchthaus.«

ERSTER AKT

Die Festnahme

Den Wänden entlang und in der Mitte zu einer langen Reihe waren die hölzernen Kastenbetten geordnet. Über jedem Kranken spannte sich zwischen den hohen Pfosten ein eigener Tuchhimmel, an den Seiten fielen dichte Vorhänge und dämpften das Stöhnen, Wimmern, den schweren Atem. Geruch nach Kot und Urin, Fieberschweiß, nach schwärenden Wunden; die säuerlich schale Ausdünstung kranker Menschen lastete im Saal des Allgemeinen Hospitals.

Das erste Bett der mittleren Reihe war rundum geöffnet. Helle Öllampen flackerten an den Pfosten.

»Was ist mit ihm?« Drei Schritt entfernt stand der Stadtphysikus, hager, die Hände im Rücken, die Daumen über den Schößen des Gehrocks verhakt. Kühl blickte er auf das wachsbleiche Gesicht, die blauen Lippen, auf den über und über mit Blut besudelten jungen Mann.

Zunächst waren ihm die feuchtklebrigen Taschen entleert worden. Angewidert, mit spitzen Fingern hatten die Wachsoldaten den verschmierten, spärlichen Inhalt entgegengenommen und auf einem Hocker gestapelt.

Zwei Wundärzte untersuchten den Verletzten. »Wenig Atem.« »Kein Puls.« Nüchterne, unbeteiligte Auskünfte. »Die Hände kalt.« Sie streiften die Schnürstiefel ab. »Beine und Füße kalt.«

»Entkleiden. Legt die Brust frei«, bestimmte der Amtsarzt.

Mit Scheren zerschnitten sie den altdeutschen Rock und trennten die schwarzen Beinkleider auf. Wie bei der Schafschur schabten sie blutige Wollstücke der Weste und triefende Hemdlappen von dem reglosen Körper. Würgend kehrten die Wachen den Rücken.

Poltern, Lärm an der Tür. Ungehalten wandte der Stadtphysikus den Kopf. Gefolgt von zwei Urkundenbeamten stürmte der Untersuchungsrichter durch den Krankensaal.

»Noch nicht!« wies ihn der Doktor zurück.

»Er muß reden.« Der beleibte Jurist wischte mit dem Schnupftuch die verschwitzte Stirn. »Im Rat ist man aufgebracht. Der Stadtdirektor verlangt sofortige Aufklärung.« Er rang nach Luft. »Alle Schauspieler des Nationaltheaters sind fassungslos und können nicht spielen. ›Dienstpflicht‹ von Iffland fällt heute aus. Die Nachricht von dem Mord geht um wie ein Lauffeuer.« Fest zerknüllte er das Tuch und streckte die Faust zum Fenster. »Unten im Hof sammeln sich Neugierige. Von Minute zu Minute werden es mehr.« Er zeigte zur Saaltür. »Da draußen wartet bereits ein Redakteur der Mannheimer Tageblätter. Was soll ich ihm sagen?«

»Noch nichts, Herr Oberhofgerichtsrat.« Ein Anflug von Spott schwang in der Stimme des Stadtphysikus, er verschränkte die Arme vor der Brust.

Kurz hielt der Richter inne, dann blies er den Atem aus und nickte. »Gut, sehr gut. Besser gar nichts. Das ist es. Von uns gibt es keine weiteren Informationen. Ich verordne zunächst absolutes Stillschweigen.« Warnend hob er das Taschentuch. »Nur keine Fehler«, raunte er dem Doktor zu. »Diese Mordsache schlägt Wellen bis hoch hinauf. Der kleinste Fehler kann für uns zum Skandal werden. Ich betone: Für jeden von uns.« Furcht und Ärger stritten in dem breiten Gesicht; beinahe gekränkt starrte er auf den Verletzten. »Verfluchter Kerl. Ausgerechnet den Kotzebue mußte er umbringen.«

Inzwischen hatten die Ärzte den Oberkörper des Fremden sorgfältig abgewaschen und die Einstiche mit scharfem Branntwein behandelt. »Zwei querlaufende Schnittwunden, die in die linke Brusthöhle eingedrungen sind.«

»Erster Einstich zwischen der dritten und vierten Rippe.«

Abwechselnd ergänzten sie den Wundbericht.

»Zweiter Einstich zwischen der fünften und sechsten Rippe.«

»Beide Einstiche nicht unmittelbar tödlich.«

»Der schon getrocknete Blutschaum weist auf eine leichte Verletzung der Lunge hin.«

Geschickt drückten sie flauschige Bällchen aus geschabtem Leinen in die Wunden und wickelten den Brustverband.

»Wenn er lebt, muß er ...«

»Nicht, bevor er versorgt ist!« Scharf schnitt der Stadtphysikus dem Untersuchungsrichter das Wort ab.

»Wenn Ihr mich behindert ...!« drohte der Justizrat. Doch der Amtsarzt gab keine Antwort. Seufzend schritt der beleibte Mann vor dem Kastenbett hin und her, stopfte das große Schnupftuch in die Tasche, nahm es heraus, zerknüllte es und steckte es wieder zurück.

Gewärmter Wein wurde gebracht. Die Ärzte stützten den

Oberkörper des Patienten, hielten den Kopf und flößten ihm behutsam von der Flüssigkeit ein. Er schluckte.

»Gut, sehr gut. Er lebt.«

Allein der Blick des Doktors genügte, den Untersuchungsrichter zurückzuhalten. Mühsam beherrscht wandte er sich an die Wachen. »Was trug er bei sich?« Stumm deuteten sie zum Hocker.

Kompaß, Karten, Kleinigkeiten. Der Justizrat zerteilte vorsichtig den blutgetränkten Stapel. Ein Stoffband fiel ihm auf. »Seide.« Farbstreifen stellte er fest: »Grün. In der Mitte entweder blau oder schwarz. Dann weiß.« Er zeigte es einem der Soldaten. »War das in seiner Rocktasche?«

»Um den Hals hatte er's gebunden. Auf der Haut.«

Unschlüssig betrachtete der beleibte Mann seinen Fund. Mit einem Mal stutzte er und straffte den Stoff. Von Hand waren die farbigen Streifen mit einer Inschrift versehen worden. Sosehr er sich bemühte, im schwachen Licht vermochte er nur einzelne Buchstaben zu entziffern. Sorgsam legte er das Seidenband zur Seite. »Später.«

Zuunterst im Stapel lagen einige aus der Bibel herausgerissene Blätter, der Paß und ein dünnes Buch. Mit dem Finger rieb der Richter über den blutbeschmierten Titel. »Leier und Schwert.« Halb schloß er die schweren Augendeckel und skandierte leise: »Und wenn ihr die schwarzen Gesellen fragt: / Das ist Lützows wilde verwegene Jagd.«« Nur zäh liefen die verklebten Blätter vom Daumen. »Theodor Körner.« Er schüttelte den Kopf. »Dieser Dichterheld der Freiheitskriege. Wie viele junge Männer sind damals mit seinen Liedern auf den Lippen begeistert in den Tod gegangen.«

Nachdenklich schob er die volle Unterlippe vor. »Poesie. Mein Mörder liest also Gedichte«, brummte er und legte das Bändchen zurück.

Mit dem Paß winkte er seine Beamten näher. »Wir beginnen. Schreibt: Dienstagabend. 23. März 1819.« Geschäftig zog er die

Uhr an der Kette aus der Westentasche, und mit einem hellen Ton sprang der Deckel auf. »Fünfzehn Minuten nach sechs.« Er ließ eine Liste anfertigen.

Vorsichtig hatten die Ärzte den jungen Mann zurückgelegt. Nach einer Weile zuckten seine Finger, die Zehen bewegten sich. Allmählich kehrte etwas Farbe in das blasse Gesicht zurück.

»Die Atmung wird kräftiger.«

Für den Gerichtsrat war es das Signal. Entschlossen trat er neben den Amtsarzt und wog den Paß in der Hand. »Unglaublich. Ein Student der Theologie. 23 Jahre alt. Studiert in Jena. Geboren im Fichtelgebirge. Aus Wunsiedel. Seine Name ist Carl Ludwig Sand. Ein Theologe! Unglaublich.«

Der Stadtphysikus hob die Brauen. »Von Jena? Von so weit kommt er her, nur um einen Lustspieldichter zu erstechen?«

»Er war russischer Staatsrat, vergessen Sie das nicht.«

Die Männer blickten sich an.

»Wenn Ihr jetzt gestattet?« Ohne abzuwarten, trat der beleibte Mann zum Bett. Mit einem Knie auf dem Rand der Strohmatratze beugte er sich über den Verwundeten. »Carl Ludwig Sand. Hören Sie mich?«

Keine Regung.

»Sand!« rief der Richter verhalten. »Carl Sand«, immer wieder, lauter, eindringlich.

Die Augäpfel unter den geschlossenen Lidern bewegten sich, leicht bebten die Nasenflügel.

»Carl!«

Ein Duft. Weiß steht der Apfelbaum in Blüte. Das Fenster zum Garten schwingt auf. Liebevoll breitet die Mutter ihre Arme aus. Die glatte Haut schimmert weiß.

»Carl?«

Im Gras hebt ein schmächtiger Junge den lockigen Kopf. Er ist nackt. Auf seinen Oberschenkeln hat er mit Löwenzahnköpfen einen gelben Berg bis hoch zum Nabel gehäuft. »Ich bin Carl.«

»Hörst du mich?«

Er öffnet nicht die Lippen. »Ich bin Carl.«

»Wo bist du, mein Junge?« Die Mutter ruft. Sorgsam zerteilt er den Blütenberg und wischt die Hälften rasch ins Gras. Er lacht. »Hier bin ich.«

»Sagen Sie Ihren Namen!« Der harte Befehl zerstört den offenen Garten. Voll Scham preßt er beide Hände zwischen die Schenkel.

»Carl«, stammelt er tonlos.

»Carl, mein Sohn.« Jetzt ist es wieder die geliebte Stimme. »Ich komme, Mutter.«

Der Patient schlug mit den Armen und versuchte, sich aufzurichten. An den Schultern drückte ihn der Gerichtsrat ins Kissen zurück.

Carl öffnete die Lider. Das breite Gesicht war ihm fremd.

»Verstehen Sie mich?«

Langsam bewegte Carl die Lippen, formte ein Wort, doch die Stimme versagte.

»Hören Sie mich? Wenn ja, dann nicken Sie mit dem Kopf.«

Das Atmen schmerzte, erschöpft schloß Carl die Augen. Was war die Frage?

Dann ließ er los und sank tiefer.

Er fand seinen Helden vorn an der Spitze der Lützowschen Schar. »Leutnant Theodor Körner. Du unerschrockener Kämpfer«, beseelt nähert sich Carl dem Trupp im schwarzen Waffenrock, die Aufschläge rot, die Knöpfe gelb, wie Gold, »Körner, du Sänger für die Freiheit. Ich folge dir.«

Hochaufgerichtet sitzt der kühne Oberreiter im Sattel, das Haar vom Wind zerzaust, den Zügel mit der Linken kurz gepackt. Sein Schimmel schnaubt und tänzelt. Dort drüben, ins nahe Gehölz hat sich der Feind geflüchtet. Der Säbel fliegt aus der Scheide.

Ich höre dein helles Lied. *Frisch auf mein Volk! Die Flammenzeichen rauchen. / Hell aus dem Norden bricht der Freiheit Licht.*
»Ja, Körner, ich folge dir.«

»Sie müssen mir antworten!« Die laute Stimme riß Carl zurück. Heftig wurden seine Wangen geschlagen. »Hören Sie?«
Carl war wach. Klar blickte er in die vorgewölbten dunklen Augen über ihm.
»Sand. Verstehen Sie mich?«
Er versuchte zu nicken, vermochte es nicht, schwach hob er die rechte Hand.
»Können Sie sprechen?«
Mit Mühe gelang das Kopfschütteln.
»Gut. Gut.« Beruhigend tätschelte der Mann seinen Arm. Seine Stimme wurde sanft wie zu einem verschreckten Kind. »Ich bin der Untersuchungsrichter. Nur ein paar Fragen. Wollen Sie antworten?«
Carl schloß die Augen und öffnete sie wieder.
»Sehr gut. Ein Zeichen für Ja und eins für Nein. So geht es auch.« Umständlich erhob er sich und zog die Weste über dem Bauch zurecht. Kurz schnippte er den Gerichtsschreibern und wartete, bis jeder unter den Öllampen rechts und links des Kopfendes genügend Licht für die umgehängten Schreibbretter gefunden hatte. Sie strichen das Papier und leckten die Bleistifte.
»Ist Ihr Name Carl Ludwig Sand?«
»Student in Jena?«
»Ist die Fakultät evangelische Theologie?«
Teilnahmslos bestätigte Carl alle Angaben, die in seinem Paß standen. Wenn der Verletzte ermüdete, wartete der Richter geduldig, ließ aber nicht zu, daß er einschlief.
»Sind Sie allein nach Mannheim gekommen?«
Mannheim!
Unruhe brach auf, pulste in seiner Brust.
Eine Kutsche! Das Stadttor!

Schnell, schmerzhaft schlug das Herz die Bilder.

Die Gaststube im ›Weinberg‹! Das vornehme Eckhaus! Der Diener!

»Antworten Sie.«

Carl tastete mit den Fingern über seine zitternden Lippen. Erst nach einer Weile schloß und öffnete er die Augen.

»Gut, sehr gut.« Ein warnender Blick zu den Schreibern. Sie nickten. Wieder beugte sich der Untersuchungsrichter über den Verwundeten. »Haben Sie heute im Nachmittag den Lustspieldichter und Staatsrat August von Kotzebue ermordet?«

Das Zimmer! Der Dolch im Rockärmel!

Du sollst den Stahl in Feindes Herzen tauchen! Mit aller Kraft hob Carl den Kopf, seine Augen stierten den Feind an: Ja. Ja. Tausendmal Ja!, und er nickte heftig. Keuchend fiel er ins Kissen. Verkünde es allen! Er streckte die Finger und zeigte, daß er schreiben wollte.

»Er ist geständig«, ein Lächeln glitt über das Gesicht des Richters. Rasch forderte er von einem der Beamten das Schreibzeug. Mit dem Speichel feuchtete er den Bleistift, steckte ihn dem Verwundeten zwischen die Finger, hielt selbst das Brett, und sorgsam führte er die kraftlose Hand, bis die Stiftspitze das Papier berührte. »Sagen Sie alles.«

Verkünde die Wahrheit! Und Carl schrieb mit geschlossenen Lidern, seine Lippen buchstabierten die Worte. Wenn der Stift ihm entglitt, leckte der fürsorgliche Lehrer die Spitze erneut und setzte die Hand des Schülers wieder unter die Zeile. Endlich hatte Carl geendet, zum Zeichen öffnete er die Augen.

»Sehr gut.« Im Schein der Öllampe studierte der Untersuchungsrichter die gekritzelten Zeilen. »Kotzebue ist der Verführer unserer Jugend. Der Schänder unserer Volksgeschichte und ...«, er schob die Unterlippe vor, »»der russische Spion unseres Vaterlandes.« Verblüfft rieb er den Nacken und blickte auf den jungen Mann hinunter. »Sand. Glauben Sie das, wirklich?«

Endlich kommt's an den Tag. Alle hat dieser Hundsfott zu blenden versucht. Carl gelang ein Kopfnicken.

Achselzuckend übergab der Gerichtsrat das Blatt seinen Schreibern. »Zu Protokoll«, bestimmte er und wandte sich an den Stadtphysikus. »Mein Mörder gesteht die Tat.« Und betonte leise: »Für mich wird's kein Skandal.« Er zog das Schnupftuch und wischte die Stirn. »Vielleicht kann ich schon bald die Untersuchung abschließen. Allerdings müßten Sie ihn gut versorgen.«

»An uns wird es nicht scheitern.« Verärgert löste der Amtsarzt die Daumen hinter seinem Rücken und wies zum Kastenbett. »Wenn der Mörder diese Nacht und die nächsten Tage übersteht, wird er seine Hinrichtung erleben. Die Kunst der Medizin ...«

Abwehrend hob der Richter den Finger. »Langsam, langsam. Erst das Verhör, dann der Prozeß und dann ...«

Er unterbrach sich. Alle Anspannung war gewichen. Er stopfte das Tuch in die Rocktasche und kehrte zum Bett zurück. »Gehören Sie einem Orden oder einer geschlossenen Verbindung an?«

Kopfschütteln.

»Wo haben Sie die Bekanntschaft des Staatsrates Kotzebue gemacht?«

Wie soll ich denn antworten? Carl rollte die Augen. Das Herz pochte heftig in den Wunden. Gequält stöhnte er auf.

»Ruhig.« Die Stirn gefurcht, beugte sich der Richter über ihn. »Nur ruhig.«

»Für jetzt ist es genug«, unterbrach der Amtsarzt barsch die Befragung. »Wenn Sie den Patienten nicht schonen, werden Sie Ihre Arbeit niemals zu Ende bringen können.«

»Sie haben recht.« Ohne Widerspruch fügte sich der Untersuchungsrichter. Er gab seinen Männern den Befehl zum Aufbruch. »Wir setzen das Verhör morgen fort. Bleistift und genügend Papier bleiben hier.«

Die Soldaten erhielten strengste Order. »Laßt ihn schreiben, wenn er's verlangt. Sorgt für ihn, helft ihm, doch ich verlange, daß er vollständig abgeschirmt wird. Außer euch und den Ärzten darf sich niemand dem Bett nähern. Niemand!«

Bevor der Oberhofgerichtsrat den Saal verließ, wandte er sich noch einmal an den Stadtphysikus. »Ich gestehe: In der ersten Aufregung war ich zu ungehalten. Wir sollten zusammenarbeiten, nicht gegeneinander.« Seine Stimme klang ernst, versöhnlich bot er die Hand. In dem hageren Gesicht löste sich der Ärger, ohne Spott lächelte der Doktor. »Auch ich achte Ihre große Fähigkeit.«

Zum Abschied schüttelten sie sich die Hände.

Gedämpftes Wimmern und Hüsteln schwang als stetige Grundmelodie der Nacht im Saal des Hospitals. Um das erste Kastenbett der mittleren Reihe waren die Vorhänge bis auf eine Längsseite geschlossen worden. Nur an den beiden vorderen Stützen des Tuchhimmels brannten noch Öllampen und leuchteten den engen Bettraum wie eine Bühne aus. Gleich vor der Matratzenrampe saßen sich die Wächter auf Hockern gegenüber, den Halskragen der Uniform geöffnet, Säbel und Gehänge über den Knien. Nachtwache. In regelmäßigen Abständen kehrte einer der Wundärzte bei seinem Rundgang zum Bett des Gefangenen zurück, prüfte den Verband und kühlte die Stirn des Verletzten.

Schnell und flach atmete Carl gegen die schmerzenden Wogen an. Wenn er sie heranrollen fühlte, flüchtete sein Blick zu den flackernden Lichtern. *Die Flammenzeichen rauchen.* Verzweifelt suchte er Betäubung.

Doch heftiger trieb der Schmerz die Angst. Nicht unterliegen, flehte er unter Tränen.

Die neue Welle spülte ihn vor das Haus des Verräters. Carl kniete. *Die Saat ist reif; ihr Schnitter, zaudert nicht. / Das höchste Heil, das letzte, liegt im Schwerte!* So begrüßte er bebend die Klinge des Dolches. *Drück dir den Speer ins treue Herz hinein.* Weinen schüttelte ihn. Haltlos schlug er die Arme.

Sofort wurden seine Schultern festgehalten. Durch den Tränenschleier erkannte er die Gesichter der Wächter. Er nickte ihnen zu, und sie lösten den Griff. »Besser, ich hol' den Arzt.« Damit verließ einer der Soldaten das Bett. Sein Kamerad grinste Carl an. »Gleich geht's besser.«

Musik. Ich will Musik. Mühsam winkelte Carl den linken Arm und ahmte mit dem rechten langsam das Streichen des Geigenbogens nach. Als der Wächter begriff, lachte er trocken. »Fiedeln? Nein, Junge, das kann ich nicht.«

Der Wundarzt schob ihn zur Seite und trat ans Bett. »Sand, Sie müssen sich still halten«, mahnte er ärgerlich. »Keine heftigen Bewegungen. Sonst muß ich Sie anbinden.«

Fesseln für mich? Verwundert schüttelte Carl den Kopf. Ich habe mich für das Vaterland geopfert, meine Herren, wie es die großen Helden vor mir getan haben. *Der Freiheit eine Gasse!* So klingt unsere Losung. Durch Zeichen verlangte er nach dem Schreibzeug.

Kaum hatte der Wundarzt die Worte entziffert, seufzte er: »Ich muß in der Bibliothek nachsehen.« Kopfschüttelnd verließ er den Krankensaal. Wenig später kehrte er mit einem Buch zurück. »›Teutsche Geschichte‹ von Kohlrausch. Ist es das?« Carl hob die Hand und lächelte.

»Wer von euch kann lesen?« fragte der Arzt die Soldaten. Beide nickten verblüfft. Unter der Öllampe suchte er nach dem Kapitel und reichte den Wächtern das aufgeschlagene Buch. »Hier. Das möchte der Gefangene hören. Lest ihm vor, vielleicht vergißt er dabei seine Schmerzen. Ihr könnt euch ja abwechseln.«

Sie hockten sich auf die Schemel und warfen eine Münze. Der Soldat am Fußende mußte beginnen. »Die Schlacht von Sempach, 1386«, langsam mühte er jedes Wort. »Der Herzog Leopold von Oesterreich, an Heldenmut und Stolz ...«

Carl schloß die Augen. Satz für Satz wurde sein Bett zum

Schlachtfeld. Ohne Harnisch stritt er auf der Seite der Schweizer Eidgenossen gegen die Übermacht.

Wenn seine Vorleser ermüdeten, spornte Carl sie mit einer Handbewegung an.

»›Der Kampf wurde schwer und heiß; viele Schweizer waren schon gefallen ...‹«

Endlich. Carl legte den Kopf im Kissen zur Seite und öffnete die Lider. Über den Bettrand blickte er wach und gespannt den Soldaten an, saugte jedes Wort in sich auf.

»›Diesen Augenblick banger Unschlüssigkeit entschied ein Mann, vom Lande Unterwalden, Arnold von Winkelried, Ritter. Er sprach zu seinen Kriegsgesellen: »Ich will euch eine Gasse machen«, sprang plötzlich aus den Reihen, rief mit lauter Stimme: »Sorget für mein Weib und meine Kinder. Treue, liebe Eidgenossen, gedenket meines Geschlechts!«, war an dem Feind, umschlang mit seinen Armen einige Spieße, begrub dieselben in seiner Brust, und wie er denn ein sehr großer und starker Mann war, drückte er im Fall sie mit seinem Leichnam hin.‹« Dem Vorleser stockte die Stimme, er schluckte. »Das ist wirklich Mut«, murmelte er.

»Weiter«, bat ihn sein Kamerad ergriffen.

Carl hatte beide Fäuste geballt. Ja, meine Herren, ich zeige euch die Liebe zum Vaterland.

Als die Schweizer über den Leichnam des Tapferen hinwegsprangen, die Bresche nutzten und geballt in die Flanken der Österreicher brachen, den Tod austeilten, da rollten den Wächtern helle Tränen über die Wangen.

Sie feiern mit mir meinen Sieg, triumphierte Carl. *Wasch die Erde, dein deutsches Land, mit deinem Blute rein.* Hört ihr's? An mir selbst habe ich heute das Lied erfüllt.

Im Quadrat F1, im Rathaus an der südwestlichen Ecke des Speisemarktes, brannte im Sitzungssaal noch Licht.

Stadtdirektor Philipp Anton von Jagemann hörte gemeinsam

mit dem Untersuchungsrichter den Obduktionsbefund des Ermordeten.

Noch einmal faßte der Chirurg Doktor Beyerle seine Ausführungen zusammen: »Kotzebue hat also drei Wunden erhalten. Einen Stich ins Gesicht, der so heftig war, daß der Dolch im knöchernen Teil des Oberkiefers fest steckenblieb und beim Herausreißen weitere Schnittwunden verursachte. Zwei Stöße in die Brust, davon führte nur einer den Tod herbei. Dieser Stoß wurde mit großer Gewalt geführt. Die Klinge durchdrang Rock, Weste, zwei Hemden und eine wollne Unterjacke, durchschnitt die Rippe, drang tief in die Brusthöhle ein und traf das Herz.«

Der Stadtdirektor stützte beide Hände schwer auf die Tischplatte. »So stirbt ein großer Mann. Was für eine Zeit. Welche Schande für unser Mannheim.«

»Noch am Abend wurde der Leichnam im Theater aufgebahrt«, ergänzte Doktor Beyerle.

Kurz ließ sich der Stadtdirektor vom Untersuchungsrichter über das erste Verhör berichten.

»Was ist mit diesem schriftlichen Bekenntnis, das der Mörder bei sich führte?« Er zeigte auf das engbeschriebene Plakat.

Erschöpft rieb der beleibte Mann die Augen. »Morgen werde ich es studieren.«

»Noch heute nacht, wenn es beliebt«, forderte Herr von Jagemann und duldete keinen Widerspruch.

Im Quadrat Q6, im Zuchthausblock den Häusern von P7 gegenüber, in der beengten Speicherwohnung des Oberzuchtmeisters hoch unter dem Dach der Kirche, war es still.

Vater und Mutter schliefen längst.

Nur mit dem Hemd bekleidet stand Friederike am Fenster der schmalen Schlafkammer und blickte zum unruhigen nächtlichen Himmel. Ihre Gedanken malten das blasse lockenumrandete Gesicht in die schweren Wolken, sie ließ das Bild weiterziehen und malte es neu. Die einen erzählen, daß er tot ist, die andern, daß er noch lebt. Beschützend legte sie die Hände über ihre Brüste. »Wüßt' ich's doch.«

Im Quadrat B2, in der Schusterwerkstatt dem vornehmen Eckhaus gegenüber, hatten oben im Dachgeschoß die Gesellen ihre Zimmer.

Sebastian lag mit weiten Augen auf seiner Matratze. Stück für Stück ließ er das weiche Leder des Knieriemens durch die Hände wandern. »Vielleicht kommt sie einfach vorbei?« »Vielleicht kommt sie morgen schon?« »Vielleicht ...?« Sobald seine Finger die Erhebung der zusammengenähten Enden berührten, flüsterte er ihren Namen. »Schuhe werd' ich für sie machen, schöne, mit Muster im Leder.« »Warten werd' ich.« »Wenn sie nicht herkommt, dann wart' ich eben beim Zuchthaus.« Seine Finger hielten an. »Friederike.«

Beim ersten Tageslicht des 24. März wurden die Fenster des Krankensaals aufgestoßen. Kühle Luft strömte herein und entlastete den schweren Geruch der Nacht. Unter Geschwätz und Lachen trugen die Wärterinnen das Bettgeschirr zur weitgeöffneten Flügeltür. Sie scherzten mit dem Knecht, während er die irdenen Töpfe und Pfannen in ein Holzfaß entleerte und hernach die Gefäße mit Schaber und Wasser reinigte. Der Alltag im Hospital hatte begonnen.

Draußen vor der Saaltür blickte der Stadtphysikus den Herren entgegen, die mit großen Schritten durch den langen Flur eilten. Übernächtigte Gesichter. Voran der Untersuchungsrichter, gefolgt vom Stadtdirektor in Begleitung des evangelischen Hofpredigers und des Doktor Beyerle, erst in gebührendem Abstand die beiden Gerichtsschreiber. Als der Stadtphysikus den Kollegen erkannte, hob er die Brauen.

Knapp begrüßte er die Männer, seine Hände im Rücken, die Daumen über den Schößen des Gehrocks verhakt.

Der Untersuchungsrichter konnte die Anspannung kaum verbergen. »Lebt der Gefangene?«

»Der Patient hat die Nacht überstanden.« Nach einer Pause fügte er mit Genugtuung hinzu: »Dank unserer Pflege hat er die Stimme wiedererlangt.«

»Er spricht?« Überrascht starrte der beleibte Richter zum Krankensaal. »Gut. Sehr gut.«

»Ich fürchte nur«, zweifelte der Stadtphysikus und blickte in die Runde, vermied aber, den Kollegen anzusehen, »zu viele Personen am Krankenbett werden den Patienten gefährden. Ein Wundfieber wäre ...«

Mit einer Handbewegung schnitt ihm der Stadtdirektor das Wort ab. »Das ist auch nicht geplant.« Bis an höherer Stelle endgültig entschieden, leite er selbst den Fortgang der Untersuchung. Die Befragung werde allein und ausschließlich durch den umsichtigen Oberhofgerichtsrat fortgesetzt. Selbstverständlich müsse jede Überforderung des Gefangenen vermieden werden. »Dennoch bleibt der Ruf unserer Stadt das oberste Gebot. Zum jetzigen Zeitpunkt kann niemand das Ausmaß der Tat ermessen. Bis wir selbst Klarheit haben, gilt absolute Geheimhaltung. Nur wenige Eingeweihte. Am Krankenbett dieselben Ärzte, dieselben Wächter im Wechsel bei Tag und Nacht.« Herr von Jagemann nickte seinen Begleitern zu. »Sie gehören hiermit zum engsten Kreis, meine Herren. Denken Sie daran: Der Druck der öffentlichen Meinung belastet jede Arbeit und kann gefährlich werden, gefährlich wie eine Hydra.« An den Stadtphysikus gerichtet, fuhr er fort. »Wir drei möchten heute nur einen ersten Blick auf diesen Carl Ludwig Sand werfen. Unser ehrenwerter Hofprediger soll in Zukunft für das Seelenheil des Verbrechers sorgen, soweit es möglich ist. Und Doktor Beyerle, ihn kennen wir alle als angesehenen Mediziner unserer Stadt, er ...«

»Zweifelt Ihr an meinen Fähigkeiten?« schnappte der hagere Mann, mühsam beherrscht.

»Nein, natürlich nicht. Aber Ihr Kollege hat sich auf mein

Bitten und vor allem auf Drängen der hochgeschätzten Familie Bassermann bereit erklärt, hin und wieder nach dem jungen Mörder zu sehen. Sein erfahrener Rat kann nur von Nutzen sein.« Die Stimme wurde hart: »Sand muß leben, bis wir die Tat aufgeklärt haben.«

Der Stadtphysikus fügte sich, doch im Rücken über den Rockschößen öffnete und schloß er die Fäuste.

»Wir sind uns also einig.« Ohne Zögern wandte sich Philipp von Jagemann zur Flügeltür. Gelassen streckte ihm der Knecht eine Bettpfanne hin. Vor dem gedunsen aufquellenden Gestank wich der Stadtdirektor angeekelt zurück.

»Herr, wir sind noch nicht fertig«, brummte der Mann. »Erst muß es da drinnen sauber sein, Herr.«

In kurzen Schritten gingen die Männer an der langen Reihe der Flurfenster auf und ab. Nur die Gerichtsschreiber harrten gleichmütig vor der Saaltür aus.

»Zum Selbstbekenntnis, zu diesem Schreiben des Mörders.« Mit dem Zeigefinger zerrte und lockerte Herr von Jagemann den engen hohen Hemdkragen.

»Nach dem ersten Lesen bin ich unsicher geworden«, bekannte der Oberhofgerichtsrat. Als er den überraschten Blick seiner Begleiter sah, griff er in die Rocktasche, entfaltete umständlich ein frisches Schnupftuch und steckte es so in die andere Tasche zurück. »Aus den Zeilen spricht kein heimtückischer Meuchelmörder. Viele Abschnitte, allein gelesen, zeigen Moral und Sittlichkeit, vor allem aber eine tiefe, ja fast pathetische Liebe zum Vaterland. Doch zusammengenommen wirkt das Schreiben ...« Der beleibte Mann brach ab und blies die Unterlippe. »Gut, erst das Verhör wird mich weiterbringen. Jetzt kann ich nur sagen, daß eher ein verirrter Geist und keine blindwütige Bestie ... ja, ein verirrter Geist steht hinter diesen Zeilen.«

Der Stadtdirektor war abrupt stehengeblieben. »Jedes Verständnis kompliziert die Untersuchung. Es scheint mir falsch und gefährlich. Ich wünsche mir rasche Klarheit.«

Ohne den Vorwurf zu beachten, nickte der Untersuchungsrichter. »Punkt für Punkt werde ich ihn verhören.« Er ließ sich von einem der Schreiber den Foliobogen reichen, überflog die Zeilen, bis er den Abschnitt gefunden hatte. »Nur hier gibt er klare Auskunft. Nachdem Carl Ludwig Sand den Verfall der Tugend beklagt und seinen Haß auf die Feigheit und Trägheit der Gesinnung in unserm deutschen Volk aufgezeigt hat, schreibt er weiter: ›Ein Zeichen muß ich euch deshalb geben, muß mich erklären gegen diese Schlaffheit; weiß nichts Edleres zu tun, als den Erzknecht und das Schutzbild dieser faulen Zeit – Dich Verderber und Verräter meines Volkes – August von Kotzebue – niederzustoßen.‹«

»Diesen Haß begreife ich nicht.« Doktor Beyerle blickte den Hofprediger an. »Mag Kotzebues politische Haltung umstritten gewesen sein. Wir haben oft mit ihm zusammengesessen. Er war so voller Witz und Lebensfreude. Ich gebe zu, ein Mensch mit Eitelkeiten, ein Künstler eben.«

»Und doch ein so liebenswerter Vater, und welch ein Ehemann«, unterstrich der Pfarrer. »Dieser Sand hat vierzehn Kinder vaterlos gemacht! Eine furchtbare Tat.«

Die Wärterinnen verließen den Krankensaal, verschwitzt und erschöpft. Nach ihnen, das Kotfaß an Riemen geschultert, in beiden Händen Kübel mit bräunlicher Brühe, schlurfte der Knecht an den Herrschaften vorbei. »Sauber ist es jetzt.« Schwankend zog er den Gestank mit sich fort.

»Folgen Sie mir.« Der Stadtphysikus wies zur Flügeltür.

Auch jetzt waren die Bettvorhänge nur zu einer Seite geöffnet. Das dämmrige Tageslicht genügte nicht; die Öllampen brannten rechts und links an den Pfosten.

Mit einem Fingerschnippen befahl der Stadtdirektor den Wachen zurückzutreten.

Schweigend standen die Männer im Halbrund und betrachteten den jungen Mann. Er hatte die Augen geschlossen, das

Gesicht bleich, die schwarzen Locken lagen ausgebreitet auf dem Kissen.

Früh im Morgennebel war Carl zum Schneeberg hinaufgestiegen. Als sich der Dunst hebt, erstrahlt die Sonne über dem Fichtelgebirge. Tief unten im weiten Tal glänzen die taunassen Dächer, der Kirchturm von Wunsiedel. »Mein Wonnsiedel!« Carl wirbelt den Stock hoch in die Luft. Eine fremde Wolke! Sie fällt rasch, dann schwärzt sie das Bild. Sosehr sich Carl bemüht, er kann es nicht zurückholen.

Enttäuscht öffnete er die Lider. Sofort erwachte der Schmerz in seiner Brust, wurde heftiger mit jedem Atemzug. Als er das breite Gesicht, die vorgewölbten Augen des Untersuchungsrichters erkannte, war er wieder im Saal des Hospitals.
»Verzeiht, daß ich Ihnen ...«, nur gehauchte Worte, »... daß ich Mühe mache.« Für jedes Wort benötigte er neuen Atem.
Verblüfft schüttelte der Stadtdirektor den Kopf. »Mühe?« Er blickte den Oberhofgerichtsrat an, blickte in die Gesichter der beiden Ärzte und des Pfarrers und starrte auf den Verwundeten. »Sie haben einen sinnlosen Mord begangen.«
»Nicht sinnlos«, ermahnte Carl langsam, hustete und lächelte. *Es ist kein Krieg, von dem die Kronen wissen. / Es ist ein Kreuzzug.* »'s ist ein heiliger Krieg«, zitierte er leise und rang nach Luft. »Kotzebue war das Übel. Ich habe das Vaterland aus seiner Not befreit.«
Ehe der Stadtdirektor aufbrausen konnte, trat Doktor Beyerle vor und strich die Hand über die Stirn des Kranken, kurz prüfte er den Sitz des Verbandes. »Bringt noch ein Kissen.« Ohne den Kollegen anzublicken, ermahnte er: »Diese Brustverletzung verlangt eine erhöhte Lage des Oberkörpers.« Mit ruhiger Stimme versprach er Carl, von nun an täglich nach ihm zu sehen.
Auch der Hofprediger trat ans Bett. »Wir haben Seiten aus dem Evangelium des Johannes in Ihrem Gepäck gefunden.

Ich werde demnächst ein Neues Testament bringen. Vielleicht können wir gemeinsam darin lesen.«

»Danke.« Carl berührte die Hand des Arztes. Wie freundlich die Herren sind.

Philipp von Jagemann nahm den Gerichtsrat und den Stadtphysikus beiseite. »Ich warne! Dieser Mörder will sich auf die Politik hinausreden. Uns dürfen keine Fehler im Verfahren unterlaufen.« Er streckte den Zeigefinger zum Bett. »Vor jedem Verhör muß die geistige Zurechnungsfähigkeit des Verbrechers festgestellt werden.«

Er gab das Zeichen zum Aufbruch. Nur die Wachen, der Oberhofgerichtsrat und seine Urkundenbeamten blieben zurück.

Erleichtert ließ sich der beleibte Richter auf einem der Hocker nieder, öffnete die unteren Knöpfe der Weste und winkte die Schreiber auf ihre Plätze unter den Öllampen. »Sand, ich freue mich, daß Sie sprechen können.« Er schmunzelte. »Ihre Schrift konnte ich gestern kaum entziffern.«

Nur ein Lächeln. Das Ausatmen fiel ihm schwer, Carl hustete.

»Ich werde meine Fragen so stellen, daß Sie möglichst wenig sprechen müssen.«

Gott hat mich geführt, er gab mir Kraft für die Tat. Verkünden muß ich sie und nicht nur mit »Ja« oder »Nein« belegen. »Ich will«, sein Atem rasselte, ging flach und schnell, »ich will diktieren. Jedes Wort.«

Nachdenklich rieb der Gerichtsrat die Unterlippe zwischen Zeigefinger und Daumen, kurz blickte er seine Beamten an und nickte langsam. »Gut. Sehr gut.«

Er befeuchtete die Unterlippe. »Beginnen wir mit meiner letzten Frage, die gestern unbeantwortet blieb. Wo haben Sie die Bekanntschaft des Staatsrates gemacht?«

»In seinem Haus. Gestern. Vorher niemals.«

»Niemals? Aber Junge, warum ...«, sofort unterbrach sich der Richter und nahm die Stimme zurück. »Welche persönlichen Gründe haben Sie zum Mord getrieben?«

»Ich empfinde gar keine persönliche Abneigung gegen Kotzebue, gegen den Menschen.« Carl sammelte Kraft. »Er hat der Willkür und Machtgier unserer Fürsten das Wort geredet und das höchste Ideal mit Füßen getreten. Doch die deutschen Völker gehören zusammen!« Carl keuchte Speichel und Blut, hellroter Schaum rann ihm aus dem Mundwinkel. Er ballte die Fäuste. *Durch, Brüder! Durch!*

Heftig loderten die Wunden über seinem Herzen. Nicht, nicht schwach werden! »Kotzebue, das war der schändliche Erzfeind. Dieser Verräter hat das Streben der tapferen deutschen Jugend nach einem starken Vaterland verspottet. Ich wünsche nichts mehr als ein Reich und eine Kirche.« Die Lider wurden so schwer. Nicht, noch nicht genug! Carl kämpfte gegen die Schwäche, wild gab er Zeichen mit der Hand.

Der Untersuchungsrichter beugte das Gesicht dicht über die fahlen Lippen. Carl versuchte weiter zu formulieren, doch er vermochte die Gedanken nicht mehr festzuhalten. »Verstehen Sie. Meiner Tat liegt durchaus ... keine andere Absicht zugrunde«, erst nach einer Weile gelang es ihm, den Satz zu beenden, »als ich in meiner Schrift ... öffentlich gestehe.«

Der Gefangene schlief. Stunden hatte das Diktat gedauert. Noch Stunden harrte der beleibte Richter am Bett aus. Vergeblich.

Ehe am nächsten Morgen das Verhör fortgesetzt werden durfte, untersuchte der Stadtphysikus gemeinsam mit Doktor Beyerle den Gefangenen.

»Die Wundränder eitern stark. Leichtes Fieber hat eingesetzt«, erklärten sie dem Oberhofgerichtsrat, der voller Unruhe auf dem Flur wartete.

»Strengen Sie den Patienten nicht sosehr an«, bat Doktor

Beyerle. »Wenn ich es nur könnte.« Der Richter straffte die Weste über dem Bauch. »Doch die Zeit drängt. Heute steht ein erster Bericht in den Mannheimer Tageblättern. Gerüchte über den Hergang, vage Aussagen über den Täter und seine Verwundung. Nun gut, bisher gibt es nur diese eine Reaktion unserer kleinen Zeitung.« Er blies die Unterlippe. »Doch die Kuriere sind längst unterwegs. Zu allen Höfen der Bundesstaaten! Bald weiß es Wien und dann Europa. Sand ist Student und kommt aus Jena, vergeßt das nicht. Aus dem kleinen Sachsen-Weimar! Gerade dort gärt, seit dem berüchtigten Wartburgfest, die Empörung, sogar offene Opposition, und wie man hört, gefährlicher als an den anderen Universitäten. Diese Allgemeine Burschenschaft!« Mit der flachen Hand wischte er den Schweiß von der Stirn. »Es war ein politischer Mord, das ahne ich. Und verübt ausgerechnet in unserm friedlichen Mannheim! Ganz sicher wird bald von höchster Stelle Auskunft und Rechenschaft verlangt. Und ich stehe immer noch am Anfang. Und wenn er nun stirbt?«

Doktor Beyerle legte dem beleibten Mann die Hand auf den Arm. »Der junge Mann will leben. Aus jedem seiner Worte spüre ich es heraus. Doch sein Körper benötigt Zeit, haben Sie Geduld.«

Die Daumen im Rücken verhakt, räusperte sich der Stadtphysikus. »Ich habe entschieden. Noch ist der Gefangene bei klarem Verstand. Dem Verhör steht nichts im Wege.«

Achselzuckend wandte sich Doktor Beyerle ab.

»Gab es eine Verschwörung gegen Kotzebues Leben?«

»Wer wußte von dem Mordplan?«

»Waren Sie nur das Werkzeug?«

Ich bin kein Handlanger! Mutter, du kannst stolz sein. Ich allen voraus, ich bin zuerst in den Kampf gegangen!

Brennend pulsten die Wunden. Mühsam öffnete Carl die rissigen Lippen. »Niemand hat von dem Plan gewußt. Ich habe das Geheimnis völlig für mich, allein in meiner Brust getragen.«

Am Morgen des 27. März zögerte der Stadtphysikus, bevor er dem Untersuchungsrichter den Zutritt in den Krankensaal erlaubte. Ernst führte er ihn zum ersten Bett in der mittleren Reihe. »Wir mußten den Mörder fesseln, damit er sich nicht selbst gefährdet.«

Beide Handgelenke steckten in Lederschlaufen, die Riemen waren an den Pfosten des Kopfendes befestigt. Mit rotfleckigem Gesicht, aus geweiteten Augen starrte der Gefangene den Gerichtsrat an und erkannte ihn nicht.

»Wundfieber. Über Nacht befiel ihn die schwere Hitze. Wir bemühen uns.« Der Stadtphysikus verhakte die Daumen im Rücken. »Sie müssen das Verhör unterbrechen.«

»Gut, selbstverständlich. Aber es wird nicht schaden ...«, er unterbrach sich. »Lassen Sie mich eine Weile bei ihm bleiben.«

Leicht erstaunt gab der hagere Mann seine Zustimmung.

Der Untersuchungsrichter saß am Bettrand, sah voller Mitleid, wie der Kopf hin und her schlug, der Körper in den Hitzewellen geschüttelt wurde. Unbeobachtet wischte er mit seinem Schnupftuch dem jungen Mann Speichel und Blutschaum vom Kinn. Das Gesicht durchlitt Tag und Nacht, die Stirn gekraust, geglättet, ruhelos rollten die Augäpfel. Mit einem Mal stand der Blick, wurde ängstlich. Aus dem fiebertrockenen Mund leises Wimmern, dann flehend: »Mutter!«

Carl war aufgewacht. »Mutter! Wo bist du?« Die kleinen Händchen sind an den Stäben des Kinderbetts festgebunden. Es ist dunkel. »Mutter!« ruft er lauter.

Im Türspalt erscheint Licht. Rasch betritt Wilhelmine Sand das Krankenzimmer und stellt die Lampe neben das Bettchen. »Mein Liebling.«

»Es tut so weh.«

»Ich weiß, mein Junge.« Bevor sie die Fesseln löst, ermahnt sie. »Aber du mußt tapfer sein.«

»Wie ein deutscher Kerl!« Carl nickt. Der Siebenjährige weiß, daß er sich nicht kratzen darf.

Die Mutter hebt die dünne Zudecke ab. »Ja, mein stolzer Held bist du«, lächelt sie. Mit weißen Lappen und Binden sind die abgemagerten Beine, die Ärmchen, der schmächtige Leib ganz umwickelt, auch der Kopf ist vollständig eingehüllt, in der Maske gibt es nur Löcher für Augen, Mund und Nase. Behutsam löst Frau Sand die Leinentücher und befreit den Sohn von dem Verband. Während sie das Licht hebt, summt sie ein Lied. Carl erkennt die Melodie, seine Augen glänzen, und mit schwacher Stimme versucht er zu singen.

Im Schein der Lampe untersucht die Mutter ihr Kind. Seine Haut ist über und über von eitrigen Pocken befallen. An einigen Stellen haben die Blattern den kleinen Brustkorb bis zu den Rippenknochen zerfressen. Das große offene Geschwür auf dem kahlen Schädel hat die Hirnschale bloßgelegt.

»Sind Helden auch krank?«

»Manchmal«, Frau Sand fließen Tränen über die Wangen. »Manchmal, mein tapferer deutscher Kerl.«

»Trinken.« Carl will sich aufrichten. Kraftlos fällt sein Kopf zurück. »Durst.«

Der Atem hechelte. »Durst.« Weit hielt der Gefangene den Mund geöffnet. Immer wieder suchte die zitternde Zungenspitze auf den rissigen Lippen nach Feuchtigkeit.

Rasch erhob sich der Gerichtsrat und brachte Hilfe. Während die Wundärzte dem Patienten verdünntes Bier mit einem Löffel einflößten, den Verband wechselten und ihm die Stirn kühlten, fragte er den Stadtphysikus: »Gibt es Hoffnung?«

»Zunächst wird das Fieber weiter zunehmen. Wir werden einen Aderlaß vornehmen und hernach Blutegel in der Umgebung der Wunde ansetzen.« Der Amtsarzt verschränkte die Arme vor der Brust. »Ein Mediziner muß hoffen, sonst hat er seinen Beruf verfehlt.«

»Gut. Gut. Ich habe verstanden.« Ohne Gruß verließ der beleibte Mann den Saal des Allgemeinen Hospitals.

»Durst.« Carl Ludwig Sand krallte die Finger in den Mund.

»Bindet ihn wieder. Ehe er sich verletzt«, befahl der Stadtphysikus rasch. »Befeuchtet ihm die Lippen. Später gebt ihm wieder etwas von dem schwachen Bier.«

Carl schlief.

Über Wunsiedel graut der Tag. Mit einem Band hat sich der Elfjährige am Abend vorher eine kleine Glocke an den rechten Arm gebunden. Die ersten Strahlen der Morgensonne dringen durchs Fenster und berühren das blasse Gesicht. Noch schlafend räkelt sich der Junge. Das Klingeln der Glocke weckt ihn. Sofort ist Carl hellwach. Auf bloßen Füßen tappt er zum Fenster und blickt zur Kirchturmuhr. Erst wenige Minuten nach vier! »Ich habe es geschafft.« Mit beiden Händen fährt er sich durch die schwarzen Locken. Seine Fingerkuppen reiben über die verknorpelte Stelle auf seiner Kopfhaut. Allein diese runde Narbe und wenige, kaum sichtbare Flecken im Gesicht sind von der schweren Blatternkrankheit zurückgeblieben.

»Ich muß lernen.« Carl hockt sich auf die weiche Bettdecke und öffnet das Heft. »Ein feste Burg ist unser Gott«, liest er laut, verdeckt die Zeilen und wiederholt, weiß nur die drei ersten Worte, liest wieder nach und wiederholt.

»Ein gute Wehr und Waffen.« Kaum gelingt es ihm, sich den Text einzuprägen. Seit der überwundenen Krankheit bestimmt eine zähe Langsamkeit den Takt seines Verstandes. Mit den beiden fast erwachsenen Brüdern und der älteren Schwester will sich Carl nicht messen, doch mit der zwei Jahre jüngeren Julie möchte er wetteifern. Aber die kleinere Schwester überflügelt ihn, seit beide vor drei Jahren gemeinsam den ersten Unterricht erhielten; ihre Leichtigkeit und rasche Auffassungsgabe beneidet er. Gestern, vor dem Schlafengehen, konnte sie bereits drei der Liedstrophen aufsagen.

»Er hilft uns frei aus aller Not, / die uns jetzt hat betroffen.« Tapfer seufzt Carl. »Bis zum Kirchgang mit den Eltern hab' ich es gelernt.« Er legt die Hand auf das Heft und wiederholt.

Auch für die Lateinschule muß der Sohn des pensionierten Amtsgerichtsrates Christoph Sand doppelt so viel arbeiten wie die Kameraden. Nur durch unermüdlichen Fleiß, Härte und Ausdauer gelingt es ihm, den Anschluß nicht zu verlieren.

»Der alt böse Feind ...«

Die Mutter öffnet die Tür. Erstaunt geht sie bis zum Bett. »Du bist schon wach?«

Voller Stolz reckt Carl das Kinn und verkündet, daß er sich vorgenommen hat, den Tag regelmäßig mit der Sonne zu beginnen, und zeigt der Mutter die Glocke. »Von heute an wecke ich mich selbst.«

»So früh? Warum?« Schmunzelnd setzt sich Frau Sand ans Bett.

»Weil ich meine Pflicht erfüllen muß.« Eng schmiegt Carl den Kopf an die Mutter, atmet den Geruch und spürt die weiche Fülle der Brust unter dem Stoff ihres Hauskleides. »Ich wecke mich selbst, weil ich dir nicht so viel Mühe machen möchte.«

»Du bist mein liebster Sohn.« Frau Sand drückt ihn sanft von sich und blickt ihm in die Augen. »Ich sage es dir immer wieder, Carl, du vermagst sehr viel, wenn du es nur willst. Wenn du nur wirklich auch durchführst, was du dir selbst versprichst, wirst du dich nie schämen müssen. Die Tat ist das Wichtigste.« Rasch drückt sie ihm einen Kuß auf die Stirn und verläßt das Zimmer.

»Der alt böse Feind.« Carl blickt in die Morgensonne und wiederholt: »Der alt böse Feind.«

»Sprechen Sie lauter, Carl.« Wachsam beobachtete der Untersuchungsrichter den Mund des Gefangenen. »Wer ist der Feind?«

Weit über sich hörte Carl eine Stimme. Sie fiel durch tobende Hitzeschleier auf ihn herab.

»Wer ist der Feind?«

Ausländer. Die Fremden kamen und besetzten unser deutsches Land. Diese schamlosen Besatzer nahmen sich alles in Wunsiedel. Dieser welsche Tyrann hat dem Vater sogar die Pension genommen. »Die Franzosen!« stammelte Carl aus dem Fiebertal.

Zum ersten Mal seit drei Tagen hatte der Gefangene wieder auf eine Frage geantwortet! »Das ist doch lange her.« Der Untersuchungsrichter wollte das Bewußtsein wachhalten. »Wer ist der Feind?«

Die Schleier verdichteten sich zu blutroten Wolken, schwarze Blitze zuckten, das Feindgeschrei nahm zu, gellte überall.

Carl stand halbverdeckt am schmalen Fensterloch des alten Kirchturms oben auf dem Katharinenberg.

»Feiglinge! Deutsche Memmen!« Unten im niedrigen Buschwerk rund um das verfallene Gemäuer johlen und spotten die Belagerer.

Der Dreizehnjährige preßt die Fäuste auf die Ohren. Immer noch hört er schmerzhaft das gellende Feindgeschrei. »Deutsche Memmen!«

Heute, am schulfreien Nachmittag, haben er und einige Klassenkameraden mutig den Kampf gegen eine Übermacht der Jungen, die nicht die Lateinschule besuchen, wieder aufgenommen. Die Klugen gegen die Dummen, die deutschen Aufrechten gegen die Franzosen. Nach wildem Knüppelgefecht hat sich die kleine Schar unter Steinwürfen im Katharinenturm verschanzt. Längst ist die eigene Wurfmunition ausgegangen.

Und heftiger prallen die Steinbrocken der Franzosen gegen das morsche Portal der Turmruine. »Wenn die Balken brechen, sind wir verloren.« Mutlos stehen die Belagerten beisammen. »Das beste ist's, wenn wir uns ergeben.«

»Niemals! Ein deutscher Kerl ergibt sich nicht.« Zornrot greift Carl zum Gürtel und zückt das Beil. »Los, Christian. Du nimmst den Degen.« Er blickt den Freund an, geht entschlossen von einem zum anderen: »Wir haben zwei scharfe Waffen, Männer.« Hoch reckt er das Beil. »Und wenn Blut fließen soll, dann wird Blut fließen.«

Die Kampfgefährten senken den Blick. Selbst Christian Heinzmann schüttelt den Kopf und widerspricht dem Freund: »Das ist gegen die Regel, Carl.«

Die Lateinschüler halten Kriegsrat. Es gibt nur einen Ausweg. Einer muß Verstärkung holen, einer muß aus dem Schalloch im zweiten Stock des Turms springen, nach Wunsiedel hinunterrennen und die anderen Klassenkameraden alarmieren.

»Ich!« Carl läßt das Beil fallen. »Haltet durch, Männer.« Schon stürmt er die enge Wendeltreppe hinauf.

Der Feind hat sich vor der Kirchentür zusammengerottet. Laut poltern die Steinbrocken, Holz splittert. Carl zieht sich zum rückwärtigen Schalloch hoch, sitzt auf der Steinbrüstung. »Für die Freiheit«, flüstert er und stößt sich ab. Unten schlägt er ins Buschgehölz.

Keine Zeit für den Schmerz, sofort rafft er sich hoch. »Für das Vaterland!« Doch da wird er von zwei Wachposten gepackt. Aufheulend zerrt und stößt der Dreizehnjährige; seine Wut verleiht ihm Kraft. Endlich fallen die Gegner besiegt zu Boden. »Für die Freiheit des Vaterlands!« Mit diesem Jubel stürmt Carl zur Stadt hinunter.

Als er an der Spitze der schwerbewaffneten Verstärkung wieder auf dem Katharinenberg anlangt, ist die Kirchentür bereits geborsten. Beim Auftauchen der Retter verlassen die Eingeschlossenen langsam ihre Festung. Voran Christian Heinzmann, mit gezücktem Degen, neben ihm schwingt einer der Kameraden das blitzende Beil. Der Anblick der Waffen teilt die Franzosen in zwei stumme Haufen. Durch diese Gasse schreiten die kühnen Freunde in die Freiheit, unbehelligt erreichen sie die Klassenkameraden.

Triumph! Die Schlacht ist geschlagen. Die verhaßten Ausländer sind gedemütigt und in die Schranken gezwungen!

»Die Franzosen sind geschlagen!« Ein Lächeln glättete das Gesicht des Gefangenen. Die Fieberhitze hatte nachgelassen. Sein Kopf lag ruhig im Kissen.

»Ich weiß.« Beide Hände stützte der Untersuchungsrichter auf den Rand der Matratze und stemmte sich hoch. Er schob die volle Unterlippe vor, nickte; lange betrachtete er den fest schlafenden jungen Mann. »Gott sei Dank.«

Sebastian wartete. Sechsmal war es vergebens gewesen. Am späten Nachmittag des 30. März stand er wieder vor dem Zuchthaus. Das Leder seiner schwarzen Stiefel blinkte.

Eine Woche ist's her. Schon eine Woche! Und wenn sie gar nicht im Zuchthaus wohnt? Gleich schämte er sich für den Verdacht und wischte die Unruhe weg. Niemals.

Von der gegenüberliegenden Straßenseite aus beobachtete er zwischen Gefängniskirche und Werkstattgebäuden das hohe, mit Eisen verstärkte Tor. Sobald sich die schmale eingelassene Pforte öffnete, wischte Sebastian die Hände an den Hosenseiten und trat einen Schritt vor. Doch nur irgendwer verließ das Zuchthaus.

Und der langgewachsene, leicht nach vorn gebogene Bursche setzte den Fuß zurück, ließ die Arme sinken. Er wartete.

In der Dachwohnung des Oberzuchtmeisters über der Michaelskirche nahm Frau Kloster ihrer Tochter die Stickerei aus der Hand.

Friederike schreckte auf.

»Was träumst du nur seit Tagen?« Die Mutter runzelte die Stirn.

»Nichts. Gar nichts.« Fahrig stieß die junge Frau gegen das Körbchen auf ihren Knien, es fiel, ein Garnknäuel rollte davon und legte eine rote Fadenspur über den Boden bis vor den

Vitrinenschrank. Friederike bückte sich hastig. Nicht fragen, Mutter! Bitte. Sie spürte das Blut in den Wangen.

»Ist es ein Mann?« Ohne eine Antwort abzuwarten, faltete Frau Kloster die Hände unter der Brust. »Ein feiner, studierter Herr muß es sein, aber von Stand, meinetwegen auch ein Beamter oder ein Kaufmann mit einem guten Geschäft, nein, besser kein Kaufmann, du bist hübsch, Kind: Er muß von Adel sein.« Sie hielt inne, löste die Hände und schlug sie klatschend zusammen. »Dein Vater! Er hat es nicht weit gebracht.« Ihre Augen verschmähten die Enge der säuberlich reinen Wohnstube. »Du armes Kind. Es wird ihm nie gelingen, daß sich ein Sohn der feinen Gesellschaft hierher verirrt.« Sie hob die Stimme: »Und komm mir nicht mit einem Schneider oder Laternenanzünder.«

Längst hatte Friederike den Faden aufgewickelt. Den Blick gesenkt, legte sie das rote Knäuel behutsam in den Korb zurück. »Bitte verzeih, Mutter. Ich hab' es einfach vergessen.«

»Ist ja gut, Kind. Aber meine Bildung ist mir wichtig, sie ist das einzige, was ich hab'.« Frau Kloster zupfte die Schulternähte am Kleid ihrer Tochter. »Du mußt dich sputen. Nimm den Wollschal und lauf, es ist bald sechs. Sonst gibt es keine Programmzettel mehr.«

Die junge Frau verließ das Zuchthaus durch die schmale Pforte; ohne aufzublicken, hastete sie in Richtung Theater.

Kurz vor dem Strohmarkt hörte Friederike die Schritte. Sie blieben hinter ihr; unter der Baumallee entlang des Paradeplatzes knirschten sie im Kies, auf dem Pflaster am Kaufhaus wurden es harte Stiefeltritte, eilige; sie kamen näher.

»Kennst du mich denn nicht mehr?«

Der Klang der Stimme! Abrupt blieb Friederike stehen und wandte sich um. »Wie gut.« Sie lächelte atemlos.

»Du hast gesagt, du wohnst im Zuchthaus. Und da dacht' ich ...« Sebastian schluckte und wischte die Hände.

Friederike schloß die Augen. Ohne den Schustergesellen

anzusehen, sah sie das so oft wiederholte Bild: Mutig beugt er sich über Carl und zieht den Dolch aus der Brust. Sebastian war der Retter. Sebastian ist mein Verbündeter, der einzige, dem ich vertrauen, mit dem ich über Carl sprechen darf. »Wie geht es ihm?«

»Wem?«

Enttäuscht öffnete Friederike die Lider und starrte in das ratlose Gesicht. Mit einem Mal fuhr sie zusammen. Die Mutter! »Komm schnell. Begleite mich. Ich muß zum Theater, ehe die Vorstellung beginnt.« Damit stürmte sie weiter.

Wortlos stakste der Schustergeselle in langen Schritten neben ihr her. Endlich stieß er hervor: »Gewartet hab' ich. Jeden Tag.«

»Nicht jetzt.«

Sie schwiegen. Vor dem Eingang des Nationaltheaters berührte sie seinen Arm. »Bitte, Sebastian, warte auf mich. Bitte.« Ehe er antworten konnte, verschwand Friederike im Gedränge des Publikums; kurz darauf kehrte sie zurück, in der Hand hielt sie den Programmzettel der heutigen Vorstellung. »Danke.« Erleichtert strich sie eine Strähne aus dem Gesicht und befestigte sie wieder unter dem Haarkranz.

Voller Hingabe betrachtete Sebastian ihre Gestalt; als sie den Kopf hob, rieb er heftig die Handflächen an den Hosenseiten.

Friederike sah ihn bittend an. »Wenn du etwas gehört hast ...«

»Du gehst da hinein?«

»Nein. Der Zettel ist für die Mutter.«

»Ich dacht' schon.«

»Die Mutter geht auch nicht ins Theater.«

»Ach so.« Dann schüttelte der langgewachsene Bursche verständnislos den Kopf.

»Jeden Tag muß ich der Mutter einen Theaterzettel holen. Den liest sie abends und lernt den Namen vom Stück.«

Sebastian staunte, dann grinste er. Ärgerlich zeigte Friederike ihm das Programm. »Heute gibt es zwei Stücke. ›Das Landhaus an der Heerstraße‹ von diesem Kotzebue und danach das Singspiel ›Der kleine Matrose‹ von Lebrun.« Ihr Finger rutschte die lange Besetzungsliste hinunter. »Morgen früh kennt meine Mutter alle Schauspieler und Sänger und sogar, welche Rolle jeder gegeben hat.«

»Das ist gut. Und niemals geht sie selbst?«

»Bitte. Mach dich doch nicht lustig.« Sie wandte sich ab und verbarg den Theaterzettel unter ihrem Wollschal. »Wir sind einfache Leute, verstehst du?«

Wie jeden Tag tastete sich ihr Blick schräg über die Kreuzung, wie jeden Tag hielt sie den Atem an. Das Eckgebäude von A2 leuchtete weiß. Die Straße vor dem Eichenportal war leer, und doch lag er da, blutend. Das bleiche Gesicht. Die schwarzen Locken. Was ist nur mit ihm? »Weißt du es, Sebastian?«

»Was?«

Ohne ein Wort kehrte sie um und ging mit gesenkten Schultern davon. Sebastian folgte ihr, blieb stets einen halben Schritt zurück, seine Stiefelabsätze stießen das Pflaster. Kurz vor den grüngrau getünchten Gebäuden des Zuchthauses hielt es ihn nicht länger. Er stürzte an ihr vorbei und stellte sich vor sie hin, seine Lippen zitterten. »Was soll ich denn sagen, wenn ich nicht weiß, was du meinst?«

Friederike ballte die Faust. »Wir waren doch zusammen! Wir haben ihn doch beide gesehen.«

»Den Mörder?« Er schlug sich an die Stirn, lachte erleichtert und beugte sich zu ihr. »Von dem Studenten weiß ich nichts. Vielleicht ist er tot. Den Kotzebue haben sie letzten Donnerstag früh auf den Friedhof gebracht, auf den lutherischen, da drüben, hinterm Zuchthaus. Mehr weiß ich nicht.«

Friederike biß sich auf die Knöchel. »Carl lebt, das fühle ich«, flüsterte sie und belehrte den Schustergesellen: »Er ist kein Mörder. Niemals. Er kämpft für unser Vaterland, das hat er uns allen gesagt. Carl ist ein edler Mensch.« Damit wollte sie an Sebastian vorbei.

Rasch griff er nach ihrer Hand. »Bitte, Friederike.«

Sie löste sich nicht. »Ich brauche dich. Wenn du irgend etwas erfährst, sag es mir.«

Sebastian reckte sich hoch auf. »In unsre Werkstatt kommen sie alle. Die vom Stadtrat, die vom Gericht, auch die feinen Damen. Wir machen die schönsten Schuhe in Mannheim. Wenn du nur willst, werd' ich dir ...« Er brach ab und nickte ernst. »Ich werd' aufpassen, Friederike, und dann wart' ich vorm Tor auf dich.«

»Danke, Sebastian.« Sie blickte ihn an und eilte zum Zuchthaus hinüber.

»Auch wenn ich nichts erfahr'. Jeden Tag wart' ich«, murmelte er.

An Bäumen und Büschen schwellende Knospen, erste Blüten färbten die Beete. Am 2. April dehnten sich die Mannheimer Schloßgärten in der Nachmittagssonne.

Ein Reiter preschte durch das Heidelberger Tor, die Uniform verstaubt; kaum zügelte er den schweißnassen Gaul, trieb ihn durch die Straßen. Auf der Kuriertasche blinkte das badische Wappen. Vor dem Kaufhaus, dem Sitz des Oberhofgerichts, sprang der Reiter ab.

Wenig später eilten Stadtwachen zum Rathaus, andere hinüber zum Allgemeinen Hospital.

»Meine Herren.« Im frühen Abend eröffnete der Kanzler des badischen Oberhofgerichts die geheime Sitzung. »Dem Anschein nach ist der schlimmste Fall nun doch eingetreten.« Freiherr von Hohnhorst hob die gebuschten zusammenstehenden Brauen; kurz erfaßte sein klarer Blick die drei Herren, gleichzeitig öffnete er die lederne Mappe und legte ein Dokument vor sich hin. »Wie Sie wissen, ich bin kein Freund von Vorreden und Umwegen«, eine runde dunkle Stimme, Hohnhorst wies auf das gesiegelte Blatt. »Seine königliche Hoheit, Großherzog Ludwig von Baden, hat mich durch das Ministerium der Justiz beauftragt, eine Spezialkommission im Mordfall August von Kotzebue zu berufen, und mir die Leitung übertragen. Meine Wahl ist auf Sie gefallen.«

Stadtdirektor Jagemann versteifte den Rücken. Der Untersuchungsrichter blies heftig die Unterlippe, während sein Kollege vom Oberhofgericht nur abwartend die Hände auf der Tischplatte zusammenlegte.

»Bei allem Respekt«, der beleibte Gerichtsrat tupfte sich die Stirn, »ich sehe keine Veranlassung. Gerade in den vergangenen Tagen, seit Carl,« er atmete tief, »seit der Inquisit Carl Ludwig Sand dieses schwere Wundfieber überwunden hat, macht das Verhör große Fortschritte. Glaubwürdig, offen und klar gibt er Auskunft.« Fest ballte er die Faust um das Schnupftuch.

Der Stadtdirektor verneinte energisch mit dem Zeigefinger und wollte protestieren. Leicht runzelte Hohnhorst die Stirn, kühl, halbverdeckt vom Gebüsch der Brauen warteten die hellen Augen. Herr von Jagemann protestierte nicht.

Ruhig wandte sich der Kanzler an seinen Untersuchungsrichter: »Lieber Freund. Ich habe alle Protokolle gelesen. Und keinem anderen als Ihnen würde ich die Aufgabe solch einer schwierigen Befragung anvertrauen. Um Ihre zukünftige Arbeit beneide ich Sie nicht.« Freiherr von Hohnhorst entnahm der Mappe zwei sorgfältig beschriebene Bögen. »Sofort nach Bekanntwerden der Tat in Jena ließ der akademische Senat das Zimmer des Mörders untersuchen. Diese Briefe wurden entdeckt und dem badischen Justizministerium per Eilstafette überstellt.« Er klemmte das Monokel unter die rechte Braue. »Der erste ist adressiert an die ›Deutsche Burschenschaft zu Jena‹. Hier kündigt der Inquisit offen an, daß er Volksrache an dem Verräter Kotzebue üben wolle. Ich zitiere weiter: ›Wenn ich für's Vaterland auf dem Rabensteine sterben sollte, so ...‹« Hohnhorst las stumm und fuhr fort: »Diese Stelle scheint mir bemerkenswert: ›... und begehre noch vor meinem Abgange, aus der Burschenschaft entlassen zu werden.‹ Doch wie wir inzwischen wissen, hat der Inquisit zu Protokoll diktiert, daß er keiner Verbindung angehört.«

Betroffen stützte der Untersuchungsrichter den Kopf in beide Hände.

»Das zweite Schreiben, meine Herren, scheint mir noch bedeutender.« Freiherr von Hohnhorst nickte grimmig. »Es ist gerichtet an ›seine Freunde deutschen Sinnes in Jena‹. Ich zitiere: ›Nun gehe ich hin, um diese Brandfackel ins ruhige Leben zu schleudern; möge der Erfolg für unser gemeinsames Streben segensreich werden.‹ Der Inquisit endet mit dem Satz: ›Kann ich durchkommen, so weiß ich schon, wo ich hinfliehen werde, um zur rechten Zeit dem Vaterlande wieder dienen zu können. Gott sei mit Euch! Euer deutscher Bruder Carl Ludwig Sand vom Fichtelberg.‹ Meine Herren!« Das Monokel fiel und kreiselte am Lederband vor der Weste. »Der Verdacht liegt also nahe, daß Sand einer Geheimorganisation angehört, die womöglich den Umsturz plant; daß er geschickt wurde, um hier den Mord zu verüben.«

Immer wieder stieß der Stadtdirektor den Zeigefinger auf die Tischplatte. »Ich habe es geahnt.« Zorn und Besorgnis wechselten. »Wie steht unser Mannheim jetzt da: Eine Mördergrube im friedvollen Land! Welche Schande. Seit vier Jahren genießen wir die langersehnte Ruhe, wir sind badische Bürger, voll Hoffnung bauen wir auf unsern neuen Regenten. Wir haben sein Vertrauen erworben.« Die Stimme wurde schwer. »Und gerade jetzt kommt ein Unberufener von Jena daher, da kommt ein ausländischer Student und schreit: Ihr beherbergt einen Feind des deutschen Vaterlands in eurer Stadt! Ihr Mannheimer erkennt ihn nicht. Ich aber. Und deshalb befreie ich Euch von ihm.« Philipp von Jagemann lachte bitter. »Und ohne Reue liegt dieser Sand im Hospital. Er wird uns noch auffordern, ihm zu danken, und verlangen, daß wir ihn als unsern Retter verehren.«

Der Kanzler des Oberhofgerichts ordnete die Papiere zurück in die Dokumentenmappe. »Wir sind in erster Linie Juristen, auch Sie, verehrter Stadtdirektor, und als solche bilden wir diese Spezialkommission. Wir haben dem Grundsatz unserer Regierung zu folgen: Streng, rechtlich, aber menschlich. Wie groß der Schaden für Mannheim auch sein mag, wir haben allein die Pflicht, nach der Wahrheit zu suchen. Morgen, am Samstag den 3. April, beginnen wir mit der Arbeit. Wir drei«, kurz nickte er dem stumm dasitzenden zweiten Kollegen und Philipp von Jagemann zu, »werden die Verhörprotokolle auswerten, zukünftig die Korrespondenz führen und den Fall nach außen vertreten. Sie, lieber Freund«, er lächelte zum beleibten Justizrat hinüber, »Ihre Pflicht wird es sein, das Verhör mit aller Klugheit fortzusetzen. Sie werden erlauben, daß ich gelegentlich daran teilnehme. Bestätigt sich der Verdacht einer Verschwörung, so wird der Fall eine Lawine lostreten.«

»Die Gefahr besteht«, meldete sich der zweite Justizrat des Oberhofgerichts zu Wort, »daß dieser Sand auch drüben an der Universität in Heidelberg Mitwisser hat. Wir sollten nicht zögern, sofort und gründlich Nachforschungen in der Studentenschaft durchzuführen.«

Hohnhorst hob die Brauen und wandte sich an den Untersuchungsrichter: »Studiert nicht auch Ihr Sohn in Heidelberg?«

»Seit drei Jahren. Selbstverständlich befürworte ich den Vorschlag des Kollegen.« Gerade richtete sich der Vater auf. »Mein Sohn ist über jeden Verdacht erhaben. Sein einziges Interesse gilt dem Jurastudium.«

»Daran hege ich keinen Zweifel, lieber Freund. Dennoch. Empfinden Sie es nicht als persönliche Kränkung ...« Der Kanzler ordnete eine strenge Befragung der Heidelberger Studentenschaft an.

Längst war die Sitzung beendet. Der Untersuchungsrichter schritt unter den Bäumen des Paradeplatzes auf und ab. Ein milder Frühlingsabend. Dem beleibten Mann fiel es nicht auf. »Sand hat mich belogen.« Heftig zerrte er das enggewrungene Schnupftuch zwischen den Händen. »Er lügt. Nun gut.«

Gelächter, derber als gewohnt, schrille Stimmen, die Wärterinnen schwatzten ungeniert. Nach der Arbeit ließen sie die Fenster des Krankensaals weit geöffnet. Mit dem Frühlingsduft drang Vogelgezwitscher herein, ein Morgengeschenk nach dumpfer Nacht und Lärm.

Das Haar noch feucht und sorgfältig gescheitelt, die Hände vor der Weste gefaltet, wartete der Untersuchungsrichter bei den Wachsoldaten in der Nähe des Kastenbettes. Unentwegt massierten seine Schneidezähne die Unterlippe.

Auf Befehl des Stadtphysikus waren die Wundärzte zurückgetreten. Doktor Beyerle selbst löste den Brustverband des Gefangenen. Schweigend bat er den hageren Amtsarzt näher, und beide beschauten angespannt den entblößten Oberkörper. Carl lag halb sitzend, halb auf die verletzte Seite gedreht im Kissen. Sein Gesicht war aufgetrieben, die linke Wange hoch gerötet. »Beim Ausatmen erdrückt es mich. Als wäre ein schwerer Klumpen in meiner Brust gewachsen.« Er hüstelte vorsichtig. »Bewege ich mich zur anderen Seite, so rollt er mit und droht mich zu ersticken.«

Wortlos nickten die Ärzte sich zu.

Carl sah von einem zum anderen. Warum spricht niemand mit mir? Er suchte den Blick des Justizrates. Doch der stand unbeweglich da, so fremd; die vorgewölbten Augen betrachteten ihn kühl und teilnahmslos.

Im gebündelten Schein der Spiegelleuchte berührte Doktor Beyerle die neugewucherte dünne Haut über den schmalen Stichwunden. »Mit der Narbenbildung bin ich zufrieden.« Seine Hand glitt tiefer, betastete das heiße gespannte Fleisch und die Anschwellung, die unter den kurzen Rippen begann und sich in den Oberbauch wölbte. Auch der Stadtphysikus beugte sich hinab, spreizte die Finger und befühlte die aufgequollene Brusthälfte. »Der Puls ist in weitem Umfang spürbar.« Ernst zeigte Doktor Beyerle dem Kollegen die rotverdickte linke Hand, den geschwollenen linken Fuß. »Alle Anzeichen lassen auf das gleiche schließen.«

»Was ist mit mir?« Ein trockener Husten schüttelte Carl. Vor Schmerz krallte er die rechte Hand ins Laken, hustete.

Doktor Beyerle wartete, bis der Patient wieder ruhig lag. »In der Brusthöhle hat sich Blut gesammelt. Dieses Extravasat verursacht Entzündung und den schweren Druck. Bleiben Sie möglichst so liegen. Auf der leidenden Seite. Damit die gesunde Lungenhälfte nicht beengt wird.« Ein knappes aufmunterndes Lächeln. »Sicher finden wir einen Weg.« Mit einem Handzeichen bat er seinen Kollegen und den Untersuchungsrichter nach draußen.

Während die Herren rasch den Krankensaal verließen, flüsterte Carl: »Durch, Sand! Durch!«, sprach lauter: »Durch, Sand! Durch!« Wieder erschütterte trockener Husten den Brustkorb.

Auf dem Flur vor der Saaltür fragte der Justizrat, ehe Doktor Beyerle zu Wort kommen konnte: »Welche Chance hat der Inquisit noch?«

»Das Extravasat muß entfernt werden. Doch eine Öffnung des Brustkorbs ist äußerst gewagt und selten erfolgreich.«

Der Stadtphysikus verhakte die Daumen im Rücken. »Kein Chirurg in Mannheim wird wegen eines Verbrechers seinen Ruf aufs Spiel setzen. Ich gebe Sand noch vierzehn Tage. Dem Henker wird Arbeit erspart, und die Gerichtskasse wird ...«

»Es darf nicht sein!« unterbrach der Richter scharf. »Seit gestern geht es um viel mehr. Auf Befehl des Justizministeriums haben Sie das Leben des Inquisiten unter allen Umständen zu erhalten. Freiherr von Hohnhorst hat Sie doch mit der neuen Sachlage vertraut gemacht, verehrte Doktoren. Es geht nicht mehr um die Tat eines einzelnen! Dieser Mord scheint ein Angriff auf die politische Ordnung gewesen zu sein, möglicherweise sogar im Auftrag eines weitverzweigten revolutionären Komplotts.« Die Fingerkuppen trommelten an die Aktenmappe. »Sand darf nicht sterben. Es darf nicht sein. Nur er kann uns Klarheit verschaffen.«

Kühl hob der Stadtphysikus die Brauen. »Noch ist er bei klarem Verstand. Pressen Sie alles aus ihm heraus. Ich habe keine Bedenken mehr. Nutzen Sie die verbleibende Zeit, denn der Tod wird auf die Politik keine Rücksicht nehmen.«

Doktor Beyerle blickte den Amtsarzt an, seine Nasenflügel bebten. »Herr Kollege! Allein schon durch unsern Eid sind wir dem Leben verpflichtet, auch dem Leben eines Mörders.«

»Wagt es nicht, Herr, meine Berufsehre anzugreifen. Seit mehr als zehn Jahren leite ich das Stadtphysikat, und ich weiß nur zu genau ...« Der hagere Mann brach ab, seine Stimme wurde leise und knapp. »Also bitte: Wagen Sie den Eingriff. Ich bin einverstanden. Natürlich übernehmen Sie alle Verantwortung.«

Kopfschüttelnd wandte sich Doktor Beyerle zum Fenster.

»Gut, meine Herren, gut.« Mit dem Schnupftuch wischte der beleibte Gerichtsrat den Nacken. »Daß ich den Inquisiten durch das Verhör zu Tode foltere, ist auf keinen Fall zu vertreten, weder vor der Öffentlichkeit noch, und dies ist das Wichtigste, meine Herren, noch vor mir selbst.« Er stopfte das Tuch in die Tasche.

Langsam löste der Stadtphysikus die auf dem Rücken verhakten Daumen und verschränkte die Arme vor der grauen Weste. »So oder so: Dieses übergroße Extravasat wird Sand töten.«

Abrupt kehrte Doktor Beyerle zu den Männern zurück. »Ich weiß einen Chirurgen, der fähig ist, die Thoraxöffnung vorzunehmen.« Alle Besorgnis war von ihm gewichen. »Chelius, der junge Professor an der Heidelberger Universitätsklinik. Maximilian Joseph Chelius.«

»Neue gewagte Methoden ohne ausreichende Praxis. Ich bitte Sie, Herr Kollege, der Mann ist kaum älter als unser Meuchelmörder.«

»Chelius genießt den besten Ruf. Unter anderem hat er in Paris das Rüstzeug erhalten. Man mag Napoleon verdammen, aber unter seiner Regentschaft ist die französische Chirurgie zum Vorbild für Europa geworden. Im übrigen wurde Chelius hier in Mannheim geboren. Er wird seiner Vaterstadt diesen Dienst nicht verweigern, da bin ich ganz sicher.«

Die neue Hoffnung ermutigte den Untersuchungsrichter. »Gut. Sehr gut.« Er bat die Doktoren, den Vorschlag gemeinsam und in aller Dringlichkeit dem Leiter der Spezialkommission zu unterbreiten. Mit einer Handbewegung schickte er die gleichmütig wartenden Schreiber in den Krankensaal voraus. »Danke, meine Herren. Ich selbst will und muß meine Zeit hier nutzen. Selbst am geheiligten Sonntag.« Er wölbte die Unterlippe und folgte den Urkundenbeamten.

»Was wird mit mir?« empfing Carl den beleibten Mann und spürte sofort die Kälte, las sie aus den vorgewölbten Augen.

Der Untersuchungsrichter setzte sich nicht; mit dem Fuß schob er einen der Hocker zur Seite, auf den anderen warf er die Papiere, wie ein Fels erhob er sich vor dem geöffneten Bett. »Ich bin nicht befugt, Auskunft über Ihren Zustand zu geben.« Geschäftig nickte er seinen Beamten. »Wir beginnen.« Sie leckten die Bleistifte.

Was ist geschehen? Mit einem Mal fühlte sich Carl verlassen. Angst überkam ihn, sie nistete schnell, wühlte schlagend in der wunden Seite des Brustkorbes. Hilflos streckte er die rechte Hand dem Mann entgegen. »Aber ich glaubte, Sie wären ein Freund.«

Für einen Augenblick schwankte der Justizrat, doch das Mitleid verlor, er ließ den Arm wieder sinken. »Sie haben andere Freunde, Sand.«

»Ich begreife nicht.«

Rasch nahm der Untersuchungsrichter das oberste Blatt vom Hocker und las: »›Meinen Freunden deutschen Sinnes in Jena. Zu übergeben durch Freund Asmis.‹ Freunde!« Ohne Zögern hob er den zweiten Bogen auf. »An die Burschenschaft zu Jena!« Seine Hand schlug gegen die Blätter, in hellem Zorn hielt er sie dem Studenten hin. »Kennen Sie diese Schrift?«

»Es ist meine.«

»Zu Protokoll: Der Inquisit gesteht, die beiden in Jena entdeckten und hier vorliegenden Briefe verfaßt zu haben!« Scharf wurde die Stimme: »Wer sind diese ›Freunde deutschen Sinnes‹?«

Carl atmete zu schnell, der Husten erstickte ihn fast; er rang nach Luft, keuchte.

»Sie gehören also doch einem Orden an, sind Mitglied einer geheimen Verbindung! Sie haben mich belogen, Sand.« Müde zog der Untersuchungsrichter den Hocker heran und ließ sich am Bettrand nieder. »Ich schäme mich für mein Vertrauen.«

Der Gefangene hielt die Lider geschlossen. Endlich quälte der Husten nicht mehr, und allmählich verebbte der heftige Schmerz. Carl versuchte die Gedanken zu ordnen. Die Schreiben steckten im versiegelten Umschlag. ›Briefe zu bestellen‹, schrieb ich darauf. Am Abend vor der Abreise nach Mannheim hab' ich sie ins offene Pult gelegt, zusammen mit einer Vollmacht für Gottlieb Asmis, alle Post und Gelder für mich in Empfang zu nehmen.

»Wer sind diese Freunde? Reden Sie!«

Also hat man mein Zimmer durchsucht und das Paket gefunden.

Um Zeit zu gewinnen, keuchte Carl: »Gleich. Gleich.« Seine Stirnmuskeln zuckten. Ein Fehler? Hab' ich alles bedacht?

Er rief sich die letzten Tage vor seiner Abreise zurück. Den Hausleuten zahlte ich schon am 1. März die Miete für das nächste Semester im voraus.

Meine Tagebücher und mein Abschied an die Eltern! Am letzten Tag übergab ich sie meinem Freund Asmis. Ganz sicher haben sie auch sein Zimmer durchsucht. O Herr, ich bete zu dir: Laß Asmis dieses Päckchen noch vorher nach Wunsiedel zur Mutter gebracht haben.

Den ›Todesstoß‹, das ›Todesurteil‹ und die Begleitschreiben an die Zeitungen! Das dritte Paket trug ich bei Dunkelheit selbst in Seine Wohnung. Carl verbot sich, den Namen dieses Mannes auch nur zu denken, Ihn vor allen wollte er schützen. Kein Dritter durfte von seinem letzten Besuch bei Ihm am Abend des 8. März jemals erfahren.

Was wurde entdeckt? Carl öffnete die Augen, versuchte vergeblich, einen Blick auf die Unterlagen zu werfen. Der Hocker war zu tief.

»Die Wahrheit, Sand! Wer hat Sie geschickt?«

»Niemand.«

»Wer sind die Freunde?«

Carl preßte die Lippen. Niemals darf ich einen anderen in Gefahr bringen, mein Schwur bindet mich.

»Warum lügen Sie?«

Ich bin kein ehrloser Hundsfott. Den Eid zu halten ist die erste Pflicht eines guten Deutschen. Ich lüge nicht. Allein meinem Gewissen und Gott fühle ich mich verantwortlich. Dem Gericht bin ich nur verpflichtet die Wahrheit zu sagen, wenn es mich betrifft. Also muß ich doch, was andere angeht, die Wahrheit vorenthalten dürfen? Nicht lügen, nur die Wahrheit vorenthalten. Offen blickte Carl dem Justizrat in die Augen. Nicht den Richter, ihn als Menschen will ich um Rat fragen. Und voller Vertrauen bat er: »Darf ich Sie allein sprechen? Ohne«, er deutete auf die Wachposten und Schreiber, »daß uns die Öffentlichkeit zuhört.«

Empört richtete der Untersuchungsrichter sich auf. »Carl Ludwig Sand, Sie sind des Meuchelmordes überführt und angeklagt, die Tat im Auftrag einer staatsfeindlichen Gruppe verübt zu haben. Ich vertrete die Öffentlichkeit.« Kopfschüttelnd öffnete er die unteren Knöpfe der Weste.

»Was haben Sie in Jena gefunden?« fragte Carl leise.

»Genug, um Lüge und Wahrheit zu erkennen.«

Also mehr als die beiden Schreiben! Carl wappnete sich. Nach jeder Frage überlegte er lange und gab sorgfältig Antwort.

»Bereits vor der Abreise habe ich die Burschenschaft schriftlich um meine Entlassung gebeten. So gehöre ich jetzt keiner Verbindung an. Ich habe nicht gelogen.« Mühsam formulierte Carl den nächsten Satz: »Im übrigen verstehe ich unter einer geschlossenen Verbindung oder einem geheimen Orden, daß in solchen Vereinen der einzelne nicht mehr allein das tun darf, was er für sich selbst als wahr erkennt, sondern zu gehorchen hat, auch gegen seine Überzeugung.« Er rang nach Luft. »Solch einer Gruppe gehörte ich niemals an. Ich habe nicht gelogen.«

»Gut. Und wer sind die ›Freunde deutschen Sinnes‹?«

»Jeder Deutsche, der wie ich das deutsche Vaterland liebt. Das ist die Wahrheit.«

»Wem haben Sie noch geschrieben?«

Erst nach langem Zögern bekannte Carl, daß er in das eine Paket sein Tagebuch und in ein zweites alle gesammelten Briefe der Familie gepackt habe. Das dritte Paket enthielt einmal den ›Todesstoß‹ und das ›Todesurteil‹, adressiert an die Zeitungen in Bremen, Speyer und Bamberg, mit der Bitte, sie nach der Tat zu veröffentlichen, und zum anderen den Abschiedsbrief an die Eltern. »Dieses dritte Paket übergab ich am Tag vor meiner Abreise den Hausleuten. Sie sollten es auf die Post geben.«

Der Untersuchungsrichter blätterte in den Papieren, dabei wölbte er die Unterlippe vor und zurück. »Sonderbar. Niemand durfte von Ihrem Plan wissen. Und doch verschicken Sie Ihr Bekenntnis schon vierzehn Tage vor der Tat? Und gleich an drei Zeitungen. Glauben Sie wirklich, die Redakteure hätten bis nach dem Mord geschwiegen?« Ruhig faltete er die Hände, legte sie auf den Matratzenrand und wartete.

Mit einem Mal fühlte Carl, wie ihm Schweiß von der Stirn rann. Armer Gottlieb. Du bist dem Gericht längst bekannt. Du wirst mich verstehen, aber Seinen Namen darf ich nicht angeben. Er, so überragend in allem, Er darf nicht angetastet werden. »Die Wahrheit ist, daß ich das dritte Paket am Abend heimlich unter den Sachen meines Zimmernachbarn Gottlieb Asmis versteckt habe. Später sollte er es finden.«

»Wir werden die Personen verhören und nach diesem Paket suchen lassen.«

Er wußte nichts! Scharf sog Carl den Atem ein. O Gottlieb, du treuer Freund, verzeih! Rasselnder Husten überfiel ihn, gequält kämpfte er um Luft, warf sich auf den Rücken, schrie vor Schmerz, schlug hilflos mit den Armen.

Sofort beugte sich der beleibte Mann über den Gefangenen, griff seine Schulter und half ihm, den Oberkörper zurück auf die verletzte Seite zu drehen. »Ruhig, Junge. Ruhig.« Betroffen strich er ihm das nasse Haar aus der Stirn.

»Es geht schon«, keuchte Carl, dankbar sah er das Mitleid in dem breiten Gesicht. »Fragen Sie weiter. Ich halte durch.«

»Nein. Für heute genug.«

Die Kälte war aus den Augen gewichen. Erleichtert legte Carl die Hand über die harte Anschwellung unter dem Brustkorb. »Kennen Sie Theodor Körner, den Dichter?«

Der beleibte Mann nickte, er rückte den Hocker dichter ans Kopfende. »Nicht mehr anstrengen, Sand. Sprechen Sie leise.«

»An ihn denke ich. Er war ein Held. ›Durch, Brüder, durch! – Dies werde / das Wort in Kampf und Schmerz.‹ Kennen Sie den Vers?«

»Körner. Immer wieder«, murmelte der Richter. »In welch einer Welt lebst du nur, Junge?«

»Sagen Sie doch, kennen Sie diesen Vers?«

Ohne jede Begeisterung ergänzte der Justizrat: »›Gemeines will zur Erde, / Edles will himmelwärts! / Soll uns der Sumpf vermodern?‹«

Lebhaft fuhr Carl fort: »Was gilt da Weltenbrand? – / Drum laß den Blitz nur lodern; / Durch! – Dort ist's Vaterland!« Verstehen Sie, er sagt, was ich denke. Mit seinen Worten leb' ich.«

Nach langem Schweigen erhob sich der Untersuchungsrichter. Bedrückt reichte er dem Kranken zum Abschied die Hand. »Sie werden viel Kraft brauchen, Carl.«

Den Sonntag über hatte der Gerichtsrat den Inquisiten weiter nach seinen Freunden in Jena und nach den Grundsätzen der Burschenschaft befragt.

»Durch Aufhebung aller Orden und Landsmannschaften werden Spaltung und Reibung beseitigt. So kann Eintracht und Friedlichkeit unter den Akademikern hergestellt werden.« Carl hatte bereitwillig Auskunft gegeben, ohne Namen zu nennen.

Keine Fehler mehr. Ich stelle mich dem Kampf.

Noch ehe der Untersuchungsrichter am Montag morgen das Verhör beginnen konnte, bat der Gefangene, seine Angaben vom Vortag noch einmal hören zu dürfen. Carl war auf der Hut.

»Lesen Sie«, forderte der Justizrat einen der Schreiber auf.

Ernst, gespannt, bald schon mit leuchtenden Augen lauschte Carl seinen eigenen Worten; als der Beamte schwieg, nickte er heftig. »Das ist der Kampf der deutschen Studenten. Ihre Ziele sind auch meine Ziele. Alle Burschenschaften müssen sich noch enger zusammenschließen. Eine einzige allgemeine Burschenschaft!« Keuchen und Husten nach jedem Satz, dennoch wuchs Triumph in seiner Stimme. »So werden wir zum Vorbild eines großen, freien Deutschlands. Ein Volk – und deshalb: ein Reich! Wir sind nicht länger nur Bayern, Sachsen oder Preußen. Wir sind Deutsche, stolz, stark ...«

»Genug, Sand. Genug!« unterbrach der beleibte Mann ärgerlich. »Dies haben Sie ausführlich und zur Genüge ins Protokoll diktiert. Träume! Von Staats wegen kann die sogenannte Allgemeine Burschenschaft niemals anerkannt werden. Selbst die Zustimmung einer einzelnen deutschen Regierung genügt nicht. Begreifen Sie doch, Carl, alle Länder müßten zunächst Burschenschaften zulassen, ehe sich solch eine Vereinigung offiziell über ganz Deutschland ausbreiten könnte.« Er zückte die Taschenuhr, mit einem hellen Ton sprang der Deckel auf. Bestürzt schob der Gerichtsrat die Unterlippe vor und blickte verstohlen zur Saaltür.

»Sand, Sie betonen immer wieder die Parole: Freiheit für das Vaterland. Gut, sehr gut.« Halb schloß er die Lider. »Nach welchem geheimen Plan soll sie verwirklicht werden? Ich möchte endlich eine klare Antwort. Was verstehen Sie unter dieser Freiheit?«

Er will, daß ich ihm den Weg zeige? Offen sah Carl in das breite Gesicht. »Unter echter irdischer Freiheit verstehe ich, was die edlen Dichter in ihren Liedern schreiben.«

»Aber, Junge ...« Der Untersuchungsrichter trocknete sich die Handflächen. »Das sind Verse, Carl. Nur Verse.«

Mild lächelte ihn der Gefangene an. »Rein und klar. Voller Weisheit und Wahrheit. Sie geben Rat, Trost und rufen zum Kampf.« Carl hob den Finger. »Eine Zeile genügt manchmal, um den Blick wieder für das Ziel zu schärfen. Was brauch' ich da einen geheimen Plan? Die Lieder der großen Dichter sagen mir, nach welcher Freiheit ich streben muß.«

Die Saaltür schwang auf. Stimmen. Der Kanzler des Oberhofgerichts, begleitet vom Stadtphysikus und Doktor Beyerle, führte einen schlanken vornehmen Herrn herein. Bevor die Gruppe das Krankenbett erreichte, beugte sich der beleibte Mann rasch über den Gefangenen. »Das darf nicht alles sein, Carl. Hinter jeder Freiheit steht ein politisches Konzept. Sie verschweigen mir, was Sie wirklich denken.«

»Bei Gott, ich verheimliche nichts.«

Resignierend stopfte der Untersuchungsrichter das Schnupftuch in die Tasche und schloß die Knöpfe der Weste.

Auf Befehl des Stadtphysikus waren alle Vorhänge des

Kastenbetts sofort hochgeschlagen worden. Zwei Öllampen brannten an jedem Pfosten. Die heugefüllte, längst vom Schweiß verklumpte Zudecke war abgenommen worden.

Im hellen Licht lag Carl nackt vor Maximilian Joseph Chelius. Der Professor bemerkte bedauernd das beschmierte Laken. Die hohe Stirn gekraust, wandte er sich an den Kanzler. »Erst wenn es gelingt, die Patienten in sauberen Sälen unterzubringen, werden wir Brand, Hospitalfieber und andere Infektionen ernsthaft bekämpfen können.« Eine Stimme, die Respekt verlangte, und doch frei von Vorwurf, leise und sachlich. Ohne Antwort zu erwarten, beschäftigte er sich aufmerksam mit dem Krankenbericht. Wortlos reichte er das Blatt dem Stadtphysikus zurück. Die leicht auseinanderstehenden Augen begutachteten den Körper des Kranken. Endlich setzte sich Professor Chelius auf den Rand der Matratze, nickte Carl zu: »Sprechen Sie nicht«, und betastete die verdickten Muskeln der linken Seite. Er legte das Ohr an die aufgetriebene Brust und schlug mit dem Knöchel gegen die Rippen. Aus seiner Ledertasche entnahm er einen länglichen Trichter.

Beim Anblick des Instrumentes zuckten die Brauen des Stadtphysikus; steif verhakte er seine Daumen hinter dem Rücken.

Der junge Professor bat Doktor Beyerle näher: »Überzeugen Sie sich, Herr Kollege«, setzte die große Öffnung des Zylinders über die Anschwellung und forderte von dem Patienten: »Auch wenn es schmerzt. Bewegen Sie leicht den Oberkörper.«

Doktor Beyerle horchte in den Trichter. »Ausgezeichnet. Das Schwappen ist deutlich zu vernehmen, wie Wasser in einem gefüllten Faß.« Anerkennend gab er das Hörrohr zurück.

»Ihre Diagnose, meine Herren, war richtig. Ein blutiges Extravasat hat sich in einer Höhle des Thorax gesammelt. Die Ödeme linksseitig an Hand und Fuß lassen auf eine bereits fortgeschrittene Entzündung schließen.« Professor Chelius erhob sich. »Die Ansammlung verdorbenen Blutes ist bedrohlich groß und muß unbedingt entfernt werden.«

Der schlanke Mann wandte sich an den Kanzler des Oberhofgerichts. »Auch wenn er ein Verbrecher ist. Ich benötige das Einverständnis des Kranken.«

Freiherr von Hohnhorst zögerte nicht, er winkte den Untersuchungsrichter ans Kastenbett. »Das ist Ihre Aufgabe«, raunte er. »Fragen Sie den Inquisiten, lieber Freund.«

Widerstrebend preßte der beleibte Justizrat die Handballen gegeneinander. »Carl Ludwig Sand. Die Ärzte ...« Er räusperte sich. »Ohne Hilfe werden Sie sterben. Nur eine Operation kann Ihr Leben vielleicht noch retten. Sie ist Ihre einzige Chance.« Er wischte über die Stirn und blickte in die zustimmenden Gesichter der Herren. Er zögerte, sah wieder auf den nackten jungen Mann. Er hörte den rasselnden Atem. Der Untersuchungsrichter hatte sich entschlossen: »Natürlich wird das Verhör nach geglückter Operation fortgesetzt. Sie haben den Mord gestanden. Wie der Prozeß enden wird, wage ich nicht vorauszusagen. Carl, Sie wollten sich selbst den Tod geben. Sie müssen entscheiden. Wenn Sie jetzt leben wollen, willigen Sie ein.«

Wer kann mir etwas tun? Kein gerechter Richter wird es wagen, mich zu verurteilen. Daß ich mich selbst verwundet habe, bereue ich längst. Meine Tat war eine Brandfackel. Und wenn ich durch das feige Gesetz machtgieriger Fürsten sterben soll, dann will ich mich opfern, erhobenen Hauptes und im Angesicht des ganzen Vaterlandes. Ja, ich will mein Feuer lodern sehen. *Durch, Brüder! – Durch!* Carl reckte das Kinn. »Ich bin mit der Operation einverstanden«, sagte er und lächelte.

»Zu den Vorbereitungen. Der Patient muß täglich gewaschen werden. Nicht allein die erkrankte Brust. Der ganze Körper.« Während Professor Chelius bereits wieder dem Ausgang zustrebte, gab er den Ärzten und dem Kanzler mit leiser Stimme die notwendigen Anweisungen.

»Ich komme bald wieder«, versprach der Untersuchungsrichter. Fest drückte er Carl die Hand und eilte der Gruppe nach.

Von den Wundärzten wurde der Verband erneuert. Wortlos deckten sie ihn zu und fütterten ihn, achteten darauf, daß der Kranke sich nicht an dem wäßrigen Brei verschluckte.

»Verzeiht. Ich weiß, ich bin eine Last.« Carl versuchte die Ärzte in ein Gespräch zu ziehen. Doch sie schwiegen und ließen ihn allein. Auch die beiden Wachposten hielten, wie längst gewohnt, Abstand vom Kastenbett; unter Strafe war es ihnen verboten, mit dem Gefangenen zu sprechen.

Zum ersten Mal, seit er hier lag, gab es niemanden, der ihm zuhörte, der antwortete. Begierig wartete Carl auf die Rückkehr des Gerichtsrates.

Die Operation? Sie werden mich aufschneiden. *Und ob ich auch wandle durchs finstere Tal.* Carl seufzte. Nein, Mutter, dein Sohn fürchtet sich nicht.

Er lag zur Seite gedreht, halb erhöht in den Kissen, und betrachtete seine angeschwollene linke Hand. Mühsam versuchte er, die Finger zu krümmen. »Ich war nie eine feige Memme. Niemals.«

Carl ballte die Faust. »Wenn ich doch älter wär'!« Mit sehnsüchtigen Augen steht der Dreizehnjährige zwischen den Klassenkameraden am Rand des Marktplatzes von Wunsiedel. Drüben, vor dem Rathaus: Trompeter! Die Fahne flattert. Nach und nach sammeln sich die Freiwilligen, ordnen sich in Reih und Glied.

Im Frühjahr 1809 war der Krieg entbrannt. Österreich versuchte Napoleon Einhalt zu gebieten. Doch schon der Beginn, die Schlacht bei Regensburg, wurde zur schmachvollen Niederlage. Im Juli rief Graf Nostiz die jungen Männer des Sechsämterlandes in Wunsiedel zusammen. Heute soll die »Fränkische Legion« unter seiner Führung abmarschieren.

Trompetensignal. Der Trupp setzt sich in Bewegung. Jubelnd rennen die Lateinschüler vornweg. Carl und Christian stürmen als erste durchs Tor. Weit hinter der Stadt warten die Jungen am Straßenrand auf die Tapferen, im Gebüsch versteckt, atemlos.

An der Spitze trabt der Major hoch zu Pferd, so stolz, hinter ihm Trommler und Pfeifer, sie geben den Tritt an. Die Freiwilligen trotten vorbei.

Carl stößt dem Freund in die Seite. »Christian!« Entsetzt zeigt er zum hinteren Teil des Zuges. »Da!«

Junge Männer laufen rechts und links in die Wiesen, die geschlossenen Reihen lösen sich auf, die Freiwilligen fliehen, es werden mehr, bald folgt nur noch die Hälfte der Angeworbenen dem Pferd des Grafen.

Carl hält es nicht länger. Er springt auf die Straße, droht den Flüchtigen mit den Fäusten nach: »Wenn ihr Memmen nicht wollt! Dann werde ich mitziehen!« Entschlossen rennt der Dreizehnjährige los.

Christian fordert die Kameraden auf, sie jagen hinter Carl her, holen ihn ein, halten ihn, ziehen den Tobenden in den Straßengraben.

Endlich hat sich Carl beruhigt. Die Lateinschüler heben die hochroten Köpfe. Längst sind Graf von Nostiz und der Rest der »Fränkischen Legion« weitergezogen.

Mit hängenden Schultern reckt der Dreizehnjährige das Kinn. »Ich hätte gekämpft.«

»Feig war ich nie.« Carl bog mit der rechten Hand die geschwollenen Finger der linken zur Faust.

Immer noch war der Untersuchungsrichter nicht zurückgekehrt. Draußen dämmerte es. Im Krankensaal war der Tag bereits erloschen, nur die Öllampen spendeten matte Helligkeit.

Sieben Stunden wanderte Carl am 10. Mai 1811 ohne Rast, sieben Wegstunden von Hof nach Wunsiedel. Bei Anbruch der Dunkelheit erreicht der Fünfzehnjährige den Kirchplatz und biegt in die schmale Gasse ein. Licht schimmert durch das Fenster. Leise klopft Carl an der Tür.

Erst nach dem Essen stellen die Eltern den Sohn zur Rede.

Wilhelmine Sand ist enttäuscht. »Auch wenn das Gymnasium in Hof aufgelöst wurde. Du solltest bei deinem Lehrer bleiben und lernen.«

Heftig schüttelt Carl den Kopf. »Ich konnte nicht.« Morgen ziehen die Franzosen durch Hof. Morgen wird auch der Unterdrücker unseres Vaterlandes in Hof eintreffen, um seine Truppen zu inspizieren. »Versteh doch, Mutter. Ich kann nicht mit dem Erzfeind zwischen den gleichen Mauern sein, ohne daß ich mein Leben an ihm wage.«

Zufrieden setzt Christoph Sand die Pfeife in Brand. »Gut, Junge. Du hast Herz. Ein freies Deutschland unter Preußens Führung, vergiß den Traum niemals.«

Unverwandt halten sich Sohn und Mutter mit den Augen fest.

»Du bist mein Carl«, sagt sie.

Stiefeltritte erschreckten Carl. Er löste den Blick von der Öllampe am Pfosten. Zwei Stadtsoldaten kamen direkt auf ihn zu, fremde Gesichter, achtlos setzten sie eine Trage vor dem Kastenbett ab und begrüßten mit Handschlag die beiden Wächter. Sie blieben, die Männer unterhielten sich flüsternd, hin und wieder unterdrückten sie ein Gelächter.

Angespannt versuchte Carl, eins der Worte aufzuschnappen. Die Entfernung war zu groß. Was geschieht? Heftiger spürte er den Puls in der kranken Brust.

Unter Flüchen schleppte der Hospitalknecht einen Wasserbottich zum Bett. Die Wundärzte wuschen den Gefangenen; mit Lappen wurden Gesicht, Brust und Achseln abgerieben, sie spreizten und hoben vorsichtig seine Beine, gründlich reinigten sie den Unterleib. »Was geschieht mit mir? Ich will es wissen.« Niemand antwortete.

Die Operation? Nicht jetzt. Warum sonst der frische Verband, warum das saubere Krankenhemd? Nein, bei Dunkelheit wird der Professor nicht operieren.

Sein Atem ging schneller. Carl hustete; qualvoll schwappte die Anschwellung, vor Schmerz schlug er die Knöchel gegen die Zähne.

Als er wieder aufsah, erkannte Carl den Kanzler und Stadtdirektor Jagemann am Fußende des Bettes, sah den Stadtphysikus und Doktor Beyerle. Nichts war aus ihren Augen zu lesen. Erst spät bemerkte er den Untersuchungsrichter, der direkt neben seinem Kopf stand. »Endlich.« Hilfesuchend streckte Carl die Hand nach ihm aus. Der beleibte Mann ergriff sie nicht.

»Meine Herren.« Carl bemühte sich um Leichtigkeit, seine Stimme gehorchte nicht. »Was ist geschehen?«

Nach lautem Räuspern wischte sich der Justizrat den Mund. »Sie werden verlegt, Carl. Für die Operation benötigt der Professor einen größeren Raum.«

»Nur das!« Carl lachte, beherrschte sich sofort, um den Husten nicht zu reizen. »Natürlich. Wohin? Bringen Sie mich in einen Tanzsaal«, er scherzte weiter, »ins Theater auf die Bühne, oder in eine Kirche. Ich bin einverstanden.«

Bittend sah der Gerichtsrat zum Leiter der Spezialkommission. Freiherr von Hohnhorst runzelte die Stirn, seine Brauen wuchsen zum Gestrüpp. »Ein Mörder gehört ins Zuchthaus, junger Mann. Sie sind ein Mörder.«

Das Lachen erstickte, Carl weitete die Augen. »Das dürfen Sie nicht.« Die Gesichter der Herren verschwammen. »Das dürfen Sie nicht tun.« Salzig schmeckten die Lippen. Carl keuchte und stammelte. »Nicht ins Zuchthaus.«

»Vorwärts, Männer!« Scharf zerschnitt der Stadtdirektor das Klagen.

Haltlos strömten die Tränen und näßten das gerötete Gesicht. Carl wurde auf die Bahre gehoben, aus dem Saal gebracht; er nahm es nicht wahr. Carl weinte, glaubte zu ersticken, wälzte sich auf die linke Seite; weinte. Im Schein der Fakkeln schoben sie ihn auf die Lade eines Karrens. Sofort fiel die Plane. Dumpf holperten die Räder über das Pflaster. Carl weinte.

Der kurze Weg führte vom Quadrat R5 hinüber zu Q6. Alles war geplant und vorbereitet. Schnell wurde das hohe Zuchthaustor für den geheimen Transport geöffnet und gleich wieder geschlossen. Im Hof packten Wachposten und Stadtsoldaten die Krankenbahre. Zu viert trugen sie den wimmernden Gefangenen zum Gebäudetrakt, gleich neben der Zuchthauskirche. Ehrerbietig begrüßte der Direktor die Ärzte und Herren der Spezialkommission. »Folgen Sie mir.«

Im zweiten Stockwerk, gleich unter dem Dachgeschoß, erwartete ein gedrungener Mann den Gefangenentransport. Oberzuchtmeister Kloster öffnete die Tür zu einem spärlich beleuchteten Raum. »Da hin.« Mit dem Daumen wies er auf das Bett in der Mitte des Zimmers.

Carl ließ die Augen geschlossen. Unter den Lidern quollen die Tränen. Er ließ sich umbetten, fühlte das Kissen im Rücken, die fremde Matratze. Mit jedem Herzschlag wuchs der Schmerz in seiner Brust.

»Hier wird es Ihnen gutgehen, Carl.« Die Stimme des Untersuchungsrichters. Verspottet mich nur, Ihr Herren! *Das Leben gilt nichts, wo die Freiheit fällt,* klagte das Lied in ihm. Verzweifelt flüchtete er zu seinen Helden. Seht, was sie mir antun? Lauter dröhnte der Schmerz und übertönte alles.

»Keine Ohnmacht. Er schläft nur fest«, beruhigte Doktor Beyerle nach einer kurzen Untersuchung den Kanzler des Oberhofgerichts. »Der Transport hat den Patienten überanstrengt.«

Später als gewohnt stieg Oberzuchtmeister Valentin Kloster an diesem Abend die wenigen Stufen zum Dachgeschoß hinauf.

In der Wohnstube lag seine Frau halbsitzend über das kleine Kanapee ausgebreitet. Die Hand leicht angewinkelt, mit dem Fingerfächer bedeckte sie ihre Augen, murmelte: »Die

Danaiden, große Oper in vier Aufzügen. Die Musik ist von Salieri. Danaus, König in Argos, den gibt Herr Singer. Hyper...«, las den schweren Namen noch einmal vom Theaterzettel, blickte durch ihren Mann hindurch, »Hyp-erm-nestra. Hypermnestra singt Fräulein Gollmann.«

Zustimmend nickte der Oberzuchtmeister; während er in die Küche ging, zog er die Uniformjacke aus und kehrte mit Bierkanne und Krug zurück.

Seine Tochter saß über die Stickerei gebeugt am Tisch. Als der Vater sich zu ihr setzte, ließ sie den roten Faden sinken. »Bald ist Frühling.«

Herr Kloster nickte lächelnd, er trank in großen Schlucken und wischte sich zufrieden den Schaum ab. »Du mußt an die frische Luft, Mädchen.«

»Sorg dich nicht.« Friederike liebte den Vater, seine einfache Güte; niemand würde es ihm ohne die Zuchtmeisterjacke, den harten Stock und die vielen Schlüssel ansehen, daß er das Wachpersonal zu befehligen hatte, daß er mit aller Strenge auch die Züchtigung an den Gefangenen vornehmen mußte. Ohne Uniform störte sie nichts am Bild des Vaters. »War es ein schwerer Tag für dich?«

»Nicht anders als sonst.«

»Warum kommst du so spät?«

Frau Kloster seufzte. »Ihr bringt mich ganz durcheinander. Redet leise! Die Namen dieser Oper sind wirklich nicht einfach.« In der spielfreien Zeit während der Osterpause wiederholte sie die schwierigsten Theaterzettel des vergangenen Jahres. Und tiefer seufzte sie. »Pelagus, Oberster der Wache, den gibt Herr Backhaus.«

Vater und Tochter rückten enger zusammen. »Wir haben noch spät einen Neuen gekriegt.«

»Was hat er verbrochen?«

»Einen Mörder. Aber der ist selbst schwer verwundet. Der muß liegen.« Kloster nahm einen Schluck, setzte den Krug leise auf die Tischplatte zurück, er stützte das Kinn auf. »Weglaufen kann der nicht mehr. Und doch mußt' ich auf Anordnung extra zwei Sträflinge für den Neuen abordnen. Die Kerle schlafen ab jetzt vor seiner Tür. Tagsüber müssen sie ihn bedienen.«

Friederike hielt den Atem an; sie griff nach der Nadel, doch ihre Finger zitterten, es gelang ihr nicht, weiterzusticken. »Ist er alt?«

»Ein Student, sagt der Direktor.«

»Wie heißt er?«

Verwundert schob der Oberzuchtmeister den Krug zur Seite. »Warum fragst du, Mädchen?«

»Bitte, Vater. Sag mir den Namen.« Ihre Wangen glühten.

»Ich darf nicht. Alles ist streng geheim. Er hat das Zimmer gleich die Stiege runter. Außer mir, den beiden Kerlen und dem Direktor dürfen nur noch die Ärzte zu ihm. Ohne Erlaubnis vom Gericht darf sonst keiner den Raum betreten.«

Friederike wußte es, sie wollte nur Sicherheit. »Dann sag mir, wen er getötet hat.«

Unschlüssig kratzte der gedrungene Mann im grauen Haar, sah kurz zu seiner Frau hinüber, schließlich murmelte er: »Mädchen, du machst deinen alten Vater unglücklich. Wenn du's ausplauderst, wär's aus mit der Pension.« Friederike berührte sanft die schwielige Hand. Für einen Moment ließ er die Zärtlichkeit zu, dann rückte er die Hand zum Krug. »Da unten liegt jetzt der Mörder von diesem Staatsrat. Er muß bald operiert werden, deshalb hat er das schöne Zimmer gekriegt.«

Friederike stach die Nadel ins Garnknäuel, nahm Körbchen und Stickrahmen; beim Aufstehen stieß sie gegen den Tisch. Erschreckt ließ Frau Kloster den Theaterzettel sinken. »So komme ich nicht weiter.«

»Ich war ungeschickt.«

»Du bist müde, Kind.« Wieder vertiefte sich die Mutter in ihren Lernstoff.

»Gute Nacht, Vater. Und danke.« Schnell wandte sie sich ab.

Der Oberzuchtmeister hielt sie zurück. »Warum so neugierig, Friederike?«

Sie fühlte das Herz hinaufschlagen, ihre Stimme gehorchte kaum. »Ich hab' doch gesehen, wie er sich mit dem Dolch verletzt hat. Nur Neugierde.«

Sie eilte davon, an der Tür stockte sie und blickte zur Mutter. »Chyrsipp, ein Wahrsager, den singt Herr Vincenz.« Ohne zu unterbrechen, winkte Frau Kloster der Tochter ein Gutenacht.

Endlich. In der kleinen Schlafstube warf das Mädchen ihr Stickzeug aufs Bett. Er lebt. Gott, ich danke dir. Er und ich unter einem Dach. Friederike nahm das Kissen und preßte den Mund hinein.

Carl wachte auf. Fremde Stille. Reglos lag er in der schweißwarmen Mulde aus Kissen und Matratze. Der Anblick der beiden Fenster verwirrte ihn. Draußen schimmerte der Morgen. Amseln sangen herein. Nichts hatte ihn aus dem Schlaf geschreckt. Kein Gelächter, keine derben Stimmen der Wärterinnen.

Nicht mehr im Hospital. Langsam erinnerte sich Carl. Seit zwei Nächten bin ich jetzt hier. Vorsichtig, um den Schmerz nicht zu wecken, hob er den Kopf.

Das Zimmer war geräumig, das Bett ohne Pfosten und Himmel, ohne Vorhänge. Ein gutes Bett, mit erhöhter Stirnwand für die Kissen. Gestern hatten die beiden Wärter es so gerückt, daß Carl über das Fußende zum Ofen und über die rechte Schulter hinweg zur Tür sehen konnte, sonst aber, auf der kranken Seite liegend, durch die Fenster ins Licht blickte. Kein Gestank mehr um mich herum. Ich werde umsorgt. Gott hat es gut gefügt.

Sogar eine eigene Dienerschaft hat man mir gegeben! Dieser Gedanke erheiterte Carl, zufrieden, unvorsichtig tief sog er den Atem ein. Elend! Qual! Rasselnder Husten brach aus seiner Brust, der schwere Klumpen unter den Rippen schwappte hoch, überfiel ihn, hilflos würgte er. Wie an jedem der vergangenen Morgen hatte er erst nach einer Weile neu gelernt, den Schmerz zu ertragen. Geschwächt lächelte er. »Das ist die Strafe. Sand vom Fichtelberg, mäßige deinen Hochmut.« Dennoch, wie ein Mörder werde ich nicht behandelt. Mein Zimmer ist kein Kerker. Der blaue Himmel hat keine Gitterstäbe, frei ziehen die Wolken an mir vorbei.

Er betastete seine rotverdickte linke Hand, kaum spürte er den Druck. Taub wird sie, von Tag zu Tag mehr.

»Die innere Entzündung greift schneller um sich«, erklärte Dr. Beyerle nach der Untersuchung. »Sie wuchert in den linken Arm und scheint den Nerv zu lähmen.« Mehr wußte er nicht zu sagen.

Gegen Mittag wurden die Gerichtsschreiber ins Zimmer gelassen. Oberzuchtmeister Kloster wartete bei der geöffneten Tür. Während die Beamten an der kahlen Wand neben dem Ofen Platz nahmen, Brett und Papier auf den Knien zurechtlegten, trug einer der Wärter, so rasch es seine schwere Fußkette erlaubte, noch einen zweiten Holzsessel herein. Vor dem Tisch zwischen den Fenstern stellte er ihn ab.

»Wie befohlen«, hörte Carl. Verwundert blickte er über die Schulter. Mit einem Kopfnicken gab der gedrungene Aufseher dem Untersuchungsrichter und einem fremden Herrn den Weg frei. Leise schloß er die Tür.

»Heute bringe ich einen Gast«, begrüßte der Justizrat den Kranken; das Leichte in seiner Stimme klang spröde.

Einen Augenblick zögerte Carl, dann erkannte er den evangelischen Hofprediger Katz wieder, der ruhig und ernst vor seinem Bett stand. »Wie versprochen, habe ich Ihnen ein Neues Testament mitgebracht.« Leise Worte, zu mild, zu mitfühlend.

Das Herz schlug. »Warum heute?« Angstvoll sah Carl von der Bibel hinauf ins Gesicht des Pfarrers. Der Hofprediger schwieg. »Warum?« Sein Blick floh zum Untersuchungsrichter.

»Morgen, Carl. Morgen kommt der Professor.«

Hart pulste das Blut in der schmerzenden Brust. »Aber es ist nur eine Operation«, flüsterte Carl. »Nicht der Tod.« Er keuchte flach und schnell, preßte die rechte Faust gegen die Stirn. Endlich hatte er den Atem zur Ruhe gezwungen. »Ich danke Ihnen für die Fürsorge, meine Herren. Gott ist an meiner Seite. Ich benötige keinen Beistand.«

Wortlos wandte sich Pfarrer Katz an den Gerichtsrat. Dessen Lider senkten sich halb über die vorgewölbten Augen. Ein stilles Zeichen.

In großer Ruhe öffnete der Hofprediger die Schrift. »Auch ich lese gern im Buch des Apostel Johannes. Welche Stelle ist Ihnen die wichtigste?«

Wie zwei Augen. Carl sah an den Männern vorbei zu den Fenstern. Gottes helle Augen wachen über mich. »Wenn Christus von der Angst spricht.«

Pfarrer Katz blätterte lange.

Unverwandt hielt Carl das Licht fest. »Kapitel 16. Es steht im Vers 33.«

Die Bibel über dem linken Unterarm aufgeschlagen, bat der Hofprediger: »Jeder von uns benötigt Trost. Hören Sie das Wort, Carl Sand. Vielleicht gibt es Ihnen Kraft für den schweren Tag.«

Seine weiche Stimme drohte den Schutz zu durchbrechen. Carl lehnte sich auf, hastig befeuchtete er die fiebrigen Lippen. Sei stark! Erweise dich deiner Tat würdig. Was mir auch widerfährt, niemand soll mich schwach sehen. Mein Geist unterliegt dem Körper nicht, nein, er siegt. »Sie sind sehr freundlich.« Laut und krächzend. Carl war gewappnet.

»Durch dieses Wort schenkt Christus den Jüngern Zuversicht.« Betont schlicht, ohne seelsorgerlichen Aufwand las der Hofprediger: »Solches habe ich mit euch geredet, daß ihr in mir Frieden habet. In der Welt habt ihr Angst; aber seid getrost, ich habe die Welt überwunden.«

Fest ballte Carl die gesunde Faust und grub die Zähne in

die Knöchel. Langsam bewegte er den Oberkörper aus der Seitenlage; der Schmerz brüllte in ihm, überschrie die warme Rührung. Weiter drehen! Fast berührte die rechte Schulter das Kissen. Der Klumpen in seiner Brust stockte den Atem, lähmte. Weiter! Carl übte die Grenze, ließ nicht nach.

Entsetzt stürzte der Untersuchungsrichter vor und wälzte den Oberkörper behutsam zurück. »Willst du dich umbringen, Junge?«

Carl röchelte, kämpfte um Luft, schaumiger Blutspeichel rann ihm aus dem Mund. Endlich lag er still. Sieg! »Sie sehen. Ich ertrage jeden Schmerz. Ich habe keine Angst vor morgen.« Er mühte sich, laut und fest zu sprechen. »Bitte, verzeihen Sie mir, Herr Pfarrer. Kein Gespräch.« Den Untersuchungsrichter bat er: »Ein Verhör. Nur Fragen. Ich werde meine Antwort diktieren wie bisher.«

»Gut.« Der beleibte Mann rückte dicht ans Bett. »Wenn es leichter ist. Sehr gut.« Kurz schnippte er seinen Beamten. Sie drehten die Bleistiftspitzen in der Zunge und waren bereit.

»Wann faßten Sie den Entschluß, Theologe zu werden?«

»Noch auf dem Gymnasium. Mein Lehrer hat mich bestärkt.«

»Sein Name?«

»Saalfrank.« Erst jetzt stockte Carl. Hatte er zu schnell diesen Namen bekannt? Nein. Saalfrank droht keine Gefahr. Zwischen dem Rektor und Ihm, dessen Namen Carl hütete, gab es keine Verbindung. Von dem geliebten Schullehrer darf ich berichten.

»Die französischen Besatzer hatten das Lyzeum in Hof 1812 geschlossen. Im folgenden Frühjahr wurde Saalfrank als Professor ans Gymnasium nach Regensburg berufen. Ich durfte mit ihm ziehen und lebte in seinem Haus.«

Der Schüler saß in der Studierstube seines Lehrers. »Es ist unser gemeinsamer Beschluß, lieber Carl.« Ernst dreht Saalfrank den

Schaft der Schreibfeder zwischen den Fingern. »Du bist für die höhere Wissenschaft bestimmt, für die solide Gelehrsamkeit. Ein zukünftiger Lehrer der Menschen sitzt vor mir.«

In stillem Stolz faltet Carl die Hände.

»Wenn du genügend an dir arbeitest, wirst du später erwachsene Jünglinge unterrichten wie ich. Besser noch. Vertiefe dich in das Studium der Theologie. Ich bin ganz sicher, deine Predigerstelle wird nicht in einem kleinen Dorf sein, sondern ...« Rasch verläßt er seinen Platz, zieht den Achtzehnjährigen zum Fenster und zeigt ihm das winterliche Regensburg. »In solch einer großen Stadt wirst du, im Geist der Reformation, Gottes Wort verkünden.«

Mit dem Blick folgt Carl dem weiten Bogenstrich der Schreibfeder, und seine Augen strahlen.

Kreisend fuhr Carl mit dem Finger über den unförmig verdickten Handballen der linken Hand. »Seit diesem Tag halte ich an dem Vorsatz fest, mich selbst dem Herrn zu weihen.«

Nachdenklich trocknete sich der Untersuchungsrichter den Nacken. Pfarrer Katz beugte sich vor.

Ohne die nächste Frage abzuwarten, verkündete Carl: »Wenn der Mensch das Göttliche in sich sucht. Wenn der Mensch das Schlechte haßt und bekämpft.« Laut keuchte er die Sätze. »Wenn der Mensch also das Gute mit allen Kräften übt. Dann stellt der Mensch Gottes Ebenbild auf Erden dar!«

Geschwächt schloß Carl die Augen, sammelte neue Kraft.

»Du sollst nicht töten!« fuhr der Hofprediger auf. Sofort bat ihn der beleibte Mann durch ein Handzeichen zu schweigen.

»Was ist mit den Vorschriften des göttlichen Wortes, Sand?« Leise, eindringlich setzte er das Verhör fort.

Carl drückte den gestreckten Zeigefinger tief in die wunde linke Handfläche, ließ ihn so. Für einen Gedankenblick eilte er zurück.

Jena. Auf Umwegen gelangte Carl zum geheimen Treffen. Im dichtgedrängten Halbkreis sitzen er und die Freunde vor Ihm, dem mitreißenden, alle Wissenschaftler der Universität überragenden Professor. Begeistert folgen die Auserwählten Seinen unbestechlich klaren Thesen: Deutschland, eine unteilbare Republik! Eine einzige christlich-deutsche Kirche! Bis das Ziel erreicht ist, führt jeder einzelne seinen eigenen Krieg gegen die verrottete Monarchie und ihre Vasallen. Was der einzelne für wahr erkennt, muß er verwirklichen bis hin zum Mord, unbedingt und ohne Rücksicht. »Sei bereit, den Opfertod zu erleiden. Ein Christus kannst du werden!« Und leise singen die Studenten mit Ihm, dem Vater ihres neu geschärften Denkens, das Bundeslied, das Er ihnen schenkte. Carl ist stolz, zu Seinen Unbedingten zu gehören.

Gestärkt minderte Carl den Druck des Zeigefingers. »Es ist also folgerichtig.« Sein Flüstern drang nicht mehr bis zu den Gerichtsschreibern. Leise näherte sich einer der Beamten. Der Kranke atmete flach. »Ist der gute Mensch, kraft seiner eigenen Anstrengung, Gottes Ebenbild. So sind die göttlichen Gesetze nicht positiv gebietend. Sie bedeuten für ihn lediglich eine beratende Vorschrift. Wenn ich die Wahrheit erkannt habe. Wenn ich vor Gott sagen kann: ›Das ist wahr‹, so ist es die Wahrheit. Also muß ich danach handeln.«

Der Gerichtsrat lehnte sich zurück, den angewinkelten Arm auf der Holzlehne, stützte er das Kinn. »Und Kotzebue? Gibt es eine Rechtfertigung vor Gott für diesen Mord?«

»Wer versucht, das Göttliche in mir zu unterdrücken. Der hat Mord und Totschlag dreifach verdient.«

»Junge, bereust du die Tat denn nicht?« Heftig blies der beleibte Mann die Unterlippe, unterdrückte seine Erregung. »Carl Ludwig Sand. Ihnen wird zur Last gelegt, die göttlichen und menschlichen Gesetze verletzt zu haben.«

Lange antwortete Carl nicht. Schließlich griff er ins Haar,

rieb eine Strähne zwischen den Fingern. »Täglich bitte ich Gott um Erleuchtung. Wenn ich durch göttliche Eingebung erkenne, daß meine Tat Unrecht gewesen ist. So werde ich sie bereuen.« Weit öffnete er die Augen, fast bedauernd ergänzte er. »Bisher ist dies noch nicht geschehen.«

Der Gerichtsrat schob den Sessel zurück. »Für heute genug.« Schwerfällig ging er zu einem der Fenster. Auch der Hofprediger erhob sich. Wortlos blickten die beiden Männer hinaus.

Sie verdunkeln mein Licht. Lauter schlug das Herz. Die Angst kehrte zurück. »Was ist vor meinen Fenstern?«

»Der Zuchthausgarten«, antwortete der Untersuchungsrichter; »Osterglocken blühen«, der Hofprediger.

»Das ist schön. Ich liebe Blumen.«

Der beleibte Mann entließ die Schreiber, geleitete Pfarrer Katz bis zur Tür und kehrte noch einmal um. »Carl, bedenken Sie, nach Abschluß des Verhörs werden Richter über Sie urteilen. Sie haben in die Operation eingewilligt. Werden Sie auch morgen zu Ihrem Wort stehen?«

Fest nickte der Schwerkranke. »Noch nie habe ich mein Wort gebrochen.«

Kaum war der Untersuchungsrichter gegangen, als Carl beschämt die Augen verdeckte.

Am 23. Dezember 1813 hatte der Polizeidirektor von Regensburg alle Gymnasiasten auf das Rathaus befohlen. Carl steht mit den Kameraden in der ersten Reihe.

»Junge Männer. Tapfere Bayern! Deutschland erhebt sich gegen den französischen Erzfeind. Auch Bayern steht fest zu den Verbündeten. Im Oktober brachte die große Völkerschlacht bei Leipzig die entscheidende Wendung. Kopflos fliehen die Franzosen vor unseren Heeren. Auf zur Hasenjagd, Ihr jungen Männer! Wir haben nicht umsonst exerziert. Jeder von Euch weiß eine gute Klinge zu führen. Jetzt beweist es! Erst wenn Paris eingenommen ist, haben wir das Ziel erreicht. Meldet

Euch. Kämpft mit, Seite an Seite, für die endgültige Befreiung des Vaterlandes. Wer ist der erste?«

»Ich!« Carl tritt vor. »Wenn das Vaterland winkt, so befiehlt es mir die Ehre und die Pflicht!«

Am Abend schüttelt Professor Saalfrank den jungen Mann heftig an den Schultern. »Du willst Lehrer der Menschen werden, Carl. Deine Mutter und ich glauben, daß du so dem Vaterland nützlicher sein kannst. Sollen meine Mühe und die Opfer deiner Eltern auf einem Blutfeld enden?«

In seinem Zimmer verbirgt der Achtzehnjährige das Gesicht in den Händen. Später steht er mit hängenden Schultern vor seinem Tagebuch, sagt es sich immer wieder: »Der Freund und die Mutter hielten mich ab.« Er reckt das Kinn: »Sonst hätte ich gekämpft.«

»Wird schon, Sand. Die Ärzte verstehn's.«

Erschreckt nahm Carl die Hand von den Augen. Der Oberzuchtmeister! Seit wann steht er am Bett? Wie lange sieht er mir zu? Nein, ich schäme mich nicht. »Ich denke an morgen«, entschuldigte sich Carl und hüstelte schwach.

»Wird schon, Sand.« Gleichmütig ging Valentin Kloster zum Ofen, legte Holz nach und verriegelte das Feuer für die Nacht. »Morgen früh heizen wir richtig. Gut warm soll es sein für die Operation, steht auf der Anordnung vom Gericht.« Aus dem Hosensack nahm er eine Stielglocke, rückte den Lehnsessel dicht ans Bett und stellte sie ab. »Wenn was ist. Läuten. Die beiden Kerle schlafen draußen vor der Tür.« Offen betrachtete er seinen Gefangenen, und Zweifel wuchs in dem verknitterten Gesicht. »Hab' schon viele Mörder gesehen, aber ...« Kloster ließ es dabei. »Gute Nacht, Sand«, und er schraubte die Flamme der Lampe niedriger.

Die Kehle wurde ihm eng; Carl sagte nur mit den Lippen: »Ich bin kein Mörder.«

Er war allein. In beiden nachtdunklen Fenstern spiegelte sich das kleine Licht. »Es ist so schwach.« Hilflosigkeit bedrohte ihn. Mühsam faltete Carl die Finger der rechten Hand in seine verquollene Linke. Körner, du lagst verwundet im dichten Gehölz, auch du glaubtest zu sterben. *Die Wunde brennt; – die bleichen Lippen beben. / Ich fühl's an meines Herzens mattem Schlage, / Hier steh ich an der Marken meiner Tage – / Gott, wie du willst! Dir hab' ich mich ergeben.*

Im Ofen zerplatzte und krachte das Holz. Legte Oberzuchtmeister Kloster ein Scheit nach, kam das Lodern bedrohlich nah. Klappte die Eisentür, war das Hecheln der Flammen weiter entfernt.

Ein Höllenkrater. Der Wind treibt mich an den Rand, treibt mich wieder fort. Carl öffnete und schloß die rechte Hand. »Welcher Tag ist heute?« fragte er zum dritten Mal.

»Donnerstag. Der 8., im April«, antwortete Valentin Kloster geduldig und zum dritten Mal.

»Wann?«

»Gegen Mittag.«

Auf Knien rutschten die beiden Wärter rückwärts von den Fenstern zur Tür, im gleichen Rhythmus klatschten sie die nassen Lappen auf die Holzdielen. Ihre Fußketten klirrten.

»Wie spät ist es?«

»Bald ist Mittag.«

Unter Aufsicht der beiden Ärzte wurde der Tisch ans Fußende des Bettes gerückt, ein Leinentuch aufgelegt. Doktor Beyerle und der Stadtphysikus öffneten die Lederkoffer. Geübt entnahmen sie Bestecke und Instrumente. Auf der weißen Decke ordneten sie Lanzetten, Scheren, Skalpelle, Gefäßabbinder, Zangen, legten sorgfältig die verschieden geschärften Bistouris mit den spitzigen oder vorn abgestumpften, geraden oder gekrümmten schmalen Klingen nebeneinander. Sie überprüften Arznei und Verbandszeug. Die heiße Luft stand im Raum, vom Holzbrand bläulich, stickig.

Endlich. Im frühen Nachmittag wurde die Tür aufgerissen. Der Oberzuchtmeister führte Professor Chelius ins Krankenzimmer.

»Meine Herren, verzeihen Sie. Nach den allmorgendlichen Vorlesungen wurde ich in der Klinik noch über Gebühr aufgehalten.« Chelius rümpfte die Nase, mit schnellen Schritten durchquerte er den Raum, weit öffnete er beide Fenster, bis sich der beißende Rauch verzogen hatte. »Zu intensiver Ofenqualm wird den Patienten töten«, erklärte er dem Aufseher, leise, ohne Vorwurf. »Guter Mann, kein Holz mehr nachlegen. Bringen Sie mir ein Glutbecken. Das gibt uns saubere, trockene Wärme.«

Der schlanke Professor legte den Gehrock ab, faltete ihn sorgsam über die Lehne des Holzsessels, wechselte einige Worte mit den Ärzten, war mit der Anordnung der Instrumente einverstanden. Endlich wandte er sich lächelnd dem Patienten zu. »Haben Sie geschlafen in der vergangenen Nacht?«

Kopfschütteln. Carl streifte nur den Blick des Chirurgen und senkte die Augen.

»Es wird schnell gehen, das verspreche ich.« Chelius rückte den Sessel näher, setzte sich so, daß Carl beim Aufschauen sein Gesicht sehen mußte. »Nachher müssen wir Sie fest anbinden.«

»Keine Fesseln.« Keuchen. »Nie mehr Fesseln.«

»Das erfordert Mut, Sand. Fühlen Sie sich so stark, daß Sie den Eingriff ohne heftige Bewegung aushalten?«

Kopfnicken.

»Als Militärarzt habe ich viele Verwundete operiert. Selbst starke, an Schmerz gewohnte Männer ließen sich fesseln. Sand, bedenken Sie: Zum ersten Schmerz wird der Schreck hinzukommen. Und zu keiner Zeit dürfen Sie sich wegdrehen, den Arm oder gar den Oberkörper bewegen. Kein Aufbäumen, gar nichts. Trauen Sie sich diese Disziplin zu?«

Hastig flüsterte Carl: »Ich fürchte mich nicht.«

Lange betrachtete Chelius den Kranken. »Sie sind jung und trotz der Verletzung noch kräftig genug, um diese Operation zu überstehen. Sie wird Ihnen Erleichterung bringen.« Eine steile Falte wuchs zwischen den nach oben feingeschwungenen Brauen. »Sand, ich führe das Messer, um Ihr Leben zu erhalten. Sie aber, Sie bestimmen den Tod. Ein einziger tiefer Atemzug, wenn die Brust geöffnet ist, und Sie werden sterben. Eine einzige heftige Bewegung, und Sie werden sterben.«

Der Professor zeigte ihm den Krankenbericht. »Täglich wurde von meinen Kollegen über Ihren Zustand genau Buch geführt. Bis Sie wieder völlig genesen sind, werden noch etliche Bögen vonnöten sein. Aber dieser Bericht kann, wenn Sie mitarbeiten, gut beendet werden.«

Oberzuchtmeister Kloster kehrte mit einem hochbeinigen, eisernen Dreifuß ins Zimmer zurück, ihm folgten die Wärter. An Haken trugen sie das glühende Kohlebecken. Chelius wies auf einen Platz in der Nähe des Bettes, bedankte sich und entließ den Aufseher und seine Männer.

»Sand, führen Sie Tagebuch?«

Ein Verhör! Erschreckt hüstelte Carl. Warum jetzt noch?

Chelius wartete still. Und seine Ruhe löste das Mißtrauen. Mit einem Mal fühlte sich Carl zu dem vornehmen, ruhigen Mann hingezogen.

»Ja. Nicht jeden Tag.« Er atmete sicherer. »Bis ich mich auf meinen Weg machte, ja.«

Der junge Professor nickte ernst. »Auch ich schreibe, gebe mir Rechenschaft über jede meiner Operationen. Heute abend will ich den Erfolg dieses Tages notieren können. Vertrauen Sie mir.« Leicht drückte Maximilian Joseph Chelius die Fingerkuppen beider Hände aneinander. »Sind Sie bereit?«

Carl bemühte sich zu lächeln. »Mit Gottes Hilfe.«

Entschlossen erhob sich der Professor und trat zu den Ärzten an den Tisch. Er schob die Ärmel seines Hemdes bis über die Ellbogen zurück. »Wir beginnen. Sie haben sich mit allem vertraut gemacht?« Beide nickten.

»Ich danke Ihnen. Jeden Schritt der Operation werde ich deutlich ansagen. Sie, Doktor Beyerle, reichen mir die Instrumente. Sie, Herr Kollege vom Stadtphysikat, sind verantwortlich für Schalen, Arznei und Verband.«

Er kehrte zum Bett zurück. Noch einmal blickte er den Patienten an. Beide Augenpaare ruhten fest ineinander. Carl wich nicht mehr aus.

»Bereiten Sie jetzt den Oberkörper vor, meine Herren.« Während die Ärzte das Hemd auszogen, den Verband abnahmen, erklärte Chelius dem Patienten knapp: »Wir werden Sie dicht zum Bettrand drehen, so daß die kranke Seite oben liegt. Sie werden glauben, daß Sie ersticken. Wappnen Sie sich, atmen Sie flach und wenig.«

Die Ärzte wälzten Carl in den Schmerz. Sein linker Arm wurde über dem Brustkorb nach vorn gezogen, angewinkelt hing er halb aus dem Bett.

Die Finger des Professors fühlten nach den Rippen, zählten sie von oben ab. Unterhalb der linken Achsel, in der Mitte zwischen Brustbein und Wirbelsäule, markierte Chelius mit Tinte einen Kreis.

»Das kurze Messer.«

Doktor Beyerle legte es in die ausgestreckte Hand.

»Zwischen der fünften und sechsten bis zur siebten und achten Rippe werde ich jetzt einen Einschnitt durch die Haut vornehmen.«

Glut versengte den Schutz. Carl stöhnte, würgte den Atem, bewegte sich nicht.

Ruhig verlangte der Chirurg das Skalpell. »Mit nach innen abnehmenden Schnitten werde ich jetzt die Muskeln durchtrennen.« Sachlich war die Stimme. »So werde ich kegelförmig bis auf das Brustfell eindringen.«

Laß es geschehen. Laß es geschehen. Verzweifelt flohen seine

Gedanken, irrten, suchten nach irgendeinem Halt. Tagebuch. Mein Regensburger Tagebuch! Ja, diesen Kelch, nimm ihn, jetzt. Reinige dich von den Flecken. Sie verschmutzten deine Tugend. Sie verdarben dein Gemüt. Trägheit! Unkeusche Lust! Buchstaben wuchsen zu Worten, wurden grell, wucherten weiter.

Der erste Schnitt fuhr in seine Brust. Carl riß den Mund auf, erstickte den Schrei, quälend blieb der Schmerz und verlangsamte alle Zeit.

Wie Tafeln standen die Seiten des Tagebuchs, nur noch befleckt vom Üblen, vom Lasterhaften, sonst waren alle Zeilen gelöscht. Nichts sonst, nur diese Sätze waren zu erkennen. »Es ist meine Schrift«, gestand Carl. Und beschämt, mit stockender Stimme verlas er selbst die Anklage.

»4. November 1813. Ich übernahm die Instruktion des kleinen Mädchens, Julia, bei Herrn Kaufmann Mirus. Nun aber begann der Kampf für meine Reinheit, und ich würde nach so vielen Berührungen und Angriffen unterlegen sein, wenn Du mich nicht, o gütiger Gott, gestärkt ...«

Ein neuer Schnitt. Scharf, schreiend.

»6. Dezember. Heute konnte ich nicht mit mir zufrieden sein, denn ich stand, wider meines Vorsatzes, erst um 7 Uhr morgens auf.«

Schneller klagte Carl sich an.

»7. Dezember. Ein Tag der Unzufriedenheit mit mir selbst! Ich stand spät auf.

11. Dezember. Des Prahlens wegen sagte ich eine Unwahrheit.

18. Dezember. Heute besiegte mich der törichte Gedanke, daß ich nicht für die Schule zu arbeiten hätte, und ich stand spät auf ...«

Ein Schnitt. Tiefer in die Brust. Gemartert schrie Carl, sein Kopf zuckte hoch, schlug zurück, fuhr auf. Nicht nachgeben! Mit Gewalt preßte Carl den Kopf zurück ins Kissen.

Weiche nicht aus, lies weiter!

»25. Dezember. Weihnachtsfeiertag. Heute besuchte ich die Kirche. Der Kampf und die aufgelöste Heiterkeit und Unruhe des Gemütes dauerten fort. Ich hatte einige Anfälle von Geilheit, die ich glücklich dämpfte ...«

Ein Schnitt. Carl röchelte, kämpfte verzweifelt gegen die Angst. Steige weiter. Es ist Deine Treppe, die Stufen sind Deine Klingen.

»27. Dezember. Ich arbeitete fleißig und ließ mir am Abend Blutegel auf den Fuß aufsetzen. Ein Flecken im Gemüt!

3. Januar 1814. Der übrige Tag ging zwar glücklich, aber mit dem bewandten Flecken im Gefühl, der leider oft und sehr stark wütete, vorüber.

21. Januar. Heute kann ich nicht mit mir zufrieden sein. Ich stand erst um 7 Uhr auf; war deshalb matt, stumpf, dumpfig, launig, langsam und faul ...«

Tiefer drang der nächste Schnitt. Ertrage es! Dein Körper wird aufgefurcht. Das Schlechte, das Faulige muß herausgeschnitten werden. Gestehe!

»22. Januar. Am Mittag bei Kaufmann Mirus war es, wo mich zum 5. Male jene verderbliche Seuche ergriff. O gütiger Vater! Allmählich, im geheimen sinken wir und sinken immer tiefer. Ach, heute habe ich es mir wieder zum Gesetz gemacht, immer unter und vor den Leuten mich aufzuhalten, bei solchen schrecklichen Gefahren schnell die Einsamkeit zu fliehen und in die freie Natur zu eilen und dadurch Herr über meine

Leidenschaften zu werden. Es verfolgten mich am Nachmittage mit Recht die Furien. Ich befürchte, daß das Übel immer ärger und ich immer schwächer werde. Ich mußte mich als Schänder von der Tugend kennenlernen.«

»Noch ein letzter Schnitt.« Von fern, durch das Toben der Schmerzen hörte Carl die Stimme. Nein, ich will nicht unterliegen!

»23. Januar. Morgens. O lasse mich, gütiger Gott, heute männlich und unwankbar für die Tugend kämpfen und nicht sinken.
Abends. Gottlob ein Tag, der Kampf forderte, aber glücklich bestanden wurde. Und wie sehr viel Freude wurde mir dadurch nicht zuteil?«

Mein Körper ist eine Wunde. Carl röchelte.
Professor Chelius reichte Doktor Beyerle das Skalpell zurück. »Am Grund des Kegels liegt die Pleura jetzt gut einen Zoll weit bloß.« Den Stadtphysikus bat er, dem Patienten den Schweiß von Stirn und Augen zu wischen. »Sand, ich führe jetzt den Finger in die Wunde und betaste das Brustfell. Halten Sie den Atem an.«
Carl gehorchte.
»Gut.« Chelius blickte zu den Ärzten auf. »Die Schwappung ist deutlich zu fühlen.« Er streckte die Hand. »Das spitze Bistouri.« Sofort reichte ihm Doktor Beyerle das schmale Operationsmesser. »Sand, kein tiefer Atemzug, keine Schreie mehr!« warnte er. »Ich steche jetzt die Pleura an.«
Ein Christus sollst du werden. O Herr, du am Kreuz! ›... sondern der Kriegsknechte einer öffnete seine Seite mit einem Speer ...‹ Carl atmete flach, hechelte.
»Knopfbistouri.« Ein Befehl. »Ich erweitere die Öffnung.«
Carl schlug die Zähne aufeinander. ›... und alsbald ging Blut und Wasser heraus ...‹ Wimmerndes Flehen: *Durch, Brüder!*

Durch! / Mut! Mut! – Was ich so treu im Herzen trage, / das muß ja doch dort ewig mit mir leben.

Scharfer Geruch erfüllte das Krankenzimmer.

»Schale.« Schnell bewegte sich der Stadtphysikus zwischen Tisch und Bett.

»Meine Herren, neigen Sie jetzt den Oberkörper über die verletzte Seite, damit sich die Flüssigkeit entleert.«

Sie stützten Carl hoch, drehten ihn, bis die Öffnung der Brust leicht nach unten zeigte. Der faulige Gestank nahm zu.

Alles Übel sickert aus mir heraus. In seiner Brust löste sich der Klumpen, wurde weniger. Das Zimmer sank vor seinen Augen.

»Bleiben Sie wach, Sand!« rief ihn der Professor zurück. »Flach atmen«, erinnerte er den Patienten scharf, »Nicht husten.«

»Die Pumpe? Damit der Ausfluß gefördert wird?« Der Stadtphysikus drängte.

»Davon ist abzuraten, Herr Kollege.« Mit sanfter Nachsicht erläuterte Chelius. »Die neuen Erkenntnisse in der Chirurgie besagen, daß Abpumpen sowie Einspritzungen, um das Cavum Pleurae zu spülen, nur schaden. Die Ansammlung der Flüssigkeit muß langsam abfließen und darf sich nicht ganz entleeren, damit die Lunge in ihrer Ausdehnung nicht gefährdet wird.«

Professor Chelius roch an der Schale. »Das verdorbene Blut war bedenklich lange in der Brusthöhle.« Er hob die beschmierte Hand. »Es ist genug. Legen Sie den Patienten wieder auf die gesunde Seite.«

Während Carl zurückgedreht wurde, dozierte der junge Professor leicht und gewinnend weiter: »Bedenken Sie: Das übergroße Extravasat hat die Lunge mehr als 14 Tage lang zusammengedrückt. Gut eineinhalb Liter sind jetzt bereits abgeflossen. Diesen Hohlraum kann die Lunge nicht mehr ganz ausfüllen. Eindringende Luft wird die Wandung des Cavum Pleurae in den nächsten Tagen entzünden und kann leicht zum Tod führen. Doch übersteht der Patient diese bedrohliche Periode, so bildet sich reichlich Eiter auf dem Brustfell. Damit beständig weitere Flüssigkeit abfließen kann, müssen wir Sorge tragen, daß sich die Öffnung der Höhle nicht schließt.« Lächelnd reichte er dem Amtsarzt das fast gefüllte Gefäß. »Für den Verband zunächst ein halbausgefranstes, öliges Läppchen, Herr Kollege.«

Mit gepreßten Lippen gehorchte der Stadtphysikus.

»Ich lege es zwischen die Wundränder des Brustfells, ohne daß es in die Höhle hineinhängt.« Stechender Schmerz riß Carl wieder aus der Benommenheit.

»Heftpflaster. Ich befestige die Enden des Lappens außerhalb der Wunde.« Geschickt arbeiteten die schmalen, sehnigen Hände.

»Das gefensterte Pflaster.«

»Charpie.« Er wattierte es um die Wunde und bedeckte sie mit einer Kompresse.

Doktor Beyerle hielt den kraftlosen Oberkörper, sorgfältig wickelte der Professor den Verband und brachte ihn quer über der rechten Schulter zu einem festen Sitz.

»Von nun an muß der Patient leicht zur kranken Seite geneigt auf dem Rücken liegen. So können Reste des fauligen Blutes und später auch der frische Eiter hinaussickern.« Chelius erhob sich, wusch seine Hände in der Wasserschüssel; während er sie trocknete, kehrte er zum Krankenbett zurück. »Sie haben Ihr Wort gehalten, Sand.«

Carl zischte den Atem durch die zusammengepreßten Zähne. Kaum gelang es ihm, den Mund zu öffnen. »Danke.« Mit letzter Kraft hob er die schweren Lider, fand die Augen des Chirurgen. »Verzeiht ... Wenn meine Schreie ... Daß ich Sie gestört .:. Verzeiht.«

»Sie sind ein starker Mann. Das werde ich heute abend in meinem Operationsbericht vermerken.«

Ich bin ein starker Mann. Durstig trank Carl diesen Satz und senkte den Blick.

»Beobachten Sie ihn«, ordnete Chelius an und streifte die Ärmel seines Hemdes zu den Handgelenken. »Auch wenn er schläft, muß Hilfe in der Nähe sein. Nach zwölf Stunden darf der Verband zum ersten Mal gewechselt werden. Morgen sehe ich noch einmal nach dem Patienten.«

Mit Elan legte der junge Professor den Gehrock über die Schulter. Schon an der Tür, deutete er auf das Glutbecken. »Die Luft muß stets trocken und gleichmäßig warm bleiben. Ich danke Ihnen, verehrte Kollegen, für die gute Zusammenarbeit.« Maximilian Joseph Chelius hatte den Raum verlassen.

Wortlos säuberten die Ärzte das Operationsbesteck und ordneten es in die Lederkoffer zurück. Müdigkeit hob Carl auf. Er wehrte sich loszulassen. Noch nicht!

»Ich bitte.« Und wieder: »Ich bitte.« Endlich beugte sich Doktor Beyerle über sein Gesicht. »Sagen Sie den Leuten draußen im Land.« Er sammelte die Worte. »Daß ich mit der Operation einverstanden war.«

Doktor Beyerle nickte.

»Sagen Sie allen Menschen.« Carl seufzte. »Daß ich die Operation mit Mut überstanden habe.«

Er schlief.

ZWEITER AKT

Die Untersuchung

Wind und kalter Regen. Aprilnachmittag in Mannheim. Die Kapuze des Umhangs tief über der Stirn, hastete Friederike zum Strohmarkt und geradeaus weiter durch die Planken. »Ich besorge den Programmzettel.« Viel früher als gewöhnlich hatte sie heute das Zuchthaus verlassen. Sie mied die regentropfenden Bäume der breiten Allee, drückte sich eng an den Hauswänden entlang, von P4 bis P1, von E1 bis E4. Als sie den Fruchtmarkt überquerte, mußte sie über weite Pfützen springen. Ohne aufzusehen, eilte sie am Portal des Nationaltheaters vorbei. Erst an der Kreuzung verlangsamte sie den Schritt.

Regen. Vor dem Eckhaus des Quadrates B2 glänzten die glatten Steinköpfe des Pflasters. »Sein Blut ist längst weggespült. Lange schon«, flüsterte sie und ging zögernd zum tiefliegenden Ladenfenster der Schusterwerkstatt hinüber. Feine Samt- und Lederschuhe, verspielte Pantöffelchen und hohe schwarze Stiefel, eine Auslage unerfüllbarer Wünsche. Dicht schob Friederike das Gesicht ans Glas. Nur zwei flackernde Lampen, mehr konnte sie im Innern nicht erkennen. Entschlossen öffnete sie die Tür.

Eine Glocke schlug. Scharfer Geruch nach Leim und Pech erfüllte die Luft. Den Verkaufsraum beherrschte ein großzügiger Sessel mit einem samtenen Schemel vor den gedrechselten Füßen. An der Wand hingen Maßladen und Schublehren aus Holz oder Kupfer sorgfältig nach Größe geordnet.

»Mein Fräulein?«

Erschreckt fuhr Friederike herum.

Das Lächeln der Meisterin verschwand. »Ich kenn' dich doch? Natürlich. Du bist doch die Tochter vom Oberzuchtmeister?« Leicht zogen sich die Mundwinkel in die rundlichen Wangen. »Will etwa die Frau Mutter bei uns Schuhe bestellen?«

Friederike spürte eine heiße Welle. »Nein. Ich möchte nichts kaufen.«

Abwartend verschränkte die füllige Frau ihre Arme.

»Kann ich den Gesellen sprechen? Den Sebastian?«

Die Meisterin wiegte den Kopf. »Während der Arbeit? Wir haben viel zu tun.«

»Bitte, nur einen Moment.«

»Mich geht es ja nichts an. Aber weiß die Klosterin, was ihre feine Tochter macht?«

Das Gesicht blutrot vor Scham, nestelte Friederike am Gürtel des Umhangs. »Sagt es ihr nicht, bitte.«

»Mich geht es ja nichts an.« Der strenge Seufzer hob und senkte das bestickte Brusttuch. Unwillig schlug die Schustersfrau den Vorhang zur Seite, ließ ihn geöffnet und schritt durch die Werkstatt.

Tiefgebeugt hockten der Meister und seine beiden Gesellen um den niedrigen Arbeitstisch. Eine große, wassergefüllte Glaskugel fing das Tageslicht ein, verbreitete es gleichmäßig und heller über Pechtopf, Lederstücke und Werkzeug.

Friederike erkannte Sebastian an dem hochgewölbten Rücken. Sie verstand nicht, was die Frau dem Meister zuraunte. Sofort hoben die Männer gleichzeitig den Kopf und blickten neugierig herüber. Sebastian reckte sich auf dem niedrigen Hocker, wartete gehorsam, bis der Meister nickte und eilte mit langen Schritten in den Verkaufsraum. Gründlich wischte er die Hände an der Lederschürze. »Nachher wär' ich gekommen.«

»Ich konnte nicht mehr warten.«

»Du hast gewartet?« Ein Leuchten glitt über sein Gesicht.

Hastig schlug Friederike den Rand der Kapuze zurück. »Warum bist du am Sonntag nicht gekommen?«

»Der Meister hat mich 'rüber nach Heidelberg geschickt. Bestellungen abliefern.«

Gleich neben ihnen beugte sich die Meisterin summend über die Auslage, nahm die Pantöffelchen heraus, blies unsichtbaren Staub weg und stellte sie an die gleiche Stelle wieder zurück.

»Hier nicht.« Friederike deutete mit dem Blick zur Tür.

»Wart. Ich frag' den Meister.«

Ohne Jacke, verschmutzt, wie er war, verließ Sebastian mit Friederike die Werkstatt.

»Ein paar Minuten hat er erlaubt.«

Eng beieinander gingen sie wortlos durch den Regen am Theater vorbei zur nahen Jesuitenkirche hinüber. Im Schutz des hohen Portals faßte das Mädchen seinen Arm. »Schwöre, daß du schweigst.«

Liebevoll beugte er sich über sie. »Seit ich dich damals gesehen hab'«, murmelte er mit belegter Stimme. »Da hinten, vor'm Haus des Dichters. Seit damals schlaf' ich nicht mehr richtig.«

»Schwöre.«

»Ja, ich tu's.«

»Du bist mein Freund, Sebastian. Ich brauche dich.«

Seine Augen warteten hoffnungsvoll.

»Er lebt«, flüsterte sie.

Ernüchtert strich Sebastian die Stiefelsohle an der Kante der Kirchenstufe. »Deshalb braucht' ich nicht zu schwören. Alle erzählen es heute.«

»Warum sagst du das?« Gekränkt wich Friederike einen Schritt zurück.

»Nicht alle«, verbesserte er rasch, »aber heute mittag war die feine Frau Bassermann bei uns in der Werkstatt. Perlenbestickte Schuhe haben wir für die gemacht. Ganz weiche. Solche könnt' ich auch für dich machen, wenn du nur willst.«

»Ach, Sebastian!« unterbrach ihn Friederike.

»Ja, und die hat's der Meisterin erzählt. Weil doch der Hausarzt von den Bassermanns, der Doktor Beyerle, diesen Mörder versorgt, deshalb weiß sie alles.« Fest rieb er den pech- und leimbeschmierten Finger den langen Nasenrücken hinauf zur Stirn. »Ich versteh's nicht. Aber die Meisterin erzählt, daß die Frau Bassermann gesagt hat, daß sie die Tat von dem Studenten furchtbar findet, aber daß sie diesen Kerl, ich mein den Studenten, trotzdem rein und edel findet. Weil er's für die Freiheit und fürs Vaterland gemacht hat.«

Mit offenem Mund starrte Friederike den hochgewachsenen Schustergesellen an. »Diese Dame, ist das nicht die von den Bassermanns am Markt? Was will so eine Reiche von Carl?«

Sebastian wollte gleich antworten, zögerte und entschloß sich doch. Er wich ihrem Blick aus und betonte jedes Wort. »Die Frau Bassermann meint: Immer mehr Frauen denken jetzt in Mannheim an den ›armen Jüngling‹, weil er doch so ›edel‹ sein soll.« Sebastian stieß die Fäuste aneinander. »Ich versteh's nicht. Der Kerl ist ein Mörder. Und doch denken die Frauensleute an ihn.«

Ein Stachel. Sie wehrte sich. »Ich weiß mehr als diese Weiber.« Sie packte den Ärmel des Schustergesellen, zog ihn näher. »Der Student liegt bei uns im Zuchthaus. Letzten Donnerstag wurde er operiert. Noch geht es ihm schlecht. Aber Vater meint, vielleicht schafft er es.«

Sebastian legte den freien Arm behutsam um ihre Schulter. In ihrer Aufregung nahm sie es nicht wahr. Er drückte sie fester an sich. »Wenn er's nur tut. Ich hoff's, weil du's dir wünschst.«

»Halt zu mir, Sebastian.« Erst jetzt bemerkte sie die Zärtlichkeit und löste sich sofort.

»Hab' dich nicht schmutzig gemacht.« Verlegen streckte er den gebogenen Rücken. »Verlassen kannst du dich auf mich.«

Er mußte zurück. Die erlaubte Zeit war längst verstrichen. Sie verließen das schützende Portal der Jesuitenkirche. Stumm gingen sie inmitten der Straße und achteten nicht auf den Regen. Vor dem Theater verabschiedete sich Friederike: »Kommst du morgen?«

Naß klebte sein Haar. »Ist gut. Ich wart'.«

Bevor Sebastian die Werkstatt wieder betrat, schüttelte er den Kopf. »Ein Mörder ist er, dieser Kerl. Ach, ich begreif' die Frauensleute nicht.«

Dunkelheit. Friederike kniete in ihrer Kammer. Er ist so bleich und reglos. Der Vater sagt, daß er nicht richtig wach wird. Sie legte sich auf den Boden und preßte die Stirn an das Holz. »Niemand von diesen Weibern ist ihm so nah wie ich.«

Tritte die Holzstiegen hinauf, Schritte durch den oberen Flur des Zuchthauses; der Takt hallte dumpf und war noch im Dachgeschoß zu hören.

»Ich mein', nicht besser und nicht schlechter.« Wie an jedem der vergangenen Morgen ging Valentin Kloster voran und führte die drei Herren ins Krankenzimmer. »Ich mein', heut bewegt sich im Gesicht mehr. Nicht nur, wenn er was sagt. Ich mein', so auf der Stirn.«

»Genug!« unterbrach der Stadtphysikus barsch. »Ist Er Zuchtmeister oder Arzt?«

Kaum merklich hob sich die Knopfleiste der Uniformjacke; Kloster deutete Haltung an, legte die Hände auf Schlagstock und Schlüsselring, er schwieg.

»Gut. Sehr wichtig«, raunte der Untersuchungsrichter und tippte dem gedrungenen Mann auf die Schulter. Auch Doktor Beyerle nickte zustimmend.

Am Hals des Amtsarztes schwoll eine Ader. »Laienhaftes Gerede vergeudet meine Zeit. Mir fehlt auch Ihre beneidenswerte Muße, meine Herren. Ich kann mich nicht ausschließlich um einen Mörder sorgen. Auf mich warten viele Patienten. Täglich!«

Mit steifen Schritten trat er zum Bett. Langsam wischte er die Hand vor dem Gesicht des Kranken hin und her. Erst nach einer Weile folgten die fieberglänzenden Augen der Bewegung.

Eine Tür schwingt. Carl bemühte sich zu begreifen: Es ist die Tür meines Zimmers.

»Wie heißen Sie?«

Carl erschrak. Eben noch waren die Stimmen weiter entfernt, draußen auf dem Flur. Jetzt laut und so nah! Dicht neben mir!

»Antworten Sie.«

Ich war unaufmerksam. »Verzeiht«, flüsterte er.

»Heute ist Donnerstag, der 15. April 1819.« Deutlich sprach der Stadtphysikus die Worte vor, wartete einen Augenblick und fragte scharf: »Sand. Welcher Tag ist heute?«

Ich weiß es. Nur das Sprechen fällt schwer. »Gleich«, murmelte er.

Geschäftig verließ der Amtsarzt das Bett; während er die Aufschläge des grauen Gehrocks richtete, bat er Doktor Beyerle: »Notieren Sie auf dem Krankenblatt unter dem heutigen Datum: Nach gründlicher Überprüfung der Zurechnungsfähigkeit durch das Stadtphysikat ist der Inquisit nicht vernehmungsfähig.«

»Warten Sie.« Flüstern vom Bett her.

Allein der Oberzuchtmeister hörte es; er wollte den Amtsarzt nicht aufhalten und sagte nichts.

»Verehrter Untersuchungsrichter. Die Justiz muß sich gedulden.« Mit geheucheltem Bedauern zahlte der hagere Mann zurück. »Auch heute haben Sie sich umsonst herbemüht.« Ein Seitenblick für Doktor Beyerle. »Herr Kollege, der Patient gehört Ihnen. Guten Tag.« Den Kopf erhoben, verließ der Stadtphysikus das Krankenzimmer.

Carl öffnete die dick verkrusteten Lippen. »Heute ist Donnerstag, der 15. April 1819.«

Jeder im Raum hatte den Satz verstanden. Verblüfft blies der beleibte Gerichtsrat den Atem. »Er ist also doch bei Verstand.«

Grinsen vertiefte die knittrigen Falten im Gesicht des Oberzuchtmeisters. »So geht das schon seit Tagen. Frag' ich ihn einmal, sagt er gar nichts. Frag' ich dreimal, versteht er's und antwortet vernünftig. Steh' ich am Bett und seh' ihn nur an, dann erkennt er mich plötzlich und erzählt los. Irgend etwas, so durcheinander.« Kloster tippte den Zeigefinger an seine knollige, von kleinen Adern überzogene Nase. »Ich denke, klar ist er mit dem Verstand, aber er kriegt's nicht geordnet. Ich stör' mich nicht dran.«

»Ein scharfer Beobachter.« Doktor Beyerle lachte anerkennend und setzte sich an den Tisch zwischen den Fenstern. »Unser Patient scheint die erste bedrohliche Periode nach der Operation wirklich zu überstehen. Sein Zustand bessert sich von Tag zu Tag und läßt hoffen. Mein lieber Justizrat, wenn Sie warten, begleite ich Sie nachher zum Oberhofgericht.«

Während Doktor Beyerle den Zuchtmeister nach Schlaf, Stuhlgang und Nahrungsaufnahme des Patienten befragte und den Morgenbericht ergänzte, setzte sich der beleibte Mann auf den Matratzenrand und berührte die linke Hand des Kranken. »Erkennen Sie mich, Sand?«

Die Stimme zog Carl an die Oberfläche. Lebhaft suchten

seine Augen in dem breiten Gesicht. »Ich kann sie nicht bewegen. Die Hand.«

»Noch nicht. Bald wieder.«

»Fragen Sie. Ich will antworten.« Einzelne deutliche Worte, mühsam nacheinander gesetzt.

»Noch nicht, Carl. Bald wieder.«

Ich bin bei Verstand. Er war nicht müde, und doch sanken ihm die schweren Lider; er hatte nicht Kraft genug, sie wieder zu heben. Ich höre zu. Ich bin bei Verstand. Wenn ich befragt werde, beweise ich es.

»Ruhen Sie sich aus.«

Das ist die Stimme des Untersuchungsrichters.

»Im Nachmittag werden wir den Verband wechseln, Sand.« Die Stimme des Doktors.

»Kloster, ich habe Ihnen genau aufgeschrieben, was der Patient essen und trinken darf, welche Arznei Sie ihm eingeben müssen und wann ich heute meine Besuche mache.«

Immer noch die Stimme des Doktors. Ja, ich bin aufmerksam und bei Verstand.

»Kloster. Bitte sorgen Sie dafür, daß der Tagesplan Punkt für Punkt eingehalten wird.«

Ein Plan! Carl trieb in der Strömung und klammerte sich an dieses Wort. Meine Rettung. Nur eine feste Regel für jeden Tag bewahrte mich damals vor Schwachheit und den Reizen der Sünde.

Seit dem 24. November studierte Carl in Tübingen. Das Wintersemester 1814, sein erstes Semester. Im engen kargen Zimmer sitzt der Neunzehnjährige am Holztisch. Er legt die Feder neben dem Tintenfaß ab und hebt das Blatt. »Täglicher Studienplan zu Tübingen.«

Carl unterbricht.

Rasch rückt er den Stuhl in die Mitte des Zimmers und steigt hinter dem Tisch auf den Fußschemel. So erhöht blickt er über das Katheder zum Schüler hinunter. »Täglicher Studierplan zu Tübingen!«

Laut verkündet Carl sein Gesetz: »Stehe auf um halb 7 Uhr. Studiere die Universalgeschichte; dann Kritik des Neuen Testamentes und die Psychologie; frühstücke und lese dazu für deine humanistische Bildung.

Gehe um 9 Uhr in die drei Vorlesungen und schreibe hier fleißig nach.

Esse zu Mittag.

Gehe bis um halb 2 Uhr spazieren.

Studiere dann die griechische Grammatik und bereite dich auf das Seminar um 4 Uhr vor.

Ist keine Vorlesung, so arbeite für das Griechische oder Lateinische.

Nach 5 Uhr wiederhole immer, was im Seminar vorgekommen, und nur selten magst du dir es erlauben, ein Schach zu spielen oder zum Vergnügen zu lesen oder mit einem Bekannten spazierenzugehen.

Um 6 Uhr kannst du in die Kneipe gehen.

Nachher (in der Kneipe darfst du höchstens bis um 8 Uhr bleiben) schreibe die Vorlesungshefte nach und studiere, was unterblieben. Die Zeit nach dem Abendessen ist besonders geeignet zur Lektüre des Herodot und Tacitus. Dann kannst du auch deine Korrespondenz, welche als ein vorzüglicher Gegenstand deiner Bildung dir angelegen sein soll, besorgen.

Schlafe nach frommen Gebeten in Ruhe und in reinen Gedanken und Bildern ein.«

Carl hebt warnend den Finger. »Aber, um Himmels willen, verschlafe nicht dein halbes Leben!«

Er steigt von dem Fußschemel und geht zum Waschgeschirr in der hinteren Ecke des Zimmers. Mit einem breiten Kamm nähert er sich dem Fenster, stellt sich so, daß genügend Licht auf das Blatt fällt. Während er das schulterlange, mädchenhaft gelockte Haar kämmt, überfliegt er seine Anweisungen für die freien Tage. Bleibt der Kamm stecken, entwirrt er mit dem Finger die Haarknoten.

Der junge Student murmelt den Text, nur die Eckpfeiler sagt er sich laut und im Ton eines gestrengen Professors: »Vor Unterbrechung deines Studienplanes hüte dich ...

Wirst du dies nicht tun, so wisse, daß du immer weiter zurückkommen und um so länger in der Tiefe steckenbleiben wirst ...

Solange du Gott vor Augen und im Herzen hast, kannst du nicht sündigen ...

Besonders während der Feiertage nehme dich in acht vor Müßiggang, beschäftige dich mit guten Dingen, so streng als möglich; denn es ist immer leichter zu fallen als zu kämpfen und zu siegen.

Der Nachmittag sei zu einem weiten Spaziergang oder sonst einem edlen Vergnügen gewidmet.«

Mit dem Kamm schlug Carl den Takt der Sätze auf die Fensterbank. »Lebe nun diesem Plane getreu und realisiere ihn; strebe und es wird öfter gehen, als du hoffest, und du wirst dadurch alle Anforderungen und Reize der Sünde, diese schlüpfrigen und glatten Plätze, wo dein freier Wille im Schlaftrunke begraben ist, wo alle deine Ruhe und Zufriedenheit durch ein elendes Sieb läuft, du wirst über diese Plätze mutig hinweggehen. Halte fest an Gott und an diesen hohen Ideen.«

»Kommt näher.«

Die beiden Kerle feixten breit und gehorchten dem Befehl ihres Oberzuchtmeisters.

»Du stützt den Oberkörper. Und du hältst seinen Kopf fest, bis ich fertig bin.«

Schwitzend und umständlich hatte Valentin Kloster das Haar des Patienten auf der Stirn gescheitelt und zur Seite gekämmt. Seine schwielige Hand packte wieder den Kamm und zerrte ihn durch die verklebten Strähnen am Hinterkopf.

Pünktlich, wie es der Plan vorschrieb, erhielt Carl nach dem Mittagläuten eine warme Fleischbrühe. Unter den fürsorglichen Augen des Oberzuchtmeisters versuchte er selbst, den Löffel zu halten, doch seine zittrigen Finger waren zu ungeschickt. »Wird schon. Wird schon.« Wie ein Kind fütterte der gedrungene Mann seinen Schützling.

Pünktlich zum Verbandwechsel glühte das Kohlebecken. Gute, trockene Wärme. Doktor Beyerle war zufrieden. Die faulig nach Verwesung riechende, eitergetränkte Kompresse ließ er in die Schale fallen.

Mit Hilfe der Wärter wurde Carl angehoben und über die kranke Seite geneigt. Frischer Eiter tropfte aus der offenen Operationswunde. Angeekelt mußten die Kerle ihre Gesichter abwenden. »Gewöhnt euch daran«, munterte Doktor Beyerle sie auf. »Die Farbe des Ausflusses zeigt deutlich, daß unser Patient die schwerste Krise überstanden hat. Der üble Gestank gehört dazu.«

Carl seufzte, der Atem wurde schwächer, sein Kopf sank nach vorn. »Verzeiht«, hauchte er. »Verzeiht.« Um ihn Rauschen, mächtiger, ein tosender Strudel. Carl versuchte das lose Ende des Seils zu ergreifen.

»Genug. Richtet ihn gerade!« Schnell drückte Doktor Beyerle eine neue Kompresse auf die an den Rändern rotverdickte Öffnung und wickelte den Verband. Als es Carl gelang, sich festzuhalten, spürte er den Stoff, der quer über die Brust bis hinauf zum Hals und um die rechte Schulter geschlungen wurde.

Es ist ein seidenes Band ...

Mit entblößtem Oberkörper schritt Carl feierlich in seinem Tübinger Studentenzimmer auf und ab. Sein Freund und Wohnungsnachbar beobachtet ihn gespannt. »Nun sag doch was. Gefällt es dir?«

Wie ein Kleinod um den Hals gelegt, so trägt Carl das grün-blau-weiße Seidenband auf der nackten Haut. Er nimmt den Rasierspiegel von der Wand und reicht ihn dem Freund. »Ich will mich sehen.«

Ernst betrachtet sich der Neunzehnjährige. »Heute ist der 28. April 1815. Gestern waren es noch deine Farben. Seit heute morgen sind es unsere Farben. Ich gehöre von nun an zu Euch. Zum Corps der tapferen norddeutschen Studenten. Es lebe unsere Teutonia.«

Gemeinsam recken die jungen Männer das Kinn, gemeinsam rufen sie die Losung der Burschenschaft: »Ein Deutschland soll es sein!«

Carl umarmt den Freund und preßt ihn an sich. »Danke, Lieber. Du hast mir das Schönste geschenkt.« Ergriffen küßt er Mund und Wangen des Zimmernachbarn. »Im Kampf werde ich es auf der Haut tragen. Morgen ziehen wir gegen den französischen Wüterich. Falle ich, so wird es mich in den Tod begleiten. Sonst aber werde ich das Band erst nach meiner siegreichen Rückkehr wieder ablegen.«

Napoleon war im März 1815 von der Insel Elba aus der Verbannung geflohen. Bei Cannes hatte er das Festland betreten, und im Sturmschritt erreichte er Paris. Frankreich lag ihm wieder zu Füßen. Die Nachricht schreckte die gekrönten Häupter Europas aus ihrer selbstgefälligen Trägheit, die zähen Verhandlungen des Wiener Kongresses wurden beschleunigt.

Krieg dem Dämon! Zerschlagt seine Macht! Vernichtet endgültig den Feind Europas!

Wie schon im Frühjahr 1813 leeren sich die Hörsäle der Universitäten. Noch einmal: Für die Freiheit Deutschlands! Begeistert stürmen die Studenten zu den Waffen.

Früh am Morgen des 29. April verläßt Carl mit zwei Freunden Tübingen. Ihr Ziel ist Mannheim. Dort steht das bayrische Jägerbataillon, dem sie sich anschließen wollen.

»Das Vaterland ruft wiederum, und dieser Ruf gilt diesmal auch mir. Ich bleibe bis in den Tod Euer treuer gehorsamer Sohn!« Das hatte er vor einer Woche den Eltern geschrieben und sie getröstet mit den Versen seines Helden, des kühnen Oberreiters der Lützowschen Schar im schwarzen Waffenrock, die Aufschläge rot, die Knöpfe gelb wie Gold, mit Körners Worten hatte er geendet: *Vielleicht geht hoch über des Feindes Leichen / der Stern des Friedens auf!*

Erst gestern hat er den Abschiedsbrief zur Post gegeben. Niemand sollte ihn diesmal von seinem Entschluß abhalten können.

Am 5. Mai 1815 wird der Kadett Carl Ludwig Sand auf dem Paradeplatz in Mannheim dem freiwilligen Jägercorps des Rezat-Kreises unterstellt.

Marschieren, Carl in der ersten Reihe. Bricht einer der Kameraden ermattet zusammen, Carl trägt für ihn das Gepäck. Nachtwache, Carl ist der erste, der sich freiwillig meldet.

In Homburg, noch dicht vor der Grenze Frankreichs, die Nachricht: »Napoleon ist vernichtet! Die Schlacht bei Waterloo ist siegreich geschlagen!«

Carl jubelt nicht. Nur als Besatzungstrupp zieht das bayrische Jägercorps weiter.

Im Lager vor Paris. Unbeobachtet von den Kameraden stößt Carl das aufgepflanzte Bajonett tief in die französische Erde. Nur ein einziges Mal!

Zäh vergehen die Monate. Erst im Dezember kehrt der Zwanzigjährige aus dem Feldzug zurück.

Vor dem Weihnachtsfest 1815 erreicht Carl krank und elend das Elternhaus in Wunsiedel. »Nie hatte ich das Glück, einen Franzosen zu töten.«

Spät am Abend entblößt er den Oberkörper. Er löst das verschwitzte grün-blau-weiße Band vom Hals, wiegt es in den Händen und geht zum Fenster seines Zimmers. Der Schnee auf den Dächern erhellt die Nacht.

Mit hängenden Schultern reckt Carl das Kinn. »Diesmal hätte ich gekämpft.«

Unter der Last der weitgeöffneten Kelche neigte sich das Grün über den Rand des Steinkrugs. Tulpen, ausgebreitet; tiefes Purpur wärmte das Krankenzimmer.

»Gestern, beim Sonntagsläuten, ... waren sie noch so stolz.« Carl lag halbsitzend in den Kissen, kaum bewegte er den Mund. Die vom Grind erstarrten Lippen halfen der Stimme nicht. Er stieß die Sprache aus dem Rachen hinaus, und der kurze Atem trug den Satz nur ein Stück. Erst der nächste Atemstoß trieb ihn weiter. »Doch jetzt, bevor die Tulpen welken, ... zeigen sie ihre wirkliche Pracht.« Beschämt unterbrach sich Carl. »Verzeiht.« Er löste sich von dem Anblick. Nein, kein Spott in der Miene des beleibten Gerichtsrates. Seine Augen glitten weiter, lächelten Valentin Kloster dankbar an und kehrten noch einmal schnell zum üppigen Strauß auf dem Tisch zwischen den Fenstern zurück. Welch eine Blütenlust!

»Sehr gut, Oberzuchtmeister. Bei dir ist der Inquisit gut aufgehoben.« Wie ein Verschwörer zwinkerte der Justizrat. »Solch ungewöhnlich schöne Exemplare kenne ich nur aus dem Schloßgarten. Unsere geliebte Großherzogin Stephanie hat wirklich einen ausgezeichneten Gärtner.«

»Was?« Verwirrung, dann der Schreck ließen den Mund des ehrlichen Mannes offenstehen. Erst nach gründlichem Atemholen, erst nachdem er militärisch den Oberkörper gestrafft hatte, vermeldete Kloster: »Unmöglich, Herr Oberhofgerichtsrat.«

»Schon gut. Gut, gut.«

»Die Blumen sind abgegeben worden.«

Sofort verschwand der Spott aus dem breiten Gesicht. »Von wem?«

»Eine junge Frau.«

»Kennt Er diese Person?«

Umständlich nestelte der Oberzuchtmeister am Gürtel, er rückte den Schlüsselring hin und her. »Jawohl, Herr. Aber nie würde sie im Schloßgarten ...«

Die Leichtigkeit kehrte zurück. »Schon gut, Kloster. Wenn

du sie kennst, muß ich ihren Namen nicht wissen. Sage dem Frauenzimmer ein Dankeschön für diese prächtigen Tulpen, ganz gleich, wo sie gewachsen sind.«

Gutgelaunt zog der Gerichtsrat selbst den Holzsessel zum Bett. »Und nun, mein Lieber, stell den Strauß ans Fenster. Den Tisch benötige ich für meine Akten. Und schick mir die Schreiber herein.«

Bevor das Verhör begann, entfaltete der beleibte Mann das Schnupftuch und trocknete sich die Handflächen. »In aller Offenheit, Carl: Während Sie mit dem Tode kämpften, war das Gericht nicht untätig. Wir haben die meisten Ihrer Aussagen überprüft. Mehr noch. Längst sind uns die drei Städte bekannt, in denen Sie studierten. Selbstverständlich sind wir mit dem akademischen Senat der jeweiligen Universität in Kontakt getreten. Auf Geheiß der Regierung wurden nicht nur dort Spezialkommissionen eingesetzt. Ich betone: Nicht nur dort, auch in anderen Städten, in denen wir staatsfeindliche Kontakte bei Studenten und Professoren vermuten.« Er stopfte das Schnupftuch in die Rocktasche. »Ich bitte Sie, Carl. Nein, ich ermahne Sie: Verschweigen Sie nichts mehr. Keine Unwahrheit mehr.«

Das Herz warnte, hart schlug der Puls in der Brust, doch ohne den quälenden Schmerz, wie noch vor der Operation. Keine Fehler! Alles will ich gestehen, solange es nur mich belastet. Andere werde ich auch jetzt nicht in Gefahr bringen. Sei wachsam, Sand.

»Ich lüge nicht«, lallte er.

»Wollen Sie diktieren?«

Carl seufzte, hilflos deutete er auf den hart verdickten Mund. »Es geht nicht.«

»Gut. Ich werde so fragen, daß Sie vieles nur bejahen oder verneinen müssen. Sonst aber sprechen Sie langsam.« Mit einem Fingerschnippen befahl er die Schreiber näher ans Bett. »Wir werden es verstehen.«

Carl war bereit.

»Im Winter von 1814 auf 1815 studierten Sie in Tübingen?«

Kopfnicken.

»Nach dem Feldzug schrieben Sie sich an der Erlanger Universität, der Friderico Alexandrina, ein.«

Carl nickte.

»Warum kehrten Sie nicht nach Tübingen zurück?«

»Die bayrische Regierung hat ... mein Gesuch abgelehnt. Mir wurde verboten, an einer ... ausländischen Universität zu studieren. So zwang man mich ... an die Friderico Alexandrina.«

Zufrieden blätterte der Justizrat in den Unterlagen. »Das bestätigt unsere Information.« Die breiten Hände ergriffen einen verschnürten Stoß beschriebener Blätter. Zögern. Sorgsam legte der Untersuchungsrichter das Paket zurück. Er öffnete die unteren Knöpfe der Weste.

»Mit Erlangen müssen wir uns gründlich beschäftigen, Carl. Wie lebten Sie in dieser Stadt?«

»Im Haus eines Professors ... hatte ich eine geräumige Wohnung, zwei Zimmer. ... Ich traf Schulkameraden aus Regensburg wieder.«

»Was waren das für Treffen?« Schnell, laut.

Gefahr. Carl ballte die rechte Hand. »Wir feierten gemeinsam, ... oft diskutierten wir über die ... Sätze Christi, so wie es sich für ... Studenten geziemt.. Harmlose Treffen.«

»Die Wahrheit, Sand!«

Fest richtete Carl den Blick zur Decke des Krankenzimmers. »Ich lüge nicht.«

Erlangen! Dort wurde mir und den Freunden das Leben bitter. Soviel Schmach, Erniedrigung und Verzweiflung! Verhaßtes Erlangen. Ich besiegte die Angst. Dort warf ich den Mantel ab und zeigte mich all meinen Feinden. In dieser Stadt, dort wurde ich zum wahren Streiter für das einig Vaterland.

»Welche Treffen?«

Nichts über unsern Kampf. Sage die Wahrheit, doch schütze die Freunde. Carl war gewappnet. »Am Abend des 17. Februar. Wir trafen uns ... im Zimmer eines Kollegen.«

Weit beugte sich der Untersuchungsrichter vor, der füllige Bauch trieb die Oberschenkel auseinander.

»Bei Schokolade und Bier begingen wir festlich die Wiederkehr der Nacht ...« Atemholen und weiter: »... in der unser großer Martin Luther starb.«

Die Schreiber hatten Mühe, den abgehackten Satzstücken zu folgen.

»Wir lasen im Bericht von Professor ... Jonas über seinen Tod. Als die Sterbestunde ... nahte, so gegen zwei Uhr, sangen wir inbrünstig ›Ein feste Burg ... ist unser Gott‹ und brachten Luther ein Vivat aus. ... Danach ging jeder zufrieden nach Hause.«

»Mehr haben Sie mir nicht zu berichten?« Ärger und Vorwurf wechselten. »Sand, Sie wissen genau, wonach das Gericht forscht. Warum treiben Sie ein Spiel mit mir?«

»Ich habe nie gespielt.« Gekränkt wandte Carl den Kopf zur Tür. »Niemals.«

Die vielen Kerzen flackern und spiegeln sich in den Gesichtern der Freunde. An den Wänden bewegen sich große Schatten. Die erhabene Todesstunde Luthers hat damals unsere Herzen erhoben. »Niemals. Es war eine würdige Feier.«

»Danach frage ich nicht, Sand.« Aufgebracht schnaufte der Untersuchungsrichter. »Keine romantischen Feste! Ich will endlich Klarheit. Gab es geheime Treffen? Was besprachen Sie und die Kollegen? Was wurde geplant?«

Nichts begreift er.

Stille. Nur im Ofen knackte hin und wieder ein Holzscheit. »Sand?«

Carl reagierte nicht. Der beleibte Mann wuchtete sich aus dem Holzsessel und schritt um das Bett herum. »Entschuldige«, sagte er. »Ich war ungeduldig.«

Carl griff nach seiner Hand. Ein Händedruck. Carl hielt ihn fest. »Immer lag meine große Bibel ... aufgeschlagen im Zimmer. Täglich las ich. ... Noch in Tübingen war ich fest entschlossen, mich ... als Missionar ausbilden zu lassen. Ich wollte ... Indien missionieren. Verstehen Sie, es war ... mein Traum von Jugend auf.«

»Und heute?«

»Ich habe den Wunsch aufgegeben. Mein Platz ist hier. ... In unserm Vaterland ist der ... christliche Glaube gesunken. Hier wollte ich ... predigen und den Glauben wieder aufrichten. ... Verstehen Sie, die Reformation muß ... endlich vollendet werden.« Damit gab Carl die Hand frei.

Lange schritt der Gerichtsrat vor dem Bett auf und ab, endlich ließ er sich wieder in den Holzsessel fallen. »Gut, Carl. Erst heute nachmittag sprechen wir wieder über Ihren Aufenthalt in Erlangen.« Entspannt lehnte er sich zurück. »Besuchten Sie während des Semesters die Eltern?«

»Erst in den Osterferien.«

»Erzählen Sie von zu Hause.«

Carl schloß die Augen. Seine Sehnsucht wanderte mit ihm durch das Fichtelgebirge. Endlich. Von den Höhenrücken aus sah er tief unten das geliebte Wunsiedel. Dahinter breitete sich das hügelige Land: Bäche, Seen, Wälder. »Unser Fichtelgebirge ist das wahre Herz Deutschlands.«

Der beleibte Mann verstand und lächelte.

»Ich war immer noch kränklich und elend. ... Der Feldzug gegen die Franzosen hatte mich so sehr geschwächt. ... Deshalb nahm ich Dampf- und Schwefelbäder. ... Jeden Morgen, nach der Kur im nahen Alexandersbad, ... ritt ich auf dem Fuchs des Bruders ... nach Marktredwitz.«

»Warum nicht nach Hause?« Der leise Einwurf des Gerichtsrates unterbrach nicht, er fügte sich in die kurze Atempause.

»Mutter hatte doch von ihren Großeltern ... den Kupferhammer in Redwitz geerbt. ... Die Zeit war schlecht, weil unser

Vater nichts ... mehr arbeiten konnte. Es fehlte an Geld. Deshalb hatte ... die Mutter sich entschlossen, selbst die Leitung ... des Hammers zu übernehmen. Seit langem ... schon war der Betrieb vernachlässigt ... und warf nichts mehr ab. Tag und Nacht ... saß die tapfere Frau in Redwitz über den Büchern. ... Sooft es ging, wollte ich in ihrer Nähe sein.« Carl griff mit der Rechten über seine Brust nach dem linken Unterarm und legte ihn vor sich auf die Decke. »Ein Schwefelbad hilft nur dem Körper. ... Verstehen Sie, in ihrer Nähe aber ... können Herz und Geist gesunden.« Carl knetete das gefühllose Fleisch der linken Hand.

Erst bei Anbruch der Dämmerung nahmen sie Abschied. Umarmung. »Arbeite an dir, Carl. Ich weiß, du besitzt die drei schönsten Anlagen: Gottesfurcht, Sitte und Tugend. Doch bekämpfe deine Langsamkeit und hüte dich vor Schwärmerei, denn sie unterjochen den klaren Verstand. Beweise Tatkraft. Ich will stolz auf dich sein.« Fest drückt Wilhelmine Sand dem Sohn einen Kuß auf die Stirn.

Während des beschwingten Ritts zurück stolpert der Fuchs. Nur unwillig trottet er über den steinigen Weg und lahmt nach kurzer Zeit. Carl sitzt ab. Am Zügel führt der Zwanzigjährige das verletzte Tier weiter.

Vorwürfe zernagen den beglückenden Tag. Es ist das Pferd deines Bruders! Wenn es für immer lahmt, wird die Familie mir die Schuld geben. Du hast ihn nicht gepflegt! Nicht genug geschont!

Im Stall füttert Carl das Pferd mit Zuckerstücken. Inständig betet er: »Ach, Gott verschone mich, wenn ein solches Unglück von mir entfernt werden kann, und lasse den Fuchs wieder genesen.«

Carl schob die linke Hand zur Seite; er sah zu, wie sie kraftlos von seinem Bauch auf die Matratze rutschte.

»Um das Pferd hast du gebetet, Junge?« Zweifelnd blickte der Untersuchungsrichter ihn an.

»Natürlich«, erklärte Carl schlicht. »Meinem Gott vertraue ich alle Sorgen an.«

»Und?«

»Nach zwei Tagen war der Fuchs wieder gesund.«

Der Justizrat ließ den Deckel der Taschenuhr aufspringen. »Es ist gleich Mittag. Nach dem Essen werde ich wieder ...«

»Verzeiht, die Worte gelingen mir nicht so schnell ... wie ich es möchte.« Hastig deutete Carl auf den unförmigen Mund. »Verzeiht, wenn ich Sie gelangweilt habe. ... Eins noch ...«

»Alles ist wichtig, Carl.« Die Uhr glitt zurück in die Westentasche.

Erleichtert hatten die Beamten bereits das Schreibzeug sinken lassen. Ein kurzer, empörter Blick! Sofort leckten sie noch einmal die Bleistifte.

»1816, in diesen Osterferien, ... habe ich zum ersten Mal ... August von Kotzebue kennengelernt.«

»Also doch!« Halb war der beleibte Mann aufgesprungen; er zwang sich zur Ruhe. »Gut. Also doch«, und wartete ab.

»Es war am 28. April, ein Sonntag. ... Morgens nahm ich gemeinsam mit meiner ... jüngeren Schwester Julie das Abendmahl.«

Der Gerichtsrat bewegte sich nicht. Endlich hatte Carl neu geatmet.

»Und abends gingen wir gemeinsam ins Harmonietheater. ... ›Die silberne Hochzeit‹ wurde aufgeführt. ... Das Stück war von Kotzebue.«

Der mächtige Körper sank in den Lehnsessel zurück. »Und seitdem haßten Sie den Dichter?«

Carl schüttelte den Kopf. »Das Stück wurde sehr schön gespielt«, sagte er und setzte hinzu: »Ich kam dadurch ... auf keine bösen Gedanken.«

Den Vormittag über hatte sich der Himmel nach und nach bewölkt, Schwüle lastete in den Straßen von Mannheim. Im Sturmschritt eilte der Untersuchungsrichter über den Paradeplatz zum Sitz des Oberhofgerichts hinüber.

»Lieber Freund, essen wir zusammen?« Beruhigend, halbverdeckt unter den buschigen Brauen, lächelten die Augen des Kanzlers. Erst nach der Mahlzeit im Gasthaus, erst nachdem die Zigarren angezündet waren, erlaubte Freiherr von Hohnhorst, daß der Gerichtsrat über den Verlauf des Verhörs berichtete.

»Der Verstand des Inquisiten arbeitet klarer als vor der Operation. Über sich selbst berichtet er freimütig, selbst von den intimsten Gefühlen. Doch frage ich nach seinen Kontakten, weicht er geschickt aus.« Mit dem Schnupftuch wischte der Untersuchungsrichter den verschwitzten Nacken.

Der Leiter der Spezialkommission paffte und schickte Qualmringe zur Decke, sah ihnen nach, bis sie sich auflösten. »Es war vorauszusehen, lieber Freund: Wir stehen unter zweifachem Druck. Zum einen drängen die Regierungen von Österreich und Preußen, seit neuestem auch der Gesandte des russischen Zaren, auf eine rasche, rückhaltlose Klärung der Hintergründe dieses Mordes. Zum anderen wachsen in der erregten Öffentlichkeit von Tag zu Tag Zustimmung zur Tat und Anteilnahme am Schicksal des Inquisiten.«

Dem großen Rauchring folgten eilig zwei kleinere. »Dessenungeachtet sind wir uns einig: Das Gesetz verlangt ein gerechtes und ordnungsgemäßes Verfahren. Und dies wird Carl Ludwig Sand erhalten.«

»Wenn ich nur den Schutzwall durchbrechen könnte, den er um seine Freunde und Mitwisser aufgebaut hat.«

»Ich weiß, Sie hegen eine gewisse Sympathie für den Inquisiten. Das ist die beste Voraussetzung zu gewinnen. Üben Sie Geduld und Strenge. Geben Sie nicht nach, lieber Freund.« Hohnhorst hielt die Zigarre aufrecht, achtete sorgfältig darauf, daß die Asche nicht abfiel. »Meine Kollegen und ich setzen das Mosaik zusammen. Ihre schwere Aufgabe ist es, uns das Material zu beschaffen. Stein für Stein. Sie haben mein Vertrauen.«

Fauliger Gestank erfüllte das Krankenzimmer. Mit frischem Verband sah Carl zu, wie die Schreiber nur widerwillig dichter ans Fußende des Bettes rückten und der Untersuchungsrichter das verschnürte Paket, seine Akten und Papiere auf dem Tisch ordnete. Bevor er sich setzte, legte er noch den Rock ab. »Draußen nimmt die Schwüle zu. Und hier drinnen heizt der Ofen.«

»Ich habe darum gebeten, ... aber Doktor Beyerle erlaubt nicht, ... das Fenster zu öffnen ...«

»Gut, Carl. Wir werden nicht ersticken. Genug davon.« Abrupt unterbrach der Gerichtsrat das halblaute Gestammel. »Sind Sie bereit? Heute nachmittag interessiere ich mich ausschließlich für Ihr Studentenleben.«

Der Gefangene krallte die rechte Hand ins Bettlaken. »Fragen Sie.«

»Gehörten Sie in Tübingen und später in Erlangen einer Verbindung an?«

Sie haben Nachforschungen angestellt. Gib mir Klugheit, Herr. Ich muß ihm etwas gestehen, um das Wichtige verbergen zu können. »Ja. Erst in Tübingen und später ... auch in Erlangen wurde ich Mitglied ... einer Landsmannschaft.« Carl betonte: »Obwohl es untersagt war.«

»Bekanntlich werden Landsmannschaften seit langem schon stillschweigend geduldet«, überging der Gerichtsrat das Geständnis. »Dennoch: Welchen Zweck verfolgt solch eine Vereinigung?«

»Nur eine jugendliche ... Spielerei. Vergnügen und Zusammenhalt ... hat sie zum Zweck.«

Mit verhaltenem Zorn löste der beleibte Mann die Knöpfe der Weste vor seinem Bauch. »Sehr gut! Jetzt zeigen Sie mir endlich Ihre wahre Gesinnung, Carl. Sie fressen, saufen und huren!« Nur

Kälte, nur Verachtung. »Es bereitet Ihnen sadistische Lust, ein Nichtmitglied zum viehischen Trinken zu zwingen, bis der Arme den Inhalt des Magens über den Wirtshaustisch erbricht. Und dafür bestrafen Sie ihn, prügeln ihn, bis er blutüberströmt und besinnungslos am Boden liegt.«

Carl riß den Mund auf. »Niemals!« schrie er. Die Krusten platzten. Blut quoll.

»Sehr gut, Sand! Jetzt kenne ich Sie als einen Vertreter dieser althergebrachten sittenlosen Studentenbräuche, als einen Landsmannschafter, unpolitisch, nur aufgebläht mit dummstolzem Renommiergehabe.«

»Aufhören, bitte. Aufhören!« In Fäden rann das Blut aus den Mundwinkeln über die Wangen, von der Unterlippe über das Kinn.

»Und in solch einer selbstherrlichen Landsmannschaft waren Sie also Mitglied?«

»Ja. Ich sage die Wahrheit«, keuchte er. Der starre Lippengrind war in Stücke gebrochen. Die Worte waren jetzt besser zu verstehen.

Der Untersuchungsrichter sprang auf. Er hob das verschnürte Paket an und schlug es auf die Tischplatte. »Und was bedeutet das hier?«

Carl reckte den Kopf vor, vermochte nichts zu erkennen und hielt den Atem an, während der beleibte Mann die Kordel löste. Das erste Blatt streckte er dem Gefangenen hin. »Was ist das hier, Sand?«

Entdeckt! Überführt!

»Ich schäme mich für Ihre Lügen, Sand.« Damit setzte sich der Gerichtsrat und legte den Papierstoß auf seine Knie. »›Brauch der Erlanger Burschenschaft 1816‹«, las er laut.

»Nach wenigen Wochen habe ich die Landsmannschaft unter Protest verlassen. Ich habe nicht gelogen.«

Fordernd wiederholte der Untersuchungsrichter: »›Brauch der Erlanger Burschenschaft‹!«

»Ja, ich habe diese Verfassung entworfen. Für Ehre, Freiheit und Vaterland«

»436 Paragraphen! Eine erstaunliche Leistung.«

»Von Freunden wußte ich, daß in Jena, Halle und anderen Universitäten sich längst Burschenschaften gegründet hatten. Alle verfolgten das gleiche Ziel: Dem rohen, zügellosen Treiben der Landsmannschaften mußte Einhalt geboten werden. Auch meine Vereinigung wollte das Studentenleben erneuern.«

»Ihre Vereinigung?«

Jetzt darf ich nicht länger leugnen. Ich stehe zu unserm großen gemeinsamen Plan. »Ich habe in Erlangen eine Burschenschaft gegründet.«

»Der Name?«

»Wir sind echte Deutsche und protestantische Christen. Deshalb Teutonia.« Carl bedeckte die Augen mit der rechten Hand.

Zum nächtlichen Gründungsfest hatte Carl die altdeutsche Tracht angelegt, den langen schwarzen Rock, den weiten Schillerkragen, und sein schwarzes Haar wallte bis auf die Schulter.

Oberhalb von Erlangen, auf dem Höhenrücken des Altstädter Berges ist alles vorbereitet. Die Freunde haben Bierfässer, Krüge und Fackeln herangeschleppt. Im Rund stehen die aus Steinen mühevoll erbauten Sitze. »Unser Rütli wird heute nacht seinen Namen verdienen! Ach könnten doch die leuchtenden Vorbilder, könnten doch Jahn und Arndt auch unter uns sein.« Weit breitet der Zwanzigjährige die Arme aus.

Unmittelbar vor der Feier entsteht plötzlich Unstimmigkeit, Vorwürfe gegen den Bauvogt des Rütli, Carl Ludwig Sand, werden laut. Einige laufen davon, fürchten die Rache der Landsmannschaften. Überredung, Bitten, Drohen, schließlich kehren alle zurück.

Bei Dunkelheit wird das Feuer entzündet. Carl tritt vor die prasselnden Flammen. Schweigen. In der Erregung hat er die auswendiggelernte Rede vergessen. Zitternd nestelt er das

Manuskript aus der Rocktasche. »Brüder Teutschen Sinnes! Lange schon haben wir in unserm Gemüte, anfangs noch uns selbst unbewußt, die idealistischen Bilder getragen – deutsche Würde, unumschränkte Freiheit!« Er findet die Sicherheit wieder. Fest und lauter wächst seine Stimme über das Rütli. Der Redner reißt sich selbst mit. »Jeder von uns, auch ich, war bereit, auf dem Schlachtfeld für das Vaterland sein Leben hinzugeben. Durch unzählige Opfer ist Deutschland wieder gerettet.« Er hebt die Faust. »Nun gilt es noch, aus dem Innern die giftigen Nattern des verdorbenen Auslands zu verbrennen und dafür den alten deutschen Sinn, das Volkstümliche, wodurch unser Vaterland dem erhabenen Christentum verwandt ist, wieder geltend zu machen!«

Carl wartet, bis sich Zuruf und Begeisterung wieder gelegt haben. Er spricht vom Kampf gegen den Frevel der rohen Lüste und steifen Fühllosigkeit in den Landsmannschaften. Er will, allen voran, mit Redlichkeit, Mut und Kraft für dieses Ziel kämpfen. »Die hiesige Studentenwelt, in ihrem ganzen – religiösen, wissenschaftlichen und ritterlichen – Leben, werden wir zu einer deutschen Burschenschaft erheben.« Carl steckt das Manuskript zurück in den Rock. Er hebt die Hand zum Schwur. »Dieses geloben wir!«

Die Flammen lodern hoch. Bier schäumt im Birkenmaier. Der eichenlaubbekränzte Holzkrug wandert von Mund zu Mund. Tanz. Lieder aus trunkenen Herzen. Mit brennenden Fackeln umschreiten die Burschen das Feuer. Und wieder Tanz. Seligkeit, bis der Mond versinkt.

Carl seufzte erschöpft und strich seine Hand über die Stirn ins Haar. »Wir haben nichts Unrechtes gewollt.«

Nachdenklich blies der Gerichtsrat die Unterlippe. »Das wäre später noch zu prüfen, Sand.« Er blätterte in der Burschenverfassung. »Mir scheint, daß Sie hier eine neue politische Gesellschaft und Ordnung entworfen haben. Ein Studentenstaat im Staat. ›Wie der deutsche Bursche sein muß.‹ Alles haben Sie geregelt, vom Ausschluß der Juden, als Feinden des Volkstümlichen, bis zum Fechten und Turnen, bis hin zu einer gemäßigten Trinkordnung.«

Das Blut um den Mund war getrocknet, vorsichtig versuchte Carl ein Lächeln. »Ich habe die Erlanger Burschenschaft geschaffen ganz nach dem Vorbild der Jenaer. Es ist also nur folgerichtig, daß sie sich auch um die politischen Verhältnisse Deutschlands bekümmert hat, wenn es die Ausbildung deutscher Volkstümlichkeit forderte.«

Teilnahmslos aß Carl am Abend den Brei aus Kartoffeln und Fleischbrühe. Nur kurz antwortete er auf die umsorgende Freundlichkeit des Oberzuchtmeisters. Immer wieder kehrten seine Gedanken nach Erlangen zurück: Am Eingang der Friderico Alexandrina, auf den Plätzen, an den Straßenecken waren Schmähzettel gegen die Burschen der Teutonia angeschlagen: »Lumpenpack.« »Mondanbeter.« Trafen die geschniegelten Landsmannschafter, in ihren goldbetroddelten Uniformen, Federbuschhelmen und Lederstiefeln, einen Teutonen allein in der Stadt, verspotteten sie ihn auf offener Straße, beschmutzten seine Ehre und prügelten dann mit einer Übermacht auf den Hilflosen ein.

Donner grollte! Aufgeschreckt blickte Carl zu den Fenstern. Schwarze Wolkentürme schoben sich ineinander. Blitze zuckten. Donnerknallen. Draußen heulte Sturm auf und fegte Regen prasselnd gegen die Scheiben.

»Keine Angst, Sand. Ich bleib'.« Breit stellte sich Kloster mit dem Rücken vor das linke Fenster.

»Verzeih.« Carl bemühte sich den Oberkörper höher ins Kissen zu schieben. »Ich will es genau sehen.«

»Ich hab' nur gedacht ...« Der gedrungene Mann gab den Blick frei. »Soll ich gehen?«

»Nein. Bitte nicht. Laß uns gemeinsam das erhabene Schauspiel genießen.«

»Schon recht.« Im bedrohlichen Halbdunkel, vom Fußende des Bettes aus, sah Kloster nach draußen, dann wieder zum Gefangenen. »Schön find' ich's nicht.«

Carl seufzte und streckte die Hand sehnsüchtig dem Unwetter entgegen. »Da, Kloster. Da zeigt sich die Größe und Macht unseres Gottes. In diesen Momenten wird der Mensch an seine sündhaften Fesseln gemahnt.«

»Was?« Kloster rückte den Gürtel zurecht. »Wird schon, Sand. Wird schon.«

Carl nahm die besorgte Verwunderung nicht wahr. Der Donner rollte über den Himmel. »Ich erinnere mich an ein großartiges Gewitter, damals in Erlangen. Während die Nacht draußen taghell grellte, fand ich heraus, daß Gott mir durch seinen Sohn Jesus Absolutes verheißt, daß ich zur Größe ausersehen bin.«

Entschlossen goß der Oberzuchtmeister Wasser in den Becher und brachte es seinem Gefangenen. »Trink das.«

Carl lehnte ab. Seine Augen leuchteten im Schein der Blitze wider. »Während des nächtlichen Tobens schrieb ich ein Gedicht.«

»So?« Kloster versteifte den Rücken, fester umschloß seine schwielige Hand den Becher.

»Willst du es hören?« Carl wartete die Zustimmung nicht ab, er legte den Kopf zurück, gegen Sturm und Lärm deklamierte er: »>In dem Dunkel der Nacht / Bei des Blitzes Leuchten und des Donners Krachen / Dachte ich, nach des Klopstocks Weise, / Augenblicke der Ewigkeit. / Und ich hörte von unten der Sünder Stimme, / Und im Kämmerlein meine, des Sünders Stimme. / Sind dies Stimmen erlöseter Engel? Ich fragt's – / Da erjauchzte im Donner ein: Ja! – / So laß mich beten, schenke mir / Augenblicke der Ewigkeit! / Laß in des Leibes mächtiger Totennacht / Mir noch den Strahl Deiner Allgegenwart.«

Wortlos setzte Kloster den Becher an und trank das Wasser in einem Zug. Er wandte sich zum Tisch, entzündete den

Docht der Lampe, bedächtig drehte er die Flamme höher als gewöhnlich. Mit der Stielglocke trat er ans Bett. »Schon recht, Sand«, besänftigte er. »Geht ja auch keinen was an. Keine Angst, das von dem Gedicht sag' ich keinem. Bleibt unter uns. War ein anstrengender Tag. Aber du wirst schon wieder.«

Damit stellte er die Glocke auf den Sitz des Lehnstuhls. »Das Wetter zieht ab, Sand. Wenn was ist, läuten.« An der Tür versicherte er dem Gefangenen: »Ich sag' den beiden Kerlen, daß sie heut nacht gut auf dich achtgeben.«

D̲as nächtliche Gewitter hatte die Wärme vertrieben. Ein frischer Aprilmorgen.

Nach Feststellung der Zurechnungsfähigkeit durch den Stadtphysikus, nach gründlicher Wundbehandlung durch Doktor Beyerle begrüßte der Untersuchungsrichter mit aufmunternder Freundlichkeit den Kranken: »Welch eine Luft! Heute werden wir große Fortschritte machen.«

Gut ausgeruht, nahm er dicht am Kopfende Platz. »Als Sie verhaftet wurden, Carl, trugen Sie dies hier um den Hals.« Zwischen zwei Fingern schaukelte er ein langes, mit schwärzlichem Blut verklebtes Seidenband. »Was ist das?«

Mein Burschenband aus Tübingen! Am Tag meines Beitritts hatte mir der Zimmernachbar die Farben unserer Teutonia umgebunden. »Ja, es gehört mir.« Verständliche Worte, die grindigen Lippen waren dick mit Fettsalbe eingerieben. »Es ist ein Geschenk.«

»Gut. Ich will nicht wissen von wem. Nur: Was bedeuten die Farbstreifen? Die beiden äußeren sind grün und weiß, in der Mitte meine ich ein helles Blau zu erkennen.«

»Darf ich es sehen?« Ehrfürchtig hielt Carl den nur drei Finger breiten Stoff, drückte den Daumennagel in die getrockneten Blutreste.

Jeder von uns Erlanger Teutonen trug mutig ein kleineres

Bändchen mit denselben Farben im Knopfloch. Auch wenn die Polizei es uns bei Strafandrohung abnahm, schon am nächsten Tag banden wir ein neues Abzeichen an den altdeutschen Rock. Schweig! Dein Geständnis darf niemanden in Gefahr bringen, ermahnte sich Carl. Du selbst hast dieses Gebot im ›Burschenbrauch‹ festgeschrieben. Halte deinen Schwur.

»Eine zufällige Laune. Die Farben haben keine besondere Bedeutung.«

Der Untersuchungsrichter entriß Carl das Seidenband. »Gut, Sand.« Fest straffte er den Stoff. »Nach viel Mühe haben wir die Inschrift entziffert. ›Mit diesem weihte ich mich 1815 zum Tode. War's nicht Ernst? Würde ich über den Rhein zurückgegangen sein, ohne als Sieger?‹ Das ist von Ihrer Hand geschrieben.«

»Also ist es folgerichtig: Ich habe nicht gelogen.« Vorsichtig, um die Lippen nicht aufzusprengen, lächelte Carl. »Ich trug das Band im Feldzug gegen den Tyrannen, trug es in jeder Schlacht meines Lebens, auch in die letzte ging ich mit ihm. Deshalb konnten Sie es an meinem Hals finden.«

Enttäuscht warf der beleibte Mann das wertlos gewordene Beweisstück auf den Tisch. Zur Seite gereckt suchte er in seinen Unterlagen. Ohne Carl anzublicken, während er Blätter nebeneinander ordnete, fragte er plötzlich: »Gab es Freunde in Erlangen? Ich meine nicht die gewöhnlichen Studienkollegen. Gab es wirkliche Freunde, die Ihrem Herzen nahestanden?«

Sei auf der Hut! Ulrich, Cloeter, Assum, Ihr Getreuen, fürchtet Euch nicht.

Dittmar! Du, mein fröhlicher, so innig geliebter Herzensbruder. Carl griff ins Haar und ließ eine Strähne langsam durch die Finger gleiten. Morgens, wenn du mich wecktest. Deine Hand! Nach soviel Zärtlichkeit konnte ich nicht länger schlafen. Unsere Seelen waren sich so nah. »Ja, ich hatte einen Freund«, flüsterte er, »Dittmar aus Ansbach. Ein wahrer Deutscher und evangelisch-christlicher Theologe.«

Prüfend sah der Untersuchungsrichter zu seinen Beamten hinüber. Aufmerksam verfolgten sie jedes Wort.

»Wo wohnte Dittmar?«

»Während der Osterferien 1817 hatten viele Mitglieder unserer Burschenschaft aus Enttäuschung die engstirnige Friderico Alexandrina verlassen, auch mein Zimmernachbar. Sie waren zu einer freieren Universität gewechselt. Dittmar bezog die Kammer neben mir. Wir unterstützten uns. Wir trugen alles gemeinsam. Bis zu diesem Tag.« Carl krallte die rechte Hand ins Haar. »Am Abend dieses 21. Juni ging auch der Frühling meines Lebens zu Ende.«

Zu dritt hatten sie diskutiert und gelesen. Dittmar und ein engvertrauter Bruder aus der Burschenschaft haben längst die Bücher zugeklappt. Nur Carl sitzt noch tiefgebeugt. Von hinten packt Dittmar den Übereifrigen an den schulterlangen Locken und zieht ihn vom Schreibpult weg. »Schluß jetzt. Wir haben heute genug gearbeitet.«

Sofort umklammert Carl die Hüfte des Störenfrieds, stemmt ihn hoch, stürmisch trägt er Dittmar durchs Zimmer. Wie ein Raubtier seine Beute, so schüttelt Carl den schlanken Freund hin und her. »Aufhören!« fleht Dittmar in gespielter Not. Sie lachen atemlos.

»Gehn wir zum Kanal. Nach solch einem schwülen Tag muß der Mensch ins Wasser.«

Gleich neben der Stadt waten die drei durch das seichte Ufer. Füße und Hände, jeder spritzt den anderen naß.

»Kommt!« lockt Dittmar rasch weiter zur Stelle, an der das ruhige Wasser in die schnell fließende Regnitz mündet. »Du willst uns arme Nichtschwimmer ertränken!« schimpft Carl dem Freund hinterher, schon schwappt ihnen das Naß bis an die Brust. Dittmar jubelt und wirft sich ins tiefere Wasser. Spottend schwimmt er zur Mitte des Flusses hinaus.

»Kehr um, Dittmar. Komm zurück!« fordert Carl.

Endlich gehorcht der Freund und müht sich, gegen die Strömung das Ufer wieder zu erreichen.

An den tiefhängenden Ästen der Sträucher hangeln sich die beiden Nichtschwimmer weiter, um den Leichtsinnigen in Empfang zu nehmen.

Nur kaum fünfzehn Schritt entfernt, vor ihren Augen, versinkt Dittmar!

Die Freunde schreien auf, wollen retten, verlieren selbst den Grund unter der Füßen. Die dünnen Weidenäste reißen ab. Sie schreien um Hilfe. Um Hilfe für Dittmar, um Hilfe für das eigene Leben.

Dittmar taucht nicht auf.

Wild rudern sie mit den Armen, müssen zurück, hinter ihnen plötzlich gurgelnde Schreie des Freundes, Blätter, Zweige, es gelingt ihnen, sich dichter ans Ufer zu ziehen. Sie blicken sich um; fassungslos sehen sie, wie Dittmar sich aus dem Strudel emporkämpft, verzweifelte Laute ausstößt und wieder hinabgezogen wird. Sie können ihn nicht retten. Unablässig brüllen sie nach Hilfe.

Leute kommen gelaufen, stehen am Ufer, zeigen, rufen.

Der Strudel gibt den Kämpfenden frei; mit letzter Kraft schnellt Dittmar bis zur Brust aus dem Wasser. Das verzerrte Gesicht erstarrt zu einem ewigen Bild in Carl. Wieder wird der Freund hinuntergezogen.

Dittmar taucht nicht mehr auf.

Carl lockerte den verkrampften Griff und wischte sich die Tränen aus den Augenwinkeln. »Die halbe Stadt war am Ufer zusammengelaufen. Wir suchten ihn. Erst nach zwei Stunden konnten wir den Toten bergen.«

Mitfühlend wartete der Untersuchungsrichter, ließ seinem Gefangenen die Zeit, den Schmerz neu zu versiegeln.

Endlich bat Carl: »Fragen Sie.«

»Es gibt einen Polizeibericht aus diesen Tagen. Bei der Beerdigung Ihres Freundes war die Bürgerwehr und auch die Wache in höchste Alarmbereitschaft versetzt worden.«

Carl bat, höher sitzen zu dürfen. Behutsam stützte ihn der beleibte Mann und richtete das Kissen.

»Nach Dittmars Tod war mein Herz wie mit Stricken geschnürt. Noch am Ufer hatte einer der schändlichsten Landsmannschafter ausgerufen: ›Nun, so ist doch mal einer von diesen Hunden weniger!‹ Dennoch luden wir die drei feindlichen Verbindungen ein, mit uns gemeinsam den Toten auf seinem letzten Weg zu begleiten. Schroff wiesen sie uns ab. Sie verhöhnten uns und drohten sogar, den Leichenzug zu stören.« Carl schlug die Faust auf das Bettuch. »Wir verständigten die Behörden, daß wir bewaffnet kämen und jede Schmähung sofort mit Blut sühnen würden. Deshalb schickte die Polizei ein starkes Aufgebot. Deshalb wurden in der Nacht, in der wir Dittmar zu Grabe trugen, alle Tore der Stadt mit dreifachen Wachen besetzt.«

»Wo suchten Sie Trost, Carl? Hatten Sie in Erlangen eine Vertraute, vielleicht eine der Töchter aus der Bürgerschaft?«

Carl erstarrte.

»Schon gut, nicht jetzt«, beschwichtigte der Gerichtsrat und wölbte die volle Unterlippe vor und zurück.

Schweigen. Carl nahm das helle Licht der beiden Fenster in sich auf. Es sind Gottesaugen.

Trost? Der Mutter schrieb ich von meiner Verzweiflung, ihr vertraute ich mein Unglück an. Welch eine Antwort! ›In der Stille der Abendstunde, mein lieber Carl, stimme ich in deine Gefühle, und betraure mit dir den verklärten Freund, der lächelnd und vielleicht aus einem höheren und besseren Wirkungskreise auf uns herabsieht.‹ Welch ein Balsam legte sie auf meine Wunden! ›Doch lassen wir beide, mein bester Sohn, diesen Gedanken nicht zum herrschenden werden, und nicht darüber vergessen, daß unsere jetzige Bestimmung sei, hienieden die väterlichen Absichten Gottes kindlich zu erfüllen ...‹ Wie oft hatte Carl diesen Brief gelesen, war durstig immer wieder zu der einen Stelle zurückgekehrt: ›Wir beide, bester Carl, haben den Spiegel der Seele, die Augen, miteinander gemein und gewiß auch deren Anlagen alle, und keines der Geschwister ist mir so seelenverwandt als du.‹

Carl seufzte und stellte sich offen dem breiten Gesicht des Untersuchungsrichters. »Meine Mutter schrieb mir. Bei ihr fand ich Trost.«

»Gut, Junge. Gut.«

Ungefragt berichtete Carl vom ersten Jahresfest der jungen Teutonia auf dem Rütli. »Wir sangen Körners Lieder. ›Lützows wilde Jagd‹ und das ›Schwertlied‹. Beim Kreisen des Birkenmaiers brachten wir den Urvätern unseres neuen Studentengeistes, dem vaterländischen Friedrich Ludwig Jahn und dem herrlichen Ernst Moritz Arndt, einen dankbaren Trinkspruch aus. Dieses Fest war gleichzeitig mein Abschied. Ich haßte Erlangen. Wie viele meiner Freunde wollte ich fort. Ich hatte längst beschlossen, zum Wintersemester an die Universität nach Jena zu gehen ...«

»Und vorher?« Hart schnellte die Frage in den halblauten, immer schneller werdenden Redefluß.

»Ich verstehe nicht?«

»Sand! Sie müssen sich erinnern. Es ist kaum anderthalb Jahre her.«

»Vorher?« Carl dehnte die Pause. Was weiß er? Nur kläglich gelang ihm ein leichter Tonfall. »Bevor ich Erlangen verließ, hielt ich meine erste Predigt in der Neuhauser Kirche.«

Mit der flachen Hand hieb der Untersuchungsrichter auf den Tisch. »Weichen Sie nicht aus!«

So kann er mich nicht erschrecken. »Ich verbrachte die Herbstferien zu Hause bei den Eltern. Am 5. Oktober, es war mein 22. Geburtstag, hielt ich in der Kirche von Wunsiedel meine zweite Predigt.«

»Gut, Sand. Sehr gut!« Abrupt sprang der beleibte Mann auf. Voll Zorn stapelte er die Unterlagen und stopfte sie in die schwarze Ledertasche. Seine Schreiber schnippte er mit Fingerschnalzen hinaus.

Heiß spürte Carl das Blut hochwallen, hörte es in den Ohren. Was hat ihn gekränkt? Er darf mich jetzt nicht allein lassen. Jetzt noch nicht. »Ist es schon so spät?«

Breit baute sich der Gerichtsrat vor dem Bett auf, das Gesicht tiefrot; er schnaubte mühsam beherrscht, streckte den Bauch und stemmte die Hände in die Seiten. »Sie sind des heimtückischen Meuchelmordes angeklagt, Sand! Ich habe die schwere Aufgabe, die Hintergründe ans Licht zu bringen. Auf meine Veranlassung hin genießen Sie hier Rücksicht, Fürsorge und Vergünstigungen wie sicher kein Mörder vor Ihnen!«

Das Rauschen in den Ohren nahm zu. Carl rang nach Atem. »Ich bin dankbar. Für alles bin ich dankbar.«

»Vielleicht ist diese Dankbarkeit nur Täuschung.« Gefährlich und leise setzte er hinzu: »Gaukelei! Stimmen in der Kommission verlangen nach einer härteren Behandlung. Noch wehre ich mich dagegen.«

»Aber ich lüge nicht«, stammelte Carl entsetzt.

»Doch, ich spüre es genau. Tag und Nacht beschäftige ich mich mit Ihnen, Sand. Ich habe Sie kennengelernt.«

»Es ist die Ehre«, keuchte er. »Das höchste Gut eines Deutschen. Mein Schwur bindet mich.«

Der Damm brach: »Schweigen Sie! Dies ist ein Verhör und keine vaterländische Übungsstunde!« Aufgebracht riß der Untersuchungsrichter die Tasche an sich.

»Warten Sie«, flehte Carl.

Schon auf dem Weg zur Tür, blieb der beleibte Mann stehen.

»In den Herbstferien bereitete ich mich auf die große Feier vor. Ich verfaßte eine Denkschrift.«

Langsam zog der Untersuchungsrichter das Schnupftuch aus der Rocktasche und trocknete sich den Schweiß von der Stirn. Erst dann drehte er sich zu dem Gefangenen um.

Kein Verrat. Sie werden meine Teilnahme ohnehin bald herausfinden, vielleicht wissen sie es schon. Nein, es ist kein Verrat. Carl streckte den Kopf, mit weiten Augen flüsterte er: »Die Vertreter der Burschenschaften und Landsmannschaften aus allen Gegenden unseres zersplitterten Vaterlandes waren zum 18. Oktober auf die Wartburg eingeladen, um gemeinsam, zum ersten Mal wirklich gemeinsam, ein Fest zu begehen. Ich war dabei.« Ermattet ließ sich Carl zurückfallen; Schweiß strömte ihm über das Gesicht.

»Danke, Junge.« Der Untersuchungsrichter zögerte. »Warum wolltest du es mir verschweigen? Warum nur? Seit dem unseligen Treffen der Studenten auf der Wartburg ermitteln die Behörden der deutschen Staaten gegen die Teilnehmer. Das mußt du doch wissen.« Nach einer Pause setzte er leise hinzu: »Schon vor zwei Wochen fragten wir in Eisenach und Weimar an. Ich weiß längst, daß du auf dem Fest dabei warst. Warum versuchst du, mich zu hintergehen?« Er trat nicht noch einmal zum Bett, hob nur die Hand zum Abschied. »Also gut, Carl. Ruh dich aus. Wir haben genug Zeit.«

Längst dampfte die gebrannte Mehlsuppe nicht mehr. Appetitlos rührte Friederike in ihrem Teller; hin und wieder blickte sie verstohlen zum geöffneten Fenster. Erst ein rötlicher Schimmer am Horizont, sonst war der Himmel blaß, noch schlief Mannheim.

»Du mußt essen, Mädchen. Der Tag ist lang.« Gesättigt schob Valentin Kloster seinen ausgeschabten Teller in die Mitte des Tisches.

»Sorg dich nicht, Vater.« Friederike legte den Löffel hin. »Mir ist gut.«

Kurz hob der Oberzuchtmeister die Brauen. »Bist groß genug, Mädchen.« Wie jeden Morgen neigte er den Oberkörper zu seiner Frau und bog den Kopf zurück. Während Wilhelmine Kloster sorgsam die obersten Knöpfe der Uniformjacke schloß, ihrem Mann mit den Fingerrücken möglichen Schmutz von den Schultern wischelte, ermahnte sie die Tochter: »Wer morgens nichts ißt, der ist den Tag über nichts wert.«

»In der Küche habe ich Brot gegessen und Milch getrunken«, log Friederike. »Vorhin schon, beim Suppekochen.«

»Ist gut, Mädchen.« Kloster reckte die Brust und legte die Hände zusammen. »Wir danken Gott für seine Güte.« Das Frühstück war beendet.

Sofort stieß die junge Frau den Stuhl zurück. »Ich gehe rasch etwas an die Luft.«

»Aber Kind! Heute vormittag müssen wir anteigen. Auch ist es höchste Zeit, daß wir neue Lichter gießen.«

»Nur ein paar Schritte. Ich bin gleich wieder zu Haus.« Friederike hatte bereits das Tuch umgeschlungen; flehend sah sie den Vater an. Kloster begriff. »Nun lauf.«

Die Holztür fiel ins Schloß.

»Frische Luft tut dem Kind gut«, beschwichtigte der Oberzuchtmeister seine Frau.

Draußen, nicht weit vor dem Heidelberger Tor, brach Friederike einen Strauß dickknospender Apfelzweige.

Von Sebastian hatte sie sich den versteckten Obstgarten beschreiben lassen. »Nur eine Überraschung für die Eltern.« Gerade ihm die Unwahrheit zu sagen, war ihr schwergefallen, doch sie hatte dem treuen Freund nicht wieder weh tun wollen. Seit Tagen fühlte Friederike, wie sehr Sebastian litt, sobald sie von Carl erzählte oder nur seinen Namen nannte.

Auf dem Weg zurück strich sie zart über jede der rosafarbenen Knospen. Er liebt meine Blumen. Sie seufzte. Und wenn die Zweige aufblühen, dann schau ich ihn aus jeder Blüte an. Und er schaut mich an. Beschwingt folgte sie der Mauer des lutherischen Friedhofs und bog in die Straße zwischen O6 und Q6 ein. Friederike stockte, sofort verbarg sie den Strauß hinter ihrem Rücken.

Drüben, am Zuchthaustor, sprach der Vater mit einer Magd. Schürze und Haube leuchteten, im Arm trug sie einen Korb. Die hab' ich noch nie bei uns gesehen. Eine weiße Schürze, schon am Morgen! Was will die hier?

Zögernd näherte sich Friederike. Sie beobachtete, wie der Vater das Tuch hob und den Inhalt prüfte, wie er schließlich nickte und den Korb in Empfang nahm.

Kaum hatte die fremde Magd sich abgewandt, lief Friederike los. Sie erreichte das Tor, bevor der Vater die schmale eingelassene Pforte wieder verschloß. »Nimm mich mit.«

Im Hof zeigte sie den Strauß. Kloster drückte seinen Finger fest an die knollige Nase. »Woher hast du die Zweige?«

»Nicht gestohlen, Vater, glaub mir.« Unverwandt blickte sie auf den bedeckten Korb in seiner Hand. »Der Apfelbaum gehört keinem.«

»Mädchen. Denk dran, dein Vater ist ein Städtischer.«

»Sorg dich nicht.« Friederike lüftete das Tuch. Ein Glas eingemachter Kirschen! »Für dich?«

Valentin Kloster lachte kopfschüttelnd: »Nicht nur du, Mädchen. Jetzt wollen sogar schon feine Damen meinem Gefangenen was bringen. ›Für seine Gesundheit‹, hat die Magd ausrichten lassen.«

»Von wem?« Schmerzhaft spürte Friederike wieder den Stachel.

»Heute hat die Frau Bassermann was geschickt.« Er überlegte, dann wischte er die Hand. »Die von gestern hab' ich vergessen.«

»Gestern auch?« Ihre Augen funkelten. »Warum hast du's mir nicht erzählt?« Erschreckt preßte sie die Lippen zusammen.

»Mädchen, Mädchen. Schon recht. Ich will ja auch, daß es dem Sand gutgeht. Obwohl er den Dichter erstochen hat, wie ein Mörder. Ich versteh' mich selbst nicht.« Kloster schloß die Tür zum Gefängnistrakt auf. »Vielleicht, weil er so anders ist als meine anderen Sträflinge.«

»Laß mich den Korb tragen.«

Der Vater schmunzelte. »Nur bis auf den oberen Gang. Weiter nicht, Mädchen. Ich bring' ihm die Geschenke allein.«

Stufe für Stufe wog der Korb schwerer. Niemand von diesen Weibern hat ihn so gesehen wie ich. Vater und ich versorgen Carl. Wir brauchen keine Hilfe. Niemand hat das Recht ... Niemand! Friederike stieß den Fuß gegen eine Stufenkante, schrie kurz auf, dann ließ sie den Korb fallen. Poltern, das Glas zerplatzte, roter Saft spritzte, und die süßen Früchte rollten die Treppe hinunter.

Kloster fuhr herum.

»Es ist nichts, Vater. Entschuldige. Ich bin gestolpert.«

»Hast du dir was getan?«

»Nein, nein. Ich bin nur gestolpert.« Bekümmert zeigte Friederike auf die Scherben. »Das schöne Obst.«

Mit unbewegter Miene streckte Valentin Kloster die Hand aus. »Gib mir die Zweige, Mädchen. Und wisch es auf. Wenn die Herren kommen, muß die Stiege wieder sauber sein.«

Die Tochter reichte ihm den Strauß. Sie wartete. Kaum war der Oberzuchtmeister im Krankenzimmer verschwunden, lächelte Friederike grimmig zufrieden und beeilte sich, das Kehrzeug zu holen.

Burschenschafter, Turner, Landsmannschafter. Von nah und fern, aus den deutschen Klein- und Großstaaten waren Studentenabordnungen aufgebrochen. Fußmärsche, meist wochenlang. Von allen protestantischen Hochschulen folgen die Vertreter der Einladung zum dreifachen Jubelfest, nur wenige haben abgesagt. Auf nach Thüringen! Über die Höhenrücken, durch die herbstbunten Wälder, aus den Tälern ziehen sie heran: Zur Klampfe und Flöte singende Scharen in schwarzer altdeutscher Tracht, »Frisch auf mein Volk, die Flammenzeichen rauchen!«, um die Hüfte sind Säbel, Dolche und scharfgeschliffene Wanderbeile gegürtet.

Für die Freiheit eines geeinten Vaterlandes waren sie in den vergangenen Jahren aus den Hörsälen auf die Schlachtfelder gerufen worden. Sie hatten gekämpft. Nach dem Sieg über die napoleonischen Heere war ihnen von den Fürsten eine landständische Verfassung versprochen worden, doch nichts hatte sich verändert; aus Selbstsucht und Machtgier war ihnen dieser Preis verweigert worden.

Nicht länger warten! Das ersehnte einig Vaterland der Gerechtigkeit und Gleichheit soll endlich Wahrheit werden. Am Sonntag, dem 17. Oktober 1817, findet sich die akademische Jugend Deutschlands auf dem Markt von Eisenach zusammen.

Zuruf und begeistertes Willkommen! Von Stunde zu Stunde treffen neue Wandergruppen ein.

Inmitten des Trubels und Lärmens steht Carl allein, das Gesicht blaß, die Augen fest nach oben gerichtet. Wartburg, du Feste des unbeugsamen Martin Luther! Carl fühlt ein Zittern. In deinen Mauern wird mit unserm Bundestag das Große beginnen. Wir wollen eine einzige deutsche Burschenschaft werden, ohne Grenzen. Unsere Einheit, ein Fanal für die Einheit des Volkes! Morgen feiern wir das erste gemeinsame deutsche Fest. Mit uns soll morgen die Zukunft des geliebten Vaterlandes anbrechen.

Nicht alle Augen blicken zum Burgberg hinauf. Einige Delegationen der Landsmannschaften sind nur gekommen, um mit auswärtigen Burschen offenstehende Rechnungen auszutragen, den Ort der Feier zum Fechtboden für blutige Duelle zu nutzen. Überheblicher Spott, ehrverletzende Beleidigung, erste Drohungen werden ausgesprochen. Ehe das Gift um sich greift, stellt sich der Festausschuß dieser Gefahr. »Jeder Teilnehmer muß sich durch seine Unterschrift verpflichten, vom 17. angefangen, für drei Tage keine Händel anzuzetteln. Bekennt euch zur Tat der Selbstüberwindung. Unterwerft euch unserm Ehrengericht. Hier soll jeder Streit geschlichtet werden. Denn niemand soll später sagen können: Sie kamen aus allen Gauen Deutschlands, um ein Fest der Verbrüderung zu feiern, aber um hundert Jahre zu früh, denn sie entehrten die geweihte Stätte, indem sie einander Hände, Arme, Gesicht und Brust zerstachen, zerhieben und zerschossen und den heiligen Berg mit Bruderblut befleckten!« Nach viel Mühe gelingt der Burgfriede. Schließlich entspannen sich die Gesichter. Das »Du« hilft Feindschaften zu überbrücken; jeder darf sich als Bruder unter Brüdern frei bewegen.

Carl drängt durch die Menge. Den Lederranzen, prallgefüllt mit Exemplaren seiner Denkschrift, preßt er an die Brust. Endlich hat er das Gasthaus ›Zum Rautenkranz‹ erreicht. In einer langen Schlange warten die Studenten, um sich vor dem Festkomitee in die Teilnehmerliste einzutragen.

»Es gab eine Liste?« unterbrach der Untersuchungsrichter. Er schnippte die Finger. Seine Beamten blickten von den Schreibbrettern auf. »Antworten Sie!«

Nur langsam verebbten Lärm und vergnügtes Geschwätz um ihn herum. Verwirrt kehrte Carl ins Krankenzimmer zurück. »Verzeiht. Ich habe die Frage nicht verstanden.« Sein Gesicht war gerötet, fiebrig glänzten die Augen.

»Gab es eine Liste aller Teilnehmer?«

»Natürlich.« Entsetzt brach Carl ab. Er weiß es nicht. Sand, bleibe deinem Vorsatz treu! »So genau kann ich mich nicht ...«

»Gut. Sehr gut. Wir werden danach suchen.« Mit unbewegter Miene lehnte sich der beleibte Mann in den Sessel zurück. »Weiter, Carl.«

»Es gibt nichts, was nicht alle wissen. Professor Kieser hat doch unser Fest genau beschrieben. Alle Beschuldigungen gegen die Burschenschaft sind falsch. Die Teilnehmer waren keine verwilderten Professoren und verführten Studenten. Es gab keine Ruhestörung ...«

»Sand!«

»Nein! Keine Majestätsbeleidigung oder Hochverrat, wie die gemeinen Denunzianten und Polizeispitzel behaupten. Wir haben gefeiert in Andacht, Frieden und Frömmigkeit, so, wie es Kieser schreibt.«

»Sand! Weichen Sie nicht aus.«

Kälteschauer. Zum zweiten Mal seit dem Morgen. Ein Eishauch schüttelte den Körper. Carl zog die Decke bis zum Kinn. Seine Zähne schlugen, die Muskeln verkrampften sich. Nur kurz, rasch kehrte die Fieberhitze zurück. »Ich wurde in den allgemeinen Festausschuß gewählt, weil ich der Vertreter der Erlanger Burschenschaft war.«

»Berichten Sie.«

Carl schwieg.

»Gut, Sand. Ich habe die Verteidigung und Rechtfertigung dieses Jenaer Professors gelesen. Ich weiß aber auch um die helle Empörung, die nach der Wartburgfeier alle Staaten ergriff. Es ist längst bekannt, wie unerbittlich gerade die preußische Regierung alle Vorfälle untersucht.« Er wölbte die Unterlippe vor. »Gut. Das ist Aufgabe des Berliner Polizeidirektors Herrn von Kamptz und anderer.« Eindringlich, fast kameradschaftlich, beschwor er: »Allein Sie, Carl! Für mich sind nur Sie allein wichtig. Was taten Sie auf dem Fest?«

Hinter ihm drängten die Wartenden. Reglos steht Carl vor dem Tisch, leise wiederholt er: »Ich bin der Sand. Was ist meine Aufgabe?« Er weicht nicht von der Stelle. Die Erfassung der Neuangekommenen ist behindert, auch die Verteilung der Quartierscheine stockt.

»Ich bin der Sand. Was ist meine Aufgabe?«

Endlich. »Ja, der Sand! Bruder! Ja, im Festausschuß haben wir dich eingeplant.«

Stolz und erwartungsvoll reckt Carl das Kinn.

»Lieber Bruder. Du sollst helfen, daß morgen der Zug ordnungsgemäß hinauf zur Burg wandern kann.«

Carl weicht einen Schritt zurück. Hastig löst er die Riemen des Ranzens und greift nach einem Exemplar der Denkschrift.

»Aber ich habe doch angekündigt, daß ich ...« Zu eng wird ihm die Kehle.

Sie beraten. »Ja, lieber Bruder Sand. Noch eine ehrenvolle Aufgabe. Vier Schützen müssen morgen die Burschenfahne begleiten. Du sollst einer der Auserwählten sein. Du wirst in der Spitzengruppe des Zuges mitgehen.«

Ich gehe voran. Glück erhellt das Gesicht des Zweiundzwanzigjährigen.

Die Bürger der Stadt sind aufgefordert, den mehr als 350 Studenten Quartier zu geben. Hoch lebe der Großherzog Carl August von Sachsen-Weimar-Eisenach! Der Liberale! Der Fürst, in dessen Staat schon Pressefreiheit gilt!

Auf seiner Strohmatratze starrt Carl zum nachtdunklen Scheunendach. Meine Denkschrift wird den Geist des Festes beflügeln, die Richtung zur geeinten Burschenschaft weisen. Mutter, dein Sohn geht an der Spitze. Gott, ich danke dir.

Glockengeläut von allen Kirchtürmen der Stadt. Sechs Uhr! Sechs Uhr! Glocken wecken den 18. Oktober 1817.

Carl reibt sich Nacht und Kälte aus Gelenken und Gliedern, putzt den schwarzen Rock. Im eisigen Brunnenwasser wäscht er das Gesicht und kämmt die Locken über den weißen Kragen. Wie vom Festausschuß angeordnet, umkränzt er das Samtbarett mit Eichenlaub. So erfrischt, so geschmückt und den schweren Lederranzen geschultert, meldet er sich im Gasthaus ›Rautenkranz‹.

Gegen acht, das zweite Glockenläuten. Es ruft die Studenten auf den Marktplatz; alle Häupter sind mit Eichenlaub geschmückt.

»Stellt euch auf! Wir gehen zwei und zwei!« Der Atem löst sich weiß in der kaltklaren Luft. Wie ein guter Hund des Schäfers eilt Carl von Gruppe zu Gruppe. »In Paaren! Keine Universität hat Vorrang!«

Dächer, Bäume, die Wälder ringsum schimmern im Rauhreif. Und die Sonne steigt in den Morgen, silberweiß bricht sich ihr Licht. Und hoch über der Stadt erhebt sich die Wartburg in den durchsichtigen Herbsttag.

Das Signal! Voran der für diesen Tag gewählte Burgvogt, das Jenaer Burschenschwert aufrecht in der Faust, gefolgt von Burgmännern und den Mitgliedern des Gesamtausschusses. Die Fahne der Jenaer Studentenschaft aus schwerer Seide: Schwarz-Rot-Schwarz, gold umsäumt; in ihrer Mitte prangt auf dem Schwarz der goldene, gestickte Eichenzweig. ›Von den Frauen und Jungfrauen zu Jena am 31. März 1816‹ ist auf dem Rot zu lesen. Carl kann den Blick nicht lösen. Das Schwarz für den Ernst des Lebens, das Rot für die Freude, und golden soll die Freiheit werden.

Der Rittersaal ist mit buntem Eichenlaub geschmückt. Vor der Mitte der Längsseite, gleich neben dem Rednerpult, wird die Fahne gepflanzt. Jeder findet Platz in den langen, stufenweise ansteigenden Bank- und Stuhlreihen.

»Laßt uns beten!«

Nach stiller Andacht schwingt eine Stimme durch den Saal, die jungen Männer fallen ein, auch Carl singt voller Inbrunst das Lied der Reformation. »Ein feste Burg ist unser Gott.«

Carl hob die rechte Hand und ließ sie wieder auf die Matratze fallen. »Dann wurde eine Rede gehalten.«

»Worüber?«

»Ich, ich kann mich nicht genau erinnern.«

Der Untersuchungsrichter wartete; unverwandt hielt er mit dem Blick seinen Gefangenen fest.

»Über den Anlaß wurde gesprochen.« Gequält ballte Carl eine Faust. »Wir feierten gemeinsam Martin Luthers Thesenanschlag vor dreihundert Jahren.« Er streckte den Daumen. »Wir gedachten der siegreichen Völkerschlacht bei Leipzig vor vier Jahren.« Er streckte den Zeigefinger. »Und wir begingen den ersten nationalen Burschentag.« Mit dem dritten Finger strich er über die Stirn. »Der Redner rief uns zu: ›Das deutsche Volk hatte schöne Hoffnungen gefaßt, sie sind alle vereitelt. Alles ist anders gekommen, als wir erwartet haben. Viel Großes und Herrliches, was geschehen konnte und mußte, ist unterblieben.‹«

Bittend sah er zur Kanne auf dem Tisch hinüber. »Ich habe Durst.«

Carl nahm den Becher, lehnte die Hilfe des beleibten Mannes ab, hob selbst den Kopf und trank in kleinen Schlucken; zitternd verschüttete er die Hälfte des Wassers. »Nach der Rede wurde der Segen gespendet, wir sangen ›Nun danket alle Gott.‹ Damit endete die Feierstunde. An mehr kann ich mich nicht erinnern.« Erschöpft reichte er den Becher zurück.

»Und deine Denkschrift?«

Carl preßte die Lippen aufeinander und schloß die Augen. Wir gingen in den Burghof. Ich habe sie verteilt.

Er wälzte den Kopf auf dem Kissen hin und her. Meine Schrift! Zweihundert Exemplare hatte ich drucken lassen, in Schwarz, Rot und goldnem Gelb gebunden. Sie haben sie einfach genommen, nur wenige haben kurz hineingeschaut. Sie haben höflich gedankt.

Carl stöhnte verwundet auf. Wenn ich besser reden könnte, dann hätte ich den Mut gehabt, vor allen zu sprechen. So aber ... Hilflos wehrte sich Carl. Diese Scham! Sie haben meine Gedanken, meine Thesen für eine große Burschenschaft achtlos in den Rock gesteckt. Als wir zum Mittagessen in die Säle gerufen wurden, lagen einige Exemplare vergessen auf der Burgmauer.

»So antworte doch, Junge. Was ist mit deiner Denkschrift? Was war der Inhalt?«

Carl sah zu den Schreibern am Fußende des Bettes. »Ich habe die Schrift verteilt. Den Inhalt weiß ich nicht mehr.«

Kälte. Wieder krampfte sie die Muskeln, schüttelte den Körper des Kranken. Erst nach einer Weile erholte sich Carl.

»Sollen wir abbrechen?«

»Nein.« Nur Flüstern, dann fester: »Nein. Gehen Sie nicht. Fragen Sie. Mir ist nur manchmal so kalt. Es geht schnell vorüber. Dann ist es mir wieder heiß. Es ist nichts. Fragen Sie.«

»Weiß Dr. Beyerle von den Krämpfen?«

»Noch nicht. Morgen, wenn er den Verband erneuert, dann sag' ich es.« Carl lächelte. »Sorgen Sie sich nicht. Erinnern Sie sich noch, was Professor Chelius nach der Operation zu mir sagte?«

Nach kurzem Nachdenken schmunzelte auch der Untersuchungsrichter. »Sie sind ein starker Mann.«

Carl nickte: »Das bin ich. Ein deutscher Mann. Fragen Sie.«

Nach dem gemeinsamen Essen wanderten alle Studenten hinunter in die Stadt. Carl gesellt sich zu einer Gruppe der Gießener Schwarzen. Bewundernd hört er die radikale Forderung nach burschenschaftlicher Einheit, die unbedingten Thesen auch zur politischen Erneuerung. Zungen wie scharfgeschliffene Klingen. Neidvoll bewundert er die schnellgeführten Rededuelle dieser Burschen. Sie tauschen Adressen aus. »Wer ist euer Lehrmeister?« Carl erfährt Seinen Namen und bewahrt ihn.

Zusammen mit dem Eisenacher Landsturm feiern die Teilnehmer in der Stadtkirche den Festgottesdienst. Carl sitzt vorn in der zweiten Reihe neben den Mitgliedern des Festkomitees.

Der Nachmittag gehört den Turnern. Um die Zeit zu verkürzen, hat der Berliner Student Ferdinand Maßmann, der Vertraute und Abgesandte des Turnvaters Friedrich Ludwig Jahn, die Burschen aufgefordert, Turnzeug anzulegen. Schnell findet sich eine große Schar. Sie veranstalten Laufübungen, Bockspringen und Klettern. Dann der große Kampf am Ziehtau: Zwei Gruppen, hin und wieder her, Muskeln springen, gemeinsames Hau und Ruck bis zum Abend. Carl steht allein am Rand des Marktplatzes und schaut den Turnspielen nur zu.

Fanfaren erklingen. Gegen sechs Uhr versammeln sich alle Teilnehmer. Fackeln werden angezündet, die Musik spielt, und paarweise setzt sich der Zug in Bewegung. Hinauf zum Wartenberg, nordwestlich der Stadt. Eine steile, oben kahle Kuppe, der Wartburg direkt gegenüber. Es ist kalt, der Wind beißt sich in die Gesichter. Oben werden die Burschen vom Landsturm erwartet. Raketen zischen und zerknallen im sternklaren Himmel. Feuer lodern. Siegesfeuer, zum Andenken an die Schlacht bei Leipzig.

»Des Volkes Sehnsucht flammt!« Bei dem vaterländischen Lied, inbrünstig aus aberhundert Kehlen gesungen, spürt Carl das Herz lodern. »Freiheit!« jubelt er.

Der Dichter des Liedes gibt sich nun selbst der Menge. »In der Not versprach man, uns ein Vaterland zu geben, ein einiges Vaterland der Gerechtigkeit ...«

Er spricht aus, was alle fühlen. Im begeisterten Rausch vermag Carl nur die großen Sätze in sich aufzunehmen, nur die Worte, die sein Innerstes berühren.

»Denn eins hat das deutsche Volk gewonnen, die Kraft des Selbstvertrauens. Es will sich nicht wiederum wiegen lassen in den ehrlosen Schlaf. Es kann nicht vergessen seine Schmach und sein jauchzendes, brüderliches Erwachen zum Kampf!« Das Herz schlägt. »Wer bluten darf für das Vaterland, der darf auch davon reden, wie er ihm am besten diene im Frieden!« Das Herz schlägt. »Denn die Zeit ist gottlob gekommen, wo sich der Deutsche nicht mehr fürchten soll ...« Herzschlag. »Fürchtet euch nicht vor denen, die den Leib töten und die Seele nicht mögen töten.« Herzschlag! »Gedenket der Helden der Hermannzeit!« Carl preßt die Hand auf das Drängen in seiner Brust. »Es geht das Wort der Ehre an jeden einzelnen, das Wort der Gerechtigkeit an den Gemeingeist unseres Burschenlebens ...«

Nach der Rede brandet die Begeisterung auf in lauten Jubel. Carl schweigt, seine Erschütterung nimmt ihm die Stimme, Tränen rollen ihm über die Wangen.

Der frostige Ostwind hat zugenommen. Carl spürt die Kälte nicht. In seinen Augen spiegelt sich das flackernde Feuer. »Ja,

Körner, mein Dichter. Siehst du, wie unsere Flammenzeichen rauchen?«

Längst sind die meisten Teilnehmer der abendlichen Feier aufgebrochen. Vom Wartenberg eilen sie hinunter und suchen Wärme in den Gasthäusern der Stadt. Nur eine kleine Schar harrt bei Gesang und Bier an den lodernden Holzstößen aus.

»Macht Platz!« Hochgereckt die Heugabel, führt ein Turner den Zug an. Ihm folgen zwei im schweren Gleichschritt, zwischen ihnen schwankt an einer Stange der übervolle Korb. Mit grimmigen Gesichtern setzen ihn die jungen Männer vor dem Feuer ab. Der Henker Ferdinand Maßmann, der Vertraute des Turnvater Jahn, verlangt das Wort.

Ein Spiel? Erwartungsvoll schweigen die Burschen. Carl kehrt aus dem Rausch seiner Gedanken zurück.

»Brüder. Im Jahre 1520 verbrannte Martin Luther die päpstliche Bulle und die kanonischen Rechtsschriften vor dem Wittenberger Elstertor.« Maßmann weist auf das zu Packen geschnürte Makulaturpapier im Korb. Keine Bücher, nur gebündelte Makulatur! »So wollen auch wir durch die Flammen verzehren lassen das Andenken derer, die das Vaterland geschändet haben durch ihre Rede und Tat und die Freiheit geknechtet und die Wahrheit und Tugend verleugnet haben in Leben und Schriften ...« Er beschuldigt die Verfasser der Undeutschheit und der Volksfeindlichkeit.

Begeistert klatschen die Umstehenden, mit Lachen eröffnen sie das Feuergericht.

Kein Spiel. Es ist kein nächtlicher Mummenschanz. Carl reckt das Kinn und ballt die Hände. Wer wagt es, unsere hohen Ideale in den Schmutz zu ziehen?

Einer der Henkersknechte hält ein schwarzes Blatt hoch. Maßmann verliest den in grellem Weiß geschriebenen Namen des Autors, den Titel des Buches.

»Ins Feuer!« »Ins Feuer!«

Der andere Henkersknecht spießt die Heugabel in den

ersten Makulaturpacken, zeigt ihn allen, und mit Geheul übergibt er ihn den Flammen.

Das zweite Buch!

»Der will ein undeutsches Preußentum!«

»Der hat die löbliche Turnkunst verketzert!«

»Ins Feuer!«

»Der Gesell will keine Verfassung des deutschen Vaterlandes!«

Carl nickt und stimmt zu. Keins der verurteilten Bücher ist ihm bekannt, doch wenn die Brüder den Autor ächten, dann ist es genug, dann soll er verbrannt werden.

»Ins Feuer!«

»Wehe über die Juden, die da festhalten an ihrem Judentum und wollen über unser Volkstum und Deutschtum schmähen!«

»Ins Feuer!«

Zum zehnten Mal wird ein schwarzes Titelblatt hochgehalten. »August Kotzebue. ›Die Geschichte des deutschen Reiches von den Anfängen bis zu seinem Untergang.‹«

August Kotzebue! Carl horcht auf. In Wunsiedel sah ich im Theater ein Stück von diesem Kotzebue. Ich wußte gar nicht, daß dieser Mensch auch anderes schreibt als Lustspiele, daß dieser Mensch unser Feind ist. August Kotzebue.

»Dieser Speichellecker der feudalen Herren!«

»Dieser Lakai der Fürsten!«

Ja, verbrennt ihn. »Ins Feuer!« Der Zweiundzwanzigjährige stimmt mit ein. »Ins Feuer!«

Erschöpft schwieg Carl. Das Gesicht glühte im Fieber. Während der Untersuchungsrichter sein Tuch in der Schüssel näßte und es dem Kranken auf die Stirn legte, fragte er: »In diesem Moment faßten Sie den Entschluß?«

»Damals noch nicht.« Carl hob den Finger. »Doch dieser Name. Von allen Feinden, auch denen, welche nach ihm verbrannt wurden, war mir allein Kotzebue bekannt. Erst später, nach dem Fest auf der Wartburg. Erst im vergangenen Jahr begann er mein Leben und meine Seele zu vergiften.« Wie einen Dolch setzte er den Finger auf dem Bettuch an und stieß immer wieder zu. »Erst dann wurde mir ganz deutlich, daß er der wahre Erzfeind aller reinen Menschen ist. Dieser Schänder der Tugend und Ehre ...«

»Gut. Genug, Carl«, beschwichtigte der beleibte Mann.

Kälteschauer folgten. Als der Gerichtsrat sah, wie Krämpfe den Gefangenen schüttelten, brach er das Verhör ab. »Schickt nach dem Oberzuchtmeister, rasch.«

Der Anfall war vorüber. Allmählich entspannten sich die Muskeln. »In meinem Körper kämpfen Sommer und Winter.«

»Noch heute abend werde ich den Doktor verständigen.«

Carl griff nach der Hand des Untersuchungsrichters. »Sorgen Sie sich nicht. Ich werde leben. Bis ich alles gesagt habe.«

Die Daumen im Rücken verhakt, mit steifem Gang vor dem Zuchthaustor hin und her, Schritt für Schritt wuchs die Ungeduld des Stadtphysikus. Wieder zückte er die Taschenuhr, und wieder verhakte er die Daumen im Rücken. »Ausgerechnet heute morgen.«

Doktor Beyerle antwortete nicht. Erschöpft, das Gesicht von der Nachtwache gezeichnet, harrte der Arzt neben der eingelassenen Pforte aus.

Längst war auch das nächste Viertel-Stunden-Schlagen vom Turm der nahen Lutherkirche verklungen, als der Untersuchungsrichter endlich mit seinen Schreibern beim Zuchthaus anlangte.

»Ich bitte um Vergebung, meine Herren. Die morgendliche Sitzung der Kommission ...« Die volle Unterlippe sank. »Wie geht es ihm?«

»Das Fieber darf nicht weiter steigen.« Besorgt hob Doktor Beyerle die Achseln.

Der Stadtphysikus blieb stehen. »Und ich sage: Sie können ihn verhören.«

»Wie lange noch?« fragte der Untersuchungsrichter den übernächtigten Mann.

Ehe Doktor Beyerle erklären konnte, antwortete der hagere Amtsarzt scharf: »Heute in jedem Fall. Der Zustand des Patienten scheint mir nicht so bedenklich, wie mein Herr Kollege annimmt. Der Verbrecher ist bei Verstand, und nur das sollte uns wichtig sein. Vielleicht noch eine Woche. Wenn die Krämpfe nicht zunehmen, sicher auch noch länger.« Er löste die Daumen hinter dem Rücken. »Hin und wieder mag es zu einem Schwächeanfall, auch zu einer kurzfristigen Trübung des Bewußtseins kommen. Mehr nicht. Warten Sie diese Phasen ab. Sobald sie abklingen, wird Ihnen der Inquisit wieder zur Verfügung stehen.« Dicht trat er zu den beiden Männern. Dem Gesicht des Amtsarztes war mit einem Mal ungewohnt deutlich die Erregung anzusehen. »Es ist zwar nur noch meine Pflicht, die Vernehmungsfähigkeit des Verbrechers festzustellen. Doch ein offenes Wort sei erlaubt: Die hysterische Anteilnahme der Bürger unserer Stadt am Schicksal dieses jungen Mannes scheint mir gefährlich. Unbedingt sollten aber Ärzte und Richter frei sein von jeder Sentimentalität! Ganz ohne Frage hat sich das Befinden des Patienten verschlechtert. Die Chance, durch eine Operation sein Leben zu verlängern, haben wir genutzt. Auch weiterhin wird dieser Sand betreut. Tritt der Tod ein, kann uns Medizinern niemand einen Vorwurf machen.« Er hob den Finger gegen den Untersuchungsrichter. »Sie aber müssen dieses ungeheuerliche Verbrechen aufklären, bevor er stirbt. Daran hat sich seit dem ersten Abend im Hospital nichts geändert. Daran werden Sie gemessen, Herr Oberhofgerichtsrat. Mitleid und zuviel Rücksicht scheinen mir hinderlich. Der Patient ist nur ein Mörder. Nutzen Sie Ihre Zeit.« Befreit sog er den Atem ein, nickte zum Abschied und eilte davon.

Ohne Empörung blickte ihm der beleibte Mann nach. »Noch

nie war ich so von Zweifeln hin und her gerissen.« Heftig rieb er die Unterlippe an den Zähnen. »Wie schlimm steht es?«

»Auch ich sehe keine unmittelbare Gefahr.« Müde, mit leiser Stimme erläuterte Doktor Beyerle: Der linke Arm sei nun vollständig gelähmt. Der eitrige Ausfluß habe sich verdickt und rieche stärker nach Fäulnis. »Über Nacht gab ich dem Patienten stündlich ein Pulver, das die Fieberhitze niederdrückt.«

Der Untersuchungsrichter lockerte den versteiften, hohen Kragen des Hemdes. »Wäre er mein Sohn, würde ich warten. So aber ...«

»Nein. Sie dürfen nicht warten.« Doktor Beyerle lächelte. »Beinah ängstlich fragt er nach Ihnen. Dieser junge Mann ist besessen von dem Gedanken, seine Tat zu gestehen, um sie damit an die Öffentlichkeit zu tragen. Ich bin fest davon überzeugt, daß der Fortgang des Verhörs seinen Lebenswillen stärkt. Er braucht Sie.« Doktor Beyerle dehnte den Rücken. »Er braucht Sie nötiger noch als ich jetzt meinen Schlaf.«

»Danke, Doktor.« Der Gerichtsrat winkte den Schreibern. »Also, gut.« Hart zog er an der Glocke der Pforte.

»Nichtswürdiger, infamer Meuchelmörder!«

»Was?« Die wunden Lippen bebten. »Was?« Carl glaubte dem Echo in seinem Kopf nicht.

Eine Weile beobachtete der Untersuchungsrichter seinen Gefangenen über den Rand des Schreibens, erst dann ließ er das Blatt sinken. »Sand. Ich bin es nicht, der dies sagt.«

»Für das Vaterland habe ich mich geopfert.« In den dunklen Höhlen brannten die fiebrigen Augen. Carl ballte die Hand.

»Gut, Junge. Gut.« Mit dem Brief fächelte sich der Gerichtsrat zu. »Dieses Schreiben erreichte das Mannheimer Polizeibüro. Es ist an den Meuchelmörder Sand gerichtet.«

»Woher? Von wem?« Blutleer, weiß spannte sich die Haut über den Knöcheln.

»Ruhig, Carl.« In dem breiten Gesicht wuchs Besorgnis. »Ich

messe diesem Brief wenig Bedeutung bei. Er kommt aus Berlin. Der Absender ist anonym. Ich persönlich verachte Menschen, die sich nicht bekennen.« Er legte das Blatt behutsam neben die Faust. »Und doch muß das Gericht auch solchen Hinweisen nachgehen. Lesen Sie selbst.«

Wie freundlich er ist? Mißtrauen warnte, stritt in ihm. Nein, ich kenne den Klang seiner Stimme. Er ist auf meiner Seite. Carl öffnete die Hand und nahm den Brief. Noch war die Erregung zu stark, seine Augen hielten die Zeilen nur einen Moment, die Buchstaben entglitten und tanzten. »Ich kann jetzt nicht.«

»Gut. Dann kurz das Wichtigste.« Die Unterlippe vorgeschoben, wählte der beleibte Mann aus. »Nach Schmutz und Beschimpfung behauptet der Unbekannte: ›Ich weiß um die ganze Sache. Ein Eid, mir auf die schändlichste Weise entrissen, bindet meine Zunge. Aber wenn Du nicht alles nach Lesung dieses Schreibens bekennst, so werde ich es bekanntmachen ...«« Stumm überflog er den Text und setzte wieder ein: »»Bekenne! Und rette einen Unglücklichen von einem Meineide. Aber noch einmal schwöre ich Dir, daß ich sogleich meinen Eid breche, und alles angebe, wenn Du es nicht tust ...««

Das Blatt knickte vornüber. »Carl, die Zeilen lassen den Verdacht zu, daß Sie den Verfasser kennen?«

Doch ein Spitzelgeschäft? Nein, die Herren der Kommission kennen mich längst als einen gebildeten Menschen. Auf diese plumpe Weise würden sie nicht versuchen, etwas aus mir herauszulocken. Nein, der Schreiber ist nichts als ein Schmierfink. »Ich kenne die Handschrift nicht.« Offen lächelte Carl. »Fordern Sie den Unbekannten nur auf, daß er seinen Eid bricht.«

Der Untersuchungsrichter erwiderte das Lächeln nicht, legte den Brief auf dem Tisch ab und kehrte mit einem Papierbogen ans Bett zurück. Zwischen Zeigefinger und Daumen hielt er Ober- und Unterkante lose zusammengefaßt. »Wenige Tage nach Ihrer Tat wurde dies hier in Jena ans schwarze Brett der Universität gehängt.« Rasch enthüllte er die Zeichnung.

Carl zuckte, preßte den Kopf tiefer ins Kissen; er wollte ausweichen, konnte den Blick nicht abwenden. Kotzebue. Der Kopf des Verräters, die Züge verzerrt, entstellt durch schwarze Farbe, ein Maulschloß vor den Lippen.

»Unter diesem Schmierblatt war eine tote Fledermaus mit weitgebreiteten Flügeln angenagelt worden!«

»Einmal hab' ich ihn gesehen«, hauchte Carl, unverwandt starrte er das Bildnis an, sah nicht das Geschmier, sah allein die Augen.

»Nur einmal, Sand?« Hart zerrte die Stimme ihn von der Zeichnung weg.

»Ich lüge nicht. Nur ein einziges Mal.«

Mein Kopf bläht sich auf! Carl hörte noch, daß der Urheber der Spottzeichnung sich selbst gestellt hat, hörte den Namen des Kommilitonen. »Kenne ihn kaum. Ein Zufall. Wir alle haßten Kotzebue.«

»Wir? Wen meinen Sie?«

»Ich habe ... keine Mitwisser.« Wild zerriß der Schmerz die Gedanken zu Fetzen: Der Dolch. Das Gesicht. Die Augen aufgerissen. Der Dolch steckt in dem Gesicht! Krämpfe schüttelten den Kranken.

Beunruhigt wartete der Untersuchungsrichter. Als der Körper sich endlich entspannte und Carl matt darum bat, höher liegen zu dürfen, wischte sich der beleibte Mann den Schweiß vom Nacken. »Wir dürfen nicht mehr zögern, Sand ...«

»Ich habe es versprochen: Ich halte durch«, unterbrach ihn Carl. »Ich fühle mich kräftig genug.«

»Gut. Gut. Doch wir brechen ab, wenn Sie müde werden.« Näher rückte der Gerichtsrat den Sessel. »Was geschah in Jena? Wie entstand in Ihnen dieser Haß auf Kotzebue?«

»Als seine *Deutsche Geschichte* auf dem Wartenberg ins Feuer geworfen wurde, da wußte ich noch nicht, daß sich dieser Hundsfott schon im Frühjahr 1817 in Weimar niedergelassen hatte.«

»In seiner Heimatstadt. Warum sollte er nicht dorthin zurückkehren?«

»Warum?« Achtlos überging Carl den Einwurf, Zorn loderte in seinem Gesicht. »Kotzebue war nur gekommen, um sein Gift zu verspritzen. Dieser Schänder unserer Volksgeschichte.«

»Der Reihe nach. Versuchen Sie sich zu erinnern ...«

Carl drohte mit dem Finger zu den hellen Fenstern. »Da! Der ruchlose Verführer treibt ungeahndet sein Spiel mit uns.« Von grellem Licht umgeben sah er den Feind. »Kotzebue ist der feinste und boshafteste von allen. Er ist das wahre Sprachwerkzeug für alles Schlechte in unserer Zeit. Täglich treibt er schandbaren Verrat am Vaterland. Dennoch ...« Husten unterbrach ihn. Schmerz. Während er keuchte, nach Atem rang, sprach er mit der Hand schon weiter. Überhastet folgte seine Stimme: »Er schützt sich durch heuchlerische Reden und Schmeichlerkünste. Gehüllt in den Mantel des großen Dichterruhms steht er da! Trotz seiner Schlechtigkeit ist er ein Abgott für die Hälfte Deutschlands. Das Gift!«

»Schluß, Carl.«

»Wir sollen es einnehmen. Er will uns Deutsche zum Vorposten Rußlands machen!«

»Schluß!« Immer wieder schlug die Hand des Untersuchungsrichters auf die Lehne des Sessels, bis der Gefangene schwieg. »Ihre Anschuldigungen kenne ich bis zur Genüge. Gut, Sand. Gründe. Ich möchte die Gründe Ihres Hasses kennenlernen. Was taten Sie im Land der Pressefreiheit, an dieser Universität, wo Professoren ungeschoren den Aufruhr lehren dürfen?«

»Es ist nicht wahr«, flüsterte Carl. »Kotzebue hat das und Schlimmeres verbreitet.«

Beschwichtigend nickte der beleibte Mann. »Was taten Sie in Jena?«

Carl eilte über den Marktplatz. Im Versammlungshaus der Burschen drängt er sich nach vorn. Freiwillige fehlen, auch die kleinen Posten müssen besetzt werden. »Ich!« Nur zu gern wählen ihn die Studenten. Für das Wintersemester 1817 auf 1818 wird Carl Mitglied des großen Ausschusses.

Nach einer Woche sitzt er in seinem Zimmer. Das Tagebuch liegt aufgeschlagen vor ihm. Mit der Schreibfeder wischt der Zweiundzwanzigjährige den Staub vom Tisch. In Erlangen führte ich die Gefährten. Ich war der Fels in der Brandung. Kampf den Landsmannschaften! Mir, dem Sand vom Fichtelberg, standen die treuen Freunde zur Seite. Hier in Jena fragt niemand nach meinem Rat. Niemand war es aufgefallen, daß ich heute zu spät in die Versammlung kam.

An diesem Abend legt Carl die Feder unbenützt zur Seite.

Carl eilte zum Übungsplatz außerhalb der Stadt. Kalt und grauverhangen läßt der Novembertag keine freudige Lust, kein lautes ›Frisch, frei, fröhlich und fromm!‹ im Kreis der Burschenturner aufkommen. »Wir benötigen einen Saal für den Winter.«

»Ich! Ich kümmere mich darum.«

Neu belebt und erfüllt von dieser Aufgabe streift Carl mit wachsamen Augen durch die Straßen Jenas. Das alte Ballhaus! Unbewohnt, ungenutzt. Der Besitzer läßt es mit Absicht verfallen, will es abreißen, will Wohnungen bauen. Das alte Ballhaus gehört dem Volk. Ich muß es für uns Turner erretten.

Dem Tatkräftigen steht das Glück zur Seite. Der Zweiundzwanzigjährige streicht das gelockte Haar aus der Stirn. Gerade in diesen Wochen weilt der Minister in Jena. Gut vorbereitet macht Carl dem Geheimrat Johann Wolfgang von Goethe seine Aufwartung.

»Alter Vater, laßt Euch etwas ehrlich sagen von mir und hört mich geneigt an. Schaut, hier außen ist das alte Ballhaus. Von diesen gibt's jetzt in Deutschland nur noch drei.«

Carl packte nach seiner linken Hand, hob sie vor sich hin und rieb nacheinander die bläulichen Finger. »Ich sagte einfach zu

Goethe, daß in dem Haus schon unsere alten Väter geturnt haben, daß man solch ein Gebäude dem Vaterland erhalten müsse. Ich wollte, daß er es für uns ankauft und es uns zur Miete überläßt.«

Die leicht vorgewölbten Augen des Untersuchungsrichters blickten mißtrauisch. »›Alter Vater‹? Und: ›Laßt Euch etwas ehrlich sagen von mir‹? So respektlos haben Sie mit Geheimrat Herrn von Goethe, dem großen Dichter, geredet.«

»Er hat den ›Götz von Berlichingen‹ geschrieben.« Einen Moment genoß Carl das ungläubige Staunen. »Ich wußte, daß er diese Sprache gerne hört.«

»So kenne ich Sie gar nicht.« Beeindruckt stützte der Gerichtsrat seine Hände auf die Oberschenkel. »Der kühne Vorstoß führte zum Erfolg?«

»Nein.« Mit großer Sorgfalt knetete Carl die gefühllose Hand.

»Gut, Junge.« Der Untersuchungsrichter ließ sich zurücksinken. »Schon gut.«

Am Rand des Marktplatzes umlagerte die Menge den Vorleser. Für alle sichtbar steht er auf seiner Kiste und gibt den neuesten Artikel des Kotzebue zum besten. Beißender Spott über die deutschen Turnanstalten! Carl preßt die Fingernägel der rechten Hand in das Fleisch der linken.

»›Mein ältester Sohn hat schon zur Ertüchtigung des Leibes geturnt, als von der Turnbewegung dieses Friedrich Ludwig Jahn überhaupt noch keine Rede war. Nur mußte damals niemand mit dem Kopf nach unten hängen.‹«

Unmut, leise Empörung in der Menge.

»›Es ist doch offensichtlich, daß es sich hier um eine verkehrte Welt handelt, daß diese Bewegung eine Ansammlung von Seiltänzern ist.‹«

Lauter, drohend wird der Protest.

»›Um das Vaterland haben sich diese nicht mehr verdient

gemacht als andere auch. Der Befreiungskrieg wurde geführt, bevor die Turnkunst im Jahnschen Sinne erfunden war!«

Die Studenten heben die Fäuste und brüllen den Vorleser nieder.

Am Abend dieses 24. November beugt sich Carl über sein Tagebuch. ›Dann ward auf dem Markte die neue giftige Schimpferei von Kotzebue sehr schön vorgelesen.‹ Tief sticht er die Feder in das Schwarz des Tintenfasses und schreibt weiter. ›O! Welche Wut gegen uns Deutschland liebende Burschen.‹

Mit einem Mal schreckte Carl zusammen, die Finger der gesunden Hand tasteten nach den Augendeckeln. »Ein Flimmern.« Hell. Ein grelles Flimmern. Es dringt in mich ein. Feuer sprüht. Carl stöhnte, bekämpfte den sengenden Schmerz, er stöhnte, bis er den Raum, den beleibten Mann, die Schreiber, bis er das Licht der Fenster wieder klar erkennen konnte. »Verzeiht. Bitte das Pulver. Doktor Beyerle sagt, daß ich es regelmäßig einnehmen soll.«

Einer der Schreiber rührte die Medizin im Becher an, gab mehr Wasser dazu, und Carl trank in kleinen Schlucken.

»Sie ist gallebitter.« Gequält verzog er den Mund. »Doch Kotzebue begann mein Leben noch ärger zu verbittern.«

In großen deutschen Zeitungen hatte der Kaiserlich-Russische Staatsrat August von Kotzebue über sich selbst verbreiten lassen, daß er von seinem Herrscher, dem Zaren, abgesandt sei, und er ließ durchblicken, daß er in diplomatischer, wohl auch geheimer, Mission nach Weimar gekommen sei.

Die kleinen liberalen Zeitschriften, die *Nemesis* des Professor Luden, die *Isis* des Professor Oken und der *Volksfreund* des Doktor Wieland, diese Zeitungen waren der lesbare Beweis, daß im Lande Carl Augusts die neue Zeit angebrochen war. Hier, im kleinen Großherzogtum, galt: »Freiheit der Presse!« Hier gab es mutige Ansätze für eine Verfassung. Hier wurden

Versprechen, die in der Schlußakte des Wiener Kongresses festgeschrieben waren, in die Tat umgesetzt.

»Eine Brutstätte des Aufruhrs«, argwöhnte es in den Ministerien von Wien bis nach Berlin. »Ein gefährliches Jakobinernest!«

Nach dem Wartburgfest wehrten sich die liberalen Blätter gegen Anschuldigung und Beleidigung der Teilnehmer, vehement verteidigten sie die Feier gegen jeden Angriff. Zu spöttisch! Zu keck! Die Professoren und Redakteure mußten sich verantworten. Anzeigen. Prozesse. Der *Volksfreund* sollte eingestellt, die *Isis* verboten werden. Bereits im Dezember 1817 geriet die Pressefreiheit heftig ins Wanken.

Carl betrat das Lesezimmer der Burschenschaft. Keine Stille. Heute, am 12. Januar 1818, herrscht Lärm und Aufruhr. Die Studenten stehen in Gruppen, diskutieren, jeder versucht sich Gehör zu verschaffen. Atemlos stürmen zwei Burschenschafter herein. »Es ist wahr! Es ist die Wahrheit!«

Carl fragt, begreift nicht, läßt sich erklären, und erst langsam versteht er die Aufregung. In den Morgenstunden wurde Professor Luden von der Polizei aus dem Bett gerissen, und die frisch gedruckten Bögen der *Nemesis* sind beschlagnahmt worden.

»Warum?«

»Luden hat Auszüge des geheimen Bulletins veröffentlicht. Es ist bereits das zweite Bulletin, das dieser Kotzebue für den russischen Zaren angefertigt hat.«

Ehe Carl weiter fragen kann, erfährt er die Antwort. Kotzebue hat das Syndikal-Gericht angerufen. Deshalb die rüde Aktion der Polizei. Der ehrbare Professor Luden wollte die Wahrheit über den Spion ans Licht bringen, doch der Schandbube ist ihm zuvorgekommen.

»Kennen Sie den Geheimbericht?« unterbrach der Untersuchungsrichter.

Heftig nickte Carl. »Dieser Spion hat ...«

»Die Zeitung wurde doch eingezogen?«

»Wenig später druckte der *Volksfreund* die Auszüge nach. Und in der *Isis* wurde die Erwiderung Ludens veröffentlicht.«

»Gut, Carl. Sie haben das Bulletin gelesen. Was hat Sie so aufgebracht?«

Carl wickelte den Zeigefinger in eine Haarsträhne. »Über die Literaten ist er hergezogen. Vor allem aber hat er die *Nemesis* und ihren Herausgeber, Professor Luden, verunglimpft. Unwahrheiten. Nichts als Lügen. Dieser Schandbube verteidigte sogar die Sklaverei.« Empört deklamierte Carl: »Untertanen werden nie glücklicher sein, als wenn sie Sklaven eines guten Herren sind!«

Der Gerichtsrat erhob sich. Unschlüssig stand er vor seinen auf dem Tisch ausgebreiteten Akten, nahm ein Blatt, legte es gleich wieder zurück. Von seinen Beamten ließ er sich eins der Schreibbretter geben, überprüfte die letzten Aussagen und wiegte den Kopf. »Carl, was entfesselte diesen tödlichen Haß in Ihnen? Bisher kann ich zwar mögliche Gründe für eine Abscheu und Ihren Zorn auf diesen angeblichen Spion erkennen. Doch Haß?«

»Er ist ein Agent des russischen Zaren!« Carl zerrte an der Haarsträhne. »Nein, gottlob, er war es. Er war es! Ich habe mein Vaterland ...«

»Sand!«

Er muß mich anhören. Alle sollen es hören. Carl schwieg. Erst nachdem er den Zeigefinger aus der Strähne befreit hatte, fuhr er mühsam beherrscht und bitter fort: »In seinem Literarischen *Wochenblatt* wollte er uns Deutschen immer wieder beweisen, daß die Völker im Osten, diese Kosaken, Baschkiren und andere Russen, keine Barbaren sind. Unser gebildetes westliches Leben machte er nieder und sprach in der gehässigsten Art von seinem eigenen Volk. Von uns Deutschen.«

»War das der Grund?«

»Der Anfang.« Keuchend stieß Carl den Atem aus. »Geheimberichte an den Zaren! Damit wollte Kotzebue nur bewirken, daß Deutschland unter die Aufsicht von Rußland gestellt wird. Als das Bulletin erschien, da habe ich eingesehen, daß so etwas bestraft werden müßte.«

Ein warnendes Zeichen für die Schreiber; behend, beinah leichtfüßig kehrte der Untersuchungsrichter zum Sessel zurück. Noch bevor er sich niederließ, fragte er knapp: »Sie beschlossen den Mord?«

»Nein. Ich dachte damals nur, daß solch ein Verbrechen an unserm Volk geahndet werden müßte.«

Getrommel und Gepfeife auf dem Marktplatz von Jena, die Musik zog dem Fastnachtszug voran. Burschen in Tiermasken, Fuchs, Wolf, Ente, schweigend tappen sie nebeneinander her, Hund, Bär, Eule. Die Burschen rächen sich mit der Maskerade an ihren Gegnern. Jedes Tier stellt einen der verbrannten Schriftsteller dar. Die Eselsohren hochgereckt, spielt Carl den schwäbischen Napoleonisten Reinhardt. Vorn, allein: Der Ibis! Er schreitet. Hin und her zuckt der nackte schwarze Kopf auf dem nackten schwarzen Hals. Der langgebogene Schnabel öffnet, schließt sich, unentwegt klappert er. »Kotzebue! Kotzebue!«

Verächtlich ahmte Carl mit Zeigefinger und Daumen das Klappern des Ibis nach. »Es gab Prozesse um die Veröffentlichung des Geheimberichts. Luden, Oken, Wieland und Fries, sie alle wurden verhört und mußten sich verantworten. So vergiftete Kotzebue nach und nach unser Leben in Jena. Im April wurden die Professoren verurteilt. Wie hat er triumphiert!«

Im Lesezimmer der Burschenschaft drängte sich einer über die Schulter des anderen. Auch Carl giert danach, einen Blick auf die neueste Ausgabe des *Literarischen Wochenblatts* zu werfen. Fast erdrückt die Traube den einen Studenten, der das Schandblatt dieses Erzbuben in Händen hält. Vorlesen! Er soll vorlesen!

Sätze dringen bis zu Carl. »Ich vermute ferner nicht bloß, sondern ich bin fest überzeugt, daß manche Schriftsteller eine Revolution sehnlichst wünschen, um als Volksredner, Deputierte und Repräsentanten eine Rolle zu spielen.«

Blutleer, bleich das Gesicht, würgt der Zweiundzwanzigjährige an dem schalen Geschmack auf der Zunge.

Weiter gellt der Spott: »Meine Überzeugung ist, daß, wenn die Weisheit unserer Fürsten uns nicht vor einem auswärtigen Kriege bewahrt, jene Schriftsteller endlich das Volk, das sie unaufhörlich bearbeiten, zu gefährlichen Schritten verleiten werden.«

Steif lehnt Carl an der Wand des Lesezimmers.

Die Stimme tönt über das Hämmern in der Brust. »Meine Überzeugung ist, daß es Katheder- und Stubengelehrten an der nötigen Erfahrung und Weltkenntnis mangelt, um klar in die nächste Zukunft zu schauen, und daß folglich der Same, den sie in junge Gemüter streuen, nur bittere Früchte tragen werde, entweder für die Jünglinge selbst, oder für das Vaterland.«

Schweren Schritts steigt Carl im Haus der Wirtsleute die Stiege hinauf. Oben im dunklen Flur schlurft er die Stiefelabsätze über die Dielen.

Die Tür gleich neben seinem Zimmer wird aufgerissen. »Wo warst du so lange? Wir wollten doch heute abend ...«

Ohne Gottlieb Asmis, den neugewonnenen jüngeren Freund, zu beachten, geht Carl vorbei und schließt sich in seiner Kammer ein.

›Den 5. Mai‹ überschreibt er die Seite des Tagebuchs. ›Herr, mitunter wandelte mich heute wieder eine so müde Bangigkeit an, aber fester Wille, feste Beschäftigung löst alles und hilft für alles. Und das Vaterland schafft Freude und Tugend. Unser Gottmensch, Christus, unser Herr, er ist das Bild einer Menschlichkeit, die ewig schön und freudig sein muß.‹

Carl stützt den Kopf. Christus. Seit ich hier bin, versuchen alle um mich herum, Kommilitonen wie Professoren, meinen reinen Glauben zu erschüttern. Sollte Christus wirklich nur für sich gestorben sein? Ein Held für seine Meinung? Hat er nur die Wahrheit seiner Lehre hervorheben, nicht aber sonst Großes für die Menschheit erkaufen wollen?

Mit dem Federkiel malt Carl einen tiefschwarzen Fleck ins Zentrum der linken Handfläche. Niemals. Diese nördliche Nüchternheit des Denkens hier in Jena will mich nur erschrecken. Christus, Du großer Lehrer von dem ewigen Gott! Für mich bist du nicht ein gewöhnlicher nackter Mensch. Deine Tat, Dein Opfer ist das Heil der Welt. Du bist mein göttlicher Bruder, mein wahrhaftiges, mein schönstes Vorbild.

Lange sitzt Carl nur da. Am Abend entzündet er die Kerze. Im flackernden Licht setzt er die Feder noch einmal auf das Blatt. ›Wenn ich sinne, so denke ich oft, es sollte doch einer mutig über sich nehmen, dem Kotzebue oder sonst einem solchen Landesverräter das Schwert ins Gekröse zu stoßen.‹

Der Mund ist ausgedörrt. Bitter der Geschmack.

Carl strich die Kuppe des Zeigefingers über die dickbelegte Zunge. »Bitte«, lallte er, »ich habe Durst.«

Während der Untersuchungsrichter den Kopf des Fiebernden anhob, ihm den Becher an die Lippen setzte, vergewisserte er sich leise: »Also bereits im Mai beschlossen Sie den Mord? So lange vorher? Das war fast genau heute vor einem Jahr.«

Kopfschütteln, der Inhalt des Bechers schwappte ins Bett, Carl hustete, rang nach Luft. »Nein«, keuchte er und hustete, würgte den Schluck Wasser hinaus.

»So helft mir doch!« herrschte der Gerichtsrat die Schreiber an. Gemeinsam hielten die beiden den Oberkörper. Endlich röchelte Carl nicht mehr, atmete flach und hastig. Auf der Stirn zuckten die Muskeln, furchten Spuren von Schmerz und Erregung. »Meine Brust.« Carl wagte nicht, den Verband zu berühren. »Wie aufgerissen.«

»Wir brechen ab.«

»Nein.« Fest preßte Carl die Lider zusammen. *Durch, Brüder! Durch!* Er bat: »Legt mich zurück.« Im Kissen glättete sich die Stirn. *Durch, Sand! Durch!* Sein Atem ging ruhiger. Ja, ›Durch!‹, das ist mein Wort in Kampf und Schmerz.

»Es scheint nur so«, flüsterte er. Die Stimme wurde fester: »Aber ich habe noch Kraft.« Ein Lächeln zum Beweis. Ernst blickte er in das verschwitzte, breite Gesicht. »Wie war die Frage?«

»Also gut, Junge. Gut.« Der Untersuchungsrichter wies die Beamten zurück auf ihre Plätze. Schwer setzte er sich in den Holzsessel. »Im Mai, also, faßten Sie noch nicht den Entschluß?«

»Damals dachte ich nur so allgemein. Ich dachte noch nicht daran, daß ich es sein müßte. Irgendeiner sollte den Kotzebue oder einen anderen dieser Landesverräter niederstoßen.«

»Warum?«

»Ein Fanal! Nur durch die Tat eines einzelnen, nur durch solch eine große Tat kann das Volk aus der Schlaffheit gerissen werden.«

»Das sind nicht Sie, der das sagt. Wer hat Sie dazu gebracht?« Beide Hände umschlossen die Armstützen des Sessels.

Sei auf der Hut, Sand! Keine Fährte darf zu Ihm, dem Besten unter allen Gelehrten führen. Selbst wenn Schmerz deine Gedanken lähmt, begehe keinen Verrat an Ihm.

»Von Kind auf hat meine Mutter mich zur Tat erzogen, die allen nützt.«

Abrupt schnellte der Oberkörper des beleibten Mannes vor. »Sie wollen ernstlich behaupten, daß Ihre Mutter Sie zum Meuchelmord erzogen hat?«

Carl schlug den Kopf hin und her.

»Wer war es?«

Der große Hörsaal war zu klein. Die Studenten drängen sich in den Stuhlreihen, sitzen auf den Treppen, sie stehen an die Wände gepreßt. Draußen hocken Mutige auf den Ästen der Bäume, die dicht bis zu den geöffneten Fenstern reichen. Andere haben im Hof Leitern angestellt, zu zweit, jeder nur mit einem Fuß auf der Sprosse, hören sie die Vorlesung des wortgewaltigen Professor Luden über die Befreiungskriege, seine Thesen über die gegenwärtige Lage Deutschlands. Hingabe, Begeisterung lebt in den Gesichtern. Zum Schluß krönen die Studenten den Vortrag mit Körners Lied: *Wo ist des Sängers Vaterland? / Wo edler Geister Funken sprühten.*

Aufgewühlt hat Carl versucht, am Abend nachzuschreiben:
›Luden behauptet, daß ein Vergleich eines einzelnen Menschen mit einem Volk nicht standhalte. Der Einzelmensch ist jung, und wird älter, und greiset und lebt nicht über hundert Jahr. Dagegen ein Volk ergänzt sich immer wieder neu.‹

Carl versucht festzuhalten:
›Ein Volk sinkt zwar mit großer Sicherheit, wenn es vernachlässigt wird. Aber daß es sich heben muß, wenn nicht recht Sonderliches dafür getan wird, ist nicht so gewiß.‹

Carl martert das Gehirn. So langsam, so mühevoll, kaum gelingt es ihm, den Gedanken Ludens zu folgen:
›Doch Lehre und Tat, Theoretisieren und praktisches Erstehen sind so von ganz verschiedener Art. Die Tat ist immer etwas ganz anderes, als jenes Zusammengesetzte aus Theorie und Ausführung. Die Tat ist eine lebendige Sache in sich.‹

Unschlüssig sitzt er da. Seine Augen suchen in der Niederschrift, werden festgehalten von der unmißverständlichen Warnung:
›Jetzt haben wir eine Zeit der Wende, entweder zum Guten oder zum Schlimmen, und man soll nur recht kalt und scharf auf das Böse hinschauen.‹

Carl löscht die Kerzenflamme zwischen den Fingern.

Der Untersuchungsrichter ließ den Kranken nicht aus den Augen. »In alldem sehe ich keine Aufforderung an Sie, Carl

Ludwig Sand, den Theologiestudenten, diesen einen von so vielen jungen Männern, nach dem Dolch zu greifen.«

»Der Entschluß zur Tat mußte in mir reifen«, flüsterte er. Flimmern! Carl legte den schmerzenden Kopf zur Seite. Draußen zogen Wolken an den Fenstern vorbei. Hell und Dunkel, das Licht wechselte, blendete, erblindete.

Nur langsam zerriß der schwarze Nebelvorhang.

Wie auf dem Paukboden stehen sich die Duellanten mit bloßer Brust im Innern des Kreises gegenüber. Keine Beleidigungen, keine Forderungen sind dem Kampf vorausgegangen. Kein Komment, keine Vorschrift soll die Auseinandersetzung der beiden Studenten beschränken. Sie bieten einander die Stirn; als scharfe Stoßwaffe haben die Paukanten den Verstand gewählt.

Die letzten Dunstschwaden lösen sich auf. Carl erschrickt vor der Klarheit, die den Gegner umgibt. Hilfesuchend blickt er sich nach einem Sekundanten, nach dem Paukarzt, nach irgendeinem Ratgeber um. Niemand ist in seiner Nähe. Allein muß er sich stellen.

Kaiser, der Philosophiestudent aus Hamburg, hebt nur leicht die Waffe, läßt die Klinge im frühen Sonnenlicht aufblitzen. »Was man will und soll, das muß geschehen können und geschehen, das kann jeder und wird jeder, der tüchtig ist, tun, und mit ihm jeder heldenartige Degen.«

Unsere Waffen sind aus gleichem Stahl. Ich fühl's. Carl reckt das Kinn. Ich werde nicht unterliegen. ›Teure Mutter, ich danke dir, durch dich fühle ich mich ihm ebenbürtig. Alle Liebe, die ich für Religion, zur Wahrheit, zum Vaterland, zur gemeinnützigen Tat im Herzen trage, die wurden durch dich in mir aufgeregt.‹

Carl grüßt mit seinem Degen. »Unser Lauf ist Heldenlauf. Kurzer Sieg, rascher Tod!«

Unvermittelt führt Kaiser den ersten Stoß. »Ich sehe nicht ein, daß der lebendige Geist die Form des Endlichen benötigt. Außer Gott, das heißt der Seligkeit der Geister, gibt es nichts.«

Carl springt zurück. Ungelenk und schwach pariert er. »Siegen werden wir immer, wenn wir nur selbst tüchtig und frisch sind.«

Heftig bedrängt ihn der Gegner. »Die sogenannte Natur und das sogenannte menschliche Leben sind leer und gehaltlos.«

Carl versucht der scharfen Klinge auszuweichen. »Was willst du dann noch mit dem Körper aus Fleisch und Blut?«

»Es heißt dem Geist Hohn gesprochen, sich nur mit dem Bettel dieses ärmlichen Lebens, mit all dem, was man Natur, was man Gemüt, Verstand und Vernunft und Freiheit nennt, zu begnügen.«

Von Zweifeln getroffen, flieht Carl, läuft ratlos im Innern des Paukkreises hin und her. Mein Glaube, mein ganzes Streben soll nichts gelten? Es wird ärger und ärger mit mir! Sand, du lernst dich als Feigling kennen. O Gott, nur du kannst mir zum Klaren helfen. Erneut stellt er sich den kühnen Angriffen. »Ich liebe dieses Menschenleben und mein Volk wirklich.«

Spielerisch läßt Kaiser die Klinge vor der Brust des Unsicheren tanzen. »Ich strebe nach dem wahren Geist. Mutig muß von den Seelen der Himmel erstürmt werden. Die Aufhebung des Lebens ist nichts als der Triumph über die Form.«

Carl schüttelt verwirrt den Kopf, versucht den Gegner wieder klar ins Auge zu fassen.

Doch schon entwaffnet ihn Kaiser: »Ich kann nicht tätig sein für die bloße Verbesserung des menschlichen Zustands. Im Gegenteil! Ich werde meine ganze Kraft auf die Vernichtung der Natur und des menschlichen Lebens verwenden.«

Vernunft, Freiheit, Vaterland, diese höchsten Ideale sind ihm aus der Hand geschlagen. Wehrlos sieht Carl, wie die Waffe des Gegners auf seine Brust zielt.

Und ohne Zögern führt Kaiser den Lungenstich. »Ich bin über der Freiheit frei und habe über dem Vaterland eine andere Heimat!«

Carl schrie.

»Ruhig, Sand.« Sein rechter Arm wurde festgehalten.

Er fühlte, wie die schmerzende Brust mit einem nassen Tuch abgerieben wurde. »Nicht abbrechen! Dieser Hegelianer hat mir einen Lungenfuchser gesetzt. Aber ich bin noch nicht geschlagen.« Heftig wehrte er sich gegen den festen Griff. »Nur einen Lungenfuchser!«

»Selbst hast du dich gestochen, Junge. Ruhig. Schön ruhig.«

Carl riß die Augen auf; verwirrt sah er das Licht der Lampe und erkannte schließlich den Oberzuchtmeister, der sich über ihn beugte. »Ist das Verhör beendet?«

»Schon lang, Sand. Jetzt ist's Nacht. Der Doktor und ich versorgen Sie.«

»Wo ist der Richter?« Ich habe doch zu ihm gesprochen, mich erklärt, ich habe doch ins Protokoll diktiert. Jetzt will ich von meinem Sieg berichten, von meinem Triumph. Ja, Ihr Herren, ich habe Kaiser in mir bezwungen! Suchend blickte Carl zum Fußende des Bettes. »Wo sind die Schreiber?«

»Fort, Junge. Längst fort. Niemand hat mehr was verstanden. Du warst durcheinander.« Freundschaftlich drückte der gedrungene Mann den Arm des Gefangenen. »Es wird schon, Sand. Morgen kommt der Gerichtsrat wieder.«

Die vertraute Stimme führte ihn ganz zurück. »Verzeih, Kloster.« Er atmete aus. »Einen Moment lang war ich unaufmerksam.«

Drüben, am Tisch, griff Doktor Beyerle in ein hohes durchsichtiges Glas. »Carl, Sie fielen heute nachmittag plötzlich in einen bedrohlichen Hitzezustand. Erst ein stärkeres Pulver und häufige Umschläge halfen mir, das Fieber etwas zu senken. Ich bin froh, daß Sie wieder bei klarem Verstand sind.« Mit einem Stück Leinwand hatte der Doktor einen Blutegel gefaßt und zeigte dem Kranken den stahlblauen, gelb gepunkteten Bauch. »Die Entzündung um die Wunde hat stark zugenommen. Sie ist gerötet und sehr verhärtet. Vielleicht gelingt es uns damit, die Schwellung aufzuweichen.« Nacheinander setzte er die fingergroßen Saugwürmer zu einem Kranz um die Wunde an.

Carl beugte das Kinn, gebannt sah er zu. Den leichten Schmerz bemerkte er kaum. Nehmt nur von mir, forderte er, ich sättige euch. Und nach und nach blähten sich die orangefarben gestreiften Rücken der Egel.

Spät in der Nacht entschied Doktor Beyerle: »Es ist genug.« Unterstützt vom Oberzuchtmeister, bestreute er die prallgesogenen Würmer mit Kochsalz, bis sie abfielen.

Auch eine Dornenkrone hinterläßt solche Spuren. Carl lächelte geschwächt. Er nickte.

Sorgfältig wusch Doktor Beyerle die Saugwunden mit kaltem Wasser aus und stillte das Nachbluten, indem er Feuerschwamm behutsam auf die offenen Stellen drückte.

Ein frischer Verband wurde angelegt. Unvermittelt faßte Carl nach der Hand des Arztes: »Werde ich sterben?«

Doktor Beyerle hielt inne, zögerte lange, endlich, ohne den Kranken anzusehen, antwortete er vorsichtig: »Ich weiß es nicht, Sand. Wenn doch der Eiter sich wieder mehr verflüssigen würde. Er muß abfließen.« Tief bedrückt bat er Kloster, das Kissen aufzuschütteln, und legte den Patienten zurück. »Ruhen Sie jetzt, Sand, und sammeln Sie neue Kraft.« Zum Abschied blickte er Carl fest in die Augen. »Wenn Sie mithelfen, wenn Sie sich selbst nicht aufgeben, dann gibt es eine gute Chance.«

Still verließen die Männer das Krankenzimmer.

Carl sah dem Licht der Öllampe zu, sah, wie die Flamme aufrecht nach oben züngelte. Ich werde nicht aufgeben. Noch bin ich nicht geschlagen.

Auf dem Paukboden, zwar am äußersten Rand, aber noch im Innern des Kampfkreises, lag Carl auf den Knien. Mehr als eine Degenlänge entfernt steht Kaiser da, die Stirn gereckt. Er wartet, daß sein Gegner den Kampf verloren gibt. Überlegen und eins mit sich selbst läßt er die Klinge durch die Luft pfeifen. »Vor dem Geist muß aller Schmutz der Sünde als leeres Trugbild sinken. Deshalb strebe ich danach, Menschheit, Erde und Himmelsgebäude zu stürzen.«

Vergeblich versucht Carl, sich hochzustemmen. Seine Arme sind zu schwach.

Mit einem Mal dringt eine klare, fordernde Stimme bis zu Carl. »Gib nicht auf. Kämpfe für die Freiheit deines Vaterlands!« Verzagt hebt er die Augen.

Dicht neben dem Paukboden steht Er, der Unbestechliche, der einzig wahre Lehrer. Mit dem Blick klammert sich Carl an Ihn, saugt sich fest in Seinem Antlitz, umrahmt von wallendem braunen Haar.

»Ein Christus kannst du werden!« Unter der hohen Stirn des Professors lächeln große, dunkelblaue Augen. »Aus der Menschheit muß sich die Menschheit neu gebären.«

Carl spürt, wie von dieser hochgewachsenen Gestalt, diesem unbeugsamen Mann neuer Kampfesmut auf ihn überströmt. Endlich! Er ist von Gießen nach Jena gekommen. Zu Seiner Überzeugungskraft, zu Seiner Willensstärke fühlt Carl sich mit unbedingter Gewalt hingezogen. Er, so unnahbar und doch priesterlich mild, Er, von so ebenmäßiger Schönheit, Sein Wesen erstrahlt in makelloser Sittenreinheit! Dir will ich folgen. Zeige mir, wie ich kämpfen soll.

»Der Weg zur Freiheit des deutschen Volkes muß durch seiner Söhne Opferblut gebahnt werden.« Der mitreißende Lehrer tritt einen Schritt beiseite und gibt den Blick frei. In seinem Schatten steht die Gruppe seiner Auserwählten. Die Unbedingten stimmen für den Geschwächten das Bundeslied an, das Er ihnen schenkte.

Carl trinkt den Vers, seinen Vers. *Dir bist du, Mensch, entflohn, / Ein Christus kannst du werden, / Wie du ein Kind auf Erden / War auch des Menschen Sohn.*

Und hinter den neuen Freunden erhebt sich, unwankbar, von Ehrfurcht gebietendem Äußeren, der tatkräftige Held des

Vaterlands: Friedrich Ludwig Jahn, der Vater aller Turner, der Hüter des wahren Deutschtums!

»Ja! Auch ich will die Menschheit in unserm Volk verherrlichen.«

Alle Schwäche, alle Verzagtheit fallen von Carl ab. Mit der Rechten greift er nach dem Degen und richtet sich auf. Mutig bietet er Kaiser wieder die Stirn. »Freiheitsmesser gezückt! Hurra, den Dolch durch die Kehle gedrückt!«

Der Gegner pariert: »Ich habe keine Freude am Dasein, an der Welt. Ich habe keine Freude an meinem Volk.«

Carl bleibt sicher und fest. »Unsere Erkenntnis, unser Glaube, unser Leben geht nicht unmittelbar zu Gott, geht nicht unmittelbar in den Himmelskreis.«

»Nur in der Einheit mit dem Geist finde ich Seligkeit, nur in der ewigen gleichen Ruhe.«

Carl peitscht seine Klinge durch die Luft. »Ich stehe fromm vor Gott, ich will hier bestehen, will nur heilig werden in dieser Welt.« Ohne den Gegner zu treffen, verschafft er sich Raum. »Wenn du heilig werden willst an dir selbst, dann werde es. Ich muß in meinem Vaterland bleiben.« Damit schleudert er Kaiser den Degen vor die Füße und verläßt hocherhobenen Hauptes den Paukboden.

Am Abend des 2. November greift Carl zur Feder. Sein übervolles Herz droht zu zerspringen. Nur mit Mühe findet der Jubel genügend Platz im Tagebuch. ›Sieg! Unendlicher Sieg!‹ Der Dreiundzwanzigjährige muß zum Fenster, öffnet es weit und atmet, deklamiert in die Nacht, kehrt zum Tisch zurück, schreibt, später liest er sich seine Worte vor, wiederholt einzelne Sätze, sie werden zum Crescendo seines Sieges: »... die reine Menschheit in mein deutsches Volk durch Predigen und Sterben einführen zu wollen! ... O, welche unendliche Kraft und Segen verspüre ich in meinem Willen. Ich zittere nicht mehr! Dies ist der Zustand der wahren Gottähnlichkeit!«

DRITTER AKT

Das Verhör

Die Strahlen der Morgensonne brachen sich in den eckigen Scheiben des hohen Bleifensters und legten ein Lichtgitter über die Aktenstöße, Papiere und Zeitungen. Geruch von Kaffee, durchsetzt mit schalem Zigarrenrauch, stand im engen Sitzungszimmer des Oberhofgerichts. Bereits seit dem frühen Morgen des 6. Mai berieten die Männer der Spezialkommission.

Die mündliche Erläuterung des Untersuchungsrichters zum Verhör des Vortags war beendet, und wie gewohnt hatten die vier Juristen im Anschluß daran gemeinsam den letzten Stand der Ermittlungen diskutiert und ausgewertet.

»Meine Herren!« Freiherr von Hohnhorst ließ den Zigarrenstumpf in die Asche fallen. »Nach den uns vorliegenden Informationen fehlt auch bis zum heutigen Tag jeder konkrete Hinweis, der den Verdacht auf eine Verschwörung erhärtet.«

Während Stadtdirektor Jagemann und der Untersuchungsrichter sich dem seit Wochen täglich höher gewachsenen Zeitungsstapel zuwandten und in den Artikeln blätterten, prüfte Hohnhorst das jüngste Vernehmungsprotokoll, wählte aus und zeichnete lediglich einige der Blätter ab. Er schob sie dem zweiten Justizrat des Oberhofgerichts über den Tisch.

»Geben Sie nur diese zur Abschrift, Herr Kollege. Das soll dem kaiserlich-russischen Geschäftsträger genügen.« Das Monokel fiel; unter dem Buschwerk der Brauen zwinkerten die hellen Augen. »Wir sind zwar auf höchsten Befehl verpflichtet, die Russen täglich über den Stand der Untersuchung zu informieren. Doch bin ich der Meinung, daß es uns belassen bleiben soll, in welcher Dosierung wir diese Informationen weitergeben.« Er lachte trocken. »Kotzebue wurde verdächtigt, ein Spion des Zaren zu sein. Ich teile diese Ansicht nicht. Doch niemand kann von uns erwarten, daß wir nach seinem furchtbaren Ende selbst zu untertänigen Zuträgern einer fremden Macht werden.«

Heftig pochte Stadtdirektor Jagemann den Fingerknöchel auf das vor ihm liegende Zeitungsblatt. »Ich bin tief betroffen.« Die Herren blickten ihn an. »Hier lese ich endlich einmal, welches Leid die Angehörigen des Ermordeten auszustehen haben.« Er erinnerte die Tischrunde an den berühmten Sohn des Ermordeten, den Weltumsegler, der samt Schiff und Mannschaft längst als verschollen gegolten hatte. »Und dann im letzten Sommer lief sein Schiff ›Rurik‹ in London ein. Otto von Kotzebue und sein Begleiter, der Botaniker Chamisso, waren wohlauf. Die Berichte sind allseits bekannt, sie eilten durch ganz Europa. Wie stolz muß Kotzebue auf solch einen Sohn gewesen sein, wie glücklich, ihn nach vier Jahren wiedersehen zu dürfen. Und jetzt lese ich hier im Österreichischen Beobachter vom

6. April unter der Rubrik Teutschland ...« Kopfschüttelnd nahm Philipp von Jagemann das Blatt auf. »Der Hanauer Zeitung zu Folge, war der Sohn des ermordeten Kotzebue (der Weltumsegler) am 27. März auf dem Wege nach Mannheim, wo er seinen Vater zu finden hoffte, durch Hanau gereist. Er wußte noch nichts von der Todesart seines Vaters. Erst beim Aussteigen sah er im Gasthof zufällig eine Zeitung auf dem Tisch, die er las, und worin er die für ihn so furchtbare Nachricht fand. Man kann sich sein Entsetzen vorstellen. Die Witwe des Ermordeten ist aus Trauer und Schrecken krank geworden ...« Der Stadtdirektor deutete auf die gestapelten Berichte. »Es ist mir unverständlich, daß nur hier und da von den Herren Journalisten an das Leid erinnert wird, das Sand durch den Meuchelmord verursacht hat.«

Hohnhorst lehnte sich zurück. »Es ist doch nichts Neues, verehrter Jagemann, daß die Presse sich lüstern nur auf Sensationen stürzt. Im übrigen hat Otto von Kotzebue bei mir angefragt ...«

»In diesem Fall nützt die Presse eine Freiheit aus, die ihr nicht zusteht«, unterbrach der Stadtdirektor aufgebracht. »Welches ausländische Blatt Sie auch nehmen, sei es aus Berlin, Hamburg, aus Bremen, Stuttgart, von den französischen Gazetten ganz zu schweigen, selbst unsere badischen Blätter scheinen mehr und mehr Partei für den Täter zu ergreifen. Natürlich, der Mord an sich wird einmütig verurteilt, aber kaum ein Artikel verdammt den Mörder ohne Einschränkung. Mal ist er nur das Werkzeug einer Verschwörung, die uns von den deutschen Universitäten droht, mal ein verirrter, aber dennoch redlicher Jüngling. Und kaum ein Bedauern für Kotzebue, kaum Anteilnahme am Kummer der Hinterbliebenen. Nein, nur Carl Ludwig Sand füllt die Spalten.« Philipp von Jagemann griff wahllos einige Artikel aus dem Zeitungsstoß heraus. »Seine Briefe werden abgedruckt. Hier, aus Stammbuchblättern, die Sand für seine Freunde schrieb, diese deutsche Schwärmerei wird zitiert. Meine

Herren, jeder, der das liest, muß doch annehmen, daß in unserm Zuchthaus ein junger Mann liegt, der allein aus reiner und edler Gesinnung gemordet hat, dem uneigennützig allein das Wohl des deutschen Vaterlands am Herzen lag.«

»Wissen wir das Gegenteil?« Seufzend stützte der Untersuchungsrichter die Hände gegen die Tischkante. »Täglich sehe ich die Frauenspersonen vor dem Zuchthaustor. Jung und alt. Und nicht nur Mägde. Welch ein Mitgefühl. Sie geben Geschenke ab und versuchen irgend etwas über den armen Kranken zu erfahren. Gut, es mag Schwärmerei sein. Aber gehen Sie durch die Straße, über die Märkte, wo man auch hinkommt, das Schicksal des Mörders bewegt die Menschen. Gehen Sie in die Wirtshäuser rund um Mannheim. Dort sitzen Bauern und Handwerker, die Trinksprüche auf Sand ausbringen und geloben, daß sie bereit sind, ihn vor Strafe zu schützen.«

»Da hören wir es«, pflichtete der Stadtdirektor dem beleibten Justizrat bei. »Das Volk wird aufgewiegelt. Und Schuld hat die Presse.«

»So meine ich es nicht ...«, der Untersuchungsrichter schüttelte den Kopf.

»Schluß!« Scharf und laut schnitt der Befehl des Vorsitzenden die Diskussion ab. Mit beruhigender Stimme fuhr er fort: »Meine Herren, was haben Sie erwartet? Die Öffentlichkeit stützt sich auf Vermutungen und zufällige Informationen, also wachsen die Gerüchte. Das scheint mir ganz natürlich.« Mit unbewegter Miene stippte Hohnhorst den Zigarrenstumpf tiefer in die Asche. »Was diese unerwartete Leidenschaft der ... nun, sagen wir, in der weiblichen Bevölkerung unserer Stadt angeht? Beinahe in jedem Blatt wird Sand als ein schöner Jüngling beschrieben. Das beflügelt die Phantasie. Nein, verehrte Kollegen, diese wachsende Begeisterung scheint mir zwar bedenkenswert, stellt aber keine unmittelbare Gefahr dar.« Die wachsamen Augen blickten in die Runde. »Sand wird vollständig von der Außenwelt abgeschirmt. Ohne Ausnahme. Otto von Kotzebue bat mich um die Erlaubnis, den Inquisiten zu sehen, ich mußte ihn abweisen. Im übrigen nannte selbst er unsern Sand nur den ›Unglücklichen‹. Wie Sie wissen, ist der Bruder des Mörders in der Stadt eingetroffen, auch sein Gesuch, im Zuchthaus vorgelassen zu werden, mußte abgelehnt werden. Nichts dringt über unsere Arbeit nach draußen. Meine Herren, wir alle sind erfahrene Juristen.« Ein spärliches Lächeln. »Unsere Pflicht ist es, nach der Wahrheit zu suchen. Und ich bin fest überzeugt, daß keiner der Anwesenden durch Zeitungsberichte oder die Stimmung im Volk zu beeinflussen ist.« Das Lächeln wurde bitter. »Wenn Sand im Sinne des Gesetzes für schuldig befunden wird, beneide ich die Richter nicht, die das Urteil fällen müssen.«

Lärm draußen vor der Tür. Heftiges Klopfen. Ein Wachposten meldete den Chirurgen Anton Beyerle. Ohne die Erlaubnis abzuwarten, schob der Doktor den Mann zur Seite und betrat das Sitzungszimmer. Sein Gesicht war blaß, der Kragen nicht geschlossen. »Verzeihen Sie mein Eindringen. Aber der Zustand meines Patienten zwingt mich dazu.«

Beim Anblick des übermüdeten Arztes hatte sich der Untersuchungsrichter halb vom Stuhl erhoben. »Ist Carl ...«, jetzt setzte er sich wieder, mühsam verhalten fragte er: »Ist der Inquisit bei Bewußtsein?«

»Während der Fieberkrämpfe scheint er verwirrt, sonst spricht er mit klarem Verstand. Er wartet auf Sie. Trotz Schwäche, trotz der plötzlich und sehr heftig auftretenden Schmerzen, verlangt er ungeduldig nach Ihnen.« Der Mediziner zuckte die Achseln. »Dieser junge Mann ist mir ein Rätsel. Ich möchte ihm Schonung verordnen, streite darüber mit meinem Kollegen. Doch beinah besessen beweist er uns, daß er vernehmungsfähig ist. Sein Lebenswille scheint davon abzuhängen. Meine Herren, das Verhör kann fortgesetzt werden. Inzwischen bin selbst ich der Meinung, daß es fortgesetzt werden muß, und zwar rasch. Denn ...«, müde strich Doktor Beyerle das Haar aus der Stirn. »Denn ich befürchte, daß mein Patient, trotz aller Kraft, diese Krisis nicht überstehen wird.« Der Eiter fließe nicht mehr ab. Im Brustkorb bilde sich erneut eine verdickte Ansammlung, ebenso gefährlich wie das Extravasat, welches entfernt worden sei. Seit den Morgenstunden stelle sich wieder zunehmend eine bedrohliche Atemnot ein.

»Genug. Doktor, wir sind keine Mediziner.« Freiherr von Hohnhorst zog die Brauen zusammen. »Ihre Diagnose? Ist es hoffnungslos?«

»Beinah. Vielleicht rettet ihn eine Einspritzung durch die noch offene Wunde.« Anton Beyerle forderte die Erlaubnis, mit einer Expreßkutsche unverzüglich nach Heidelberg zu fahren. »Vor dem Eingriff benötige ich den Rat von Professor Chelius, denn die Gefahr besteht ...«

»Doktor, verschwenden Sie mit uns nicht wertvolle Zeit.« Entschlossen griff der Kanzler des Oberhofgerichts nach der Tischglocke und befahl, einen Wagen anzuspannen. »Versuchen Sie das Leben Ihres Patienten zu retten.«

Lange nachdem Doktor Beyerle das Sitzungszimmer verlassen hatte, saßen die Mitglieder der Kommission schweigend da. Jeder starrte vor sich auf die Akten, Zeitungen und Notizen, auf die Ergebnisse ihrer wochenlangen Arbeit.

Schließlich legte von Hohnhorst die Hände zusammen. »Gerade noch sprachen wir von den Richtern, die irgendwann ein Urteil über Carl Ludwig Sand fällen müssen. Wer weiß, vielleicht nimmt ihnen ein Größerer die Last ab?« Energisches Räuspern. »Meine Herren, wir haben uns auf die neue Sachlage einzustellen. Wann können wir das Schlußverhör ansetzen? Die Frage geht an Sie, mein lieber Freund.« Er nickte dem Untersuchungsrichter zu. »Wie rasch können Sie die Vernehmung zu einem Ende bringen, das juristisch vertretbar ist?«

Langsam trocknete der beleibte Mann mit dem Schnupftuch die Handflächen. »Der Hergang der Tat ist uns genau bekannt. Auch das Leben des Inquisiten ist ausreichend beleuchtet.

Hinweise auf ein Komplott innerhalb der Hochschulen gegen Obrigkeit und den Staatenbund habe ich nicht entdeckt. Wie es scheint, hat der Inquisit den Mord allein geplant und aus eigenem Antrieb verübt.« Er stopfte das Tuch zurück. »Doch der genaue Zeitpunkt, wann Sand sich entschloß, den russischen Staatsrat zu töten, und vor allem, was ihm den letzten Anstoß zur Tat gab, dies scheint mir äußerst wichtig. Darüber muß ich ihn noch befragen. Gut, wenn es sein Zustand erlaubt, werde ich heute abend soweit sein. Vielleicht erst morgen.«

Freiherr von Hohnhorst erhob sich. »Damit steht das Datum fest. In zwei Tagen, am Samstag, dem 8. Mai, beginnen wir mit dem Schlußverhör. Gott gebe, daß der Inquisit dann noch bei Kräften ist. Meine Herren, richten Sie sich darauf ein, daß wir möglicherweise auch den Sonntag benötigen.«

Er ging zum hohen Fenster und öffnete beide Flügel. Ungebrochen fiel das Sonnenlicht auf den überladenen Tisch des Sitzungszimmers. »Welch eine Luft. Welch ein Frühling.«

Oberzuchtmeister Kloster stieg die Treppe voran. Wortlos folgten ihm der Untersuchungsrichter und seine Schreiber. Laut hallten die Schritte durch den langen Flur des zweiten Obergeschosses.

Kaum hatte der gedrungene Mann die Tür geöffnet, runzelte er die Stirn. »So was.« Verlegen bat er den Gerichtsrat zu warten. »So was.« Einer der beiden Sträflinge, die er als Wärter und zur Reinigung abkommandiert hatte, beugte sich über das Krankenlager, stützte den Kopf des Patienten und gab ihm aus einer Tasse zu trinken. Der zweite wartete geduldig in der Nähe des Ofens; hoch vor der Brust hielt er die kotstinkende Bettpfanne. »Kerle! Ihr solltet längst fertig sein!«

»Und wenn der Carl Durst hat?« maulte der Wärter vom Bett her. Sein Kamerad ergänzte ungerührt: »Dann kriegt der Carl von uns was.«

Kein Zorn, doch mit einem Seitenblick auf die Besucher polterte der Zuchtmeister: »Ich werd' euch Beine machen ...«

»Gut, schon gut, Kloster.« Angespannt betrat der Justizrat den Raum, wich in einem knappen Bogen der Bettpfanne aus und stellte die Ledertasche auf dem Tisch ab.

Kloster scheuchte seine Kerle hinaus; ihre stoffumwickelten Fußketten schabten dumpf über die Holzdielen. »Sie meinen es gut, Herr.« Er zeigte zur Kanne, die nah beim Rauchrohr am Rand der Ofenplatte stand. »Davon soll er viel trinken. Der Doktor hat's angeordnet. Gegen das Fieber. Die Tochter hat's gekocht. So Gerstenmalz mit viel Zitrone und Wasser. Kann ich noch was machen, Herr?«

»Schon gut, danke. Es ist gut.«

Kaum hörbar zog der Oberzuchtmeister die Tür hinter sich ins Schloß.

»Näher ans Fußende«, befahl der beleibte Mann den Gerichtsschreibern. Zeigefinger und Daumen griffen nach dem Knopf vor seinem Bauch, weit klaffte der Rock auseinander. »Heute dürfen wir ...« Der Satz erstarb, als er das rotfleckige Gesicht des Kranken sah, die glänzenden dunklen Augen, die Haarlocken, die auf der verschwitzten Stirn klebten. »Junge, wenn ...« Unwirsch schüttelte er den Kopf, wölbte die Unterlippe vor und ließ den Deckel der Taschenuhr aufspringen. »Gut, wir dürfen keine Zeit verlieren.«

Er sorgt sich um mich. Dankbar nahm Carl das Mitgefühl an. »Wie ... wie geht es Ihnen?« fragte er und wollte scherzen; sein Atem rasselte.

Wortlos setzte sich der Untersuchungsrichter zu ihm.

»Verzeihen Sie. Der Gestank. Aber Doktor Beyerle erlaubt nicht, das Fenster zu öffnen.«

»Hören Sie, Sand. Fühlen Sie sich imstande, auf meine Fragen zu antworten? Oder wollen Sie schreiben?«

»Wie riecht es draußen?«

»Schon gut, Carl. Wir müssen heute ...«

»Sagen Sie es mir. Bitte.« Carl lag leicht auf die kranke Brustseite geneigt; er bemühte sich, flach zu atmen.

»Nach Frühling, Junge, in der Stadt riecht es nach Frühling.« Wie ertappt beugte sich der Untersuchungsrichter zum Tisch hinüber; geschäftig öffnete er die Aktentasche und legte einige Papiere bereit.

Carl wanderte nach draußen, in den hellen Tag vor den Fenstern. Noch einmal durch eine Wiese laufen! Noch einmal oben auf der Höhe stehen und das Tal unter mir!

Betont kühl, mit halbgeschlossenen Lidern wandte sich der Oberhofgerichtsrat wieder seinem Gefangenen zu. »Carl Sand, Sie wissen, wie es um Sie steht. Ich will Sie nicht quälen. Wenn Sie nicht mehr antworten können, gut, ich werde es respektieren.« In nüchternen Worten erläuterte er dem Kranken die Sachlage. Wenn das Verhör jetzt abgebrochen würde, blieben die wahren Beweggründe, die ihn zur Tat veranlaßt hatten, im dunkeln. Die Öffentlichkeit könnte so natürlich nicht umfassend informiert werden. »Sie werden hier liegen und vielleicht sterben, ohne daß ein Schlußverhör stattfand.«

»Schlußverhör?« Zu hastig. Carl hüstelte, Atemnot, er keuchte, wollte den Schmerz nicht zeigen; er keuchte, bis die wühlenden Stiche in seiner Brust abebbten.

Mit der Hand strich der Untersuchungsrichter beinahe gleichgültig über den Bezug der Matratze. »Wenn das abschließende Verhör aber stattfinden kann«, er ließ eine Pause, »nun gut, dann werden Ihnen im Beisein aller Mitglieder der Kommission noch einmal die wichtigsten Fragen gestellt werden, und Sie können Ihre Aussagen überprüfen. Dieses Protokoll soll dann den Richtern des Oberhofgerichts, dem Großherzog und später sicher auch der Öffentlichkeit vorgelegt werden.«

O Gott, gib mir Kraft. Ich will mein Werk ganz vollenden. Mein Opfer. Gib mir noch die Zeit, damit ich es allen bekannt machen kann, daß es zur Fackel wird, die den Brand im Volk entzündet. »Hören Sie«, beschwor Carl. »Auch wenn ich schwächer werde. Hören Sie nie auf, mich zu fragen.« Er hob die rechte Faust. »Ich stelle mich dem Kampf. So, wie ich es immer getan habe. Bis zur letzten Frage. Sagen Sie es. Geben Sie das bekannt.«

»Gut, Carl, ich mußte prüfen, was ich Ihnen zumuten darf.« Weit lehnte sich der füllige Mann im Sessel zurück, er schnippte den Beamten und stützte beide Arme auf die Holzlehnen. »Gestern, bevor das Fieber Sie mir entführte, überlegten wir, warum gerade Sie ausgewählt wurden, den Mord zu verüben.«

»Nein.« Carl rieb heftig die schweißnasse Stirn. »Darüber haben wir nie gesprochen. Ich bin nicht ausgewählt, von niemandem geschickt worden.«

Kaum merklich nickte der Untersuchungsrichter. »Gut, Sand. Ihre letzte Aussage, die wir schriftlich festhalten konnten, war: Der Entschluß zur Tat mußte in mir reifen.«

»Aber ich habe doch ... ich habe doch ausführlich berichtet.«

Ein Lächeln glitt über das breite Gesicht des Justizrates. »Nur Gestammel. ›Schneller Sieg. Rascher Tod.‹ Das und ähnliches schleuderten Sie mir entgegen, als wäre ich Ihr Gegner in einem Kampf. Sie waren im Fieberwahn.«

Carl schloß die Augen. Also weiß er nichts. Nichts von meinem Sieg über Kaiser und nichts von seiner Geisterseligkeit. Also weiß er auch nichts von uns Unbedingten und nichts von Ihm, meinem großen Führer. Selbst im Fieber habe ich niemanden verraten.

»Bitte, Carl«, drängte der Untersuchungsrichter. »Der Entschluß zur Tat. Warum? Und wann?«

Sei auf der Hut! Schütze deine Freunde. »Gleich. Geben Sie mir Zeit.« Carl griff nach der linken Hand und zog sie näher zum Gesicht. Den Daumennagel der Rechten drückte er tief in die gefühllose Innenfläche. Er kehrte nach Jena zurück. November. Totensonntag.

Diesmal hatte sich die kleine Schar der Unbedingten mit Ihm, dem mitreißenden, scharfen Denker, in der Stube Carl Sands zum geheimen Treff verabredet. Lange ist über den Kampf gegen Unterdrückung von Wahrheit und Recht, über den Kampf gegen die Herrschaft der Fürsten diskutiert worden. Wie immer weiß Er das klare, gültige Wort und gibt Seinen Studenten die Losung: »Ein Reich freier Bürger, ein Gott, ein Volk, ein Wille soll es sein.«

Er kennt keine Furcht, keine Zweifel. In tiefer Ergebenheit hängt Carl an den Lippen des einzigartigen Mannes.

Zögernd fragt Asmis den Professor: »Wie weit dürfen wir im Kampf gehen?«

Da spannt sich das ebenmäßige Gesicht, in den sonst so sanften Augen glitzert Kälte. »Mit allen Kräften kämpft jeder einzelne für sich. Jeder einzelne befindet sich im Krieg gegen die Zwingburgen der Reaktion.«

Gottlieb Asmis gibt sich nicht zufrieden. Kühn unterbricht er: »Auch gegen Recht und Gesetz?«

Sofort drückt Carl ermahnend den Arm seines Zimmernachbarn. Doch der Lehrer lächelt dem jungen Studenten zu und blickt dann ernst von einem Gesicht zum anderen. »Brennen, Würgen und Morden – im Freiheitskampf sind alle Mittel der rohesten Gewalt erlaubt und moralisch gerechtfertigt.« Er führt die Fingerspitzen der schlanken Hände zusammen. »Doch ihr seid durch euern Schwur zu noch Höherem auserwählt. Ihr seid bereit, euch selbst für das Volk und die Menschheit zu opfern, so, wie es Jesus Christus vorgelebt hat. Führt euch der Weg auch zur Blutbühne, auf den Rabenstein oder gebt ihr euch selbst den Dolch nach vollendeter Tat, so werdet ihr, wie er, Märtyrer sein.«

Gibt es einen edleren, einen höheren Preis? Carl atmet hastig. Beide Hände legt er offen auf den Tisch.

Mit weicher Stimme setzt der Professor hinzu: »Der Wille, ein starker Wille ist entscheidend, liebe Freunde«, und verspricht: »Je mehr einer das natürliche Gefühl in seiner Brust niederringen muß, bevor er bereit ist, für die Allgemeinheit eine furchtbare Tat zu begehen, um so strahlender steht er nach der Vollendung da. Ein Engel des Menschengeschlechts.«

In den Augen der Unbedingten glüht Begeisterung.

So lange habe ich vergeblich gesucht. Unverwandt blickt Carl in die weißen Innenflächen seiner Hände. Mein Weg ist vorgezeichnet.

Langsam legte Carl die linke Hand auf der Zudecke ab. »Verzeihen Sie. Anfang Dezember, glaube ich, war ich zur Tat entschlossen.«

»Was war der Anlaß?« Im Tonfall des Untersuchungsrichters schwang mühsam beherrschte Ungeduld.

»Nichts. Es gab keinen äußeren Anlaß.«

»Sand!«

Heftig arbeiteten die Muskeln auf der Stirn des Gefangenen. »Ich sage die Wahrheit.« Er blickte zur Decke. »Gerade während dieser Wochen gab ich mir über mein Leben Rechenschaft. Bis dahin lebte ich kindlich im Vertrauen auf Gott. Ich war im schlaffen Glauben gefangen, daß Gottes allmächtige Hand im rechten Augenblick hervorgreift in das Spiel der Natur und der Menschen.« Er rollte den Kopf zur Seite, offen sah er den Gerichtsrat an. »Doch dann spürte ich in mir meine eigene Kraft aufsteigen. Mein unbeugsamer Wille sollte die Urgnade Gottes preisen.« Seine Stimme war brüchig geworden. »Durch mein tatkräftiges Sein. Durch mein Leben. Ich schlief nicht. Auch tagsüber blieb ich in meiner Stube. Ich durchlitt gewaltige Kämpfe. Wehmut. Zweifel. Kälte. Dann wieder, dann fühlte ich wieder die unmittelbare Berührung mit Gott.« Carl hechelte. Erst nachdem er einige Schlucke von dem Trank zu sich genommen hatte, konnte er weitersprechen. »Es waren furchtbare Stunden. Ich brach mit meiner bisherigen Welt. Wollte mich entscheiden, unbedingt nur für mein Volk zu leben. Tausend Fäden löste und zerriß ich. Nichts sollte mich noch abhalten, den Opfertod fürs Vaterland zu sterben. Ich erkannte meinen

Willen, das höchste Geschenk Gottes, das einzig wahre Eigentum. Mit ihm wollte ich mir all das Unendliche aneignen, was Gott um mich her zur Bewährung und Selbstschöpfung gelegt hat. Mein unbedingter Wille sollte Gottes Willen durchführen.«

»Kotzebue niederzustechen?«

Geduldig schüttelte Carl den Kopf. »Nein. Verstehen Sie. Anfang Dezember entschloß ich mich zur Tat. Nur zur Tat. Für die Freiheit des deutschen Vaterlands mußte ich einen Mord begehen.« Ein Lächeln. »Und wer nicht nach seiner Überzeugung lebt, ist hündisch.«

Heftig stieß der Untersuchungsrichter den Sessel zurück, schritt zum Fenster, wollte es aufreißen, ließ es und starrte nach draußen. »Wer? Wer, Junge, hat dich soweit gebracht?« Er zerrte das Schnupftuch aus dem Rock und wischte sich den mächtigen Nacken. »Gut, Sand, also gut.« Abrupt wandte er sich um. »Sie behaupten ernsthaft, daß Sie einen Mord beschlossen, ohne das konkrete Opfer vor Augen zu haben? So ganz allein in Ihrem Zimmer kam Ihnen der Gedanke: Carl Ludwig Sand, jetzt mußt du für das Wohl des Volkes irgendeinen Menschen töten.«

»Ja. Aber nicht irgendeinen, sondern einen der Feinde unserer Freiheit. Wen es treffen sollte, wußte ich zu dem Zeitpunkt noch nicht. Das ist die Wahrheit.«

Der Untersuchungsrichter kehrte ans Bett zurück. »Also kalt und gnadenlos?« Ohne den Studenten aus den Augen zu lassen, nahm er schwerfällig wieder im Sessel Platz.

»Das Schlechte muß vernichtet werden. Und alle Gnade, die ein Mensch sich nicht selbst erwirbt, verwerfe ich. Auch für mich selbst. Allein mein Wille ist entscheidend. Meine Überzeugung.«

»Carl, wenn ich nicht wüßte, daß Fieber ...«

»Und wenn ich gesund hier stehen würde.« Zur Bekräftigung versuchte Carl den Kopf zu heben. »Nichts anderes würde ich sagen.«

Der beleibte Mann zerknüllte das Schnupftuch in der Faust.

»Ist es nicht vermessen, sich selbst so zu erheben? Neben Gott sitzen zu wollen?«

»Gott bleibt mein einziger Glaube, meine Hoffnung und meine Liebe. Nur lernte ich freier über ihn denken.«

»Von wem?« fuhr der Justizrat den Gefangenen an. »Wer, Sand, wer hat Sie das gelehrt?«

»Niemand.«

»Sand, ich fühle es, nein, ich weiß, daß Sie mir die Wahrheit verschweigen. Wer hat Ihnen eingeredet, daß Sie sich opfern sollen? Morden! Allein sind Sie zu weich, zu schwach. Ich kenne Sie doch.«

Er will mich nur herausfordern. Doch ich werde meine Freunde nicht verraten. Wild zuckten die Stirnmuskeln, Adern sprangen vor. »Ich bin kein Schwächling«, krächzte Carl.

Ein einziger Ton, lauter, der Schädel dröhnte, heller wurde der Ton, Sirren, Kreischen. Gequält schlug er die Faust gegen die Schläfe, immer wieder, röchelte nach Luft und schrie in Todesangst.

Die Schreiber blickten sich entsetzt an. Ohne jede Regung saß der Untersuchungsrichter da.

Die Tür wurde aufgestoßen. Beide Wärter standen nebeneinander. »Was ist?« Der andere stammelte: »Haben Sie gerufen?«

»Hinaus!« brüllte der Justizrat. Unbeweglich starrten die Sträflinge zum Bett hinüber.

Das Tönen verstummte, der Schmerz wich. Ermattet griff Carl nach dem Leinenbezug und wischte sich den Mund. »Es überfällt mich einfach«, murmelte er.

Kurz schnippte der Untersuchungsrichter den Wärtern. »Verschwindet jetzt«, und beinahe freundlich warnte er: »Niemand betritt diesen Raum, ohne daß ich es sage. Habt ihr das verstanden?« Beide Männer nickten und schlossen die Tür.

»Sollen wir eine Pause machen?«

»Nein.« Zur Bestätigung versuchte Carl aus eigener Kraft den Oberkörper höher ins Kissen zu stemmen. Erst als der

Gerichtsrat ihm half, gelang es. »Nicht abbrechen. Es war nur ein Anfall. Ich bin bei klarem Verstand.«

Draußen setzte das Mittagsläuten ein. Ob er eine Mahlzeit wolle, um sich zu stärken?

»Ich bin nicht hungrig. Nicht unterbrechen, bitte.« Die fiebrigen Augen blickten ängstlich. »Ich will durchhalten.«

Entschlossen nahm der beleibte Mann einen Zettel vom Tisch und las ihn vor. »Wenn ich von Taten reden will, muß ich selber handeln. Darum habe ich ihm den Dolch geschliffen. Wer wird mir's glauben, daß ich den Tod erleiden will, wenn ich's nicht wirklich zeige.« Er legte das Blättchen zurück. »Das wurde in Jena bei der Durchsuchung Ihres Zimmers gefunden. Als Sie das schrieben, wußten Sie bereits, wer durch Ihre Hand sterben sollte.«

»Nein. Ich schrieb es für mich. Verstehen Sie, als ständige Ermahnung zur Tat.«

»Und die Dolche?«

»Schon in der zweiten Woche des Dezembers begann ich mit den Vorbereitungen.«

Abwartend stand Carl vor dem Ofen seiner Stube. Er beobachtet, wie einige Kerzen langsam im Napf zerschmelzen.

Wenig später sitzt der Dreiundzwanzigjährige am Tisch; nach einer genauen Zeichnung formt er aus dem noch weichen Wachs einen Dolch. Griff und Parierstange gehen ihm rasch von der Hand. Geduldig arbeitet er an der langen Klinge; erst als es ihm gelingt, sie in einer hauchfeinen Spitze enden zu lassen, gibt er sich zufrieden.

Oft nimmt Carl während der folgenden Tage und Nächte das Wachsmodell aus dem Versteck, trägt es durchs Zimmer, unschlüssig, und legt es wieder zurück. Am ersten Abend der dritten Dezemberwoche beschwört er sich selbst auf einem Zettel: »Wenn ich von Taten reden will, muß ich selber handeln, darum habe ich ihm den Dolch geschliffen ...«

Endlich, wenige Tage vor Weihnachten, verläßt Carl, unbemerkt von seinem Zimmernachbarn, das Haus der Wirtsleute. Er meidet den Marktplatz. Im Schutz der Dämmerung eilt er auf Umwegen durch enge Winkelgassen und betritt die Werkstatt eines Zeugschmieds. Unter dem Mantel zieht er ein Bajonett hervor, lächelnd reicht er dem erstaunten Meister die Waffe. »Mit diesem Hirschfänger habe ich Franzosen erstochen. 1815. Sie verstehen. Ich war dabei. Habe mitgekämpft.« Nein, er wolle ihn nicht verkaufen. Nur sei ihm das Seitengewehr jetzt zu unförmig, zu unhandlich. Ob man nicht aus dieser breiten zwei gleichlange schmale Klingen fertigen könnte?

»Warum nicht?« Der Meister prüft die Härte des Stahls. »Es würd' sich schon lohnen.«

Behutsam nimmt Carl aus der Manteltasche ein Stoffpäckchen, wickelt es auf und legt das Wachsmodell vor dem Zeugschmied hin. »Aus einer der Klingen will ich solch einen Dolch.«

»Warum nicht?«

Oben der Eisenknauf in Form einer kleinen Krone, schwarz gestrichen, der Griff aus schwarzem Holz, und die Parierstange aus Eisen und schwarz. »Die Klinge muß beidseitig geschliffen werden. Wie ein Schwert.«

»Das geht.« Der Zeugschmied legt das Maß an und zuckt die Achseln. »Eine Elle. Es geht mich ja nichts an, junger Herr. Aber für'n Dolch ist die Klinge zu lang und für'n richtiges Schwert zu kurz.«

Der Dreiundzwanzigjährige senkt die Augen. »Genau das will ich. Ein kleines Schwert.«

»Warum nicht.«

»Bis wann?«

Ein paar Wochen würd' es schon dauern. An welche Adresse soll die Bestellung geliefert werden?

»Keine Umstände.« Hastig versichert Carl, daß er selbst hin und wieder vorbeikommt, um sich zu erkundigen.

Der Untersuchungsrichter wartete, bis seine Beamten von den Schreibbrettern aufsahen und ihm zunickten. »Gut, Carl. Den Schmied werde ich befragen lassen. Sehr gut. Sie gaben das ›kleine Schwert‹ in Auftrag. Doch bei der Tat benutzten Sie zwei Waffen.«

»Den kleinen Dolch besaß ich schon lange. Vor Jahren hab' ich ihn auf dem Jahrmarkt in Erlangen gekauft.«

Sofort wölbte der Justizrat die Unterlippe vor. »In Erlangen? Warum?«

»Für meine Wanderungen. Ich wollte nicht unbewaffnet sein.« Matt hob Carl die rechte Hand und ließ sie zurückfallen. Er bat um etwas zu trinken.

Während der beleibte Mann die Tasse an den Mund des Kranken setzte, drängte er weiter: »Kotzebue? Wann wurde Ihnen klar, daß er es sein mußte? Carl, ich weiß, Sie sind erschöpft. Sagen Sie es mir. Ich muß es wissen. Dann ist es genug für heute, und Doktor Beyerle wird Sie versorgen.« Er legte den Geschwächten zurück ins Kissen und lächelte bitter. »Dann kann übermorgen das Schlußverhör stattfinden, das verspreche ich Ihnen.«

Und danach müssen sie es dem deutschen Volk verkünden! Für einen Moment schloß Carl die Lider, trug sich selbst auf den Gipfel, sah sich dort stehen. Alle werden mich hören! Und Hände wurden ihm entgegengestreckt.

Dieser Gedanke weckte neue Kraft. Weit öffnete er die Augen. Am Fußende des Bettes leckten die Schreiber ihre Stifte. »Über Weihnachten und während der letzten Tage des Jahres reifte der Entschluß endgültig in mir.«

Mit leiser Stimme erinnerte er an all die schandbaren Schmierereien, mit denen der Verräter immer schon Studenten und Professoren besudelt hatte. »Sie waren nicht der Anlaß. Auch nicht seine schlüpfrigen, unkeuschen Theaterstücke. Erst als sein geheimes Bulletin bekannt wurde. Erst dann fühlte ich zum ersten Mal tiefen Haß.«

»Carl! Schon im Sommer hatte Kotzebue mit seiner Familie Weimar verlassen. Er war nicht mehr in Ihrer Nähe. Er wohnte hier in Mannheim.«

»Sein Wochenblatt erschien weiter. Verstehen Sie, Schriftsteller üben ihre Macht aus, ganz gleich, wo sie leben.« Carl krallte die Hand ins verschwitze Haar. »Dann aber. Im letzten Herbst auf dem Aachener Congress verteilte dieser Russe Stourdza, dieser Lakai des Zaren, eine Denkschrift über uns Deutsche an die Monarchen Europas.«

»Was soll das jetzt? Bitte, Sand, konzentrieren Sie sich. Warum Kotzebue?«

Unbeirrt fuhr Carl fort: »Infamste Beleidigungen! Die ›Isis‹ hat Auszüge abgedruckt. Unsere Universitäten nichts als gothische Trümmer des Mittelalters! Sammelplätze aller Irrtümer des Jahrhunderts, aller lügenhaften Lehren! Unsere geeinte Burschenschaft ist zügellos und gefährlich! Er verlangt von den Fürsten, die deutschen Universitäten unter strengste Aufsicht zu stellen. Auch die Presse!« Carl keuchte; unter heftigen Schmerzen gelang es ihm, den Husten zu unterdrücken. »Noch nie! Noch nie hat man uns Deutsche so beleidigt! Und das von einem Russen, einem feigen Walachen.«

Klatschend hieb der Untersuchungsrichter die flache Hand auf die Lehne. »Genug davon, Sand! Sie lenken ab. Zar, Kaiser und König. Europäische Politik. Was hat die ›Heilige Allianz‹, was hat dieses Memorandum mit Ihrem Meuchelmord zu tun? Ja, gut, auch ich kenne die Auszüge, die veröffentlicht wurden. Auch ich war empört über die Unverschämtheit dieses Ausländers. Und jeder, der nur einen Funken Vaterlandsliebe in sich verspürt, hat ähnlich empfunden.«

»Das ist es!« krächzte Carl, zitterte in höchster Erregung. »Und dieser Kotzebue machte sich zum Verteidiger. Die Schrift sei offiziell. Enthalte nur Tatsachen und Wahrheiten. Diese Schrift sei die Meinung des russischen Zaren, und wir Deutsche sollten gut daran tun, auf die Russen zu hören. Nichts denken, nichts tun, was der Zar nicht billigt.« Gepeinigt rang er nach Luft. »Dieser Hundsfott wollte das höchste Gut wieder zunichte machen. Freiheit. Ehre. In die alte Knechtschaft wollte er uns zurückstoßen.«

Langsam beugte sich der Untersuchungsrichter vor. »Von wem haben Sie dies alles erfahren, Carl?« fragte er leise.

»Gelesen. Selbst hat er es geschrieben. Nach dem Weihnachtsgottesdienst, auf dem Marktplatz von Jena, wurde mir ein Vorabdruck der nächsten Nummer seines Schandblatts zugesteckt. Ich las es immer wieder.«

»Warum richtete sich Ihr Zorn nicht gegen Stourdza? Er war doch der Schuldige. Warum beschlossen Sie nicht, den Russen zu töten?«

»Er ist kein Deutscher«, antwortete Carl abfällig. »Ein Ausländer kann gegen Deutschland schreiben, was er will, ohne zum Verräter zu werden.«

Er zerrte den gelähmten Arm vor sich auf die Zudecke, verschränkte umständlich die Finger der Rechten mit den gefühllosen der Linken.

»Mein Entschluß stand fest.«

Im Gebet versunken, saß Carl am Silvesterabend allein in seinem Zimmer. Auf dem Tisch sind die Kerzen tief heruntergebrannt, ihre Dochtteiche längst ausgeflossen, und das erstarrte Wachs umgibt die drei Stümpfe mit einer borkigen gelbbleichen Rinde. Stille im Haus der Wirtsleute; auch von draußen, von der Gasse, dringt kein Lärm bis hinauf in die Stube.

Ohne Hast löst der Dreiundzwanzigjährige die gefalteten Hände. Er öffnet das Tagebuch, glättet die leere Seite und greift zur Feder. ›Den 31. Dezember.‹

Lange formt Carl den nächsten Satz, übt ihn mit den Lippen, endlich beugt er sich über das Blatt. ›So begehe ich den letzten Tag dieses Jahres 1818 in ernster, feierlicher Stimmung und bin gefaßt, der letzte Christtag wird gewesen sein, den ich eben gefeiert habe.‹ Seine Augen füllen sich. Furcht. Schwäche. So wehre dich doch, Sand!

Hilfesuchend springt er auf. Mit der Öllampe kehrt er zum Tisch zurück. Er schraubt den Docht höher, bis die rauchende Flamme den Raum hell erleuchtet. Nacheinander zerquetscht er die Kerzenlichter zwischen den Fingern. Neu entschlossen taucht Carl den Kiel ins Tintenfaß. Während er schreibt, sagt er sich selbst jedes Wort laut vor. »Soll es etwas werden mit unserem Streben, soll die Sache der Menschheit aufkommen in unserm Vaterlande, soll in dieser wichtigen Zeit nicht alles wieder vergessen werden, und die Begeisterung wieder auflohen im Lande, so muß der Schlechte, der Verräter und Verführer der Jugend, August von Kotzebue, nieder – dies habe ich erkannt.«« Carl setzt ab. Er wirft das lange Haar zurück und überfliegt noch einmal die Zeilen. »Und niemand soll mich abhalten können«, flüstert er und schreibt weiter: ›Bis ich dies ausgeführt habe, habe ich nimmer Ruhe. Und was soll mich trösten, bis ich weiß, daß ich mit ehrlichem Willen mein Leben daran gesetzt habe? Gott, ich bitte dich um nichts, als um die rechte Lauterkeit und den Mut der Seele, damit ich in jener höchsten Stunde mein Leben nicht verlasse.‹

Später steht Carl Ludwig Sand am schmalen Fenster seiner Stube; er hält das geschlossene Tagebuch fest vor der Brust, die Schultern hochgezogen, das Kinn gereckt. »Diesmal werde ich kämpfen.«

Mitternacht. Von den Kirchtürmen Jenas setzt Läuten ein. Das neue Jahr beginnt.

Hechelnd lag Carl über die gesunde Seite geneigt. Der Eiter in der Brusthöhle verrutschte, während Doktor Beyerle die Wunde untersuchte. Der schwere Klumpen schnürte und erdrückte allmählich das Atmen.

Am Fußende und hinter der erhöhten Stirnwand des Bettes

standen die beiden Wärter. Jeder hielt eine Spiegellampe und achtete darauf, daß der gebündelte Schein der Ölflamme den entblößten Körper des Kranken erhellte. Einige Schritte vom Lager entfernt wartete der Stadtphysikus, mühsam beherrscht, die Hände hinter dem Rücken.

»Zu spät. So kann ich es nicht mehr verantworten.« Behutsam wälzte der Arzt mit Hilfe des Oberzuchtmeisters den Patienten zurück in die Rückenlage. Carl röchelte, würgte, den Mund weit geöffnet; erst nach und nach vermochte er wieder die Luft leichter einzusaugen und auszuatmen. Dankbar empfand er die steigende Hitze, der Herzschlag pulste laut. Er übertönte Stimmen und Geräusche und trug Carl hinaus. Noch einmal auf der Höhe stehen! Das Tal unter mir!

»Die Schwellung hat im Verlauf des Tages stark zugenommen. Die Wunde ist beinahe geschlossen.«

»Was zögern Sie, Herr Kollege?« Kopfnicken zum Tisch hinüber. Neben dem Glas mit der in Wasser gekochten schleimigen Lösung, versetzt mit etwas Salzsäure, lagen Spritze und die unterschiedlichsten Röhrchen bereit. »Versuchen Sie es dennoch.«

»Für das zähflüssige Mittel muß ich eine entsprechend dicke Hohlnadel aufschrauben. Mit ihr käme ich nicht in den Thorax, ohne die Wundränder zu verletzen.«

»Vor Ihnen liegt ein Mörder!« herrschte der Amtsarzt, sein Zeigefinger drohte zum Bett. »Schaffen Sie eine neue Öffnung. Schneiden Sie die Verhärtung mit dem Messer weg.«

»Dadurch erhöht sich die Gefahr eines erneuten Wundbrandes. Den würde der Patient nicht überstehen.«

Der Stadtphysikus lachte trocken. »Ausgezeichnet. Diese Rücksichtnahme ehrt Sie. Ja, so werden Gefangene neuerdings in Mannheim betreut.« Sein Gesicht erstarrte. »Vom besten Chirurgen wird operiert. Von der einflußreichsten Familie der Stadt wird der Hausarzt gestellt. Wenn ich nicht wüßte, daß Frau Bassermann Ihr Honorar ...«

Doktor Beyerle richtete sich auf. Fest drückte der Oberzuchtmeister den Finger gegen die knollige Nase. In den Händen der beiden Wärter schwankten die Spiegellampen.

Der hagere Mann wich einen Schritt zur Tür. »Ich hatte einen anstrengenden Tag im Hospital. Natürlich. Es ist Ihr Patient, verehrter Kollege. Sie entscheiden und tragen jede Verantwortung.« Er schloß den Rock vor der Weste. »Wie ich feststelle, benötigen Sie heute abend meine Unterstützung nicht.« An der Tür zögerte er. Über die Schulter gewandt sagte er bitter: »Doch ein Rat sei erlaubt. Spätestens morgen muß die Einspritzung vorgenommen werden, sonst war jede Rücksicht überflüssig.« Grußlos verließ er das stickige Krankenzimmer.

Valentin Kloster straffte die Uniformjacke. »Dieser ...«

»Nicht. Kein Wort, Zuchtmeister«, befahl Doktor Beyerle. »Wir haben uns nur um den Patienten zu kümmern.« Die Stirn gerunzelt, stand er vor dem Bett. »Es ist wahr. Die Zeit drängt.« Nach einer Weile seufzte er: »Doch nicht das Messer.«

Die Wärter sollten die Lampen abstellen und draußen warten. Den Zuchtmeister bat er, ihm zur Hand zu gehen.

Für Augenblicke kehrte Carl zurück, verlangte nach Tee und dämmerte dann weiter im Fieber dahin.

Schnell waren die Vorbereitungen getroffen. Graue Quecksilbersalbe, um die Schwellung zu erweichen. Ein gefenstertes Leinwandläppchen wurde über die Wunde gelegt und durch Pflaster befestigt, nur die beinah vollständig zusammengewucherten Ränder lagen noch frei.

Auf Anordnung hatte der Oberzuchtmeister etwas Höllenstein im Mörser zerstoßen und das körnige Pulver angefeuchtet. Doktor Beyerle strich das Ätzmittel auf einen Carpiebausch und drückte es behutsam in die Wundscheide. »Bis morgen wird es sich tief eingefressen haben.«

Nachdem der Verband gewickelt war, weckte der Arzt seinen Patienten aus dem Dämmerschlaf und bereitete ihn auf die bald einsetzenden Schmerzen vor. »Das Ätzpflaster darf nicht verrutschen. Und Ihre Qualen werden unerträglich werden. Deshalb müssen wir Sie anbinden.«

Sofort verbarg Carl den rechten Arm unter der Zudecke. »Keine Fesseln«, stieß er flehend aus.

»Ist ja nur für die Nacht, Junge.« Valentin Kloster stellte sich bereit.

»Nie mehr Fesseln!« Hastig schwor Carl still zu liegen, niemals den Verband zu berühren. »Bei der Operation habe ich meine Kraft bewiesen. Sie waren doch dabei.«

Nach einigem Zögern hob Doktor Beyerle die Achseln.

»Schon gut, Junge«, beruhigte der Oberzuchtmeister den Zitternden. »Keine Fesseln. Schon gut.« Die Männer ließen ihn allein.

Unerbittlich senkte sich das glühende Eisen in die Wunde. Carl preßte die Knöchel seiner Faust gegen die Zähne, schmeckte das Blut. »Durch, Brüder! Durch!«

Am Freitag morgen, erst als genügend Tageslicht das Krankenzimmer erhellte, befreite Doktor Beyerle seinen Patienten von dem Ätzpflaster. Da kein Verhör stattfinden sollte, hatte der Stadtpysikus auf die Visite im Zuchthaus verzichtet.

Nicht allein aus Pflicht und Gehorsam, sofort war Valentin Kloster bereit, dem Doktor zu helfen.

Sorgfältig tropfte der Arzt etwas Salzsäure in die frischzubereitete schleimige Lösung aus Hafermehl und schüttelte das Glas, bevor er die große Spritze aufzog.

Carl sah ihm entgegen, ermattet, die Lippen verkrustet, das Gesicht glühend im Fieber.

»Vom Höllenstein sind Öffnung und Wundkanal ausreichend freigeätzt worden. Es wird schnell gehen, Sand.« Der Arzt deutete auf die lange Nadel. »Ich führe sie durch das bereits vorhandene Loch im Brustfell bis in die Höhle hinein. Unter keinen Umständen dürfen Sie sich bewegen. Nicht schreien.

Kein heftiges Atmen.« Betont heiter versprach er: »Dann treffe ich mein Ziel. Und in wenigen Stunden wird der Eiter wieder abfließen, und das Fieber wird fallen.«

Gefaßt zeigte Carl die blutigen Fingerknöchel der rechten Hand. »In der vergangenen Nacht habe ich gegen den Schmerz angekämpft. Auch jetzt werde ich durchhalten.«

Doktor Beyerle nickte. »Sobald Kloster alles bereitgestellt hat, dreht er Sie auf die rechte Seite, dann werde ich sofort den Eingriff vornehmen, noch ehe große Atemnot einsetzt.«

»Verzeihen Sie«, flüsterte Carl. Der Arzt beugte sich zu ihm hinunter. »Habe ich das Herz getroffen?«

»Ich verstehe nicht?«

»Kotzebue. Habe ich ins Ziel getroffen?«

Abrupt richtete sich Anton Beyerle auf. Verständnislos, fast bedauernd fragte er: »Was geht nur in Ihnen vor?«

»Bitte. Ich muß es wissen.«

Der Arzt hielt die Spritze zum Licht und prüfte den Inhalt. »Ja, Sand. Sie haben einen Menschen getötet. Durch einen direkten Stich ins Herz.«

»Danke.«

Während der Oberzuchtmeister mit sicherem Griff den Kranken zur rechten Bettkante wälzte, versuchte Carl zu scherzen: »Bei mir selbst war ich nicht so treffsicher.«

»Nur zufällig haben Sie das Herz Ihres Opfers verletzt. Wer, außer einem Mediziner, kennt schon seine genaue Lage?« Ohne Zögern setzte Doktor Beyerle die lange, strohhalmdicke Nadel an und senkte sie in den Wundkanal.

»Kein Zufall«, keuchte Carl und preßte den Handteller zwischen die Zähne, bereit für den plötzlichen Schmerz, doch er wuchs nur langsam, wurde nicht heftiger, blieb so. Ich ertrage ihn.

Jena. Die Universität. Nichts hatte er dem Zufall überlassen. Januar. Im Theater der Anatomie. Carl sitzt zwischen den Medizinstudenten. Weit beugt er sich über die hölzerne Barriere und starrt hinunter. Auf dem Seziertisch liegt ein menschlicher Kadaver. Längsschnitt. Querschnitte. Der Professor schlägt die Haut- und Muskellappen zur Seite. Jeden Schnitt erläutert er mit lauter, nüchterner Stimme. Schließlich durchtrennt er die Rippen, löst das Zwerchfell und hebt die vordere Brustwand ab. »Das Herz«, er blickt zu den blassen Studenten auf und schmunzelt. »Seit alters her besungen als der Sitz aller Gefühle, Kummer, Liebe und was Ihnen auch einfällt. Für uns Mediziner ist es ein kegelförmiges muskulöses Hohlorgan, das den Blutkreislauf in Gang hält ...«

Carl zeichnet mit dem Zeigefinger die Lage seines Herzens nach. So tief? Bis jetzt dachte ich, daß es gleich unter dem Schlüsselbein beginnt.

»Sand. Hören Sie mich?«

Carl öffnete die Lider; er lag bereits wieder auf dem Rücken. »Kein Zufall«, lallte er.

Im Gesicht des Doktors stand Anerkennung. »Ich weiß. Auch diesmal haben Sie Willensstärke und Disziplin bewiesen.«

Aus der Wunde quoll zäh etwas von der eingespritzten Flüssigkeit zurück. Gestank nach Fäulnis und Verwesung erfüllte das Krankenzimmer. Doktor Beyerle seufzte erleichtert.

Der Oberzuchtmeister neigte den Kranken leicht zur linken Seite. »Wußte gar nicht, daß ich das mal gern rieche, Junge.«

Schon nach einer Stunde mußten die beiden Wärter Carl anheben, damit der tropfende Eiter in einer Schale aufgefangen werden konnte.

Im späten Nachmittag stieg Valentin Kloster die Stiege zur Dachwohnung hinauf. Als er Gürtel und Schlüsselbund ablegte, folgte ihm seine Tochter in die Küche. Der gedrungene Mann wusch die Hände und bestrich die blasigen Stellen mit Fett. »Wußte gar nicht, daß Eiter so scharf ist.«

Friederike fragte nicht. Aus der Vorratskammer brachte sie

die Bierkanne und füllte einen Krug ab. Immer wieder blickte sie zum Vater hinüber. Kloster verstand. »Das Fieber sinkt. Es wird schon, Mädchen. Glaub' ich.«

Ein frischer Wiesenstrauß am Fenster. Labkraut, Günsel, gefleckte Taubnessel.

Zwar war das Fieber über Nacht nur wenig gesunken, doch Atmen und Sprechen fielen Carl leichter. Schweiß perlte auf der Stirn. Tonlos gab er sich Befehle, wiederholte sie. Bleibe deinem Schwur treu. Gerade heute. Belaste keinen Dritten! Denke daran, Sand, es ist das Gericht deiner Feinde, eingesetzt von den feudalen Machthabern. Du bist allein dir selbst verpflichtet, sage nur in den Punkten die Wahrheit, die du für notwendig erachtest. Bleibe deinem Schwur treu.

Er war bereit für den großen Tag.

Über Stunden verlas der Untersuchungsrichter das vorbereitete Protokoll. Sorgfältig waren die Aussagen des Gefangenen zusammengefaßt und geordnet worden. Am Fußende des Bettes warteten die Gerichtsschreiber, im Hintergrund wachten die drei anderen Mitglieder der Spezialkommission.

Kindheit. Elternhaus. Schule.
»Möchten Sie etwas hinzufügen?«
»Nein.«
Keine Zwischenfrage.

Das erste Semester in Tübingen. Der Feldzug gegen die Franzosen.
»Das ist die Wahrheit.«

Keine Fragen? Mißtrauisch beobachtete Carl die Mienen der Justizräte. Sie wollen mich in Sicherheit wiegen.

Erlangen. Der Kampf gegen die ungezügelte Roheit der Landsmannschaften. Das Fest auf dem Rütli. Die Gründung seiner Burschenschaft.

Scharf unterbrach Freiherr von Hohnhorst: »Warum haben Sie zunächst die Unwahrheit gesagt?«

Mit Bedacht legte sich Carl die Antwort bereit. »Die Teutonia steht in keinem Zusammenhang mit meiner Tat.«

»Junger Mann, das zu beurteilen steht Ihnen nicht zu. Es ist allein unsere Aufgabe.« Der Leiter der Kommission verlangte kühl, daß der Inquisit den Bericht über seine Aktivitäten an der Friderico Alexandrina wiederhole.

Mit gerunzelter Stirn verfolgte der Untersuchungsrichter die Aussage. Die Unterlippe vorgewölbt, blickte er vom Protokoll auf. »Keine Unstimmigkeit.«

Carl schirmte seine Augen, um den Triumph nicht zu zeigen.

Während der Mittagspause verabreichte Doktor Beyerle dem Patienten eine Medizin gegen Fieber und Unruhe und zwang ihn, von der Mehlsuppe zu essen.

»Mein Haar.« Bittend wandte sich Carl an den Oberzuchtmeister. »Es ist so unwürdig.«

Kloster seufzte. Mit Beistand seiner beiden Kerle zog er umständlich den Kamm durch die verschwitzten Locken.

Der Nachmittag begann mit dem Wartburgfest.

»Warum wollten Sie Ihre Teilnahme verschweigen?«

»Wiederholen Sie!«

»Nähere Einzelheiten, Sand. Das unselige Feuer am Abend?«

»Warum wurde neben den Büchern auch ein österreichischer Ulanenschnürleib, ein hessischer Zopf und ein preußischer Corporalstock auf den Scheiterhaufen geworfen?«

»Wer hat die Liste zusammengestellt? Geschah die Verbrennung nicht im Auftrag dieses Friedrich Ludwig Jahn? Dieses deutschtümelnden Turnvaters in Berlin?«

»Davon weiß ich nichts«, sagte Carl heftig.

»Haben Sie alte Studienkollegen wiedergesehen? Welche neuen Freundschaften haben Sie geschlossen?«

»Keine.« Carl krallte die rechte Hand ins Bettzeug. Sei auf der Hut!

Ruhig lehnte sich Freiherr von Hohnhorst im Sessel zurück, kratzte in den buschigen Brauen; beinahe nebensächlich erwähnte er: »Unsere Nachforschungen haben ergeben, daß auf dem Burschentag auch Mitglieder einer radikalen Studentengruppe teilnahmen. Aus Gießen. Sie nennen sich hochtrabend ›Die Schwarzen‹. Ihr Anführer war ein Doktor der Rechtswissenschaft.«

Hart schlug das Herz. Carl wich dem Blick der hellen Augen aus. »Diesen Mann habe ich auf der Wartburg nicht getroffen.«

Von Hohnhorst lächelte. »Ich weiß. Er war keiner der Teilnehmer. Doch vielleicht kennen Sie den Namen des Dozenten? Doktor Karl Follen.«

Mit der Hand erstickte Carl den Schrei. Es ist Sein Name! Auf der Stirn zuckten die Muskeln. Sie wissen Seinen Namen! Um Zeit zu gewinnen, keuchte er: »Verzeihen Sie. Die Wunde.« Er verlangte nach Tee.

Geduldig wartete Hohnhorst, bis der Gefangene getrunken hatte und sein Oberkörper höher im Kissen lag. »Versuchen Sie sich zu erinnern, Sand.« Die Stimme war sanft. »Dieser Doktor Follen kam zum Wintersemester 1818 an die Salana nach Jena. Sie müssen ihm begegnet sein.«

Leugne nicht, doch verschweige die Wahrheit! Carl hatte sich gefaßt. »An der Universität traf man sich hin und wieder in einem literarischen Verein. Es wurde diskutiert. Über Geschichte, Philosophie oder Glaubensfragen.« Sein Handteller preßte die Stirnmuskeln und wischte den Schweiß hinauf ins Haar. »Bei irgendeiner Zusammenkunft, glaube ich, war auch Doktor Follen anwesend.«

Stadtdirektor Jagemann hielt es nicht länger; empört fuhr er den Gefangenen an: »Und nichts über Politik? Beantworten Sie meine Frage: Waren Sie in Jena Mitglied einer Verschwörung?«

Der scharfe Angriff gab Carl die Sicherheit zurück. Offen sah er den Herren ins Gesicht. »Ich habe die Tat allein geplant und durchgeführt. Ohne Mitwisser.«

Ein tadelnder Seitenblick zum Stadtdirektor; Freiherr von Hohnhorst seufzte und nickte dem Untersuchungsrichter. »Also, fahren Sie fort, lieber Freund.«

Bis spät in den Nachmittag bestätigte Carl seine Aussage. Er wiederholte und begründete, immer schwächer werdend, wie und warum sein Haß auf August von Kotzebue bis ins Unerträgliche angewachsen war. Fieber schüttelte den Gefangenen, die hochroten Wangen glühten; mit letztem Aufbäumen flüsterte er: »Und weil die jetzigen Regierungen zu schwach waren, diesem Feind des Vaterlandes Einhalt zu gebieten.« Nur noch in Bruchstücken stieß er die Sätze aus. »Die Fürsten waren nicht in der Lage ... den Einfluß des Kotzebue zu hemmen. Deshalb ... deshalb war es meine Pflicht, ihn ... selbst zu richten.« Entkräftet schloß er die Augen.

Als der Gefangene, auch nach einer Weile, nicht mehr auf Fragen reagierte, wurde Doktor Beyerle hereingerufen.

»Er schläft«, beruhigte der Arzt den Untersuchungsrichter. Mißbilligend wandte er sich an die Mitglieder der Kommission: »Trotz des gelungenen Eingriffs, trotz seines ungeheuren Lebenswillens schwebt der Patient immer noch in höchster Gefahr. Bei allem Respekt, meine Herren, beenden Sie morgen das Verhör, bevor er den vollständigen Erschöpfungszustand erreicht hat.«

Wortlos verließen Stadtdirektor Jagemann und der zweite Justizrat des Oberhofgerichts das Krankenzimmer.

»Danke, Doktor.« Freiherr von Hohnhorst lächelte gewinnend. »Ihre Hilfe ist uns ein unschätzbarer Dienst. Pflegen Sie den Inquisiten.«

Er faßte den Arm des Untersuchungsrichters und begleitete ihn nachdenklich zur Tür. »Kein Beweis für ein Komplott. Ich gebe Ihnen recht, lieber Freund. Doch morgen durchleuchten wir noch einmal sorgfältig seine letzten Wochen, bevor der Unselige hier in Mannheim zur Tat schritt.« Für einen Augenblick verengten sich die Brauen. »Mein Gefühl warnt mich.« Er schüttelte den Gedanken ab. »Ich bin nur ein alter Fuchs. Sand lügt in manchen Punkten; das weiß ich, und Sie müssen es auch bemerkt haben. Dieser wohlerzogene junge Mann kann sich schlecht verbergen.« Spöttisch blitzten die Augen unter dem Buschwerk. »Haben Sie es beobachtet? Das plötzliche und erregte Spiel der Stirnmuskeln verrät ihn. Allein, Justitia erwartet, daß wir schlüssige Beweise liefern; wenn nicht, dann gibt es nach dem Gesetz auch keine Verschwörung.«

Sonntag morgen.
»Er ist gefaßt und bei wachem Verstand.« Vor der Tür des Krankenzimmers informierte Doktor Beyerle die Herren der Kommission über den Gesundheitszustand seines Patienten. Der Abfluß des Eiters nehme zu und damit vielleicht auch die Überlebenschance. »Doch er selbst glaubt sich noch dem Tode nahe. Ich habe nicht widersprochen, um seinen Lebenswillen herauszufordern.« Verantwortung und Einsicht in die Notwendigkeit, der innere Streit zeichnete das Gesicht des Arztes. »Schonen Sie ihn, soweit es möglich ist. Nur wenn Sie ihn nicht überanstrengen, wird Sand das Verhör durchstehen.« Widerstrebend gab er dem Kanzler des Oberhofgerichts und seinem Stab den Weg frei.

Vor den hellen Fenstern schimmerten rote und weiße Lichtnelken, von gefleckten Taubnesseln umkränzt.

Ohne Umschweife bat Freiherr von Hohnhorst, mit dem Schlußverhör fortzufahren.

Zeichnung und Wachsmodell des kleinen Schwertes. Der Auftrag an den Schmied.

Der Untersuchungsrichter wollte bereits zu den Schriften übergehen, die der Inquisit während der beiden ersten Monate dieses Jahres entworfen und verfaßt hatte, als der Kanzler die

Hand hob. Freundlich erkundigte er sich, wann der Zeugschmied mit der Arbeit fertig gewesen sei.

»Erst Mitte Februar.«

»Sind Sie ein großer Fechter, Sand?«

Voller Stolz griff Carl ins Haar und wickelte eine Strähne um den Zeigefinger. »Mehr als dreißig Male hab' ich es im Duell bewiesen.«

Hohnhorst räusperte sich und wiegte den Kopf.

»Erfolgreich«, betonte der Gefangene.

»Junger Mann, mir ist diese Unsitte der Studenten zwar ein Greuel, doch helfen Sie mir. Mit zwei Dolchen auf einen Menschen loszugehen verlangt eine andere Kampftechnik als ein Degenduell?«

Argloses Nicken.

»Wer war Ihr Lehrmeister?«

Es ist eine Falle! Denke nach. Carl zerrte an der Haarsträhne. Hast du jemals von deinem Besuch in Berlin gesprochen? Nein, niemals. Werde ruhig. Nur langsam glättete sich die Stirn.

»Haben Sie meine Frage nicht verstanden?«

»Verzeihen Sie. Ich benötigte keinen Lehrmeister.«

»Waren Sie von Ihrem Können so überzeugt?« Leicht wölbten sich die gebuschten Brauen nach oben.

Wenn ich nichts bekenne, wird er weiter in mich dringen. »Seit Januar habe ich geübt. Das ist wahr.«

»Mit wem?« Nach einer Pause. »Ich helfe Ihnen. Sie waren Mitglied in der studentischen Turnerschaft Jenas.«

»Allein.«

»Mit wem?«

Armer Gottlieb. Du warst so überrascht. Durch dich schütze ich den Hüter des wahren Deutschtums in unserm Vaterland. Mein geliebter Freund, du wirst mich verstehen.

Vom Jenaer Markt herüber tönte das Schlagen der Turmuhr. Nur noch eine Viertelstunde bis zur Vorlesung. Sonst ist Carl der erste, steht pflichtbewußt im Flur und drängt den Zimmernachbarn zur Eile. An diesem Morgen bleibt der Dreiundzwanzigjährige in seiner Kammer. Sprungbereit lauert er am Tisch.

Klopfen. Weit öffnet Gottlieb Asmis die Tür. »Was trödelst du?«

Im selben Moment federt Carl herum, jede Faust bewaffnet mit einem Holzstück, so springt er auf den Freund zu. Die Linke schnellt vor, ein leichter Stoß trifft den Mund. Gottlieb reißt erschreckt beide Arme hoch, will das Gesicht decken. Sofort trifft ihn ein harter Stoß der Rechten gegen die ungeschützte Brust. Mehr aus Schreck taumelt Gottlieb rücklings an den Türholm.

»Bist du tollwütig?«

Carl läßt die kurzen Stöcke fallen, nimmt den Freund in den Arm und drückt ihn an sich. »Siehst du, du Dummer«, flüstert er sanft, beinahe zärtlich, »so muß man es machen, wenn man einen erstechen will. Erst ins Gesicht, damit er mit den Händen danach greift. Und schon gibt er sich eine Blöße für den Stoß in die Brust.« Carl lacht ausgelassen. »So muß man's machen.«

Ärgerlich befreit sich Asmis aus der Umarmung. »Du mit deinen Scherzen. Jetzt verstehe ich, warum du bei einigen der Spukmeier heißt.«

»Ich warne dich.«

Ein Grinsen zieht über das Gesicht des Jüngeren. »Sand, der Spukmeier vom Fichtelberg.« Rechtzeitig flieht er durch den Flur davon. »Spukmeier!«

Halb lachend, halb drohend stürmt Carl mit erhobener Faust hinterher.

Freiherr von Hohnhorst gab dem Untersuchungsrichter ein schnelles Zeichen und fragte ihn betont laut: »Dieser Student Asmis? Hat er nicht die Post an die Eltern bestellt? Was wissen wir von ihm?«

Geschäftig blätterte der beleibte Mann in den Unterlagen. »Nach Auskunft der Jenaer Behörde wurde der Verdächtige bei seiner Rückkehr aus Wunsiedel arretiert. Seitdem sitzt er in Haft.«

Gottlieb, du treuer Freund, verzeih. Gequält stöhnte Carl auf.

Der Kanzler des Oberhofgerichts schien die Reaktion des Gefangenen zu übergehen und lehnte sich zurück. »Fahren Sie fort, lieber Freund.«

Das Schreiben an die Burschenschaft zu Jena.

Mit stockender Stimme, fahrig bestätigte Carl seine früheren Erklärungen. Allmählich erst kehrte die Sicherheit zurück.

Keine Zwischenfrage.

Das Schreiben an die Freunde deutschen Sinnes in Jena.

»Warum zwei Briefe? Den einen an die Burschenschaft, den anderen an diese sogenannten Freunde?«

Den Blick fest zur Decke gerichtet, erklärte der Gefangene: »Weil außer der deutschen Burschenschaft noch viele deutsche Studenten und andere mir befreundete Menschen in Jena lebten. Sie alle wollte ich aufrütteln.«

»Zum Schluß des Schreibens an die Freunde ...« Der Kanzler erhob sich rasch, hatte das Monokel gezückt und las, über die Schulter des Untersuchungsrichters gebeugt: »Kann ich durchkommen, so weiß ich schon, wo ich hinfliehen werde.« Er setzte sich zurück. Das Augenglas fiel und treiselte vor der Brust. »Sie hatten Ihre Flucht geplant?«

Mühsam zog Carl die linke Hand auf die Zudecke. »Vielleicht über den Rhein nach Frankreich oder über das Gebirge in meine Heimat.«

»Genauer, Sand.«

Carl befeuchtete die spröden Lippen mit der Zunge und gestand, daß er vorhatte, nach Nordamerika zu gehen, um dort bei einer deutschen Gemeinde eine Prediger- und Lehrerstelle anzunehmen.

»Zeigen Sie dem Inquisiten die Skizze, die in Jena unter seinen Papieren gefunden wurde.«

Der Justizrat blies die wulstige Unterlippe, nahm die Federzeichnung vom Tisch und hielt sie Carl hin.

Ein gotischer Torbogen. An der rechten Flügeltür ist eine Schrift mit einem Dolch angeheftet. Davor kniet ein Mensch, seine Brust von einem Dolch durchbohrt.

»Diese Tür soll das Portal der Mannheimer Jesuitenkirche sein. Das beschriebene Blatt der ›Todesstoß‹.« Fest umklammerte Carl die gefühllosen kalten Finger. Er habe vorausgesehen, daß er im Hause des Kotzebue hart kämpfen müsse. Und habe gedacht, sich bis zur Jesuitenkirche durchzuschlagen. »Ich kannte sie von damals her, als ich mich gegen die Franzosen anwerben ließ.« Nach einer Pause. »Vor dem Portal wollte ich mir dann selbst den Tod geben.« Erst jetzt merkte Carl den Widerspruch. Bevor die Zwischenfrage gestellt wurde, hob er müde die rechte Hand. »Keine Lüge. Bitte, ich will es erklären. Die Zeichnung war mir nicht wirklich ernst.« Nach gelungener Tat wollte er fliehen. Kämpfen nur, wenn sich ihm Bewaffnete entgegengestellt hätten. Nur verteidigen! In jedem Fall aber wollte er den ›Todesstoß‹ ans Portal heften, damit das Volk erfahre, was er mit seiner Tat beabsichtigt habe. »Nur wenn ich mich hätte wehren müssen, war ich bereit, mein Leben zu opfern. Nie dachte ich an eine Selbsttötung.« Der Kopf rollte hin und her. »Es kam anders, als ich geplant hatte.«

Mit unbewegter Miene unterbrach der Kanzler des Oberhofgerichts das Verhör. Nach dem Mittagsmahl und einer Ruhepause für den Gefangenen sollte die Vernehmung wieder aufgenommen werden.

Medizin. Eine Brühe. Essigwickel gegen das Fieber. Anschließend wurde die Zudecke dem Kranken bis hoch ans Kinn gezogen. Um den stickigen Raum zu lüften, gestattete Doktor Beyerle, daß die Zellentür und gleichzeitig das Fenster im Flur für eine halbe Stunde geöffnet blieben.

»Und nur zum Schein haben Sie weiter die Vorlesungen besucht?«

Entrüstet berichtigte Carl. Nie sei er nachlässig gewesen. Bis Anfang März, bis zum Schluß des Semesters habe er pflichtbewußt sein Studium fortgesetzt.

»Einzelheiten.«

Für das geschichtliche Seminar habe er eine sieben Bogen starke Abhandlung über die Vereinigung aller christlichen Bekenntnisse zu einer einzigen, protestantischen Kirche Deutschlands verfaßt. Die Reformation sollte endlich vollendet werden.

»In diesem historischen Seminar. Worüber wurde diskutiert? Erinnern Sie sich an irgendeinen Ihrer eigenen Beiträge, den wir überprüfen können?«

Der Gefangene ließ ein Haarbündel langsam durch die Hand gleiten. Schließlich streckte er den Zeigefinger.

Erst nach einiger Zeit bemerkte der Dozent, daß der sonst so stille Student aus dem Fichtelgebirge sich zu Wort meldete. »Ja, Sand?«

Mutig erhebt sich Carl von der Bank. Als er alle Augen auf sich gerichtet sieht, senkt er den Kopf. »Ich möchte die These eines ganz unbekannten Philosophen zur Sprache bringen, die ich hörte.«

Lange dehnt er die Pause. Der Kommilitone neben ihm stößt den Banknachbarn grinsend an.

»Wir hören, Sand«, fordert der Dozent.

»Gott ist Blut. Doch auf Erden gibt es nur noch geronnenes Blut.«

Unterdrücktes Kichern.

Carl blickt sich nicht um. »Das Blut muß in die Adern Gottes zurückgesammelt werden. Christus hat uns durch sein Opfer dazu aufgefordert.«

Gelächter, keine Häme, eher nachsichtig. »Freunde, kennt ihr den Namen des Philosophen?«

»Spukmeier.«

»Unser Spukmeier hat gesprochen.«

Carl wirft den Kopf zurück, mit versteinertem Gesicht nimmt er das Spötteln hin.

»Möchten Sie dem kühnen Gedanken etwas hinzufügen?«

Ein Lächeln gelingt. »Es war nur diese These.«

Die Herren der Spezialkommission tauschten Blicke aus. Stadtdirektor Philipp von Jagemann wirbelte die Fingerkuppen auf der Sessellehne. Die Lider halb gesenkt, räusperte sich der Untersuchungsrichter. »Gut, Sand, also gut. Dafür wird sich ganz sicher ein Zeuge finden.«

Er nahm das nächste Blatt des Protokolls zur Hand. »Im folgenden soll uns diese Aussage beschäftigen: ›Drei Wochen vor meiner Abreise aus Jena habe ich acht Tage lang weniger an den Mordplan gedacht. In dieser Zeit bat ich Gott, er möge die Tat an mir vorübergehen lassen.‹«

»Nicht nur in diesen Tagen. Oft habe ich darum gefleht, ein anderer möge mir zuvorkommen. Ich habe gewartet. Oft kam mir der Gedanke, daß ich wegen meiner schweren Gemütsart nicht geeignet war, daß ich durch meine Bildung zu etwas Besserem bestimmt sei.«

Der Untersuchungsrichter wandte sich an die Mitglieder der Kommission. »Dies Bekenntnis deckt sich mit dem Inhalt des Abschiedsbriefes an seine Verwandtschaft.«

Das Herz schlug hinauf bis in die Kehle. Niemand kann wissen, was ich schrieb. Den Brief legte ich in das dritte Paket. Bei Dunkelheit trug ich es selbst zu Karl Follen hinüber. Und Er hält sein Wort. Also ist es folgerichtig, daß diese Handlanger der Fürsten mich täuschen wollen. »Nichts, nichts davon habe ich an meine Eltern geschrieben.«

»Lüge!« Mit beiden Händen schlug der Stadtdirektor auf die Lehnen des Sessels.

Kühn hob Carl den Kopf. »Beweisen Sie es mir.«

»Selbst in der Zeitung wurde der Text abgedruckt«, triumphierte Philipp von Jagemann.

Gib nicht auf! Beharrlich forderte er nach einen Beweis.

Die Stirn gerunzelt, nahm der Kanzler des Oberhofgerichts eine Zigarre aus dem Lederfutteral, aber noch bevor er das Ende mit den Lippen anfeuchtete, erinnerte er sich und steckte sie bedauernd zurück. Die Stirnfalte vertiefte sich. »Dann lesen Sie dem Inquisiten eine Stelle vor, lieber Freund.«

»›Mutter, du wirst sagen: Warum habe ich einen Sohn großgezogen, den ich liebhatte, und der mich liebte, für den ich tausend Sorgen und steten Kummer litt, der durch mein Gebet empfänglich wurde für das Gute, und von dem ich auf meiner müden Lebensbahn in den letzten Tagen kindliche Liebe verlangen konnte? Warum verläßt er mich nun? – Teure Mutter, möchte nicht auch ...‹«

Carl ließ den Kopf ins Kissen sinken. Sehnsucht, übertönt von ungläubigem Zweifel. Tränen sickerten aus den Augenwinkeln. Einer hat den Brief entwendet. So muß es sein. Niemals hat Er ihn preisgegeben.

»›... und du kennst solche Reden nicht, edle Frau. Schon einmal habe ich deinen Ruf vernommen, und wenn jetzt keiner hervortreten wollte für die deutsche Sache, so würdest du mich auch diesmal selbst zum Kampf vorausschicken.‹«

Der Untersuchungsrichter schwieg. In die Stille fragte Freiherr von Hohnhorst leise: »Sie lieben Ihre Mutter?«

Unfähig zu antworten, hob Carl nur die rechte Hand und ließ sie auf die Matratze zurückfallen. Nach einer Weile bat er flüsternd um eine Pause, um etwas zu trinken.

»Sollen wir das Schlußverhör an dieser Stelle abbrechen?« Weit beugte sich der Untersuchungsrichter vor.

»Nein. Nur eine Pause.« Carl keuchte. »Ich werde durchhalten, bis zum Schluß.«

»Gut, Sand. Sehr gut.«

Die Herren der Kommission nutzten die Gelegenheit, der

Hitze und dem schwärenden Geruch zu entfliehen. Sie warteten draußen auf dem Flur, bis der Gefangene wieder zu Kräften gekommen war.

»Zurück zu den Tagen, an denen Sie nicht an die Tat dachten.«
Zeitungsmeldungen über die baldige und endgültige Abreise Kotzebues nach Rußland.
»Wiederholen Sie.«
Mit schwacher Stimme, doch klar und eindeutig gab Carl Auskunft: »Jetzt mußte ich handeln. Kotzebue durfte nicht abreisen, um in Rußland ungestraft Jahr für Jahr seine 12000 Rubel zu verprassen.«
»Andere Zeitungen widersprachen dieser Meldung?«
Er habe sie gelesen, aber ihnen nicht geglaubt.
»Junger Mann«, Freiherr von Hohnhorst kratzte in den Brauen, »am 9. März brachen Sie auf, doch Mannheim erreichten Sie erst am 23. des Monats. Wenn Sie wirklich von der bald bevorstehenden Abreise des Staatsrates überzeugt waren, warum haben Sie sich dennoch so viel Zeit gelassen?«
Weil er auch gelesen habe, daß Kotzebue nicht vor Frühlingsanfang seine Rückreise antreten werde. »Ich gab mir 14 Tage. Bis zum 21. wollte ich in Mannheim sein.« Von Frankfurt an, auf dem letzten Stück Weg, habe ihn erneut heftiger Zweifel erfaßt. »Mit einem Mal hatte ich hatte Angst vor der Tat und den Folgen.« Doch es siegte endlich der Verstand über das Gefühl, und er habe sich gewaltsam losgerissen. »Das erklärt, warum ich erst am 23. März den Schurken hinrichten konnte.«
Keine Zwischenfrage.
Das Abschiedsfest am 7. März in seiner Studentenkammer.
»Nein, niemand wußte von meinem Plan. Ich sagte allen, daß ich in die Heimat gehen würde. Niemand schöpfte Verdacht.«
Die drei Pakete.
»Ihre anfängliche Lüge haben Sie widerrufen. Es entspricht der Wahrheit, daß Sie zwei Pakete Ihrem Zimmernachbarn

Asmis übergaben. Selbst deren Inhalt konnten wir inzwischen überprüfen.«

Carl fürchtete die nächste Frage.

»Das dritte Paket bleibt verschwunden, Sand. Sie behaupten, daß es verschiedene Briefe an die Zeitungen enthält, die Urschriften des ›Todesstoßes‹, des ›Todesurteils‹, sowie das Schreiben an Ihre Eltern. Bisher ist nur dieser eine Brief entdeckt worden. Wem haben Sie das dritte Paket übergeben?«

Auf der Stirn arbeiteten die Muskeln. Nein, Er hat dich nicht enttäuscht. Glaube an Ihn. Schütze den großen Lehrer.

»Asmis.« Das Blut rauschte laut. Carl bemühte sich, über den Lärm hinweg zu rufen, doch es war nicht mehr als ein Röcheln: »Auch das dritte. Ich legte es zu seinen Sachen. Heimlich. Später sollte er es finden.«

Tosen! Hilflos, mit schmerzverzerrtem Gesicht drückte der Gefangene die linke Kopfseite ins Kissen und preßte die Hand auf das rechte Ohr. Er wimmerte, stöhnte.

Sofort brach der Kanzler des Oberhofgerichts die Vernehmung ab und vertagte das Schlußverhör auf den nächsten Morgen.

Die Lichtnelken ließen noch nicht die Köpfe hängen, und so stellte der Oberzuchtmeister einen zweiten Wiesenstrauß ans Fenster. »Damit du's schön hast, Junge.«

Den Oberkörper durch Keilmatratze und Kissen hochgestützt, lehnte Carl entkräftet an der Stirnwand des Bettes. Es ist noch nicht vollbracht, Sand. Beweise deinen unbedingten Willen! Die Augen brannten in den schwarzen Höhlen. Hitzewellen. Zunge und Lippen waren vertrocknet. Ganz gleich, besiege die Schlaffheit des Körpers! Längst war die halb mit Eiter gefüllte Schale hinausgebracht worden, doch der Geruch nach Verwesung blieb, nistete überall, im Bettzeug, auf den Möbeln, an den Wänden.

Vom Flur her drangen die Stimmen der Kommission herein.

Rasch verlangte der Gefangene noch einmal nach dem bitteren Tee. *Durch, Sand! Durch!*

Der dritte Tag des Schlußverhörs begann.

»Ihre Reise nach Mannheim!«

Schwarze Schildkappe. Die langen Haare offen, sie fielen bis weit über den Rücken. Rotgoldne Wollweste unter dem dunklen altdeutschen Rock. Weißer Schillerkragen. Schwarze Beinkleider bis zu den Schnürstiefeln. »Während der Reise trug der Inquisit meist einen blauen Fuhrmannskittel über seiner Kleidung.«

Ein Lederranzen.

»Den Inhalt. Wiederholen Sie.«

Stück für Stück erläuterte Carl die Liste der mitgeführten Dinge.

Keine Nachfrage.

Der Transport der Waffen. Für den kurzen Dolch im linken Rockärmel eine angenähte Scheide. Für das kleine Schwert ein verstärktes Loch im Brustlatz.

Schmunzelnd unterbrach Freiherr von Hohnhorst den Gerichtsrat. »Nur eine Kleinigkeit, lieber Freund.« Steif richtete er den Oberkörper auf, zeigte mit den Händen vom Kinn bis tief unter seiner Weste die Länge der Waffe. »Wir wissen, daß der Inquisit den größten Teil seiner Reise in einer Kutsche bewältigte.« Die hellen Augen zwinkerten unter den buschigen Brauen. »Selbst wenn Sand Ihre Statur besäße, muß das Tragen dieser Waffe unter dem stets geschlossenen Rock im Sitzen nicht nur unbequem, sondern auch höchst gefährlich gewesen sein.« Hohnhorst lachte vor sich hin, sein Kollege fiel mit ein, selbst Philipp von Jagemann rang sich ein Lächeln ab. Am Fußende des Bettes grinsten die Schreiber. Der füllige Mann wölbte die Unterlippe vor und zurück, dann schmunzelte auch er. Entspannte Heiterkeit.

Carl begriff nicht.

»Helfen Sie uns, junger Mann. Wie transportierten Sie die Waffen?«

Den kurzen Dolch hatte er auf dem Boden des Ranzens verborgen. Das kleine Schwert paßte nicht hinein, deshalb habe er es, in ein Tuch gewickelt, obenauf gelegt. »Oft hatte ich Angst, daß die lange Klinge zerbrechen könnte. Dann habe ich es heimlich bei einem Halt herausgenommen und im Brustlatz getragen. Erst ab Darmstadt trug ich es ständig.«

Jeder Scherz war aus dem Gesicht des Kanzlers gewichen. »Und keinem Reisegefährten, keinem Wirt in irgendeinem Gasthaus ist die seltsame Erhöhung unter Ihrem Kinn aufgefallen?«

Carl schüttelte den Kopf.

»Auch nicht den Tischnachbarn im ›Weinberg‹, mit denen Sie vor dem Mord zusammensaßen?«

»Nein.«

Freiherr von Hohnhorst ließ sich im Sessel zurückfallen. »Welch eine Tragik, meine Herren. Schärfere Aufmerksamkeit, ein einziger, glücklicher Blick, und vielleicht wäre die Tat vereitelt worden. Kotzebue wäre gerettet gewesen.«

Bevor die Vernehmung fortgesetzt werden konnte, bat Carl um Tee. Seine Hand zitterte, und der Untersuchungsrichter führte ihm den Becher an die rissigen Lippen.

Das Reisegeld. Neun Louisdor.

»Woher nahmen Sie soviel Geld?«

Bleibe kühl, Sand. Die Stirn krauste, glättete sich, heftig bewegte das Muskelspiel den Haaransatz. Werde nicht zum Verräter. Er zwang sich zur Ruhe. »Ich sagte es schon. Ich habe es erspart. Von meinem Wechsel.«

Der Kanzler des Oberhofgerichts fuhr mit dem Finger langsam durch das Gestrüpp seiner Brauen, schließlich verzichtete er auf die Nachfrage.

Dankbar schloß Carl die Augen.

Der Aufbruch von Jena in der Frühe des 9. März. Die Ankunft in Erfurt, noch am gleichen Tag. Am 11. März, nachts, die Abfahrt der Postkutsche in Richtung Frankfurt. Unterwegs der Aufenthalt in Eisenach und der Besuch auf der Wartburg, gemeinsam mit den beiden Reisegefährten. Die Ankunft in Frankfurt, in der Nacht vom 13. auf den 14. März. Erst drei Tage später die Wanderung nach Darmstadt. Der viertägige Aufenthalt bei Studenten. Am 22. März der Fußmarsch bis zum Gasthaus in Lorsch.

»Ein Freund ... begleitete mich ein gutes Stück.« Jedes Wort mußte Carl hinauspressen. »Bei den Bickenbacher Tannen ... bat ich ihn ... mir die Haare zu kürzen.« Er rang nach Luft. »Verstehen Sie, auf Schulterlänge ... Ich wollte Kotzebue nicht ... gleich verdächtig ... erscheinen.«

Am 23. März, früh um sechs Uhr, die Abfahrt nach Mannheim im gemieteten Wagen.

Bis in den frühen Nachmittag, nur unterbrochen von einer kurzen Mittagspause, verlas der Gerichtsrat die Reisestationen. Und immer wieder bohrende Zwischenfragen. Antworten. Die Kraft des Gefangenen hatte bedrohlich abgenommen.

»Meine Herren.« Der Kanzler des Oberhofgerichts blickte die Mitglieder der Spezialkommission an. »Für die Tat selbst haben wir das umfassende Geständnis, bekräftigt durch die Aussagen der Zeugen. Ihre Zustimmung vorausgesetzt, bin ich der Meinung, daß wir, nicht zuletzt mit Rücksicht auf den Zustand des Inquisiten, an dieser Stelle das Schlußverhör beenden können.«

Räder holperten laut über das Pflaster! Angestrengt hob Carl den Kopf. »Bitte«, er streckte den Zeigefinger, versuchte so, die Schreiber auf ihren Plätzen zu halten. »Bitte ... Eine Erklärung ... Ich bitte.«

Der Untersuchungsrichter schnippte seinen Beamten. Bereitwillig leckten sie die Bleistifte. »Gut, Sand. Wir hören.«

Der Wagen hielt an.

»Geben Sie ... dem Volk und ... den Fürsten bekannt. Zur Tat hat mich ... nichts Gemeines ... nichts Persönliches getrieben.«

Der Wagen rumpelte weiter.

Entsetzt stieß er die Faust gegen die Stirn. Sag es! Sag es schnell. »Ich habe mich ... geopfert. Nur aus Liebe zum ... gesamten Vaterland. Deshalb muß ich ... nicht bereuen.« Ängstlich suchten die fiebrigen Augen nach den Herren der Kommission. Nur Schemen, unaufhaltsam blieben sie zurück. Noch nicht so weit entfernt, erkannte Carl die massigen Umrisse des Untersuchungsrichters. »Geben Sie ... geben Sie das ... bekannt.«

Gegen sechs Uhr, in der Frühe des 23. März 1819, war der einspännige Wagen vom Hof des Gasthauses Lamm gerollt, und bald schon hatte er das kleine Lorsch in Richtung Mannheim verlassen. Ein kühler Morgen. Im Osten, über den dunstverhangenen Höhen des Odenwaldes, dämmert der Tag herauf.

Die Schildmütze tief in der Stirn, den Oberkörper steif zurückgelehnt, sitzt Carl neben dem Fuhrmann auf dem Kutschbock. Der Knauf des ›kleinen Schwertes‹ beult den hochgeschlossenen Rock über dem Brustbein. »Mein Ziel ist Worms.« In Mannheim wolle er nur Station machen, um einen Freund zu besuchen.

»Mannheim ist 'ne feine Stadt, junger Herr.« Der Kutscher schnalzt. »Alles gerade. Alles fein sauber«, und im leichten Trab zieht das Pferd den Wagen durch die Ebene.

Das Gespräch kommt schleppend in Gang, versickert und lebt wieder auf; bald erstirbt es ganz.

Am Himmel stehlen sich erste Sonnenstrahlen durch die lose Wolkendecke.

Nach gut zwei Stunden sind weit im Süden die Kirchtürme Mannheims zu erkennen, und gegen halb zehn Uhr hält der Wagen vor dem Neckartor. Der Fuhrmann springt vom Bock und hilft seinem Fahrgast herunter. »Kaum Wind. Glaub' nicht, daß es heut regnet. Wird kein schlechter Tag, junger Herr.«

Wie einstudiert greift Carl nach dem Geld.

»Wartet noch, junger Herr.« Schon hat der Geschäftstüchtige

eine Bürste unter der Kutschbank hervorgeholt. Gründlich putzt und klopft er den Staub vom schwarzen Rock, beugt sich tief, wienert mit dem Ärmel sogar über die Schnürstiefel.

Carl zahlt ihm etwas mehr als am Abend vorher ausgemacht.

Eine Weile starrt er dem holpernden Wagen nach, dann wendet er sich zur Stadt. Keine Mauern. Dafür ein Damm und ausgedehnte Gärten. Die mächtige Toranlage allein kann deine Flucht nicht behindern.

Du bist am Ziel! Der Magen verkrampft sich. Für einen Augenblick bedroht Unruhe den mühsam erworbenen Schutz. Wehre dich, Sand!

Er tastet nach der Seitentasche des Rocks. Durch den Stoff fühlt er die Seiten, die er sich aus dem Johannesevangelium gerissen hat, dann das Buch mit den Gedichten Theodor Körners, und seine Sicherheit kehrt zurück. Carl atmet aus.

Gestern abend, allein in der Kammer des Gasthauses, hat er zum letzten Mal den Mut gestärkt. ›In der Welt habt ihr Angst ...‹ Beim Schein der Kerze hat er diese Stelle aus dem Neuen Testament unterstrichen. Und immer wieder gelesen in den Gesängen seines großen Dichters. *Das höchste Heil, das letzte, liegt im Schwerte! / Drück dir den Speer ins treue Herz hinein: / Der Freiheit eine Gasse!* Mit dieser Losung schlief er ein, erwachte mit ihr am Morgen, sie hat ihn auf der Fahrt begleitet.

Erfülle deine Pflicht! Das Gesicht erstarrt, die gleichmütige Miene schützt ihn wie eine Maske, den Rücken wieder gestrafft, geht er auf das Neckartor zu. »Der Freiheit eine Gasse!« Der Dreiundzwanzigjährige reckt das Kinn über der Ausbuchtung des Rocks. Mit hochgezogenen Schultern betritt er die Stadt.

Carl erinnert sich gut, kennt den Weg noch von damals. Zielstrebig erreicht er das Gasthaus ›Zum Weinberg‹ an der Ecke von D5, gleich nach dem Fruchtmarkt.

Ein höflicher Gruß zu den wenigen Gästen hinüber. Nur flüchtige Neugier, schon wird die Unterhaltung fortgesetzt. In der Nähe der Tür nimmt Carl Platz und legt ruhig die

Hände auf dem Tisch zueinander. Bleibe unauffällig. Zeige keine besondere Regung. Und später wird man sich nur an irgendeinen fahrenden Studenten erinnern.

»Was soll's denn sein?«

Erschreckt bemerkt er neben sich den Wirt.

»Bitte? Ja, ich bin auf der Durchreise.« Carl zwingt sich, den Mann anzublicken. »Bitte, Brot und einen Schoppen Wein.«

Ist das die letzte Mahlzeit? Vielleicht. Andächtig bricht er kleine Brocken vom Brot, ißt davon und trinkt den Wein.

In stiller Feier beendet er das Frühstück, dann winkt er dem Wirt. »Bevor ich weiterreise, möchte ich zwei Besuche machen.« Wie beiläufig erkundigt er sich nach der Wohnung des Staatsrates August von Kotzebue, vor allem aber nach dem Haus des reformierten Pfarrers Philipp Karbach. »Ich kenne ihn gut. In Erlangen habe ich oft seine Predigt gehört.«

»Will wohl selbst ein Theologe werden, der Herr Student?«

Carl senkt den Blick. »Ja.«

»Wer sich bei uns in Mannheim nicht auskennt, für den sehen die Straßenecken alle gleich aus. Wenn's dem Herrn Studenten am Geld nicht mangelt, kann mein Knecht ihn durch die Stadt führen«, und verächtlich, »auch zu diesem Russen, diesem Herrn von Kotzebue.«

Lehne nicht ab. Seine Handflächen werden feucht. Du wirst ihn rechtzeitig wegschicken. »Danke.«

Um elf Uhr verläßt Carl mit dem Lohnbedienten das Gasthaus. Sonne und Wolken, der kühle Wind hat zugenommen.

Erinnere dich. Du bist Heinrichs aus Mietau. Du kommst aus dem Kurland. Denn einen Deutschen läßt der Verräter vielleicht gar nicht vor. Dein Plan ist gut.

Wird er mich empfangen? Carl blickt an sich hinunter und erschrickt. Stets hat Kotzebue über die altdeutsche Kleidung gespottet. So hochgeschlossen wirkt mein Rock zu streng, zu auffällig. »Wir müssen noch einmal umkehren. So ist es mir zu kalt.«

Im dunklen Flur des ›Weinbergs‹ öffnet Carl die oberen Knöpfe, richtet den weißen, weiten Kragen, schlingt ein Halstuch um und achtet darauf, daß es die harte Erhebung unter seiner Wollweste gut bedeckt.

Der Freiheit eine Gasse! Folge deinem unbedingten Willen. Schleudere die Brandfackel und erwecke dein Vaterland.

Einen Schritt voran, führt der Knecht den jungen Studenten geradeaus am Zeughaus vorbei, biegt ab nach links, die Jesuitenkirche, vor dem Theatereingang deutet er schräg über die Kreuzung zum Eckhaus von A2 hinüber. »Das helle da. Nummer fünf. Da wohnt der Herr von Kotzebue.«

Die Fenster des ersten Stocks sind weit geöffnet. Beim Anblick des herrschaftlichen Gebäudes weicht Carl alle Farbe aus dem Gesicht. Er nestelt nach Trinkgeld. »Da, nimm. Vielleicht dauert der Besuch länger. Warte im ›Weinberg‹.«

Mit der Hand bedeutet ihm Carl, sich zu entfernen, und gemächlich schlendert der Mann endlich davon.

Zögere nicht. Ein schneller Griff zum linken Ärmel prüft den Sitz des Dolches. *Der Freiheit eine Gasse!* Mit steifem Schritt nähert sich Carl der Tür. Nummer fünf. Er zieht an der Schelle.

Freundlich lächelt ihm ein Gesicht entgegen.

»Ich möchte Herrn Staatsrat von Kotzebue meine Aufwartung machen.«

Während die Magd kokett ihre Haube richtet, fragt sie nach dem Namen des Besuchers.

»Heinrichs aus Mietau im Kurland. Ich bin auf der Durchreise. Bin ein Landsmann des Herrn und wollte ihm einen Gruß aus der Heimat überbringen.«

Höflich wird er gebeten zu warten.

Die Magd kehrt zurück und bedauert, doch im Nachmittag, so zwischen vier und fünf Uhr, soll der junge Herr wiederkommen.

Kaum hat sich die Tür geschlossen, zerreißt die Anspannung; hart spürt Carl den Herzschlag. Das kleine Schwert drückt gegen die Brust und beengt das Atmen. Bleibe nicht stehen. Niemand darf Verdacht schöpfen. Schweiß perlt auf der Stirn. Beim Theatereingang zwingt er sich zur Ruhe. Wenn nicht jetzt, dann im Nachmittag. Nur ein Aufschub. Und wenn du nicht vorgelassen wirst, dann wirst du ihn morgen auf der Straße erwarten. Und selbst wenn er bewaffnete Begleiter neben sich hat, du wirst sie vertreiben. Sand, du wirst ihm das Schwert ins Gekröse stoßen.

Er strafft den Rücken. Mit großen Schritten eilt er dem Lohnbedienten nach. »Schade. Er war nicht zu sprechen.« Der gelassene Tonfall gelingt, und er setzt hinzu: »Jetzt wollen wir weiter.«

Nur zu gern willigt der Knecht ein. »Draußen gefällt's mir besser als beim Wirt.« Das Grinsen verschwindet. »Also jetzt zum Pfarrer Karbach?«

Für den neuen Plan benötigt Carl nur einen Augenblick. »Mir gefällt es in Mannheim. Ich habe mich entschlossen, im ›Weinberg‹ zu logieren.« Ein kühles Lächeln. »Und heute abend gehe ich ins Theater. Morgen erst besuche ich Pfarrer Karbach.« Er nickt dem Lohndiener zu. »Führe mich ein wenig herum.«

»Was soll's sein?«

Die Jesuitenkirche ist geschlossen. Stumm betrachtet Carl das feste dunkle Portal. Seine Finger berühren die rechte Brust, fühlen durch den Rock nach dem ›Todesstoß‹.

Auch das berühmte Naturalien-Kabinett ist heute geschlossen. »Dann möchte ich den Rhein sehen.«

Der Knecht führt ihn durch den winterblassen Schloßpark zum Damm hinauf. Heftiger bläst der Wind vom Westen her. Wellen schwappen träge gegen die Böschung. Ganz in der Nähe dehnt sich uferaufwärts ein Wald. »Wie weit ist es bis dahin?«

»Zum Neckarauer Wald? Von hier?« Der Bediente zuckt die Achseln. »Wenn man so geht wie wir? Nicht länger als zehn Minuten. Wenn Sie wollen, junger Herr?«

»Jetzt nicht. Ich habe Hunger. Bring mich zurück in den

›Weinberg‹.« Genau prägt er sich den Weg ein. Wenn du es bis zum Waldrand schaffst, wird dich niemand mehr aufhalten.

Während des Mittagessens sitzt Carl mit zwei Geistlichen am Tisch. Geschichte. Die Reformationszeit. In großem Ernst beteiligt sich der Student an dem Gespräch, überlegt lange, bevor er antwortet. Bereitwillig bleibt er auch nach der Mahlzeit bei der Tischgesellschaft, trinkt einen Schoppen Wein mit den Herren, lacht aber nicht, wenn eine Anekdote über den wortkräftigen Martin Luther erzählt wird.

Das Vier-Uhr-Schlagen! Carl fährt zusammen, auf der Stirn zucken die Muskeln. Sofort senkt er den Kopf. Unter der Tischplatte preßt er die Nägel der Finger in die Handballen. Bleibe unauffällig!

Rasch überwuchert das einzige Ziel erneut alles andere. Der Befehl zur Tat richtet das Denken aus und verleiht ihm wieder Kühle, gibt ihm die Sicherheit des Gehorsams. Klar und folgerichtig arbeitet der Verstand.

Nur einsilbig antwortet der Student noch auf Fragen seiner Tischnachbarn. Zwei Schläge vom Turm! Mach dich bereit. Bei einer Gesprächspause murmelt er eine Entschuldigung. Sorgfältig richtet er in der Enge des Abtritts seine Kleidung.

Auf dem Rückweg zur Gaststube wird ihm das Fremdenbuch vorgelegt. Die Hand zittert nicht. ›Heinrichs, studiosus theologiae aus Erlangen.‹

Unbemerkt von der vergnügten Tischgesellschaft, verläßt er kurz darauf den ›Weinberg‹.

Vom Westen her drängen Wolken über den Rhein. Nur selten findet die Sonne noch einen Spalt. Das Gesicht wachsbleich, mit hartem Stiefeltritt, eilt Carl durch die Straßen. Es schlägt fünf.

Der Freiheit eine Gasse! Wenige Minuten später erreicht der junge Student das vornehme Eckgebäude von A2. Ohne Zögern zieht er die Glocke.

Der Diener des Hauses öffnet. »Ja, der Herr erwartet Sie.« Ehe Carl sich noch einmal vorstellen kann, wird er hereingebeten.

Von der Eingangshalle aus führt eine breite Treppe zur Galerie des ersten Stocks. »Warten Sie, bitte.« Auf dem Absatz läßt der Bedienstete den Besucher zurück und verschwindet oben durch die hohe Tür ins Innere der Wohnräume.

Niemand kann dich aufhalten.

Stimmen, leises Gelächter hinter ihm. Carl löst den starren Blick von der Tür. Drei Damen kommen die Treppe herauf, nicken dem Fremden zu; ernst erwidert Carl den Gruß. Mit den Augen verfolgt er die Frauen. Vor dem Zugang der Wohnräume wenden sie sich nach links und entschwinden über den Galeriegang.

»Sie können herauf.« Der Diener hält die Tür weit geöffnet.

Wie einstudiert nimmt Carl ohne Hast Stufe für Stufe.

Leise spricht der Diener ins Zimmer. Als der Fremde ihn erreicht, gibt er den Weg frei und schließt die Tür.

Ein Empfangssaal. Carl geht einige Schritte tiefer in den Raum. Linkerhand, aus dem angrenzenden Zimmer, betritt ein gesetzter Herr im grauen Frack den Saal.

Er ist alt, gut fünfzig. Nicht größer als du. Carl vernimmt den schnellen Rapport. Der Feind ist schwer, doch verweichlicht.

»Also, aus dem schönen Mietau kommt er?« Abschätzend mustern die weit auseinander stehenden Augen den Studenten.

Antworte! »Ich bin auf der Durchreise«, preßt Carl heraus, »und wollte es nicht versäumen ...«

Eine große bescheidene Geste. »Ich fühle mich geehrt, mein Freund.« Kotzebue entschwindet aus dem Blickfeld, geht an seinem Besucher vorbei und bereits einige Schritte auf die Eingangstür zu. »Es ist mir gut zu wissen, daß auch die Jugend ihren großen Dichtern Achtung zollt.«

Jetzt, Sand!

»Ich rühme mich ...«, wie so oft geübt, bricht er den Satz an dieser Stelle ab. Seine rechte Hand gleitet in den linken Ärmel.

»Danke. Danke. Welches Stück hat er denn zuletzt gesehen?« hört der Dreiundzwanzigjährige hinter seinem Rücken. Die Finger lösen den Riemen. Die Faust umschließt den Griff. Der Dolch. Carl fährt herum und vollendet den Satz:

»... Ihrer gar nicht!«

Ungläubiges Entsetzen, Angst.

Der Freiheit eine Gasse! Mit geradegestrecktem Arm schnellt Carl auf den Feind zu. »Hier, du Verräter des Vaterlands!«

Die Klinge bohrt sich tief ins Gesicht, steckt fest, erst durch gewaltsames Rucken kann Carl sie aus dem brechenden Kiefer reißen. Blut. Das Opfer wimmert, hebt die Hände, wehrt hilflos ab. Aus dem Armschwung ein furchtbarer Hieb in die linke Seite. Das Opfer taumelt. Ein gerader Fangstich mitten in die Brust. Kotzebue bricht in die Knie, sitzt vor dem Mörder, wimmert, brabbelt, Blut quillt aus dem Mund.

Überprüfe! Carl gehorcht. Steif beugt er sich vor. Das Gesicht, zum ersten Mal sehe ich dein Gesicht. Wimmern. Die Augendeckel zucken. Das Weiße, dann nichts, wieder das Weiße.

Er ist nicht tot! Carl widerspricht: Er hat genug. Der Dolch fällt aus der Hand.

Vor ihm erschlafft der Körper und sinkt langsam zu Boden.

Fliehe! Carl gehorcht, strafft den Rücken und wendet sich um.

Da ist ein Kind. Der Anblick stockt seine Bewegung. Diese angsterfüllten Augen. Linker Hand steht ein Junge in der geöffneten Tür, den Mund weit aufgerissen.

Das ist sein Sohn.

Der Junge starrt auf die reglose Gestalt am Boden. »Der Vater blutet.« Jetzt schreit er, so jämmerlich, schreit in höchster Not und rennt davon.

Die Starre in Carl zerbricht. Ich habe ihm das Liebste geraubt. O, Gott. An dem Kind habe ich mich schuldig gemacht. Sein Herz verlangt: Biete dem Jungen deinen Tod als Ersatz!

Ein einziger Ruck, der Rock klafft auseinander, die Rechte fährt vom Hals unter die Weste und zückt das kleine Schwert. Dein Tod als Ersatz. Nur ein kurzer Schwung.

Sofort versagen die Beine, er schlägt auf den Boden, die Spitze des Schwertes steckt in seiner Brust.

Über dem schrillen Schmerz vernimmt Carl mit einem Mal von ferne Geschrei, Laufen, der Lärm ist im Zimmer. Er öffnet die Augen, beinah verwundert sieht er, wie sein Feind von dem Diener aufgerichtet wird. Eine Frau kommt dazu. Beide stützen Kotzebue unter den Achseln und führen ihn zum rechten Zimmer. Röcheln, das Gewimmer, die gurgelnden Laute wecken Carl aus der Benommenheit.

Der Verräter ist nicht tot. *Der Freiheit eine Gasse!* Vollende! Der Befehl gibt ihm Kraft. Während er sich aufrafft, reißt er die Klinge aus seiner Brust.

Dort, in diesem Zimmer ist Kotzebue verschwunden. Mit dem Schwert in der Faust torkelt er zur geschlossenen Seitentür und schlägt dagegen. Er rüttelt. Vergeblich.

Schmerzgepeinigt preßt er seine Linke auf die Wunde, das Blut quillt ihm zwischen den Fingern heraus. Der Atem keucht. Fliehe! Niemand ist im Raum, doch von überall her gellt das Geschrei. Fliehe! Carl strafft den Rücken. »Wer kann mir dafür etwas tun?« Und Schritt für Schritt gelangt er zur offenen Saaltür. Auf der Galerie streckt er das kleine Schwert vor, bereit zur Verteidigung. Niemand ist zu sehen. Die Treppe. Jeder Fuß sucht die nächste Stufe.

Plötzlich entdeckt Carl neben sich zwei Mägde. Erstarrt stehen sie ans Geländer gedrückt. Er führt die blutige Klingenspitze langsam zu ihnen herum, er zwingt seine Stimme. »Wer ... kann mir ... etwas tun?«

Flehend heben sie die Hände. »Wir nicht. Wir nicht.«

Ohne sie weiter zu beachten, tastet sich der junge Mann die Treppe hinunter. Die Eingangshalle. So schwer läßt sich das Eichenportal öffnen. Ich will ausruhen. Erschöpft lehnt Carl am Türholm. Immer wieder sagt er ihn, doch die Stimme versagt, endlich gelingt der Satz laut und sicher: »Wer kann mir etwas tun?«

Rüttle dein Vaterland aus der Schläfrigkeit! Neue Kraft erwacht in ihm. Weiter, geh weiter!

»Zu Hilfe!«

Verwundert stockt er und dreht sich um. Ein Schleier behindert den Blick, dann erkennt er die Mägde, doch schon sind es wieder nur Schemen. Der Verletzte hört sich sprechen, versteht die Worte nicht.

Plötzlich reißt der Schleier. Deutlich sieht Carl den Diener, der sich gebückt nähert. Sofort streckt er ihm die Klinge entgegen und hält den Mann zurück.

»Der Kerl hat unsern Herrn erstochen.«

Hörst du's? Du hast den Verräter gerichtet. Jubel erfüllt ihn. Deine Tat ist vollbracht!

»So helft doch!«

Hilfe? Carl blickt um sich, entdeckt die Menge. Das Volk ist zu dir gekommen. Verkünde! Feierlich zieht er den ›Todesstoß‹ aus der Innentasche, entfaltet ihn und zeigt dem Publikum das Plakat.

»Gottlob, es ist vollbracht.« Und voller Triumph: »Ich kämpfe für mein deutsches Vaterland. Wer kann mir dafür etwas tun? Es lebe mein deutsches Vaterland!« Das Kinn erhoben, blickt er den Diener an. »Da, nimm das.«

Laute Schreie. Jubel. Endlich kann Carl ausmachen, woher die Stimmen kommen. Er wirft den Kopf zurück, schwankt und findet wieder das Gleichgewicht. »Ja, ich habe es getan!« ruft er zu den Rängen hinauf. »So müssen alle Verräter sterben.«

Begeistert blickt er wieder den Umstehenden ins Gesicht. »Hoch lebe mein deutsches Vaterland!«

Rüttele sie wach! Er ringt nach Atem. »Ein Hoch für alle im deutschen Volk, die den Zustand der reinen Menschlichkeit zu fördern streben!«

Jetzt opfere dich! Werde ein Christus!

Gehorsam läßt sich Carl auf das Knie nieder. »Ich danke dir, Gott, für diesen Sieg.«

Vater, in deine Hände. Mit beiden Fäusten umklammert er den Griff des ›kleinen Schwertes‹ und zieht die Klinge tief in seine Brust.

Dunkelheit. Meine Augen sind kalt. Der Gedanke entglitt, kehrte wieder: Meine Augen sind kalt? Benommen schob Carl die Hand hinauf zum Gesicht. Über dem Nasenrücken berührte er naßkalten Stoff. Langsam sog er die Luft ein, sofort durchzuckte ihn stechender Schmerz und hemmte das Atmen. Carl war wach. Seine Finger zerrten das feuchte Tuch herunter. Die Helligkeit blendete. Erst nach einer Weile ertrug er das grelle Tageslicht. Mein Zimmer. Am Fenster fand er den vertrauten Wiesenstrauß. Durch die Scheiben sah er ins Blau des Himmels. Gottes Augen.

»*Der Freiheit eine Gasse*«, flüsterte er, und die Lippen platzten auf. »Ich allein, ich habe die große Tat vollbracht.«

Ohne den Kopf zu drehen, tastete er rechts neben dem Bett nach der Sitzfläche des Sessels. Seine zittrige Hand stieß gegen die Stielglocke, bis sie zu Boden polterte.

Sofort wurde die Tür aufgerissen. Über ihm erschienen zwei Gesichter. Meine Wärter. »Durst. Bitte.«

»Wurd' auch Zeit. Mensch, Kerl. Endlich.«

Der andere Sträfling verschwand, Fußketten schlugen, rasselten; im Flur rief er nach dem Oberzuchtmeister, lauter rief er: »Der Carl ist wach!«

Valentin Kloster stützte den Kopf des Kranken in der Armbeuge und flößte ihm Tee ein. »Langsam, Junge, verschluck dich nur nicht.« Lächeln vertiefte die knittrigen Falten. »Drei Tage haben wir gewartet, ich und der Doktor. Dachte schon, daß du's nicht mehr schaffst.«

Später nahm Carl wahr, wie der Arzt seine Wunde untersuchte, wie sein Oberkörper über die Eiterschale gehalten und der frische Verband gewickelt wurde.

»Jetzt schafft er's, Doktor.«

»Vielleicht, Kloster, vielleicht. Er ist nach wie vor schwach und sein Zustand sehr bedenklich.«

Weit entfernt hörte Carl ihre Stimmen; mit letzter Anstrengung bemühte er sich zu verstehen. Ich bin nicht schwach. Sie dürfen das Verhör nicht abbrechen. »Ich bin bei Verstand«, lallte er und sank zurück in die Dunkelheit.

VIERTER AKT

Der Prozeß

Draußen vor dem Heidelberger Tor, abseits vom Weg, saß Friederike auf einem Baumstumpf. Sie hielt ihren Rock über die Waden geschürzt; den rechten, nackten Fuß hatte sie auf einen oben abgeflachten, glatten Stein stellen müssen. Vor ihr kniete Sebastian und maß Spann, Rist, die Breite, zuletzt den Abstand zwischen Ferse und Knöchel. In schönster Schrift trug er die Zahlen neben der rechten Skizze auf seiner Tafel ein. »Schnell wird's nicht gehen. Aber das Leder hab' ich schon.«

Schnell wird es nicht gehen. Das hat auch der Vater gesagt.

Friederike ließ den Haarzopf durch die Hand gleiten und blickte hinüber zur Stadt. Blutrot stand die Sonne im Westen. Von hier sieht alles so geordnet, so friedlich aus.

»Jetzt den linken. Deine Schuh' schlag' ich nicht nur über einen Leisten. Nicht wie die einfachen. Verstehst du? Fein und bequem. Für jeden Fuß auch einen extra Leisten.«

Als das Mädchen reglos sitzen blieb, hockte sich der Schustergeselle ins Gras und stützte das Kinn. »Also gut. Erzähl, wie's ihm geht.«

Noch in Gedanken, bat Friederike: »Ärger dich nicht.« Erst jetzt kehrte sie zurück, das Lächeln bat ihn um Verzeihung; entschlossen warf sie den Zopf über die Schulter. »Ich kann mich nicht dagegen wehren, Sebastian. Er tut mir leid. Glaub mir, mehr ist es nicht mehr.« Sie hielt inne und versuchte zu erklären: »Doch immer muß ich daran denken, wie er so daliegt. Jetzt schon mehr als drei Wochen. Manchmal redet er vor sich hin, dann schläft er wieder, sagt der Vater, richtig wach wird er nur selten.«

»Was nutzt es ihm denn?« Sebastian überlegte; vorsichtig sprach er weiter: »Wenn er jetzt stirbt, ist es gleich aus. Wenn er am Leben bleibt, werden sie ihn hinrichten.«

Erschreckt sprang Friederike hoch und lief einige Schritte in die Wiese.

»Begreif doch!« Sebastian schlug mit der Faust ins Gras. »Die müssen ihn doch zum Tode verurteilen.«

Voller Zorn kehrte sie zurück und drohte ihm ins Gesicht. »Warum sagst du das? Woher weißt du das so genau?« Sie zeigte zur Stadt. »Hörst du nicht, was die Leute sagen? Sand ist ein Held. Recht ist dem Kotzebue geschehen, diesem Verräter. Hör dich doch um! Niemand in der Stadt hat dem Spion getraut. Die Leute sind für Carl, sie finden es richtig, was er für unser Vaterland getan hat.«

Sebastian rieb seinen Zeigefinger fest über den langen Nasenrücken hinauf in die Stirn; mühsam unterdrückte er die

Erregung. »Das sagen die Leute, aber die haben gar nichts zu sagen.« Bittend sah er zu dem Mädchen auf. »Begreif doch. Nur die da oben bestimmen. Die verdächtigen jetzt jeden, der studiert. Die greifen durch, das weißt du doch genau. Jetzt darf schon kein fremder Student mehr Mannheim ohne Erlaubnis betreten. Für die da oben ist der Sand ein gefährlicher Verschwörer.«

Friederike nickte und ließ die Schultern sinken. »Ich weiß es ja.« Mutlos setzte sie sich wieder auf den Baumstamm. »Aber ich will es nicht glauben.«

»Das mußt du aber. Überall sucht die Polizei nach Komplizen. Die passen auf, ob nicht irgendeiner mit dem Sand zusammensteckt.« Bestärkt fuhr Sebastian fort: »Der Meister erzählt, daß sie drüben in Heidelberg die Studenten verhört haben. Und ein paar von denen haben sie neulich sogar im Gasthaus festgenommen, nur weil sie über die Tat geredet haben, nur weil sie auf den Mörder getrunken haben. Nicht nur hier, meint der Meister, überall braut sich was zusammen. Glaub's mir, Friederike. Und was die Leute sagen? Helfen tut's dem Sand überhaupt nichts mehr.«

»Ich wünscht' aber, ich könnt's.« Ohne Aufforderung streckte sie dem Schustergesellen ihren linken Fuß hin.

Ein strahlend blauer Himmel, Duft und Schmetterlinge. An den Rosenstöcken waren Knospen aufgebrochen, weiße und rote. Der erste Junisonntag lockte die Bürger Mannheims in den Schloßpark ihrer Großherzogin Stephanie.

»Auch uns wird etwas frische Luft guttun, lieber Freund.« Im Angesicht des sonnigen Nachmittags hatte sich Freiherr von Hohnhorst kurzerhand entschlossen, das eilig anberaumte Gespräch mit dem Untersuchungsrichter bei einem Spaziergang fortzusetzen.

Gleicher Schritt, ein gleicher Takt und Schwung der Stöcke;

nebeneinander folgten die Herren den geharkten Wegen. Hin und wieder lüfteten sie zugleich die Hüte und grüßten. Ihre Gesichter blieben ernst.

»Niemand behauptet, daß es Ihr Fehler war, lieber Freund. Der Inquisit hat bei einigen Fragen mit System gelogen. Dies war uns beiden bekannt, und wir mußten, aus Ermangelung von Beweisen, diese Lügen hinnehmen. Doch dank der jetzt umfassend greifenden und gründlichen Polizeiarbeit erreichen uns nun von allen Seiten neue Tatbestände.«

Der beleibte Gerichtsrat wölbte die Unterlippe. »Wie oft hat er sich für seine Unwahrheiten bei mir entschuldigt. Und dennoch, gerade bei meinem letzten Besuch ...«

»Wir kommen nicht umhin.« Freundschaftlich, aber bestimmt fiel ihm der Kanzler ins Wort. »Der Prozeß kann nicht eröffnet werden. Die neu aufgetauchten Verdachtsmomente zwingen uns, das Verhör wieder aufzunehmen.«

Applaus, auch Gelächter störten die gesittete Stille des Parks. Verwundert blieben die Richter stehen und blickten sich um.

Mit Rufen: »Macht Platz! Platz da!« bahnte sich ein Herr auf einem Gefährt den Weg. Zwei hölzerne, gleichgroße Speichenräder im Abstand hintereinander, durch Gabeln unter einer durchgehenden Holzstange befestigt! Und rittlings, aufrecht in Frack und Zylinder, den sattelähnlichen Sitz hoch zwischen den Beinen, lief dieser Herr, hob die Füße, das Gefährt rollte, »Macht Platz! Platz da!« erneuter Schwung mit den Füßen, rasch näherte er sich den Justizräten, grüßte vernehmlich, schon rollte er vorbei.

Nur kurz lüfteten sie den Hut. Freiherr von Hohnhorst blickte dem Sonderling mit gerunzelter Stirn nach. »Was für ein Spektakel. Seit bald zwei Jahren stellt sich dieser Karl Friedrich von Drais jetzt schon öffentlich zur Schau und rennt mit seinem Laufrad durch unsern Schloßpark.«

»Nun gut. Mit dieser waghalsigen Vorführung hofft er endlich irgendeinen Geldgeber für seine Erfindung zu begeistern. Er ist fest davon überzeugt, daß sogar das Militär dieses Veloziped verwenden könnte.« Der Untersuchungsrichter betätschelte die Wölbung seines Bauches. »Ein Träumer. Jede Fahrt, selbst in der ältesten Kutsche, scheint mir sicherer als ein Balanceakt auf diesem gefährlichen Zweirad.«

»Ein Träumer und ein Narr«, setzte Freiherr von Hohnhorst bedauernd hinzu. »Ich kann den Kummer unseres obersten Gerichtspräsidenten beim Anblick seines Sohnes gut nachempfinden.« Und während sie weiterspazierten, beklagte er: »Da läßt man den Sohn studieren. Er wird sogar zum herzoglichbadischen Forstmeister ernannt. Und dann muß er beurlaubt werden, weil er sich nicht um das Amt, sondern mehr um seine unnützen Erfindungen kümmert.« Ein forschender Blick zur Seite: »Was macht das Studium Ihres Sohnes, lieber Freund?«

»Ich habe Glück.« Der Untersuchungsrichter schwang den Spazierstock. »Der Junge ist fleißig und wird sicher ein tüchtiger Jurist.«

»Wie sein Vater«, ergänzte Freiherr von Hohnhorst. Nach einer Weile kratzte er in den Brauen. »Manchmal denke ich an den Vater unseres Mörders. Auch er hat gehofft ...« Er brach ab, seine Stimme wurde kühl und sachlich. »Nach Auskunft des Stadtphysikats ist der Inquisit wieder bei Sinnen und Verstand.«

Mit dem Schnupftuch trocknete der Untersuchungsrichter das Schweißband seines Zylinders. »Ich hoffe nur, daß Sand endlich bereit ist, in allen Punkten mit uns zusammenzuarbeiten. Oder glauben Sie, daß er durch Lügen das Verhör in die Länge ziehen möchte?«

»Prüfen Sie ihn, lieber Freund.« Geschickt schlug der Kanzler des Oberhofgerichts mit dem Stock einen Stein vom Weg. »Das Reisegeld. Er behauptet, daß er es sich von seinem Wechsel gespart hat.«

»Gut, sehr gut«, sofort nahm der Gerichtsrat den Gedanken auf, »Sand weiß nicht, daß wir inzwischen im Besitz der Aussagen des Vaters und seiner Familie sind.«

»Dann aber müssen wir vor allem herausfinden, wem er das dritte Paket übergeben hat. Trotz verschärfter Haft streitet sein Freund, dieser junge Theologe Asmis, den Erhalt entschieden ab.« Freiherr von Hohnhorst blieb stehen, unter dem Buschwerk seiner Brauen wurden die Augen hart. »Ich vermute, nein, ich weiß, hier liegt ein Schlüssel, der uns möglicherweise doch auf die Spur von Mitwissern, wenn nicht gar zu Mittätern führen wird.« Sein Entschluß stand fest. »Gleich morgen früh muß das Verhör fortgesetzt werden.«

Der beleibte Mann nickte und blies die Unterlippe.

»Ich weiß, lieber Freund, Sie tragen in meiner Kommission die schwerste Bürde. Doch jetzt kommen Sie.« Ein gewinnendes Lächeln; Hohnhorst zeigte mit dem Stock in den blühenden Schloßpark. »Welch ein prächtiger Sonntag.«

›... ist der Inquisit im vollständigen Besitz seiner geistigen Kräfte und vernehmungsfähig.‹ Der erste Eintrag auf dem Krankenblatt vom 7. Juni 1819.

Als der Stadtphysikus den Raum verlassen hatte, blieb Doktor Beyerle erleichtert am Bettrand sitzen. »Sand, Sie sind wirklich ein bemerkenswert starker Mann. Es war nicht untertrieben, was Ihnen Professor Chelius gleich nach der Operation sagte.«

Selbstbewußt erwiderte Carl den anerkennenden Blick. Durch, ja, durch! Mein unbedingter Wille kann die Schwäche des Körpers bezwingen. Welch ein Beweis! Er prüfte den Mittelscheitel und ordnete rechts und links das kräftige langgelockte Haar. Sie wollen das Verhör fortsetzen. Gut, ich bin vorbereitet. Nichts kann mir noch geschehen. Meine Tat ist vollbracht, nur das zählt.

Er lag hoch im Kissen. Der Wundschmerz war gleichbleibend und erträglich. Durch das geöffnete Fenster strömte die Morgenfrische herein. Ein guter Tag!

»Werde ich leben?« fragte er unvermittelt.

Doktor Beyerle erschrak. Vorsichtig wich er aus: »Ihr linker Arm bleibt gelähmt. Die Brustöffnung darf sich nicht mehr schließen.«

»Bitte, sagen Sie es mir.«

Dem Arzt fielen die Worte schwer. »Nein, Sand. Sicher kann ich Ihr Leben etwas verlängern, gemeinsam mit Ihrem Wollen und dank Ihrer kräftigen Natur. Aber retten, retten kann ich es nicht.«

»Also habe ich noch Zeit.« Carl atmete, so tief es der Schmerz erlaubte. »Es ist gut«, und beinahe heiter fuhr er fort: »Daß ich versucht habe, mich selbst zu töten, bereue ich täglich. Jetzt aber werde ich nicht nachlassen, mein Leben zu erhalten. Das schwöre ich, Doktor. Ich will durchhalten. Ich will die Fürsten zwingen, ein Urteil über mich zu fällen.« Er ballte die Faust. »Und wollen sie mich hinrichten, so soll mein vorzeitiger Tod sie nicht vor dieser Schandtat bewahren.«

Ehe Doktor Beyerle sich gefaßt hatte, wurden der Untersuchungsrichter und die Schreiber hereingeführt. Stumm berührte der Arzt die Hand seines Patienten, den Justizrat bat er gepreßt: »Strengen Sie ihn nicht zu sehr an«, und verließ zusammen mit Kloster das Krankenzimmer.

»Carl Ludwig Sand!« Unverzüglich begann die Vernehmung. »Einige Fragen, das Reisegeld betreffend.« Kaum hatten die Beamten Zeit, am Fußende des Bettes ihren gewohnten Platz einzunehmen. Der füllige Richter blieb gleich hinter ihnen stehen. »Laut Protokoll nahmen Sie neun Louisdor mit auf die Fahrt.«

Vom schnellen Angriff überrascht, nickte Carl nur.

»Antworten Sie laut und verständlich. Oder möchten Sie schreiben?«

»Nein. Ich meine Ja, neun Louisdor.«

»Woher nahmen Sie soviel Geld?«

»Ich erhielt regelmäßig einen Wechsel von zu Hause.«

»Gut, Sand, sehr gut.« Die Stimme wurde leise und gefährlich. »Es war stets ein bescheidener Wechsel. Und das letzte Geld erhielten Sie Anfang Dezember. Oder möchten Sie Ihren Vater einer unwahren Aussage bezichtigen?«

»Nein, niemals. Ich, ich habe Schulden gemacht und alles gespart.«

»Lüge!«

»Meine Mutter hat mir noch etwas geschickt.«

»Lüge!«

Carl preßte die Hand auf die Stirn. »Ich darf es nicht sagen. Ich will keinen Unschuldigen belasten.«

Langsam ging der Untersuchungsrichter zum Fenster und blickte hinaus. »Warum nur, Junge?« Nach einer Weile wandte er sich um. »Carl. Neun Louisdor! Kaum ausreichend für Kutschen und Gasthäuser unterwegs. Und nach dem Mord fanden wir noch fünf, die in Ihrem Hosenträger eingenäht waren.«

Schütze Ihn! Gestehe, doch verschweige die ganze Wahrheit. »Nur vier habe ich von Jena mitgenommen. Sechs habe ich mir später in Darmstadt geliehen.«

Kühl lächelnd kam der beleibte Mann näher. »Gut, das werden wir überprüfen. Sand, wir kennen inzwischen alle Personen, mit denen Sie in Darmstadt Kontakt hatten.« Er schob den Sessel ans Bett. »Wir wissen, daß Sie am ersten März sogar die Miete für das nächste Semester bei den Wirtsleuten bezahlten. Im voraus! Sie konnten kein Geld mehr besitzen. Wer gab Ihnen die vier Louisdor?«

Schütze Ihn. Die Stirnmuskeln arbeiteten. In höchster Bedrängnis stieß Carl hervor: »Asmis. Es war Gottlieb Asmis.«

»Schämst du dich nicht, Junge?« Aufgebracht packte der Untersuchungsrichter die Lehnen des Sessels. »Wieder bezichtigst du deinen Freund. Er sitzt in Haft, mit jeder neuen Anschuldigung verschlimmert sich seine Lage.«

»Es ist die Wahrheit!« Zum Beweis zählte Carl hastig die verschiedenen Münzsorten auf, selbst die kleinsten Geldstücke. »Es war Asmis.«

»Noch heute werde ich eine Eilstafette nach Jena schicken. Und wenn ...« Der beleibte Mann brach ab. Er trocknete sich den Nacken. »Gut, Sand. Lassen wir diesen Punkt zunächst ruhen.«

»Verzeihen Sie.« Carl wagte ein Lächeln. »Von nun an werde ich alles gestehen, soweit ich es kann.«

Doch der Untersuchungsrichter wehrte ab. »Leere Worte. Warum sollte ich Ihnen noch trauen?« Vom Tisch nahm er eine Akte, blätterte, las und blätterte weiter.

Kälte. Das Schweigen wurde ihm unerträglich. »Ich bin kein ehrloser Hundsfott«, beteuerte Carl. »Bitte. Fragen Sie.«

»Also gut. Was enthielt das dritte Paket?«

O Gott, hilf mir. »Was ich gesagt habe. Meine Nachricht an die Zeitungen. Das ›Todesurteil‹, die Urschrift des ›Todesstoßes‹, dann noch den Abschiedsbrief an meine Eltern.«

»Soweit richtig und glaubhaft.« Mit Schwung warf der Gerichtsrat die Akte zurück auf den Tisch, unter halbgeschlossenen Lidern sah er den Gefangenen lauernd an. »Sand. Wem haben Sie dieses Paket übergeben?«

Gequält griff Carl ins Haar, zerwühlte die Strähnen. Ich muß Ihn doch schützen, Ihn vor allen anderen. Mit meinem unbedingten Eid bin ich Ihm und unserer großen Sache verpflichtet.

»Sand?«

»Wie ich es gestanden habe. Am Abend versteckte ich das Paket unter den Sachen meines Zimmernachbarn, später sollte er es finden.«

»Lüge!«

Niemals würde Doktor Follen einen seiner Kämpfer im Stich lassen. Niemals. »Beweisen Sie es mir«, flüsterte Carl.

Der Untersuchungsrichter stemmte die Arme auf die Schenkel, weit beugte er sich vor. »Asmis bestreitet, dieses Paket jemals erhalten zu haben. Die beiden anderen brachte er nach Wunsiedel. Und der junge Mann beschwört verzweifelt, daß Ihre Mutter zu diesem Zeitpunkt schon im Besitz des

Abschiedsbriefes war. Dies wird auch von Ihrer Familie bestätigt. Unter Berufung auf das Strafgesetzbuch verweigert Ihre Mutter jede weitere Angabe zu diesem Sachverhalt. Doch eins ist sicher: Sie selbst, Sand, hatten den Brief ins dritte Paket gelegt.«

Hilflos suchte Carl nach einem Ausweg. »Kann Asmis nicht auch das dritte überbracht haben?«

»Unmöglich. Denn der übrige Inhalt erreichte Wunsiedel nicht und bleibt verschwunden. Folgerichtig muß also ein anderer bereits vorher das Paket geöffnet haben.«

Tränen füllten die dunklen Augen, sie versickerten an den Schläfen. Follen hat sein Wort gebrochen. Für Ihn hätte ich mein Leben hingegeben. Alles Blut war Carl aus dem Gesicht gewichen.

»War es Asmis? Bevor Sie antworten, halten Sie sich vor Augen, daß Sie die Zukunft Ihres besten Freundes zerstören können. War es Asmis?«

Carl schüttelte den Kopf. Mit dem Handrücken wischte er über die Augen. »Wem, Junge, wem hast du das dritte Paket übergeben?«

Die Stirn geglättet, starrte er zur Decke hinauf. »Doktor Karl Follen.«

Sofort brannten die Lippen. Zwei Flammen loderten. Und wenn mich alle verlassen haben? Mein Schwur. Das eine der Feuer wurde schwächer. Doch Gottlieb, du armer Freund, was habe ich dir angetan?

Reglos wartete der Richter; sein Blick warnte die Schreiber.

»Am Abend vor meiner Abreise«, begann Carl; er schluckte und sprach lauter. »Ich ging in seine Wohnung und legte das dritte Paket auf eine Kommode. Oder auf den Tisch, das weiß ich nicht mehr. Ich hatte es versiegelt. Es war ohne Aufschrift.« Die Zunge klebte. Immer wieder schluckte er. »Ich bat Doktor Follen, es erst nach einiger Zeit Gottlieb Asmis zu übergeben.« Er schüttelte langsam den Kopf. »Mein Freund kann den Abschiedsbrief nicht der Mutter überbracht haben.«

Der Justizrat erhob sich, schenkte ein, und reichte seinem Gefangenen den Becher. »Gut, Junge. Es ist gut.«

Nachdem er getrunken hatte, zittrig, die Hälfte des Wassers war ihm übers Kinn geschwappt, suchte Carl den Blick des beleibten Mannes. »Daß ich erst die Unwahrheit gesagt habe, bereue ich.«

Umständlich knöpfte der Untersuchungsrichter den Rock. »Ich bin nicht Ihr Feind, trotz meiner Aufgabe.« Für einen Moment hielt er inne. »Gut, ich glaube Ihnen. Ruhen Sie sich aus, Carl.«

Mit hartem Fingerschnippen und: »Die Eilstafette. Wir dürfen keine Zeit verlieren«, befahl er den Schreibern, ihm zu folgen.

Hat sich der Verdacht einer Verschwörung inzwischen bestätigt?« Freiherr von Hohnhorst ließ die Mitglieder der Spezialkommission nicht aus den Augen. »Nach Stand unserer Ermittlungen lautet die Antwort: Nein. Und doch überrollt eine Verhaftungswelle die deutschen Länder.« Er wartete die Zustimmung nicht ab. »Ich muß nicht betonen, daß wir uns heute zu einem vertraulichen Gespräch unter Kollegen eingefunden haben.« Damit zog er einige Blätter aus der Rocktasche und legte sie vor sich hin.

»Zunächst die Fakten: ›Erster Juli, im Badeort Schwalbach. Mit Sands Worten, »Hier, du Verräter des Vaterlands!«, stürzt sich der Apothekergehilfe Löhning auf den herzoglich-nassauischen Regierungspräsidenten. Das Attentat wird vereitelt. Präsident Karl Ibell trägt nur Schnittwunden an Wange und Mund davon. Der offensichtlich geistig verwirrte Löhning wird in Ketten nach Wiesbaden transportiert. Noch in derselben Nacht verschluckt er eine Glasscherbe und stirbt an den Folgen.‹« Ein grimmiger Blick in die Runde. »Das war der letzte Anstoß, und mir scheint, ein hochwillkommener: Von

Österreich und Preußen, auf den höchsten Gipfeln der Bundesstaaten wurde die Lawine ins Rollen gebracht.«

Der Kanzler des Oberhofgerichts beugte sich über das zweite Blatt. »Ermächtigt durch Minister Wittgenstein, leitete in Berlin Herr von Kamptz persönlich die Aktion. Ich erinnere: Auf dem Wartburgfest wurde sein ›Codex der Gendarmerie‹ in die Flammen geworfen, und seitdem wartete der Polizeidirektor geradezu auf diesen Moment.« Hohnhorst las: »Berlin, in der Nacht vom 6. auf den 7. Juli. Es werden verhaftet: Die Burschenschafter Gustav Asversus, Karl Jung, Ludwig Roediger, Wilhelm Wesselhöft und Karl Lieber.‹ Um nur einige zu nennen. Außerdem gerieten alle Papiere der Burschenschaft in die Hände der Polizei. Zur gleichen Zeit: ›Mecklenburg. Heinrich Riemann wird inhaftiert. Breslau. Ferdinand Maßmann wird zum Verhör abgeführt. Eduard Dürre ...‹ Meine Herren, die Namen der Inhaftierten lesen sich wie eine Teilnehmerliste des Burschentreffens vor zwei Jahren auf der Wartburg. Doch die Aktion beschränkte sich nicht allein auf diesen Kreis. Köln. Die Unterlagen des Schriftstellers Ludwig von Mühlenfels werden beschlagnahmt. Bonn. Hausdurchsuchung und Sicherstellung der Papiere bei Professor Welcker und vor allem bei Professor Ernst Moritz Arndt.«

Hohnhorst lehnte sich zurück. »Verehrte Kollegen, lediglich die Verhaftungen in Darmstadt, Gießen und Jena könnten mit unserer Morduntersuchung in Zusammenhang gebracht werden. Dort spürte man die Mitglieder der sogenannten ›Schwarzen‹ auf. Allerdings wurde dem Führer der radikalen Gruppe, Doktor Karl Follen, nichts nachgewiesen, man fand auch keine verdächtigen Unterlagen in seiner Wohnung. Nach dem Verhör ließ man ihn wieder frei.«

Warnend hob der Untersuchungsrichter die Hand. Sofort beschwichtigte Freiherr von Hohnhorst. »Nein, Follen kann nicht fliehen. Er muß sich der Polizei zur Verfügung halten.«

»Und was ist mit Jahn? Morgen soll doch ...«

»Geduld. Diesen Punkt später.«

Der Stadtdirektor meldete sich zu Wort. »Hart und unerbittlich! Ich begrüße diese Reaktion. Dem demagogischen Treiben an unseren Hochschulen muß ein Ende gemacht werden. Ist es nicht die Pflicht unseres Königs wie auch der Fürsten, jede Verschwörung aufzuspüren, um eine Revolution bereits im Keim zu ersticken?«

»Im gesunden Volk führt nicht jede Opposition gleich zu einem blutigen Aufstand, Herr Kollege.«

»Sagten Sie ›gesunde Opposition‹?« fuhr Philipp von Jagemann empört auf. »Wie vereinbart sich das mit Ihrer ...«

»Ich sprach vom gesunden Volk, von uns, den Bürgern«, erinnerte der Kanzler sanft. »Auch Sie, Herr Kollege, so hoffe ich, üben hin und wieder Kritik an den herrschenden Umständen und sind ganz sicher kein Revolutionär.«

Die versteinerte Miene des Stadtdirektors veränderte sich nicht. Hohnhorst hob die Brauen. »Keine Mißverständnisse, meine Herren. Ich habe lediglich das bisher erreichte Ausmaß der Lawine beschrieben. Und heute, am 20. Juli, prophezeie ich Ihnen: Diese Lawine wird weiterrollen und noch anwachsen.«

Der Ton seiner Stimme hatte sich verändert, war jetzt kühl, geschäftig geworden. »Kommen wir zu der einzigen Aktion, die wirklich in direktem Zusammenhang mit unserer Arbeit steht.« Er nahm das Blatt wieder zur Hand. »Noch einmal Berlin. ›In der Nacht vom 13. auf den 14. Juli wird Doktor Friedrich Ludwig Jahn vom Totenbett seiner Tochter weggeholt und als Gefangener unter strengster Bewachung in die Festung Spandau gebracht.‹ Bei der Durchsuchung seines Hauses fand die Polizei auch eine Abschrift des verbotenen Liedes ›An die deutsche Jugend‹.«

»Da sehen Sie es«, trumpfte der Stadtdirektor auf. »Selbst der überall gerühmte Turnvater ist in die Verschwörung verstrickt.«

Unbeirrt sprach Hohnhorst weiter: »Per Eilstafette würde uns seine Aussage übermittelt. Selbstverständlich habe ich sie sofort mit dem Untersuchungsrichter ausgewertet. Jahn gibt an, daß er dieses Exemplar von unserm Mörder erhalten habe. Mehr noch, Sand habe ihm ein ganzes Paket davon überreicht, mit der Bitte, die Adresse darauf zu schreiben und es auf die Post zu bringen.«

Der Kanzler des Oberhofgerichts legte bereits die Blätter zusammen. Während er sie in die Rocktasche steckte, informierte er seine Kollegen sachlich und knapp: »Zwei Punkte sind morgen beim Verhör zu klären. Erstens: Wann war Sand in Berlin? Zweitens: Hat er dieses verbotene Lied verbreitet? Ich danke Ihnen.«

Zum Abschied reichte ihm der Stadtdirektor die Hand. »Sie müssen verstehen ...«

Hohnhorst nickte. »Wir alle erfüllen unsere Pflicht, verehrter Stadtdirektor. Ich schätze Ihre Haltung. Auch ich empfinde tiefe Hochachtung für unsern Landesvater Großherzog Ludwig von Baden.« Ein gemeinsames Lächeln.

Kaum hatten Philipp von Jagemann und der zweite Justizrat den Sitzungssaal verlassen, erstarrte das Gesicht des Kanzlers. »Begleiten Sie mich noch ein Stück, lieber Freund.«

Draußen vor dem Gebäude schüttelte Hohnhorst den Kopf. »Es war falsch anzunehmen, daß unser verehrter Stadtdirektor weiter denkt als bis zum Schloß.« Der Untersuchungsrichter hob die Achseln, sagte nichts.

Mittagshitze. Am Rand des Paradeplatzes blieben sie im Schatten der Bäume stehen.

»Die letzten Wochen haben mich umgetrieben, lieber Freund. Mir wurde so deutlich klar, daß auch wir, die Spezialkommission, nur der Teil eines großen Plans sind. Was war ich leichtgläubig! Dieser ungeheure Druck, den Berlin, vor allem aber Wien auf uns ausübte. Dieses Drängen hätte mich längst warnen können. Ja, wir sollten möglichst rasch die Hintergründe des Mordes aufklären. Allein, wir waren Fürst Metternich zu langsam, zu gründlich.«

Betroffen zerrte der Untersuchungsrichter am hohen Hemdkragen. »Der Inquisit ist schwer verletzt. Um die Wahrheit ...«

»Nur uns, so scheint es mir, geht es wirklich um die Wahrheitsfindung«, unterbrach ihn Freiherr von Hohnhorst. Seine Stimme wurde bitter. »Ein Student geht hin, ersticht den russischen Staatsrat Kotzebue und ruft aus, daß er gegen die Unterdrücker des Volkes kämpft. Die Anwort kommt sofort. Doch von oben! ›Eine Verschwörung in den Reihen der Akademiker! Demagogen! Meuchelmörder bedrohen den Frieden im deutschen Bund!‹ Nein, kein Angstgeschrei, lieber Freund. Seit diesem unseligen Feuer auf dem Wartenberg hoffte die Politik nur auf den Augenblick, endlich offen und legitim gegen die wachsende Opposition an den Hochschulen vorgehen zu können.« Ein grimmiges Lachen. »Doch wir, die beauftragten Richter, haben bisher den schlüssigen Beweis eines drohenden Komplotts nicht erbringen können. Deshalb mußte dann der Attentatsversuch eines Geisteskranken herhalten, um der Öffentlichkeit diesen Beweis zu liefern. Die lang vorher geplante Polizeiaktion wurde in Bewegung gesetzt.«

Erst später im Gasthaus, bei Wein und Zigarre, lockerte sich die gedrückte Anspannung etwas.

Der Untersuchungsrichter drehte den Becher in der Hand. »Ein Fanal geben!« sagte er. »Einen Brand in das angeblich unterdrückte Volk werfen, damit es sich erhebt. Was hat sich der Inquisit nicht alles von seiner Tat erträumt! Und was hat er bewirkt?«

»Das Gegenteil, und weit Schlimmeres. Mir scheint, hier hat ein politischer Dummkopf zum Dolch gegriffen. Selbst die wenigen Rechte, die seit den Freiheitskriegen dem Volk gewährt wurden, können jetzt wieder rückgängig gemacht werden. Sein Verbrechen legitimiert jede Maßnahme, befürchte ich. Es ist ein tragisches Zeichen der Zeit, lieber Freund: Unsere Studenten träumen mehr, als sich nüchtern mit der Tagespolitik zu beschäftigen.«

Der beleibte Gerichtsrat seufzte. »Gut. Sand hat die Tat gestanden. Von seiner Verletzung wird er sich nie mehr erholen. Ist er der Handlanger einer Verschwörung? Wenn die Antwort nichts mehr entscheidet, warum soll ich ihn noch länger mit Fragen quälen?«

Hohnhorst blies den Rauchringen nach. »Weil wir uns verpflichtet haben, der Wahrheit zu dienen. Und weil«, er senkte die Stimme, »auch das Volk ein Recht auf diese Wahrheit hat.« Der Kanzler des Oberhofgerichts beugte sich über den Tisch. »Aus tiefster Überzeugung ist mir jede Willkür verhaßt. In jeder Form und gleichgültig, wer sie ausübt. Deshalb bin ich Richter geworden.« Unter den gebuschten Brauen glitzerten die Augen. »Ich hatte zwar vor, meinen Plan heute schon allen Kollegen mitzuteilen. Doch jetzt zunächst im Vertrauen, lieber Freund: Aufgrund der jüngsten Ereignisse bin ich fest entschlossen, den Mordfall Sand, die Verhörprotokolle und das Ergebnis unserer Ermittlung der Öffentlichkeit zugänglich zu machen.«

Erschreckt rieb der beleibte Mann den Nacken. »Für solch ein Buch werden Sie die Erlaubnis Seiner Königlichen Hoheit einholen müssen.«

»Das werde ich, lieber Freund. Das werde ich. Unserm Großherzog Ludwig traue ich mehr Verantwortung zu als manch anderem Fürsten.« Der Zigarrenstumpf fiel in den Aschenbecher. »Die Wahrheit, lieber Freund, und nach bestem Können, kein Jota weniger. Darum bemühen wir uns. Deshalb werden wir die Ermittlung mit der gleichen Gründlichkeit fortsetzen wie bisher.«

Vom Wirt ließ der Kanzler noch einen Krug Wein bringen. Er hob den Becher, trotz des Lächelns blieb ein bitterer Zug. »Wie heißt der Wahlspruch dieses Turnvaters? Ja, lieber Freund, wir arbeiten weiter. Frisch, frei, fröhlich und fromm.«

Ich habe nicht gelogen!« empörte sich der Gefangene, »Sie haben mich nicht danach gefragt. Warum sollte ich von unserer Fahrt erzählen?«

»Gut, Carl, zugegeben, es war mein Fehler.« Das Eingeständnis löste sofort die aufgeflackerte Spannung. Heute, seit Beginn des Verhörs, war jeder bemüht, dem anderen kein Gegner zu sein. Der Untersuchungsrichter öffnete die unteren Knöpfe seiner Weste. »Also am 24. September letzten Jahres brachen Sie und der Kommilitone von Jena auf. Der Name?«

Ohne Zögern. »Friedrich Haberfeld.«

»Gut.« Ein Schnippen für die Schreiber. »Ihr Weg führte über Leipzig und Wittenberg?«

»Weil wir den großen Schlachtfeldern einen kurzen Besuch abstatten wollten.«

»In Berlin begegneten Sie dann diesem Jahn?«

Carl hob den Finger. »Er ist *der* Jahn, der Friedrich Ludwig Jahn.« Die dunklen Augen leuchteten auf. Doktor Jahn. Ein Held dieser Zeit, ein wahrhaft freier und edler Mann, jedem Sturm gewachsen, und doch empfänglich für die zartesten Freuden des Geistes.

»Gut, sehr schön.«

Doch das Schwärmen war nicht zu unterbrechen. Doktor Jahn. Ein Mann von ehrfurchtgebietendem Äußeren. Welche Männlichkeit! Welch rüstiger Körper, trotz des Alters. Ein Mann von starkem, schnellem Geist. Ein lebendiges Buch der Geschichte. Und vor allem der Hüter und Meister unserer deutschen Sprache.

»Schluß jetzt, Sand! Bitte.« Seinen Beamten befahl der Gerichtsrat: »Schreiben Sie nur: Der Inquisit war vom Wesen und dem Äußeren Doktor Jahns beeindruckt.«

Erfüllt von Erinnerung hob Carl das dunkle Haar und ließ es wie ein Tuch ins Kissen zurückfallen. »Wir durften eine Woche mit ihm leben, verstehen Sie. Ich war Schüler, er der Lehrer. Es war ein Geschenk.«

Sofort hakte der Gerichtsrat nach: »Er lud Sie in sein Haus?«
Carl lachte. »Nicht gleich. Wie es üblich ist, mußten wir uns erst als gastwürdige Turner beweisen.«

Gleich nach ihrer Ankunft hatte Jahn die beiden Studenten auf die Hasenheide, auf seinen Urturnplatz befohlen.

Ein weites Gelände, Hügel, ebene Flächen. Sorgfältig angelegte Laufbahnen, Springgruben, abgesteckte Grasplätze für die Ringkämpfe, Reck, Barren, Klimmleitern, Klettergerüste und Schwebebalken, alle Geräte aus festem Eichenholz. Und drüben, von schattigen Bäumen gesäumt, das ›Tie‹, der Versammlungsort. Hier dürfen die Turner ausruhen und plaudern, singen, auch essen und trinken. Doch nur trockenes Brot und klares Wasser. Jeder Turner weiß es: ›Wem trockenes Brot nicht mundet, der hat keinen Hunger. Wen Wasser nicht erquickt, der hat keinen Durst.‹

Am Stamm des prächtigen ›Dingbaums‹ hängt die Gesetzestafel, die Jahn seinen Jüngern brachte.

›1. Jeder, der Mitglied der Turngemeinschaft werden will, muß versprechen, die Turnordnung einzuhalten und unbedingt nach dem Gesetz der Turner zu leben.‹

Leicht liest sich diese Lebensordnung: Keine Feindschaft untereinander, kein Haß oder Groll, nicht vom bezeichneten Weg abkommen, und jeder muß zuerst seinen Namen auf dem Tie einschreiben lassen.

›7. Jeglicher Turner, welcher irgend etwas erfährt, was Freund oder Feind für und wider die Turnkunst und Übungen sprechen, schreiben und wirken, muß davon sogleich Anzeige machen, damit zu seiner Zeit und an seinem Orte aller solcher Berichte – mit Glimpf oder Schimpf – könne gedacht werden.‹

Von der etwas erhabenen Dingstatt der Hasenheide weht der Geist.

»Frisch, frei, fröhlich und fromm – ist des Turners Reichtum!«

»Burschen! Runter mit den schwarzen Röcken.« Zufrieden mustert der große muskelgestählte Mann das Turnzeug der Studenten. »Recht, Burschen. Gleichtracht ziert den vaterländischen Turner. Recht, Burschen. Jacke und Hose aus grauem ungebleichtem Leinen! Zum Teufel mit den ausländischen teuren Stoffen.« Er selbst entkleidet sich nicht. »Heut bin ich euer Vorwalt.«

Unsicher blickt Carl den Studienfreund an. Haberfeld hebt die Achseln, mutig gesteht er: »Ich verstehe das Wort nicht.«

»Bursch, was nützt das Studieren, wenn ihr nicht zur Muttersprache zurückkehrt?« Der Hüne in schlicht schwarzer, altdeutscher Tracht legt den Besuchern die Hände auf die Schultern. »Wenn zwei zusammen sind, verbindet nur die Liebe. Wo aber drei zusammen sind, muß einer der Vorwalt sein. So wird es aufgebaut.« Er reckt das Kinn, der eisgraue Bart hebt sich vor der Brust. »Hier auf der Hasenheide habe ich damals mein Werk begonnen. Und heute bin ich das Oberhaupt im Staat der Turngemeinschaften.« Damit packt er zu und schiebt die jungen Männer vor sich her zur Laufbahn. »Heut bin ich euer Vorwalt. Ich schiedse. Zeigt, daß ihr Kerle seid.«

Zuerst das Schnellrennen. »Oberleib vor!« Haberfeld gewinnt. »Lauf ohne Schnauf!« Carl siegt im Dauerrennen. Das Schwingen am Pferd. Hinkelkampf. Klettern. Zum Abschluß das Ringen. Carl drückt die Schulterblätter des Freundes ins Gras.

»Leib gerade! Bauch rein! Lipp' auf Lipp'!« Stramm stehen die jungen Männer vor dem großen Jahn. »Burschen! Ihr seid gute gastwürdige Turner. Mein Heim steht euch offen.«

Carl bittet: »Ich will lernen ...«

»Sollt ihr, Burschen, sollt ihr!«

Im Bierhaus am nächsten Tag. Kaum haben Jahn und seine Gäste Platz genommen, scharen sich begeisterte Studenten und Handwerksburschen zu ihnen.

»Meine weißen Haare!«

Die meisten der Zuhörer kennen die Geschichte, bleiben dennoch.

»... die Schlacht war verloren, unser Preußen besiegt von diesem welschen Bastard! Ich habe die Leichen der Tapferen liegen sehen. Am Abend des 14. Oktober 1806 wurde mein Haar aus Trauer und Scham grau. Dabei zählte ich erst 29 Jahr ...« Stumm und ergriffen sitzen die jungen Männer da. Jeder Satz ist in den Gesichtern nachzulesen.

Unverwandt blickt Carl zu dem großen Kämpfer auf.

»Meine Doktorhüte.«

Bis auf Sand und Haberfeld wissen es alle, doch jeder will es wieder hören.

»Ich stamme aus dem besten aller Elternhäuser. Dem Pfarrhaus in Lanz bei Lenzen. Ich bin ein deutsches Dorfkind. Vater und Mutter lehrten mich, wo das deutsche Herz und der deutsche Kopf sitzt.« Huldvoll wartet er den Beifall ab. »Deshalb bin ich kein Dummhut geworden.«

Die Umsitzenden schlagen sich auf die Schenkel. »Dummhut! Das Wort trifft. Bravo!«

Haberfeld hebt die Hand, tapfer fragt er. »Was bedeutet es genau?«

»Ich zeig' dir Bursch, wie einfach Deutsch ist.« Jahn beugt sich über den Tisch und zieht ihn am dünnen Lippenflaum. »Dummbart.« Er klopft ihm an die Schläfen. »Dummkopf.« Er schlägt ihm auf die schwarze Kappe. »Die höchste Steigerung ist?« Alle sprechen lachend im Chor: »Dummhut!«

Mit einer großen Handbewegung verschafft sich Jahn wieder Gehör. »Wem das deutsche Herz schlägt, dem kann keiner was von einer Weltbürgerlichkeit vorsehen. Der wird die Welt nicht durchjuden und durchnegern, bis er endlich verzigeunert, herzlos!«

Stürmisch trommeln die Zuhörer mit den Fäusten, trampeln mit den Stiefeln.

Die laute Stimme wird innerlich. »Turnen ist Glauben an die Freiheit des Vaterlands. Ich habe das Herz und den Leib der Jugend für den großen Krieg gestählt, sie vorbereitet. Ich habe die Berliner Turner und die tapferen Studenten 1813 im Lützowschen Freicorps vereinigt. Meine schwarzen Reiter! Und wir haben gesiegt.«

Er neigt sich bescheiden seinen beiden Besuchern zu. »Von den Universitäten Jena und Kiel wurde ich zum Dank für meine vaterländische Treue mit Doktorhüten ausgezeichnet.«

Carl atmet heftig, wagt endlich zu sprechen. »Körner! Du hast ihn gekannt?«

»Gekannt!!« Das Lachen poltert. »Den Oberreiter? Bursch, ich hab' den Theodor an meinen Busen gedrückt! Nach dem Überfall war ich dabei, als sie den schwerverwundeten Dichter vom Schlachtfeld getragen haben.«

Begeisterung, Bier und Geschichten, den ganzen Tag.

Auf seinem Lager hört Carl, wie der Turnvater mit seiner kleinen Tochter zur Nacht betet. »Breit aus die Flügel beide ...«

Ein Freund Körners ist jetzt auch mein Freund! Beseligt schließt der Zweiundzwanzigjährige die Augen.

Wie verabredet, bricht Friedrich Haberfeld gleich nach dem Frühstück auf, um befreundete Burschenschafter in der Stadt zu treffen.

Carl zögert, wartet lange, dann endlich zeigt er seinem Gastgeber das verbotene Lied.

Wohlgefällig liest Jahn die Strophen, schmeckt den Zeilen nach: »›Stürz in starken stolzen Meeresstrudeln / dich auf Knecht und Zwingherrn, die dich hudeln.‹« Er nickt voller Grimm. »Will nicht wissen, wer das gedichtet hat. Aber, ein ehrlicher Reim. Und wie geschickt: die Melodie nur in Ziffern. Gut, Bursch. Das ist nach meinem Herzen.« Mit plötzlicher Leidenschaft streckt er die Hände zum Fenster. »Die Befreiung des Vaterlands war nur das Halbe. Nationale Einheit und Freiheit, erst dann wird's das Ganze! Wir Turner kämpfen weiter für die Wiedergeburt des deutschen Volkstums. Schad, Bursch, daß du mich nicht bei meinen Vorlesungen gehört hast. Da hab' ich den sauberen Staatsmännern ins Stammbuch geschrieben!«

Ein Fels, unerschütterlich! O Gott, gib mir nur etwas von dieser Kraft, nur etwas von seiner Kühnheit. Atemlos wagt Carl ihm das festverschnürte Paket zu überreichen. »Ein Zweck unserer Fahrt ist, daß wir die Exemplare heimlich verbreiten wollen.« Er bittet Jahn, mit seiner Hand die Adresse zu schreiben und das Paket zur Post zu geben.

»Mach' ich, Bursch. Das schick' ich nach Sachsen.«

In den folgenden Tagen wandert Friedrich Ludwig Jahn mit seinen Besuchern über die Hasenheide und weiter hinaus durch die Wälder.

»Atmet die Luft. Unsere deutsche Luft. Sie ist so gut wie die reine Muttersprache. Burschen, weg mit dem Undeutschen. Hört meine Warnung: Schon lange sind wir durch fremde Sprachen, unwissend, besiegt worden, durch Fremdsucht ohnmächtig, durch Götzendienst des Auslandes entwürdigt.«

Carl klammert sich an diese rohe Kraft. Keine mühselige Philosophie. Keine Zweifel. Er zittert nicht. Sein Verstand packt zu. Er will den reinen Menschheitszustand in unser deutsches Volk wieder einpflanzen. »Er ist Kampfeslust.«

Ehrfürchtig sammelt sein Herz die Wahrheiten des großen Jahn.

»Burschen! Es versteht sich von selbst, daß jeder echte Mann seinen künftigen Kindern eine Mutter aus eigenem Volk zu geben bemüht ist. Jede andere Ehe ist tierische Paarung. Wer mit einem uneingebürgerten Weibe Kinder zeugt, hat Vaterland und Vaterschaft verscherzt.«

»Burschen! Man muß Deutschland an seinen schwachen Stellen durch künstlich angelegte Wüstengürtel, mit wilden Tieren vor dem Eindringen dieser Fremdlinge, dieser Landstreicher schützen.«

»Hört, Burschen! Mischlinge von Tieren haben keine echte Fortpflanzungskraft, und ebensowenig haben Blendlingsvölker ein eigenes, volkstümliches Fortleben. Hört ihr's, Burschen? Traut keinem Maulesel, keinem Mulatten. Denn je reiner ein Volk, je besser. Je vermischter, je bandenmäßiger! Den Esel kann ein Gestütmeister wohl zur Beschälung in den Notstall hineinprügeln. Aber zwei volkstumfremde Völker zeugen nicht gleich auf Befehl und Gebot ein neues drittes. Mangvölker fühlen ewig die Nachwehen, die Sünde der Blutschande und Blutschuld verfolgt sie, und anrüchig sind sie immerdar, auch noch bis ins tausendste Glied.«

Spät in der Nacht fragt Friedrich Haberfeld den Freund: »Wenn deine Mutter aus Italien wär'. Würdest du dich schämen?«

Carl schreckt hoch. »Sie ist es nicht. Gottlob!«

Am letzten Tag turnt Friedrich Ludwig Jahn noch einmal mit den Gästen auf der Hasenheide. In grauer Leinenjacke und Hose stößt er die Kugel weiter als die Jüngeren. Sein Lachen poltert.

Carl bittet: »Ich möchte lernen, wie man mit zwei Dolchen einen Gegner schnell besiegen kann.«

»Das sollst du, Bursch.« Der Turnvater baut sich vor ihm auf. Ehe der Student bereit ist, trifft ihn die linke Faust ins Gesicht. Schützend hebt er die Hände. Sofort schmettert ihm Jahn die Rechte gegen die Brust. Rücklings stürzt Carl zu Boden.

Gelächter. Der graue Bart des Turnvaters schlenkert hin und her. »So geht's, Bursch. Nimm Messer, und nicht die Fäuste, dann liegt der Gegner tot vor dir.«

Zum Abschied fragt Carl nach einem goldenen Wort. Friedrich Ludwig Jahn drückt ihn an sich. »Bursch. Erstrebe, das zu werden, was du in deiner Lage für die Menschheit sein und werden kannst.«

Carl strich die Haarlocke ums Kinn. »Verstehen sie jetzt? Mit ganzer Seele ist er ein Lehrer der Jugend. Er ist der Doktor Friedrich Ludwig Jahn. Ein Vorbild für unser Vaterland.«

»Damals, Junge, damals. Und niemand will es bestreiten. Jahn hat sich große Verdienste erworben, als er die jungen Männer durch das Turnen wehrbereit für den großen Krieg machte. Gut, einverstanden, damals war er ein Vorbild.«

Unbeirrt erklärte Carl: »Auch heute noch. Jahn ist der wahre Deutsche. In all seinem Denken und Handeln. Und gerade heute.«

Der Untersuchungsrichter umklammerte die Lehnen. »Falsch! Falsch! Weder Turnen noch Deutsch-Sein darf zur Religion werden.« Er wuchtete sich aus dem Sessel hoch. »Auch in Heidelberg wird geturnt. Doch nie würde ich meinem Sohn gestatten, solche Ideen ...« Am geöffneten Fenster atmete er tief, doch die Erregung blieb, er wandte sich um. »Carl. Wir leben heute, und nicht mehr in der Gedankenwelt der Germanen, der Cherusker. Sie haben mir erzählt, wie Sie der ›Faust‹ beeindruckt hat. Nicht nur Goethe, Sie beschäftigen sich mit Schiller und den großen Geistern unserer Zeit. Es gibt doch eine Sehnsucht nach Humanität! Und sie beschränkt sich nicht nur auf unser Volk. Wozu haben Sie Theologie studiert?«

»Weil ich ...«, Carl schüttelte den Kopf. »Nein, ich denke selbständig. Verstehen Sie, es ist seine Kraft. Von Jahn habe ich nicht das Denken gelernt. Durch ihn faßte ich den Mut, meinem unbedingten Willen zu gehorchen.«

Im Gesicht des beleibten Mannes stritten Bedauern und ratlose Sorge mit dem Zwang, kühl und straff die richterliche Pflicht zu erfüllen. Schließlich zückte er die Taschenuhr.

»Ist es schon zu spät?« fragte Carl ängstlich.

»Nein, Junge, wir machen weiter. Nur für dich selbst ist es zu spät. Sonst würdest du nicht so hier vor mir liegen.« Die Stimme wurde drohend. »Aber hätten wir uns früher getroffen, glaub mir, ich würde das Gespräch sicher nicht abbrechen.

Dieser turnende Prophet!« Schwer sank er in den Sessel. »Doch jetzt steht es mir nicht zu.« Damit zog er ein kleines bedrucktes Papier aus seinen Unterlagen. »Gut. Setzen wir das Verhör fort.«

Er hielt dem Gefangenen den Zettel hin. »Ist dies eins der Exemplare, die Sie in verbotener Weise in Umlauf brachten?«

Nur ein kurzer Blick. Carl nickte. Nein, er wisse nicht, wie die Blätter in sein Zimmer gelangt waren. Auf der Stirn zuckten die Muskeln. »Ich weiß nicht, wer es geschrieben hat.«

Er habe das Lied verpackt, mit verschiedenen Siegeln, mit Oblaten, Lack und Leim verschlossen, seine Handschrift bei jeder Adresse verstellt und habe die Pakete in alle Richtungen Deutschlands verschickt. »Den größten Teil brachte ich während der Reise nach Berlin auf die Post. An den verschiedensten Orten. Weil ich mich schützen mußte.«

»Deutsche Jugend an die deutsche Menge zum 17. Oktober 1818.« Die Überschrift. »Helfen Sie mir, Carl«, mit dem Finger tippte der Gerichtsrat auf die gedruckten Zeilen. »Unter dem Titel steht in kleiner Schrift: ›Dreißig oder dreiunddreißig – gleichviel!‹ Was hat das zu bedeuten?«

In großen Zahlen malte der Gefangene die Ziffer auf die Zudecke. »So viele Fürsten unterdrücken unser Volk.«

»Wenn ich richtig rechne, gibt es 38 Regenten.«

Carl lächelte leicht. »Verschont werden sollten die Fürsten, in deren Ländern es schon eine Verfassung gibt.«

»Das ist Hochverrat.« Ein warnendes Zeichen zu den Schreibern, dann zitierte der Untersuchungsrichter: »»Stürz ... / Dich auf Knecht und Zwingherrn, die Dich hudeln.« Unter halb gesenkten Lidern beobachtete er das lächelnde Gesicht. »Dieses Lied fordert das Volk zum Aufstand gegen Fürsten und Gesetz auf. Sand, das bedeutet: Durch die Verbreitung haben Sie sich des Hochverrats schuldig gemacht.«

Das Lächeln verschwand. »Verstehen Sie, ich will mich nicht verteidigen.« Die Finger krallten sich ins Bettzeug. »Weil ich das Lied aus voller Überzeugung verbreitet habe.«

Stumm knöpfte der Justizrat seine Weste und nickte den Beamten, die Schreibbretter einzupacken.

Carl spürte die Kälte. So darf er mich nicht allein lassen. »Bitte. Mir fällt ein ... Bitte, ich muß noch etwas von unserer Rückreise berichten.«

»Für heute habe ich genug gehört.«

»Aber es könnte wichtig sein«, drängte Carl.

»Gut, Sand.« Widerstrebend blieb der Untersuchungsrichter am Fußende stehen.

»Das Schlachtfeld bei Leipzig«, begann Carl überhastet. »Verstehen Sie, bei unserm ersten Besuch kannten wir die richtigen Plätze nicht. Doktor Jahn beschrieb uns, wo die härtesten Kämpfe stattgefunden hatten. Damals am 18. Oktober.«

Nichts regte sich in dem breiten Gesicht. Ganz gleich! Carl sah zur Decke. »Also, wir fragten die Bauern in der Gegend nach den Gräbern unserer tapferen Brüder. Aber sie winkten ab. ›Da findet Ihr nichts mehr. Von Eurer Sorte sind schon zu viele dagewesen.‹«

»Sand. Warum erzählen Sie mir das?«

»Weil ... Verstehen Sie, die Leute hielten uns für Zahnbrecher, die den Totenschädeln die schönen Zähne rausbrechen, um sie dann in der Stadt wieder einzusetzen. Ist es nicht furchtbar? So werden heute unsere großen Toten mißhandelt.« Carl griff nach der gelähmten Hand. »Doch Haberfeld und ich knieten auf dem geweihten Boden nieder. In Andacht sangen wir Lieder. So dankten wir den gefallenen Brüdern für Sieg und Rettung aus der Knechtschaft. Aus der Bluterde sammelte ich Eisenkugeln, soviel ich tragen konnte, und ich behielt sie zum ewigen Gedächtnis.«

Er preßte die Lippen aufeinander, sein Kinn zitterte.

»Es ist gut, Junge. Ich verstehe.« An der Tür fügte der Gerichtsrat ernst hinzu: »Danke, daß du mir davon erzählt hast.«

Freiherr von Hohnhorst lehnte es ab, neben dem Bett Platz zu nehmen. Achselzuckend rückte der Untersuchungsrichter beide Holzsessel wieder unter die Fenster.

»Keinen Aufwand, lieber Freund. Unsere Visite dauert nicht lange.«

Halb verdeckt vom Buschwerk der Brauen, musterten die Augen kühl den Inquisiten. »Wappnen Sie sich, junger Mann. Ich habe einen Maler herbestellt. Ab morgen und während der nächsten Tagen wird er ein Bildnis von Ihnen anfertigen.«

Ungläubig blickte Carl die Herren an. »Ein Gemälde?« Seine Hand strich über die Locken.

»Damit wir uns richtig verstehen, Sand. Bei jeder Sitzung wird das Gefängnispersonal anwesend sein. Sie können sich mit dem Künstler unterhalten. Allein jedes Gespräch über Ihr Verbrechen und was damit zusammenhängt ist untersagt. Das ist ein Befehl. Der selbst bei Hof hochgeschätzte Mann gibt sich gewöhnlich nicht dazu her, einen Mörder zu portraitieren.«

Die Strenge erschreckte, sie dämpfte den Stolz, auch die Vorfreude auf eine Abwechslung im zähen Tagesablauf. Was denkt er nur von mir? Er verachtet mich. Aber ich bin kein gewöhnlicher Sträfling.

»Haben wir uns verstanden?«

Gehorsam nickte Carl.

Während sie durch den langen Zuchthausflur schritten, zog der Untersuchungsrichter das Schnupftuch und stopfte es zurück. »Sie sind also wirklich entschlossen?«

Hohnhorst schmunzelte. »Zunächst, lieber Freund, niemand verbietet es, bei Einhaltung aller juristischen Vorsicht, eine Zeichnung von unserm Mörder anfertigen zu lassen. Es nützt und schadet dem Prozeß nicht. Da ich persönlich den Künstler honoriere, entstehen der Gerichtskasse keine Kosten. Warum also nicht gleich ein Gemälde?« Ein leichtes Lächeln. »Sie haben recht, lieber Freund, mein Entschluß steht fest. Ich habe mit dem Maler vereinbart, daß er mir von dem Portrait sofort eine Druckvorlage herstellt.«

»Das dachte ich«, sagte der Untersuchungsrichter bedrückt.

»Kommentare, Auszüge aus den Protokollen! Worte allein genügen nicht. Der Leser muß unsern Sand *sehen*. Ein Kupferstich hilft, die Neugierde zu wecken.«

»Gut. Und wann setzen Sie die Kommission von Ihrem Plan in Kenntnis? Es wäre doch ...«

»Warum so besorgt, lieber Freund? Mut und Gesetz müssen miteinander vereinbar sein. Auch in heutiger Zeit.« Hohnhorst kratzte in den Brauen. »Wann? Nun, ich meine, der Maler sollte frei und ohne mögliche Einwände arbeiten können. Morgen ist der 1. August; in gut einem Monat werden wir sicher soweit sein, die Hauptuntersuchung mit einem zweiten Schlußverhör abzuschließen. Erst danach gebe ich bei passender Gelegenheit und ohne unsern Stadtdirektor zu erschrecken meinen Plan bekannt.«

Sie nickten der Torwache zu. Auf der Straße blieb der Untersuchungsrichter stehen, freimütig gestand er: »Auch wenn ich selbst oft zögere und an mir zweifle: Ihr Vorhaben ist richtig. Ich bin froh, mit Ihnen gemeinsam an diesem Fall zu arbeiten.«

»Und für ein wichtiges Buch, lieber Freund, ein gutes Kupfer!« Der Kanzler des Oberhofgerichts lachte trocken. »Kotzebue ließ sich von Tischbein portraitieren. Solchen Meister jetzt für das Bild seines Mörders zu engagieren wäre wirklich übertrieben. Da genügt mir schon ein Wendelin Moosbrugger.«

Die Uniformjacke hochgeschlossen bis zum Hals, fleckenlos, die frischpolierten Knöpfe glänzten. »Das ist schon 'ne Ehre.« Noch nie hatte ein berühmter Maler sein Zuchthaus betreten. Aufrecht saß Valentin Kloster am linken Fenster. Sein Blick bewachte das große Ereignis.

Vor dem Fußende des Bettes war die Staffelei aufgebaut, der Tisch an den Ofen gerückt worden. Während der leicht gebeugte, hagere Künstler die Kohlestifte bereitlegte, prüfte Carl verstohlen den Scheitel, lockerte das lange, gewellte Haar auf dem Kissen.

Nachdenklich betrachtete Wendelin Moosbrugger den Kranken. Klare, forschende Augen.

Carl wagte nicht zu sprechen. Kühn will ich sein, nein, mein Ausdruck soll zeigen, daß ich ... Die Stirn gerunzelt, erklärte er schließlich: »Ich bin noch nie gemalt worden.«

»Es bedarf nur einiger Geduld, Herr Sand.«

Moosbrugger verlangte, daß der Gefangene den Kopf nach rechts zur Tür drehte, war unzufrieden. »Jetzt zum Fenster. Nicht den Beamten ansehen. Ja, so ist es besser.« Von nun an sollte sein Modell diese Kopfhaltung und Blickrichtung unverändert beibehalten.

Der Maler beugte sich über ihn. »Verzeihen Sie, Herr Sand.« Zwischen den Fingern rieb er das kräftige, fast schwarze Haar, strich über die große Stirn, fuhr leicht den vorstehenden Nasenrücken entlang. »Ihr Gesicht ist flächig und doch sehr ausgeprägt.« Kurz tippte er an die Stellen auf Wangen und Stirn. »Blatternarben?«

»Ja. Als Kind. Lange Zeit litt ich an den schwarzen Pocken. Werden die Narben auf dem Bild ...?«

»Sie sind kaum noch zu sehen.« Entschlossen trat Moosbrugger einige Schritte zurück. »Herr Sand. Wir können beginnen.«

»Aber Sie haben mir noch keine Anweisung gegeben.«

»Anweisung?«

»Ich meine, welche Miene? Wie soll ich mich zeigen?«

»Geben Sie sich so, wie es Ihr Zustand erlaubt. Ich war gezwungen, mich bereits gründlich mit Ihnen zu beschäftigen.« Wendelin Moosbrugger wählte einen feinen Kohlestift und stellte sich vor die Leinwand. Erste Striche. »Einer meiner Söhne studiert seit letztem Jahr in Heidelberg. Von ihm weiß ich, wie begeistert Ihre Tat, gerade bei den Studenten, gefeiert wird.« Er streckte den Arm, nahm Augenmaß und skizzierte weiter. »Da ist die Rede vom neuen deutschen Helden. Mut. Tapferkeit. Dem Held eine Märtyrerkrone! Lieder werden gesungen.«

»Sogar ein Lied«, flüsterte Carl.

Jetzt räusperte sich der Oberzuchtmeister vernehmlich. Der Gefangene erschrak. »Verzeihen Sie, Herr Moosbrugger. Verzeihen Sie, aber es ist mir untersagt, hierzu Stellung zu nehmen.«

Man verehrt mich. Man hat begriffen, was ich für mein Vaterland getan habe. Flammenzeichen! Im Widerschein leuchteten die dunklen Augen.

»Doch glauben Sie nicht, junger Herr, daß ich in irgendeiner Weise Verständnis für diese Begeisterung empfinde«, warnte der Maler. »Ich wollte Ihnen nur klarmachen, warum Sie ruhig und entspannt einfach so daliegen können. Gleichgültig, daß Sie nur ein Hemd tragen, ganz gleich, welche Miene Sie zeigen, meine Leinwand ist kein Spiegel.«

Farben. In den folgenden Tagen beherrschte der Geruch nach Leinöl und Harzen das Krankenzimmer.

»Wußte gar nicht, daß so was so lange dauert.« Längst hatte Valentin Kloster die oberen Knöpfe der Uniformjacke geöffnet.

Carl genoß die Stunden. »Es ist an der Zeit, daß in Deutschland wieder Bilder unserer eigenen Helden gemalt werden. Als Sinnbilder der Freiheit. Ich denke da an Hermann. An Luther.«

In seine Arbeit versunken, schwieg Wendelin Moosbrugger; selbst auf Fragen antwortete er nur einsilbig.

Nach vier Tagen gestattete er dem Gefangenen, das fertige Gemälde zu betrachten.

»Verzeihen Sie ...« Heftig schluckte Carl. »Ich, ich erkenne mich wieder. Auch die altdeutsche Kleidung ist so, wie ich sie immer trug. Aber der Ausdruck in meinem Gesicht?«

»Bitte erklären Sie sich deutlicher, Herr Sand.«

»Verstehen Sie, jetzt bin ich vielleicht so schwächlich und krank. Aber unmittelbar vor der Tat war ich es nicht. Im Gegenteil! Ich meine, auf dem Bild wirke ich nicht wie ein Mann, eher zu studentenmäßig.«

»Gibt es noch etwas, das Ihre Mißbilligung erregt?«

»Verzeihen Sie. Muß ich denn nach dem Dolch greifen? Wie der Schurke in einem Theaterstück?«

»Wenn ich richtig informiert bin, Herr Sand, war das Ihr Requisit.« Frostig sah Wendelin Moosbrugger über den Gefangenen hinweg. »Ich werde meinen Auftraggeber von Ihrer Kritik unterrichten.«

Ohne Gruß verließ er das Krankenzimmer.

Von den beiden Wärtern waren Bettpfanne und Eiterschale sofort auf den Flur gebracht worden. An die Türholme gelehnt, warteten sie jetzt mit Wasser und Wischlappen. Sie genossen den Dienst vor der Tür und im Krankenzimmer. Mit Verehrung und ungelenker Zuneigung umsorgten sie ihren Carl. »Draußen war's noch nie so«, und: »So schön hatte ich's noch nie.« Allein die stoffumwickelten Fußketten erinnerten sie noch, daß sie zu langjähriger Zuchthausstrafe verurteilt waren.

Salben, Verbandswechsel, die zubereitete Medizin für den Tag, abgefüllt in vier Bechern; geübt arbeiteten Doktor Beyerle und der Oberzuchtmeister Hand in Hand.

›... ist der Zustand des Patienten gleichbleibend ernst, doch stabil.‹ Keine Veränderung. Der Eintrag auf dem Krankenblatt vom 10. August 1819 glich dem Eintrag vom Vortag. Wie jeden Morgen versprach der umsichtige Arzt, gegen Abend wiederzukommen.

»Wußte gar nicht, daß der Mensch innen drin so stinkt.« Kloster grinste und öffnete das linke Fenster. Vor dem rechten stand ein frischer Sommerstrauß, weiße Schafgarbe, umrahmt von Rainfarn.

»So blüht es auch bei uns zu Hause. Die Wiesen leuchten

richtig.« Ohne den Blick abzuwenden, zog Carl die gelähmte Hand auf die Zudecke. »Wenn ich doch etwas Geld hätte.«

»Davon will ich nichts hören«, wehrte der Oberzuchtmeister streng ab.

»Wie kann ich denn danken?«

»Ich pflück' die Blumen nicht, wenn Sie das meinen«, murmelte der gedrungene Mann. »Die bringt ...«, plötzlich geschäftig, rückte er an den Medizinbechern auf dem Tisch. »Na, das wird eben abgegeben. Auch die andern Sachen. Von den Leuten. Die wollen eben, daß es Ihnen gutgeht. Ich bring's nur her.«

Im frühen Nachmittag betrat der Untersuchungsrichter unvermittelt das Zimmer.

Carl schreckte hoch. Ein Verhör? Ich bin nicht vorbereitet. Wo sind die Gerichtsschreiber?

»Ich wollte sehen, wie es Ihnen geht.« Ohne Umstände setzte sich der füllige Justizrat ans Bett und betrachtete den Kranken. »Ja, Moosbrugger hat Sie getreu wiedergegeben.«

Nur Schmeichelei. Was ist geschehen? Carl schwieg und zog die Decke bis ans Kinn; verwirrt bemühte er sich, die heitere Miene des Mannes zu deuten.

»Gut, sehr gut.« Der Untersuchungsrichter stützte die Arme auf. »Carl. Wenn Ihre Mutter und Ihr Bruder Sie besuchen kämen. Wäre Ihnen das angenehm?«

Herzschlag. Die rechte Hand zuckte, die Finger spreizten, verkrampften sich. »Mutter?« Der Puls schlug hart bis hinauf in den Hals. Nein, still! Es ist eine Falle. Ein grausamer Scherz. »Ich verstehe nicht«, stammelte Carl.

Offen lachte der Untersuchungsrichter. »Es ist wahr, Sand. Schon seit der Tat bemüht sich Ihre Familie um eine Besuchserlaubnis. Ihr Vater hat sich sogar an die höchsten Stellen gewandt.« Warm und herzlich fuhr er fort: »Das Großherzogliche Staatsministerium von Baden hat die Untersuchungsspezialkommission zu Mannheim angewiesen, der Mutter und dem Bruder des inhaftierten Carl Ludwig Sand einen Besuch im Zuchthaus zu gestatten.«

Mutter! Carl schloß die Augen. Unter den Lidern quollen Tränen hervor. »Ist sie schon hier?«

»Nein. Wir haben gestern beraten und beschlossen, daß wir zunächst mit Ihnen darüber sprechen sollten. Ob Sie auch wirklich mit dem Besuch einverstanden sind, bevor sich Ihre Frau Mutter auf den weiten Weg macht.«

Ein Bild malte das nächste, Löwenzahn blüht im Garten, das Elternhaus, die Mutter steht am geöffneten Fenster. »Carl, mein Junge!« Der Klang ihrer Stimme bezwang das Zuchthaus, die Schmerzen. »Du bist mein tapferer deutscher Kerl. Beweise Tatkraft. Ich will stolz auf dich sein.« Ihre Worte überwältigten die enge Wirklichkeit.

Carl stöhnte. Wenn ich es dir erkläre, dann wirst du mich verstehen. Glaub mir, du kannst stolz sein. Du hast mich in den Kampf fürs Vaterland ausgeschickt. Mit dem Handrücken wischte er die Wangen trocken. Ja, Mutter, dein Sohn hat endlich die große Tat vollbracht!

Gefaßt sah Carl zum Untersuchungsrichter. »Ich danke Ihnen«, und mit einem Mal wuchs die Freude, lebte in den dunklen Augen auf, glänzte. »Ja!« rief er und lachte: »Ja, das wäre mein größtes Glück.«

»Gut. Sehr gut! Ich freue mich mit Ihnen.« Weit lehnte sich der Gerichtsrat im Sessel zurück. »Noch heute wird alles veranlaßt, das verspreche ich. Bei der Unterredung muß selbstverständlich ein Mitglied der Kommission anwesend sein.«

Sofort ballte Carl die Hand. Also doch eine List! »Jetzt begreife ich. Man will das Gespräch belauschen. Aufschreiben, was meine Mutter sagt und was ich ihr anvertraue. Man hofft, daß ich, von Rührung überwältigt, vielleicht wichtige neue Informationen gebe.« Er schlug die Faust gegen die Stirn. »So also! Deshalb die Freundlichkeit der Fürsten.«

»Sand! Schweigen Sie!« Heftig blies der beleibte Mann die

Unterlippe. »Das trauen Sie mir zu? Nie würde ich so etwas Schändliches zulassen. Im Gegenteil.« Er bemühte sich um einen ruhigen Ton. »Wenn Ihre Mutter hierher kommt, darf kein Wort über die Tat und alles, was mit dem Mord zusammenhängt, gesprochen werden. Das verlangen wir! Sie kennen diese Vorschrift. Nur, diesmal muß sogar ein Mitglied der Kommission anwesend sein.«

»Aber sie wird mich fragen. Sie will es doch aus meinem Mund erfahren.«

»Carl. Mutter und Sohn, denke ich, können über die Familie, von zu Hause, von schönen gemeinsamen Erinnerungen erzählen.«

»Nein. Meine Mutter ist nicht solch eine Frau. Sie kennt mich genau. Ich muß ihr alles, wirklich alles von mir erzählen dürfen. Frei und ohne Zeugen.«

»Unter den gegebenen Umständen, Sand«, drängte der Justizrat, »nehmen Sie doch die Bedingung an. Und bald schon dürfen Sie Ihre Mutter umarmen.«

Verzweifelt rollte Carl den Kopf im Kissen hin und her. »Kein Besuch.« Unter Tränen flüsterte er: »Ich will nicht, daß sie herkommt. Ich werde lieber, verstehen Sie, dann werde ich mich in Gedanken mit ihr unterhalten, wie bisher.« Er schluchzte.

»Wann haben Sie Ihre Mutter das letzte Mal gesehen?«

Zeige keine Schwäche! Carl wartete, bis er wieder klar antworten konnte. »Im Herbst nach dem Wartburgfest.«

Leise stand der Gerichtsrat auf. »Das ist lange her, Junge. Überleg es dir. In Ruhe. Ich komme nachher wieder.«

Wenn die Mutter mich so sieht? Ihr Sohn ein Gefangener! Er hat versucht sich das Leben zu nehmen, wie ein Feigling! Allein mit ihr, könnte ich alles erklären, richtigstellen. So aber liege ich hier. Nur ein armseliger Verlierer.

Später teilte er dem Untersuchungsrichter seinen endgültigen Entschluß mit. »Im Beisein eines Zeugen wird der Besuch nur zu einem qualvollen Kampf für die Mutter. Auch für mich.«

»Schade, Junge.« Bekümmert stand der Gerichtsrat am Bett. »Ich hätte dir dieses kleine Glück von Herzen gegönnt.«

Carl griff nach der Hand, hielt sie mit aller Kraft. »Bitte. Darf ich schreiben? Einen Brief. Ich möchte es selbst den Eltern sagen. Mit meinen Worten. Bitte.«

»Ich werde mich bei den Kollegen dafür verwenden.« Nach einer Weile erhellte sich das breite Gesicht. »Noch etwas. Ich sorge, daß Bücher hergebracht werden.«

»Danke. Obwohl ich ... Sie sind gut zu mir. Wenn ich Körner und die Bibel haben dürfte?«

»Vor allem denke ich, solltest du dich mit unsern großen Dichtern beschäftigen. Ja, warum nicht auch mit Schiller.«

Die Anrede. Sätze. Carl plante, verwarf und erfand neue Formulierungen. Schlaflos durchdachte er die Nacht. Am Morgen stand der Brief fest in seinen Gedanken, Zeile für Zeile.

Gleich nach dem Verbandswechsel kam der erlösende Bescheid. Von seiten der Kommission gab es keine Einwände. Der Oberzuchtmeister solle das Briefschreiben überwachen.

»Reinreden, das können die Herren machen. Ich helf' dir nur.« Kloster lehnte den Oberkörper des Gefangenen hoch an die Stirnwand des Bettes und legte ihm Schreibbrett und Papier auf das angewinkelte rechte Knie. »Den Stift mußt du aber selbst lecken.« Damit stellte sich der Oberzuchtmeister ans Fenster und betrachtete den Garten unten im Hof.

›Teuerste Eltern und Geschwister! Die großherzogliche Untersuchungskommission hat mir gestern endlich mitgeteilt, daß es möglich wäre, daß ...‹ Carl malte die Buchstaben. Wie lange hatte er das Schreiben vermißt! ›... Verlangen und Entsagung regten mein Herz ... Sosehr auch nur ein Blick in ihre Augen ...‹ Heftig atmete der Gefangene, bis die Wunde in seiner Brust schmerzte, dann erst schrieb er weiter, jeden Satz, den er vorbereitet hatte. ›... Laßt uns, nach Gottes Willen, abermals bei der Entsagung stehen bleiben und jene fröhliche Gemeinschaft im Geiste pflegen, aus der ich täglich so viele Freude schöpfe und die uns stets vergönnt sein wird.‹

Die Bleistiftspitze brach. Mit dem Messer schärfte sie Kloster neu. Carl überlas den Text, nichts war zu verbessern. »Bitte. Noch einige Zeilen.«

»Mach du nur. Ich hab' Zeit.«

›Wie es mit meiner körperlichen Lage steht, weiß ich selbst nicht. Ihr seht schon aus meinem eigenhändigen Schreiben ...‹

Als sein Gefangener leise weinte und die Hand sinken ließ, kam Valentin Kloster zum Bett und beugte sich über das Papier. »Will's gar nicht lesen.« Er schob ihm den Stift wieder zwischen die Finger. »Aber sag noch was zum Abschied.«

»Was bleibt mir denn noch?« Die Lippen zitterten. Mühsam setzte er die Spitze unter den Text. ›Lebt wohl. Euer Euch innig ehrender Sohn, Carl Ludwig Sand.‹

Am Abend war das Fieber gestiegen. Kalte Wickel. Der Patient mußte viel von dem gallebitteren Tee trinken, würgte, spuckte.

»Helfen Sie mit, Sand. Denken Sie an Ihr Versprechen.« Doktor Beyerle sah das tränennasse Gesicht, dennoch gab er dem Kranken keine Ruhe. »Was auch geschieht? Ich dachte, Sie wollen Ihr Leben erhalten, bis das Gericht ein Urteil über Sie gefällt hat? Sie wollen doch die Fürsten vor dieser Schande nicht bewahren. Die beste Medizin, Sand, ist Ihr eigener unbeugsamer Wille.«

»Was kann ich denn jetzt noch ausrichten?« flüsterte Carl. *Durch, Brüder, durch?* Wie soll ich denn kämpfen, wenn der Mut so müde geworden ist?

»Nur ein schwacher Mensch gibt sich verloren. Das Ziel, Sand! Bis jetzt haben Sie Ihr Ziel nicht erreicht.«

Ich bin nicht schwach. Verzweifelt riß er im Haar. »Ich will doch durchhalten.«

Vorsorglich setzte der Arzt Blutegel um die Wunde. Die rotwulstigen Ränder durften sich nicht wieder verhärten.

Ein neuer, heller Tag. Schlaf und Pflege hatten geholfen, das Fieber einzudämmen. Ja, durch! Und Carl war es gelungen, den Schmerz der kindlichen Sehnsucht wieder in seinem Herzen einzusiegeln.

Wortlos führte der Oberzuchtmeister die beiden Sträflinge herein. Leiter, Eisenhaken, Seile und ein Brett wurden an der Wand abgelegt. Geheimnisvolles Schweigen.

»Was ist?«

Carl erhielt keine Antwort. Wie ein Befehlshaber stellte sich Kloster breitbeinig hin. »Kerle, nun ran. Der Bote kommt bald.« Sie schoben das Bett zur Seite.

»Aber das Licht? Warum darf ich die Fenster nicht mehr sehen?«

»Eine Überraschung, Junge.« Mit dem Finger drückte der untersetzte Mann die knollige Nase und grinste.

»Ich ertrage kein ...«

»Nun laß den Kerlen die Freude.«

Beide hoben die Fußketten und banden sie mit einem kurzen Strick am Hosenbund fest. In der Mitte des Zimmers lehnten sie die Leiter gegen einen der Deckenbalken, schraubten den ersten Eisenhaken, in den nächsten Balken den zweiten und hakten die Seile ein. Gemeinsam rückten sie Carls Lager wieder an den gewohnten Platz.

»Und jetzt paß auf.« Der eine öffnete die Schlingen, der andere befestigte das Brett in den Schlaufen. Es schaukelte über der Zudecke. »Na, was sagst du?«

Carl verstand nicht.

»Ist doch bequem?« »Mit der Hand kommst du doch gut ran?« Voller Stolz strahlten ihre Gesichter. Kloster legte den Krankenbericht auf das gehobelte Brett, setzte den Wiesenstrauß daneben. »Na, bitte.« Während er Krug und Blatt wieder wegräumte, erklärte er: »Da kann man auch Bücher draufstellen. Der Bote bringt sie her, sagt der Direktor.«

Carl begriff und sah von einem zum anderen. »Ich ... ich habe Freunde.«

Regen den ganzen Tag, Unwetter, als wären die Wolken über Mannheim zusammengeschoben worden und kein Wind könnte sie jemals weitertreiben.

Nasse, geduldige Pferde; seit dem Morgen stand die Kutsche vor dem hohen Tor von Q6. Gleich nebenan, im Eingang der Zuchthauskirche, hatte sich der Fuhrmann untergestellt.

»Warte.« Keiner der feinen Herren vom Oberhofgericht hatte ihm gesagt, wie lange sie heute, am 3. September, bei dem armen Carl Ludwig Sand bleiben würden. Also warten! Und vor ihm pladderte der Regen auf das schwarze Kutschdach, wusch unentwegt über das badische Wappen an der Seite.

Endlich. Der Oberzuchtmeister trat aus der schmalen Torpforte, pfiff. Sofort stürzte der Kutscher vor und riß den Schlag auf. Ihre Zylinder tief in der Stirn, verließen die Herren nacheinander Q6, eilig stiegen sie in den Wagen. Für die beiden Schreiber war kein Platz mehr; zu Fuß wateten sie, dicht an die Häusergiebel gedrängt, davon.

In der Enge der Kutsche setzten die Richter ihre steifen Hüte auf die Knie.

»Vertane Zeit! Denn wirklich neue Erkenntnisse hat dieses zweite Schlußverhör nicht erbracht.« Philipp von Jagemann ließ dem angestauten Ärger freien Lauf. »Dieser Sand liegt da, sanft wie ein Heiliger! Welche Argumente ihm auch vorgehalten werden, nichts bringt ihn zur Besinnung. Unbeirrt hält er daran fest, daß seine Tat dem Heil des Vaterlands dient. Diese unterwürfige Freundlichkeit, mich kann sie nicht täuschen!«

»Ich bitte Sie, verehrter Stadtdirektor«, beschwichtigte der Kanzler des Oberhofgerichts und bemühte sich um eine ernste

Miene. »Zunächst einmal: Das Verhör mußte stattfinden, um die Hauptuntersuchung abzuschließen. Es war keine Zeitverschwendung. Betrachten Sie den heutigen Tag nur als Ergänzung des ersten Schlußverhörs im Mai. Zum andern aber«, jetzt legte Hohnhorst beide Hände auf dem Hutdeckel übereinander; heiter fuhr er fort: »Es ist doch sonderbar, meine Herren. Dieser junge Mann hat uns geschickte Lügen aufgetischt, die uns monatelang in Atem hielten.«

Die verständnislosen Gesichter der Kollegen steigerten das Vergnügen des Kanzlers. »Wir überführen ihn. Und zur Entschuldigung gibt er lediglich an, daß er unerfahren in Gerichtsprozessen sei.«

»Auch diese Aussage gehört zu seinem ausgeklügelten Plan«, empörte sich der Stadtdirektor.

»Nein. Sand ist nicht geschickt. Das hat mir der heutige Tag bewiesen.« Hohnhorst wölbte die Brauen. »Bedenken Sie seine absonderliche Bitte: Jetzt, nach Abschluß des Verhörs, solle man doch durch die Landeszeitung bekanntgeben, ob nicht irgend jemand seine Verteidigung übernehmen wolle.« Kopfschüttelnd lachte er. »Durch eine Anzeige in der Zeitung!« Plötzlich wich alle Leichtigkeit. »Nein, Sand ist schlicht im Gemüt. Hätte er nicht gemordet, ganz sicher wäre ein fleißiger, brauchbarer Theologe aus ihm geworden.«

»Gut. Wir sollten aber ...« Der Untersuchungsrichter beugte sich vor. »Ich halte es für unsere Pflicht, dem Inquisiten einen Verteidiger zu stellen.«

Sofort, ohne Widerspruch waren die Mitglieder der Kommission damit einverstanden, und der Kanzler beauftragte den zweiten Kollegen aus dem Oberhofgericht, sich nach einem tüchtigen Juristen umzusehen.

»Zwar ist unser Mörder geständig, und sicher wird es nicht zu einer üblichen Verhandlung kommen. Allein, eine Verteidigungsschrift kann ganz gewiß bei der Urteilsfindung behilflich sein.«

Der Wagen war vor N1, dem Gerichtsgebäude am Rand des Paradeplatzes, angelangt.

»Warte noch!« befahl Freiherr von Hohnhorst dem Kutscher. Der Schlag klappte wieder zu.

»Mir läßt es keine Ruhe, meine Herren.« Nachdenklich rieb er über den grauen Zylinder. »Eine Verschwörung steht nicht hinter der Tat des Inquisiten, dies scheint mir jetzt sicher. Je mehr ich aber überzeugt bin, daß Carl Ludwig Sand im Grunde seines Charakters ein eher schwerfälliger, ja biederer junger Mann ist, und sicher kein politischer Heißsporn, um so drängender stellt sich mir die Frage: Wer hat ihn so beeinflußt, daß aus dem Schaf ein Wolf wurde?«

Philipp von Jagemann wollte antworten, doch Hohnhorst wehrte ab. »Nein, ich glaube nicht, verehrter Stadtdirektor, daß Reden und Gesänge und dieser überall laut werdende Einigkeitswille unsern Sand nach Mannheim getrieben haben. Auch nicht der Protest der Burschenschaft gegen die Regenten. Dies allein genügte nicht. Ein schwacher Mensch kann aber durch ein glühend bewundertes Vorbild über sich selbst hinauswachsen und dann blind zur Tat schreiten.«

»Gut, vielleicht dieser Turnvater? Sand verehrt diesen Ludwig Jahn.«

»Der Besuch in Berlin, scheint mir, war zu kurz, lieber Freund. Ganz sicher haben die Persönlichkeit Jahns und seine barbarischen Thesen den Inquisiten beeinflußt. Auch ihn trifft eine Mitschuld, wenn auch nicht im juristischen Sinne.« Der Kanzler des Oberhofgerichts kratzte in den Brauen. »Jena. Ich bin überzeugt, dort traf Sand auf sein Vorbild. Denn ständiger Kontakt und Einfluß waren notwendig, um das schwerfällige Blut des jungen Mannes so entscheidend in Wallung zu bringen.«

Ungeduldig zeigte der Stadtdirektor durchs Fenster auf den Kutscher. »Der Mann steht im Regen, völlig durchnäßt, und wir philosophieren. Verehrter Kanzler, selbst wenn wir diese Person ausfindig machen: ein Vorbild zu sein ist noch keine Straftat. Was gibt es zu tun, das uns juristisch weiterbringt?«

Für einen Moment blitzte Zorn in den hellen Augen, Hohnhorst räusperte sich. »Ich gebe Ihnen recht. Wir sollten den Kutscher nicht warten lassen.« Grimmig nickte er. »Das Lügengebilde des Inquisiten sollte, bis es einstürzte, vor allem einen Namen schützen! Und dieser Doktor Karl Follen weist alle Beschuldigung weit von sich. Beinah dreist hat er der Weimarer Untersuchungskommission angeboten, mit Sand konfrontiert zu werden. Ich nehme das Ersuchen dieses Herrn an. Vielleicht überführen wir doch einen Mittäter. Gleichzeitig bestimme ich, daß uns auch der Zimmernachbar Asmis nach Mannheim gebracht wird.« Hohnhorst setzte den Zylinder auf. »Meine Herren, die Hauptuntersuchung ist abgeschlossen. Natürlich arbeitet die Spezialkommission weiter. Ich danke Ihnen für heute.« Er stieß den Kutschenschlag auf. Neben dem Fuhrmann blieb er im Regen stehen und drückte ihm eine Münze in die Hand. »Danke, guter Mann. Für die Geduld.« Schon stürmte er weiter.

»War nicht nötig«, rief ihm der Kutscher nach, »kenn' ich doch. Für Sie, Herr Kanzler, wart' ich gern.«

Schärfste Sicherheit. Zwei Stadtsoldaten sperrten gleich am Treppenhaus den langen Flur zum Krankenzimmer ab. Kein Kommen oder Gehen war ohne Kontrolle gestattet. Leise Befehle. Weit voneinander getrennt, jeder bewacht, abgeschirmt von einem Polizeioffizier, standen der Student Gottlieb Asmis und Doktor Karl Follen mit dem Gesicht zur Wand. Jedes heimliche Zeichen, selbst jeder Blickaustausch waren ihnen bei Strafe untersagt worden. In der Nähe der Zellentür wartete der Oberzuchtmeister neben Freiherr von Hohnhorst, dem Untersuchungsrichter und den Schreibern. Gespanntes Schweigen.

Die beiden Ärzte verließen das Krankenzimmer. »Vernehmungsfähig«, raunte der Stadtphysikus dem Kanzler zu.

Arglos, beinah erfreut begrüßte Carl die Herren vom Gericht. »Dachte es mir schon. Weil Kloster das Bücherbrett nicht einhängen wollte«, und mit Blick auf den beleibten Justizrat, »danke, daß Sie mir de Wettes Dogmatik haben bringen lassen.«

Die Sessel wurden nicht näher gerückt; stumm nahmen die Richter unter den Fenstern Platz, beide Gerichtsschreiber setzten sich dicht an die Wand neben dem Ofen.

Warum steht Kloster in der geöffneten Tür? Mit einem Mal spürte Carl Unruhe, er rieb die Handfläche über das Laken. Warum geht Kloster nicht?

»Protokoll vom 21. September 1819«, diktierte der Untersuchungsrichter seinen Beamten und wartete, bis sie die Stifte absetzten. »Wappnen Sie sich, Sand.« Hohnhorst nickte, der Oberzuchtmeister trat in den Flur zurück und gab den Weg frei.

Still, wie verloren kam der schmächtige Student ins Zimmer, kurze müde Schritte, nur wenige. Er stand da, den Kopf gesenkt, das lange blonde Haar zottig, verfilzt; der verdreckte schwarze Rock hing ihm von den Schultern.

»Asmis!« Fassungslos. Sofort hustete Carl, schrie auf; hechelnd bezwang er den Wundschmerz. Doch Schuld, Reue, Mitleid loderten, sie schmerzten heftiger, brannten lichterloh in der Brust! »Gottlieb.« Carl verbarg das Gesicht. »Gottlieb.« Immer wieder stammelte er den Namen des Freundes.

Langsam hob der Student den Kopf. Ausgezehrte Wangen, fleckig von harter Rasur. »Ja, Carl. Siehst du. Hier bin ich.« Tief lagen die blauen Augen in den Höhlen, klagten. »Siehst du, mein geliebter Freund.« Er schluckte und lächelte. »Mir geht es gut.« Zum Beweis ließ er die Arme schlenkern.

»Verzeih. Verzeih, Gottlieb.«

»Dann hilf mir«, bat Asmis. »Hilf mir doch.«

Alles will ich für dich tun. Die Schuld verbrannte ihn. Alles werde ich, ja, ich werde dich retten. Befreien. Nur du bist wichtig. Du, mein Lieber. Carl streckte die Hand zum Untersuchungsrichter. »Schnell. Fragen Sie!«

Fast erschreckt räusperte sich der Justizrat und schnippte

leise den Schreibern. »Also gut. Wem übergaben Sie die drei Pakete? Wiederholen Sie Ihre Aussage.«

»Nur die zwei. Gottlieb gab ich nur die ersten zwei«, und ohne Zittern: »Das dritte Paket erhielt Doktor Follen von mir.« Carl hielt dem wehen Blick des Freundes stand. »Gottlieb wußte nichts von meinem Plan. Das ist die Wahrheit.«

Ruhig zeigte der Untersuchungsrichter auf den Studenten. »Bestätigen Sie diese Aussage?«

Asmis nickte. Unverwandt sah er den Kranken an. »Als deine Tat bekannt wurde, brachte ich die beiden Päckchen nach Wunsiedel. Ich gab sie deiner Mutter.«

»Du hast sie gesehen, Gottlieb? Was hat sie gesagt?«

»Kaum etwas. Sie hat nicht geweint, Carl. Nur traurig war sie.«

Vernehmlich räusperte sich der Gerichtsrat. »Keine persönliche Unterhaltung«, ermahnte er zögernd. Der Kanzler hob leicht die Hand. »Beschränken Sie Ihr Gespräch allein auf die Beantwortung der Fragen. Das gilt für Sie beide.«

»Deine Mutter wußte schon von dem Unglück. Sie ging ins Nebenzimmer. Dann kam sie mit deinem Brief wieder und zeigte ihn mir.«

»Den hatte ich ins dritte Paket gelegt, Gottlieb. Ins dritte! Ich schwöre es. Du kannst ihn nicht nach Wunsiedel gebracht haben.« Wild drängte er die Beamten: »Schnell! Schreiben Sie das. Es ist die Wahrheit.«

»Schluß damit, Sand!« Der Justizrat nahm das nächste Blatt vom Tisch. »Gut. Die zweite Frage.«

Hohnhorst schüttelte den Kopf. Verblüfft hielt der Untersuchungsrichter inne.

»Ich denke, es genügt uns, lieber Freund. Dieser Student nützt uns nichts mehr.«

Nicht genug! Verzweifelt rieb Carl den Schweiß hinauf ins Haar. Asmis darf nicht länger leiden. »Nein. Bitte warten Sie«, flehte er.

Ungerührt fuhr Hohnhorst fort: »Lassen Sie ihn hinausbringen.«

Gestehe. So hilflos steht Gottlieb vor mir. Auch wenn es Verrat ist. So rede doch. »Ich habe die Unwahrheit gesagt«, flüsterte er.

Die gebuschten Brauen verengten sich. Der Kanzler wartete.

»Das Geld. Asmis hat es mir nicht geliehen.« Er ließ den Arm sinken. »Vor meiner Abreise fragte ich Doktor Follen. Von Follen erhielt ich zwanzig Reichstaler für die Fahrt.«

Tränen, haltlos strömten sie Asmis über die Wangen. Auch Carl weinte.

»Das Gericht erlaubt Ihnen, sich voneinander zu verabschieden.« Freiherr von Hohnhorst lehnte sich weit zurück. Der Untersuchungsrichter blätterte in den Papieren.

Zaghaft nahm Asmis die Hand. »Ich werde ...«

Carl zog den schmächtigen Freund nah ans Gesicht. »Siehst du. Es gibt keinen Spukmeier mehr«, und dann: »Gut ist es jetzt. Besser für uns beide.«

Keine Gespräche! Schon wurde Asmis von einem der Schreiber an der Schulter gepackt. Der andere stieß die Tür auf. Sie brachten den Studenten in den Flur.

Befreit ließ Carl den Kopf ins Kissen sinken und schloß die Lider. Gottlieb, du Lieber, bei dir bleiben, das durfte ich nicht. Weiter so leben, unbeschwert, Zimmer an Zimmer.

Carl achtete nicht auf die Schritte, auf das erneute Klappen der Tür. Verstehst du, Gottlieb? Mein Weg war bestimmt. Ich mußte der unbedingten Pflicht gehorchen.

»Sand, tapferer Bruder, laß dich umarmen.«

Die Stimme! Carl erstarrte, lag da, unfähig, die Augen zu öffnen.

»Zurück!« herrschte der Kanzler. »Follen, Ihr Platz ist dort am Fußende des Bettes. Und wagen Sie es nicht, dem Inquisiten näher zu kommen.«

»Warum diese Schärfe? Aber bitte, wenn sie in Mannheim

zur Gepflogenheit des Gerichts gehört, so muß ich sie ertragen.«
Seine Sprache war glatt, sein Tonfall höflich, voll sanfter Ironie.
»Ich darf die Herren daran erinnern, daß ich nicht in Ketten
hergebracht wurde. Ich bin nicht Ihr Gefangener. Aus freien
Stücken erklärte ich mich bereit, die mühselige Reise auf mich
zu nehmen. Nun, hier bin ich, um der Wahrheit zu dienen,
Ihnen zu helfen und vor allem, den treuen Bruder Carl Ludwig
Sand noch einmal zu sehen.«

»Beeindruckend, Herr. Sie dürfen den Mantel ablegen.«

O mein Gott. Was habe ich getan? Fest hielt Carl die Lider
geschlossen. Als ich Ihn verriet, war Er in der Nähe. Ich kann
Ihn jetzt nicht ansehen.

»Legen Sie den Mantel ab, Doktor Follen.«

»Da ich mich nicht als Ihr Gast fühle, erlauben Sie mir,
vollständig bekleidet und so unbequem hier stehen zu dürfen.«

Schweigen. Nur das Blättern in den Akten unterbrach die
Stille.

Wie unbedingt gehörte ich zu Ihm. Seine Lehre richtete
mich auf. Half mir auch im geheimsten Gefühl. Immer schon
wehrte ich die Unreinheit in mir ab, doch ich wußte nicht,
warum. Dann sprach Er es aus. ›Keine Frauenliebe. Unser
Heiland soll euer Vorbild sein. Seid keusch, wie er. Widmet
euch ungeteilt dem Dienst des Vaterlands.‹

»Sand!« Die Stimme des Untersuchungsrichters. »Sind Sie
bereit?«

Carl rollte den Kopf hin und her.

»Möchten Sie trinken?«

»Ja, etwas Wasser.« Nur, um Zeit zu gewinnen.

Carl faßte Mut und öffnete die Augen. Er! Doktor Karl
Follen! Hochaufgerichtet. Diese Herrschaft in den tiefblauen
Augen. Diese ebenmäßigen Züge. Sein wallend braunes Haar.
Wie so oft, stützte Er auch jetzt die linke Hand elegant in die
Seite des altdeutschen Rocks. Von seinen kräftigen Schultern
fiel in weichen Falten der schwarze Reiseumhang.

Carl nahm den Becher, trank, ohne den Blick abzuwenden. Und Asmis? Plötzlich ernüchtert riß Carl sich los. Und Gottlieb? Wie erbarmungswürdig, wie elend warst du. In welches Unglück habe ich dich gestürzt, nur um Follen zu schützen. Aber er hat sein Versprechen gebrochen! Jetzt bin ich allein der Held, ohne ihn. Nein, ich werde unsere Sache im Ganzen nicht verraten, doch ich muß Gottlieb durch die Wahrheit retten.

Gefaßt reichte Carl dem Schreiber den Becher zurück. »Ja, ich bin bereit.«

»Gut, sehr gut.« Der Gerichtsrat wölbte die Unterlippe, sah vom Blatt auf und bat Follen, mit der Aussage zu beginnen.

»Gern. Doch kenne ich das Problem nicht genau.« Sanft und entwaffnend.

Freiherr von Hohnhorst kratzte in den Brauen. »Also bitte, lassen Sie den Inquisiten wiederholen.«

Mit Sorgfalt legte sich Carl die Antwort bereit. »Niemand wußte von meiner Tat. Ich, ich allein habe sie vorbereitet und durchgeführt. Das ist die Wahrheit.«

»Sand, beschränken Sie sich ausschließlich auf das dritte Paket«, forderte der Untersuchungsrichter. »Sehen Sie zu mir, wenn Sie sprechen.«

Carl gehorchte.

»Am Abend vor meiner Abreise ging ich zu Doktor Follen.« Das dritte Paket habe er auf die Kommode oder auf den Tisch gelegt. Es sei versiegelt gewesen, doch ohne Adresse. »Während des Besuchs bat ich Doktor Follen, dieses Päckchen später irgendwann bei Gelegenheit meinem Freund Asmis zu übergeben.«

»Sie haben es gehört, Doktor Follen.« Der Untersuchungsrichter wandte nicht den Kopf. »Wo ist dieses Paket?«

»Gehört, nur gehört.« Die schlanken Finger spielten auf der hohen Stirn. »Doch erinnern? Nein, sosehr ich mich mühe, dieser Einzelheit kann ich mich nicht entsinnen.«

Dem Gerichtsrat sank das Kinn, und ehe er sich gefaßt hatte, erklärte Karl Follen leicht bekümmert: »Mein schwaches Gedächtnis läßt mich im Stich.«

»Ich warne Sie«, fuhr der Kanzler auf. »Dies hier ist ein Verhör! In einer hochpolitischen Mordsache.«

»Eben, darum bin ich bemüht, redlich Antwort zu geben. Wie soll ich mich nur an solch eine Nebensache erinnern? Wo lag das Paket? Auf der Kommode? Auf dem Tisch?« Seufzen. »Bedenken Sie, mein schwerverletzter Freund und Bruder spricht von ›später‹, ›irgendwann‹ und ›bei Gelegenheit‹. Dies sind unbestimmte Aussagen.« Bedauernd blickten die großen Augen von einem Richter zum anderen. »Wenn mir Ihr Gefangener tatsächlich ein Paket auf diese Weise in die Wohnung gebracht haben sollte, also als etwas Nebensächliches und quasi im Scherz, ist es dann nicht verständlich, daß solch ein unwichtiger Vorgang mir nicht im Gedächtnis haften blieb?« Die offenen Hände streckte er dem Kranken entgegen. »Carl liegt da, todwund, fiebernd. Vielleicht war es so, wie er gesagt hat. Ich entsinne mich an nichts. Doch seinem Wahrheitsgefühl traue ich mehr als meinem schwachen Gedächtnis.«

»Und die Beweispflicht liegt bei uns«, knurrte der Kanzler gefährlich. »Ich habe Sie gut verstanden, werter Herr.«

Follen schien den Vorwurf nicht zu merken, er drückte die Hände aneinander. »Ich weiß nichts von solch einem Paket.«

Stumm verständigten sich die Richter. Hohnhorst selbst nahm jetzt das zweite Blatt vom Tisch. Er las und legte es lächelnd wieder ab. »Lassen Sie mich erzählen, Herr Doktor Follen, wie es um einen alten Richter hier im schönen Mannheim bestellt ist.« Er lehnte sich zurück, unter dem Buschwerk glitzerten die Augen. »Ich bewohne ein geräumiges Haus. Meine Frau hat es nicht nötig, selbst auf den Markt zu gehen, dafür haben wir unsere Mägde und Diener. Ich leiste mir nicht nur gute Zigarren. Wie steht es mit Ihnen?«

Follen griff nach der Borte des Umhangs, wachsam beobachtete er den Kanzler. »Das Gehalt eines Dozenten erlaubt solch ein Leben nicht. Außerdem, seit man mir im Zuge der allgemeinen Hetzjagd an den Universitäten die Lehrerlaubnis entzogen hat, bin ich gezwungen, noch sparsamer zu leben.«

»Das ist bedauerlich. Ich entnehme Ihren Worten, daß Sie nicht einfach Geld verschwenden können.«

Follen bestätigte und setzte hinzu: »Im übrigen widerspricht es meinen Grundsätzen.«

»Demnach wissen Sie noch, daß der Inquisit zwanzig Reichstaler von Ihnen erhielt.« Hohnhorst beugte sich vor. »Kurz vor der Abreise. Antworten Sie!«

Für einen Augenblick krallte sich die Hand in den Mantelstoff. »Ich kann mich zwar nicht genau besinnen. Will es aber nicht ganz ableugnen.« Entspannt spielten die Finger über die Stirn. »Ja, ich erinnere mich dunkel. Es mag im Februar gewesen sein. Auf Sands Zimmer. Ich lieh meinem Freund ein paar Münzen. Wieviel weiß ich nicht. Vielleicht eine Rolle mit Kopfstücken.«

Freiherr von Hohnhorst sprang auf und stellte sich ans Fenster. »Ihre Krankheit ist höchst besorgniserregend. Bei dieser fortgeschrittenen Gedächtnisschwäche sollten Sie wirklich keine Studenten unterweisen. Die Lehre des Rechts ist ein zu wertvolles Gut.« Hohnhorst wandte sich nicht um. »Reisen Sie wohl, Herr Doktor Karl Follen«, und mühsam beherrscht: »Hinaus. Schaffen Sie den Zeugen hinaus.«

Carl spürte den Pulsschlag; er wagte dem stattlichen Mann nicht in die Augen zu sehen. Erst als er fortgeführt wurde, blickte er ihm nach, voller Bewunderung. Obwohl ich Ihn verriet, hat Er für mich gesiegt. Er wußte den Weg aus höchster Gefahr. Und Gottlieb ist gerettet, ohne daß ich Follen Schaden zugefügt habe. Danke. Welch ein Triumph.

Unten, im Garten des Zuchthauses standen die Richter noch beieinander. Freiherr von Hohnhorst starrte lange in das blühende Asternbeet. »Ein schwaches Gedächtnis! Dieser Mann ist wirklich eine Gefahr. Und Sand wurde zu seinem blinden Jünger.«

»Gut. Doch wir sind machtlos. Juristisch gibt es keine Handhabe gegen ihn.«

Hohnhorst lachte trocken. »Lieber Freund. Nennen wir es beim Namen: Follen war geschickter als wir. Und gerade ihn hätte ich gern in Ketten gelegt.« Er hob die Brauen. »Dennoch bleibe ich dabei, weder der Mord an Kotzebue noch ein Doktor Follen rechtfertigen es, ohne Ansehen gleich die gesamte Opposition der Demagogie zu verdächtigen. Und dies wird geschehen. Härter noch und umfassender als bisher. Mit wachsender Sorge erwarte ich die Beschlüsse der Karlsbader Konferenz.«

Nachdenklich faßte er den Arm des Untersuchungsrichters. »Noch einmal zu diesem mir äußerst suspekten Dozenten. Ich befürchte, lieber Freund, daß in Zukunft Menschen wie er, stehen sie zufällig auf der richtigen Seite der Politik, eine große Karriere im Staat zu erwarten haben: Gebildet, schnell und scharf im Verstand, mit einer begeisternden Ausstrahlung begabt, dazu ohne Skrupel und vor allem: zur rechten Zeit, wenn persönliche Gefahr droht, ein schwaches Gedächtnis.« Der Kanzler des Oberhofgerichts schauderte angewidert. »Gott bewahre uns vor Staatsmännern mit dieser gefährlichen Mischung von Qualitäten.«

Herbstlich buntes Laub entlang der Planken. Den großen Korb in der Armbeuge, die Wolljacke hochgeschlossen, eilte Friederike in Richtung Rheintor. Auf dem Fruchtmarkt, am Ende der breiten Allee, drängten sich Bürgerfrauen, Diener, Mägde und feine Damen schon an den Ständen und Karren, kosteten, feilschten. Trotz des kalt frischen Morgens bot der Wirt des ›Weinbergs‹ draußen vor dem Eingang der Schankstube Getränke an. Geschrei, Lachen und Geruch nach gerösteten Kastanien. Der letzte Markttag im Oktober.

»Welcher Apfel bleibt fest im Fleisch?« Friederike ließ sich von der Bäuerin beraten. Halten muß er. Auch schön aussehen soll er. Die süßen haben schnell Würmer? Gut, dann lieber einen, der etwas sauer schmeckt. Der erfrischt auch besser. Gut, dann nicht den glatten, rotbackigen, lieber den mit der rauhen braungrünen Schale. Friederike probierte ein Stück. Sie war zufrieden. »Davon nehme ich dreißig.«

Heftige Wortwechsel! Drüben, in der Nähe des ›Weinbergs‹ scharten sich Leute zusammen. Selbst einige Händler verließen ihre Stände. Die Bauersfrau hob den Kopf und stemmte die Arme in die Hüfte. Ohne den Lärm zu beachten, setzte Friederike den Korb vor ihr ab. »Und von dieser Sorte kann ich auch noch Ende November kaufen?«

»Was, Fräulein?« Widerstrebend, halb mit dem Ohr bei der erregten Gruppe, wandte sich die Frau dem Mädchen zu. »Ja, ja. Den ganzen Winter über, Fräulein.«

Nur dicke, nur ja keinen kleinen dazwischen. Friederike gab acht, daß ein Apfel dem anderen glich.

Jetzt wurden die Stimmen schärfer. Satzfetzen. »Und ich sage: Bluthund!« »Der russische Spion mußte weg!« »Was macht dein Vater mit unserm Sand?«

Bei dem Namen schreckte Friederike zusammen. Carl! Wieder reden sie über den armen Carl. »Bitte. Ich muß ...« Sie lief zu der Gruppe hinüber.

»Sag's mir dann, Mädchen. Ich will's auch wissen!« rief ihr die Bäuerin nach.

Aufgebracht umringten Frauen und Männer einen schmalbrüstigen Studenten. »Warum quält dein Vater den Sand?« »Wehe, wenn er gefoltert wird.« »Sand ist kein Mörder.« Und lauter: »Ein Held ist er!« »Unser Mannheimer Held!« Beifall und Hochrufe.

Ratlos blickte der junge Mann in die Gesichter. »Laßt mich. Geht weiter.«

»Erst sag uns, ob's dem Carl gutgeht?« »Du mußt es doch wissen, du bist der Sohn vom Untersuchungsrichter.«

»Kein Wort spricht der Vater zu Haus darüber! Versteht doch, das ist Vorschrift.«

Drohend rückten die Leute näher. »Also doch. Die feinen Richter wollen's geheimhalten, was sie da im Zuchthaus mit dem todkranken Sand anstellen. Angst haben sie, weil wir ihnen sonst ...« Selbst Frauen zeigten dem Studenten die Fäuste.

Schützend hob er die Arme.

»Sag ihm, wir Mannheimer schämen uns für die Richter.« »Frei soll der Sand sein!« »Einig Vaterland!« »Das Volk soll mitbestimmen!« »Und sag ihm, daß wir schon aufpassen.«

»Was wollt ihr denn von mir?« In ärgerlichem Zorn: »Weg! Ich will jetzt gehen!«

»Hierher, Leute! Kommt her!« Die Stimme schallte über den Fruchtmarkt. Neugierig drehten sich alle Köpfe zum Gasthaus. Auf einem Faß, gleich neben dem Ausschank, stand der Knecht des Wirts und ruderte mit den Armen. »Ich bin der einzige, der den Sand kennt. Ich hab' ihm den Weg zum Kotzebue gezeigt!«

Sofort ließ die Gruppe vom Sohn des Untersuchungsrichters ab. Wer auf dem Markt die Geschichte des Bediensteten noch nicht gehört hatte, wer sie noch einmal hören wollte, lief zum ›Weinberg‹.

»Also, der Sand sitzt bei uns am Tisch. Hier, gleich da drinnen. Da fragt er: ›Wo wohnt dieser Kotzebue?‹ Eine Stimme, kalt wie Eis, sag' ich euch...«

Wein und Bier. Während der Knecht mit rollenden Augen erzählte, füllte der Wirt die Krüge.

»... Aber beim ersten Mal, da war der Russenteufel, dieser Spion nicht zu Hause. Also sag ich: ›Gut, dann führ' ich den Herrn Student was durch die Stadt.‹ Da sagt er: ›Erst zur Jesuitenkirche ...‹«

Friederike kehrte um. »Wie ein Schausteller! Schämen sollte er sich«, flüsterte sie. »Jetzt machen sie mit Carl schon Geschäfte.«

Erwartungsvoll sah ihr die Bäuerin entgegen. »Was war?«

Das Mädchen fror und zog das Tuch enger über die Wolljacke. »Es ging wieder um diesen Kotzebue.«

Bis zum Rand war der Korb gefüllt, feste, braungrünliche Äpfel.

»Dreißig Stück wiegen was, Fräulein. Soll mein Bub nicht helfen? Wie weit ist es denn?«

»Nur bis Q6. Es geht schon.«

»Zum Zuchthaus?«

Geduldig nickte Friederike. Q6! Und immer die gleiche erstaunte Neugierde.

»Für wen sind die Äpfel?«

»Für uns. Mein Vater ist der Oberzuchtmeister Kloster.«

»Wirklich? Ach, da beneid' ich dich. Dann siehst du den armen Jungen doch!« Eifrig wischte die Bäuerin ihre Hände am Busen. »Mädchen, sag es mir, ist er wirklich so schön?«

Selbst diese Alte! Was wollen die Weiber nur von Carl? »Ich darf nicht zu ihm«, sagte sie ruhig. »Niemand darf das, außer meinem Vater.« Entschlossen packte sie ihren Korb. »Den trag' ich selbst.«

Nachdem der Untersuchungsrichter den Band *Die Geschichte des Abfalls der Vereinigten Niederlande* auf das schaukelnde Bücherbord gestellt hatte, griff der Gefangene dankbar nach seiner Hand. Doch der beleibte Mann entzog sie ihm und nahm ein Exemplar der ›Allgemeinen Zeitung‹ aus der Rocktasche. »Sand, der Satiriker Friedrich ist Ihnen sicher bekannt?«

Sofort leuchteten die dunklen Augen. »Ein ehrenwerter, aufrechter, kluger Mann. Er scheut sich nicht, die Wahrheit über die herrschenden Zustände zu schreiben.« Voll Zorn fuhr er fort: »Auch ihn hat Kotzebue in seinem Schmierblatt verspottet. Auch ihn wollte er den Fäusten der Kosaken und Baschkiren ausliefern. Friedrich ist ein wahrer deutscher Schriftsteller.«

»Gut, Sand, sehr gut. In Ihrem Zimmer fand sich der Spruch: ›Ich will die Morgenröte wecken.‹«

Carl hob den Kopf. »Ein Verhör? Ich dachte ...«

»Nein, Sand. Die Untersuchung ist endgültig abgeschlossen.« Ernst betrachtete ihn der beleibte Mann. »Ihr Spruch wurde überall abgedruckt. Und Friedrich hat Ihnen daraufhin einen öffentlichen Brief geschrieben. Die Kommission ist der Meinung, daß Sie ihn hören sollten.« Er schlug die Zeitung auf. »An Sand. Du hast es erreicht! Gelungen ist der Todesstoß, verstummt ist der Verhaßte, und in dem unseligen Wahn, eine große preiswürdige Tat vollbracht zu haben, trittst du vor deinen Richter! Unglücklicher! Mag Gott dir vergeben, die Menschen können es nicht. Ja, selbst die, denen du durch Meuchelmord zu dienen wähntest, müssen dich verdammen. Denn indem du den Mordstahl in die Brust des Feindes senktest, hast du nicht den Feind, sondern die gute und gerechte Sache erdolcht ...«

Während der Untersuchungsrichter weiterlas, legte Carl den Kopf zurück ins Kissen und blickte gleichmütig zu den Deckenbalken. Er betrachtete die Haken, an denen die Stricke des Bücherbretts befestigt waren.

»... Ja, Verblendeter! Indem du deine vorher reine Seele mit dieser Tat beflecktest, hast du zugleich einen Makel geworfen auf die heilige Sache, für welche dein Herz erglühte. Du wirst verflucht. Kotzebue aber strahlt jetzt in der Glorie eines Märtyrers der Wahrheit, und er wird im Tode ein mächtigerer Feind, als er im Leben war. Du hast denen, für die er kämpfte, den wichtigsten Dienst geleistet. Du hast ihnen die tödlichen Waffen in die Hände gegeben.« Lauter wurde die Stimme des Gerichtsrates. »Furien der Verketzerungssucht werden jetzt aus ihren Höhlen hervorstürmen, auf seine blutige Leiche zeigen und Gerechte und Ungerechte in die eine selbe Verdammnis werfen und gleichzeitig ihr Wehegeschrei über die Jugendverführer und Freiheitsapostel ausrufen. Die Feinde des Vaterlands aber werden jetzt schüren und blasen und sich mühen, den

Funken der Zwietracht zur Flamme anzufachen. Ist das die Morgenröte, die du zu wecken hofftest?«

Der Untersuchungsrichter steckte die Zeitung zurück in die Rocktasche. »Sand, an allen Universitäten, in allen großen Städten der deutschen Bundesstaaten werden Verhaftungen durchgeführt.«

Carl ließ die Finger der rechten Hand auf der Zudecke spielen.

»Junge, ich meine, das solltest du wissen. Alle, die jemals wagten, kritisch ihre Stimme zu erheben, werden gejagt und mundtot gemacht. Eine Brandfackel für die Freiheit wolltest du schleudern. Das Gegenteil hast du bewirkt.«

Verwundert sah der Gefangene dem Untersuchungsrichter ins Gesicht. »Jeder kämpft für sich, jeder muß es allein durchstehen.«

»Gut, Sand! Aber was jetzt draußen geschieht, kann Ihnen doch nicht gleichgültig sein?«

Leicht zuckte Carl die Achsel.

»Gut, ich weiß, die Meinung des Gerichts zählt für Sie nichts. Aber läßt es Sie denn kalt, wenn gerade Friedrich Ihre Tat so beurteilt?«

In aller Ruhe glättete Carl sein Haar. »Verstehen Sie, dies ist nur das Urteil eines einzelnen Menschen, nicht mehr.« Er zeigte zum Tisch auf die Gläser mit Eingemachtem, die Süßigkeiten. »Sie sehen doch, im Volk werde ich geliebt und verehrt.«

Abrupt, wortlos verließ der Untersuchungsrichter das Krankenzimmer.

Noch vor der Sitzung betrat Freiherr von Hohnhorst das große Schreibkontor des Gerichts. Männer beugten sich über breite Stehpulte. Schwarze Ärmelschoner. Öllampen. Akten. Nur das Geräusch von kratzenden Federn. Zielstrebig ging der Kanzler durch den Saal zum hinteren Fenster. Dort blickte er den beiden Beamten über die Schulter, las eine Weile stumm, dann nickte er. »Sie arbeiten tüchtig. Wann sind Sie mit der vollständigen Abschrift der Protokolle fertig?«

In zwei, vielleicht auch erst in drei Tagen. Wenn sie nicht durch dringendere andere Schreibarbeiten davon abgehalten würden.

»Dafür werde ich sorgen. Die täglichen Gerichtssachen können solange von Ihren Kollegen übernommen werden. Eine sorgfältige und genaue Kopie aller Unterlagen hat Vorrang. Die Protokolle müssen auch in Zukunft der Kommission zu jeder Zeit zur Verfügung stehen.«

Während er das Kontor verließ, nickte Hohnhorst grimmig.

Das enge Sitzungszimmer war gut geheizt. »Meine Herren, ich begrüße Sie zu unserer vorläufig letzten Zusammenkunft.«

Die drei Mitglieder des Spezialausschusses stützten die Arme auf die Tischplatte. Gespannte Aufmerksamkeit.

»Kraft meines Amtes habe ich die Pflicht, Ihnen heute Schwerwiegendes und, den Mordfall Sand betreffend, eine Entscheidung mitzuteilen. Ich werde mich, wie gewohnt, bemühen, Ihre kurz bemessene Zeit«, ein verständnisvoller Blick zum Stadtdirektor, »nur soweit es nötig ist, in Anspruch zu nehmen. Zunächst aber möchte ich danken, Ihnen allen.« Nacheinander nickte er in die Runde. »Jeder für sich hat mit höchstem Eifer geholfen, diese Untersuchung voranzutreiben. Aus diesem Grunde können wir beruhigt ...« Vom zweiten Kollegen aus dem Oberhofgericht wurden ihm die vorbereiteten Unterlagen zugeschoben, und Hohnhorst deutete auf das Siegel des oben liegenden Schreibens. »... der Anordnung des Staatsministeriums Folge leisten und unsere Akten dem zuständigen Hofgericht übergeben. Allerdings erst in einer Woche, ich denke am 9. November.«

Keine Einwände wurden erhoben.

»Der Prozeß wird eröffnet. Da Sand mehr als 10 Jahre Haft

zu erwarten hat, kann das Kriminalgericht nach seiner Entscheidung nur eine Empfehlung aussprechen. Wir, im Oberhofgericht, werden dann das Urteil endgültig fällen. Sie sehen, meine Herren, soweit ein ganz normaler Vorgang.«

Unvermittelt tippte Hohnhorst erregt auf das Schreiben. »Hier aber, hier wird uns gleichzeitig befohlen, falls die Untersuchung auch nur im entferntesten Hinweise auf demagogische und aufrührerische Personen liefert, diese Auskünfte unverzüglich der neu eingerichteten Zentral-Untersuchungskommission in Mainz zu melden. Kein höflicher Vorschlag. Ein Befehl!«

Philipp von Jagemann fuhr auf: »Wir sind das Badische Gericht! Dieses Ansinnen verletzt unsere Badische Landeshoheit.«

Gefährlich sanft beschwichtigte der Kanzler: »Verehrter Stadtdirektor, warum so empört? Ich bin erstaunt. Aber vielleicht hatten Sie noch keine Zeit, die neuen Verordnungen zu studieren? Denn was in Karlsbad beschlossen und von der Bundesversammlung in Frankfurt einstimmig verabschiedet wurde, diese neuen Gesetze müssen doch Ihrem Wunsch nach staatlichem Reglement voll entsprechen?«

»Nur gehört, aber ich sah keinen Grund, mich gründlich damit zu beschäftigen«, gab Jagemann bereitwillig zu. »Das gesittete bürgerliche Leben in meiner Stadt scheint nicht davon betroffen zu sein. Nein. In den letzten Wochen hatte ich wichtigere Aufgaben zu erledigen.«

Auch die anderen Mitglieder zuckten entschuldigend die Achseln.

»Wichtigeres?« Hohnhorst faltete die Hände über der Unterlagenmappe, seine Knöchel wurden weiß. »Um Ihnen die Mühe zu ersparen, darf ich Ihnen allen kurz den Inhalt der Beschlüsse zusammenfassen. Denn im Gegensatz zu Ihnen, verehrter Stadtdirektor, denke ich, daß diese Gesetze sehr wohl das persönliche Leben eines jeden von uns treffen. Außerdem stehen sie mit der Tat Sands in unmittelbarem Zusammenhang.«

Sofort erklärten sich alle einverstanden. Nur der Untersuchungsrichter wandte ein: »Sie meinen wirklich, der Mord an Kotzebue könnte die neuen Maßnahmen beeinflußt haben?«

»Nicht allein beeinflußt, lieber Freund. Er war der willkommene Anlaß.« Sofort hielt Hohnhorst inne. »Nennen wir es vorsichtig: Sand hat höchstwahrscheinlich den Grund geliefert.«

Unter den Brauen glitzerten die scharfen Augen. »Bevor ich beginne: Per Erlaß ist es jedermann untersagt, die Karlsbader Beschlüsse zu diskutieren. Ich will keine Mißstimmung unter uns. Falls mir dennoch ein Kommentar unterläuft, werden Sie es mir nachsehen, Herr Stadtdirektor?«

Steif saß Philipp von Jagemann am Tisch; die Ironie kränkte ihn. »Natürlich. Auch ich zweifle nicht an Ihrer Loyalität unserm Landesherrn gegenüber.«

Hohnhorst klemmte das Monokel ein und öffnete die Mappe. »Vier Punkte, verehrte Kollegen! Ich teile Ihnen nur die Essenz mit. Das neue Universitätsgesetz schreibt strengste politische Überwachung der Lehre vor. Jede Hochschule erhält einen außerordentlichen Regierungsbevollmächtigten. Dieser Kurator überwacht die in Vorlesung und Diskussion vertretenen Ideen, um dem Geist den heilsamen Weg zu weisen. Allein, weicht ein Professor nur einen Schritt davon ab, so wird er fristlos vom Katheder verbannt. Ich betone, ohne jede Möglichkeit, ein Gericht anzurufen. Außerdem wird verfügt, daß dieser Lehrer auch in keinem anderen deutschen Staat je wieder Anstellung finden darf. Natürlich ist die Allgemeine Burschenschaft, wie auch jede ähnliche studentische Verbindung verboten worden, desgleichen die Turngemeinschaften. Bei Zuwiderhandeln muß ein Burschenschafter sofort exmatrikuliert werden. Er darf auch an keiner anderen Universität sein Studium fortsetzen, nie darf er später ein öffentliches Amt bekleiden. Dies bedeutet: er ist zeitlebens vom Staatsdienst ausgeschlossen.«

Freiherr von Hohnhorst blickte in die Tischrunde. »Es erübrigt sich zu erwähnen, daß zur Zeit, unter dem Stichwort

Demagogenjagd, gründlicher denn je an unseren Hochschulen gesäubert wird. Auch muß ich nicht betonen, welch große Hoffnung wir künftig in die heranwachsenden Akademiker setzen dürfen.«

Nur Philipp von Jagemann überhörte die bittere Ironie und nickte beifällig.

Der Kanzler blätterte weiter. »Im Pressegesetz wird verfügt, daß der persönliche Briefverkehr zwischen den Bundesstaaten zu überwachen ist. Vor allem aber, wie schon oft gewünscht, werden Journalisten und Schriftsteller endlich durch straffe Zügel vor Unbesonnenheit bewahrt. Alle Artikel und Bücher unter zwanzig Bogen, das heißt, mit weniger als 320 Druckseiten, müssen vor der Veröffentlichung einer Zensur unterworfen werden. Für Schriften über zwanzig Bogen gilt eine Nachzensur, bevor das Werk in Umlauf gebracht werden darf.«

Und beiläufig setzte Freiherr von Hohnhorst hinzu: »In diesem Zusammenhang möchte ich Sie informieren, daß ich entschlossen bin, den Fall Sand in einem Buch festzuhalten.«

Hart stieß Jagemann den Zeigefinger auf die Tischplatte. »Zu welchem Zweck?«

»Zur allseitigen Beruhigung. Und dies kann nur in Ihrem Sinne sein, verehrter Stadtdirektor.« Ein gewinnendes Lächeln. »Dieser Aufruhr in der Bevölkerung, ja, selbst in unserem Mannheim! Ich plane lediglich, Auszüge der Protokolle zu veröffentlichen. Die Wahrheit soll das Gerede verstummen lassen und die Wogen glätten.«

»Haben Sie um Erlaubnis ersucht?«

Gespielte, beinah übertriebene Betroffenheit in der Miene des Vorsitzenden. »Ich bin loyal! Seine Königliche Hoheit hat meinem Plan stattgegeben.«

Sofort löste sich die Spannung. Als der Blick des Kanzlers den Untersuchungsrichter streifte, zückte der beleibte Mann eilig das Schnupftuch und schneuzte sich ausgiebig.

»Meine Herren, die Punkte drei und vier zeigen deutlich, mit welcher Umsicht das Leben in deutschen Landen jetzt geregelt ist. Ob für immer, weiß ich nicht, doch ganz sicher für die nächsten fünf Jahre. Und so behütet, darf sich jeder Aufrichtige wahrhaft sicher fühlen. Denn der Deutsche Bund hat entschieden, bei Nichteinhaltung oder gar grober Verletzung der neuen Gesetze unverzüglich Truppen in den betreffenden souveränen Einzelstaat einrücken zu lassen. Das gilt insbesondere bei ungebührlicher Volksbewegung.« Hohnhorst atmete schwer, doch er zwang sich wieder zu dem spöttischen Ton. »Nicht genug der Obhut! Denn seit dem 21. Oktober dieses Jahres hat in Mainz die Zentral-Untersuchungskommission ihre Arbeit aufgenommen. Sie wacht, bewacht und bestraft. Fürchten Sie nichts mehr. Es wird keine Demagogen, keine Umtriebe, keine Staatsfeinde, auch keine kritische Meinung im Innern mehr geben, denn diese Behörde wird durch geheime Agenten, durch Polizei und Denunzianten allgegenwärtig sein. Für sie gelten keine Landesgrenzen mehr.« Bewegt stützte der Kanzler den Kopf in die Hand. »Denken Sie an all die Opfer der Freiheitskriege, an die Kraft der aufblühenden Hoffnung. Und dies ist nun der einzige Erfolg. Mehr nicht! In Mainz gibt es nun die erste und wahrhaft einzige Behörde, die unsere deutschen Länder miteinander verbindet. Ein Überwachungskopf mit uneingeschränkter Vollmacht! Er darf sich sogar willkürlich über bisher geltendes Gesetz hinwegsetzen. Entspricht das der Würde unseres Volkes?« Hohnhorst schwieg und schirmte die Augen.

Ohne Zögern, gab Philipp von Jagemann freimütig zu: »Verzeihen Sie, meine anfängliche Empörung war übereilt, werte Kollegen. Wenn die Zentral-Untersuchungskommission mit diesen Rechten ausgestattet ist, dann müssen wir selbstverständlich die Akten Sands durchforsten und die nötigen Auskünfte schleunigst an Mainz weitergeben.«

Wieder gefaßt, schob der Kanzler die Unterlagen von sich. Nur die verengten Brauen zeigten noch die Erregung. »Wenn meine Erläuterung Ihre Zweifel ausräumen konnte, verehrter

Stadtdirektor, so bin ich zufrieden.« Abschließend setzte er hinzu: »Meine Herren, der ordentliche Kriminalprozeß gegen Sand wird eröffnet. Wir haben den Advokaten Rüttger gewinnen können, bis zum Februar eine Verteidigungsschrift zu fertigen. Ich bin ersucht worden, unsere Kommission bis zum endgültigen Urteilsspruch durch das Oberhofgericht nicht aufzulösen. Ich bitte Sie, sich auch weiterhin für diese Arbeit bereitzuhalten. Dank an alle. Die Sitzung ist geschlossen.«

Philipp von Jagemann und der zweite Richter hatten den engen Raum längst verlassen. Hohnhorst lehnte sich im Sessel zurück. »Ja, lieber Freund. Diese menschenverachtenden, unwürdigen Gesetze hat Sand erst möglich gemacht. Und was bleibt unseren kritischen Denkern? Anpassung und Resignation oder die rechtzeitige Flucht ins Ausland, um von dort aus ihre Arbeit fortzusetzen. Welch eine Schande für unser Land. Lieber Freund, Sie sehen mich zutiefst erschüttert, wie niemals zuvor.«

»Und dem Inquisiten scheint es gleichgültig zu sein!«

»Was erwarten Sie? Diese Reaktion paßt nicht unter seine erträumte Märtyrerkrone.«

»Gut. Doch, verzeihen Sie, das Pressegesetz beschäftigt mich noch.« Besorgt wölbte der beleibte Mann die Unterlippe. »Jedes Manuskript muß der Zensur vorgelegt werden?«

»Befürchten Sie nichts.« Mit grimmigem Lächeln erhob sich der Kanzler. »Lieber Freund. Als Richter weiß ich Gesetze genau zu lesen.« Er nahm eine Zigarre aus der Innentasche und drehte sie prüfend am Ohr. »Nur unter zwanzig Bogen wird ein Text vorher überprüft. Ergibt das Manuskript jedoch mehr als 320 Seiten, muß erst das fertig gedruckte Buch einer Nachzensur unterbreitet werden.« Er lachte. »Vertrauen Sie mir, lieber Freund, ich gebe meinem Werk zumindest die Stärke von einundzwanzig Bogen. Das bin ich mir seit den Karlsbader Beschlüssen schuldig.«

FÜNFTER AKT

Das Urteil

Eisblumen an den Fenstern. Im Ofen loderten Flammen, Holzscheite platzten, der Brandgeruch zersetzte den scharfen Gestank nach Eiter. Carl hörte den Oberzuchtmeister ins Zimmer kommen, er wandte nicht den Kopf, mit weiten Augen beobachtete er die Scheiben. In der zunehmenden Wärme war das stumpfe Weiß geschmolzen, jetzt blühten die Eisblumen, glitzerten. Den schönsten Augenblick am Morgen wollte er allein mit der Mutter verbringen.

»Laß mir Zeit, Kloster. Ich bin noch nicht vorbereitet.«

»Wenn's nicht zu lange dauert. Ich hab' Befehl.«

»Bitte.«

»Schon recht, Junge.« Kloster legte das Schreibbrett neben dem dicken Apfel auf den Tisch. »Läute dann«, sagte er und verließ das Krankenzimmer.

Carl schloß die Augen. »Teuerster, unaussprechlich teurer Carl!« Wie oft? Und nie genug! Seit Weihnachten, seit das Gericht ihm die Post von zu Hause als Festgeschenk überreicht hatte, las und lebte er nur noch in ihrem Brief. Längst kannte er die Zeilen der Mutter auswendig und war sich ganz sicher, den Klang ihrer Stimme zu finden. Er hörte ihn, wenn er selbst sprach.

»Wie erfreulich war es mir, nach so langer Zeit die Züge Deiner lieben Hand wieder zu erblicken. Es wäre mir keine Reise zu beschwerlich, kein Weg zu weit! Mit treuer Liebe und Zärtlichkeit würde ich Dich an jedem Ende der Erde aufsuchen, nur um Dich zu sehen.«

Behutsam fuhr Carl mit der Fingerkuppe über seine Lippen. Endlich ließ er die Hand sinken.

»Da ich aber Deine zärtliche Liebe und Sorgfalt gegen mich auch ganz kenne, und Du mit so vieler männlicher Standhaftigkeit und Überlegung Gründe mir vorlegtest, denen ich gar nichts entgegnen kann, als daß ich sie ehre: So soll es bleiben, lieber Carl, wie Du es bestimmt und beschlossen hast! Wir wollen unsere Geistesunterhaltung fleißig fortsetzen, aber einander nicht sprechen. Nichts kann, nichts wird mich von Dir trennen. Jeden Augenblick umschwebe ich Dich, und meine Gedanken trennen sich nie von Dir!«

»Ja, Mutter«, flüsterte Carl, »hart gegen Glück und Unglück, so lebe ich hier.« Er blickte zu den Fenstern, in die klarer werdenden Augen. »Weißt Du, ich lese und denke viel. Nie habe ich Langeweile, denn ich lebe mit der Erinnerung. Alle großen Feste beging ich bisher in würdiger Andacht. Die Wiederkehr der großen Schlachten. Den Tag der Reformation.« Carl lächelte. »Auch meinen Geburtstag im Oktober feierte ich mit Dir und allen Lieben zu Haus. Die Kerze brannte auf dem gedeckten Tisch. Wir haben gesungen.«< Er streckte ihr die Hand hin. »Sorg Dich nicht, Mutter, meine Krankheit ist immer erträglich. Obgleich ich seit gut einem dreiviertel Jahr jetzt immer auf dem Rücken liege, habe ich mich nicht wundgelegen. Dies verdanke ich nur dem gesunden Blut, das ich von Dir habe. Nein, ich kann mich nicht aufrichten. Mehr als 40 Maß Eiter liefen schon aus meiner Wunde, und doch fraß die Krankheit mich nicht so, daß es den Abscheu meiner Pfleger erregte. Sorg Dich nicht.«

Der Sohn schloß die Lider und sprach den Brief weiter: »Jene unendliche Liebe, welche uns alle trägt, alle erquickt und uns alle für ein höheres Leben und Wirken bestimmt hat, bewahre Dir, lieber Carl, in Mut und Standhaftigkeit. Sie lasse Dich aus allem die höchste Freude des Geistes herausfinden und Dich, inniggeliebter Sohn, im Geiste immer und immer stärker werden ...«

Bevor es ihm möglich war, ihre Abschiedsworte zu sprechen, zog Carl die gelähmte Hand auf die Zudecke und streichelte sie lange. »Lebe recht wohl«, stammelte er, »und bleibe unwandelbar überzeugt, daß ich nie aufhören werde, Dich stark und innigst zu lieben. Deine treue, Dich ewig liebende Mutter.«

Er schwieg und wartete, bis der Ton ihrer Stimme in ihm verklungen war. Später wischte er die Tränen von den Wangen und faßte nach der Stielglocke.

Voll Mitgefühl betrachtete Kloster den Unglücklichen, doch er riß sich los. »Schluß jetzt, Carl.« Energisch straffte er die Uniformjacke. »Genug. Wir müssen arbeiten.«

Bereits drei Tage, seit dem Neujahrstag, schrieb sein Gefangener schon an der Antwort für die Eltern. Von der Freude, endlich die Post lesen zu dürfen. Von dem dankbaren Glück, den Segen der Eltern zu erhalten. Und du, teuerer Schwager! Und du, guter Bruder! Und du, geliebte Julie, weißt du noch, wie wir früher gemeinsam ...? Für alle Lieben fand er innige Worte.

Teilnahme, Trost und die flehende Bitte, ihn, den verlorenen Sohn, im Herzen zu bewahren.

›Über den neu angelangten kleinen Vetter mich herzlich freuend ...‹ Ewig wollte Carl so weiterschreiben.

»Das reicht. Genug.« Kloster drängte. Heute hatte er den strikten Befehl erhalten, daß der Inquisit zum Abschluß kommen müsse. Er wartete neben dem Bett, und die Pflicht beunruhigte ihn: »Recht, Junge, schon recht. Jetzt nicht noch mehr.« Ernst versicherte er: »Das sag' ja nicht ich, das weißt du.«

Den Inhalt des Briefes durfte der Gefangene selbst bestimmen. Nur auf diesen einen Punkt, den das Gericht verlangte, darauf hatte Kloster zu achten. »Schreib jetzt den Schluß. Aber so, wie die Herren das wollen. Keinen Ärger will ich mit denen.«

Carl strich das lange Haar aus der Stirn und seufzte. »Du hast recht. Ich bereite dir schon genug Verdruß.«

»So mein' ich das nicht«, wehrte der gedrungene Mann ab. »Aber ...«

»Gleich bin ich soweit.« Carl befeuchtete die Spitze des Stiftes.

›Um die Großherzogliche Kommission nicht zu häufig zu beschweren, werden wir diesen Briefwechsel wohl abbrechen müssen, und ich schließe daher, in kindlicher Ergebenheit und brüderlicher Treue ewig verharrend, Euer Euch innig liebender Carl Ludwig Sand.‹

Er legte sich zurück. An den klaren Scheiben liefen Wassertropfen. Draußen zogen graue Wolken.

Im späten Nachmittag des 16. Februar geleitete der Oberzuchtmeister die beiden Herren des Oberhofgerichts und ihre Schreiber hinaus. Noch oben, im langen Flur des Zuchthauses, fragte der beleibte Mann besorgt: »Werden Sie auch dieses Diktat des Inquisiten verwenden?«

Mit einer schroffen Handbewegung schnitt ihm Hohnhorst das Wort ab. »Nicht jetzt, bester Freund. Später mehr.«

Leichte Schritte, die Treppe herauf; Friederike sah die Herren, sah das verärgerte Gesicht des Vaters, sie wußte nicht, wohin und blieb hilflos stehen.

»Nur meine Tochter«, entschuldigte sich Kloster.

»Ich verstehe. Erst Blumen, jetzt die schönen Äpfel jeden Morgen.« Verständnisvoll zwinkerte der Untersuchungsrichter dem Vater zu.

Friederike stieg das Blut in die Wangen. »Ich habe rasch den Theaterzettel geholt.« Freundlich traten die Herren zur Seite. Den Kopf gesenkt, drückte sich Friederike vorbei und hastete nach oben.

»Meinen doppelten Respekt, Oberzuchtmeister«, lobte Freiherr von Hohnhorst. »Einmal zu dieser hübschen Tochter, zum anderen gefällt es mir, wenn auch junge Menschen sich dem Theater nahe fühlen.«

»Es ist die Frau.« Kloster überlegte, dann murmelte er: »Ja, die Frau fühlt sich so.«

Vor dem Zuchthaustor wartete die Kutsche. Festgetretener Schnee, ein eisiger Wind.

»Bring die Beamten zurück ins Gericht«, befahl der Kanzler dem Fuhrmann. »Meinem Kollegen und mir wird die kalte Luft guttun.«

Kaum trotteten die Pferde an, lud er den Untersuchungsrichter noch auf ein Glas. »Nicht ins Gasthaus. Den wirklich guten Tropfen, den gibt es bei mir zu Hause. Da sind wir ungestört.«

Wein und Zigarren wurden in der Bibliothek gereicht. Kaum waren sie allein, verdüsterte sich die Miene des Gastgebers. »So weit ist es nun schon gekommen, lieber Freund. In der Öffentlichkeit will ich nicht über mein Buch sprechen. Ja, Vorsicht ist geboten. Nicht, daß ich unsere Beamten verdächtige. Allein, wir müssen uns klar vor Augen halten: Die Zeit ist gekommen, wo gute Ohren und ein wenig Kombinationsgabe schon ausreichen! Das Denunziantentum verhilft selbst dem kleinsten Mann zu einem Machtgefühl. Und wer möchte nicht durch wachsames Herumhören und Denunzieren ein Lob auf der nächsten Polizeiwache einstreichen. So bespitzelt einer den anderen. Jeder Funke Mut zur öffentlichen Kritik wird erstickt. Ja, lieber Freund, ich fürchte, der Plan, der hinter den neuen Gesetzen steht, geht auf. Das Mißtrauen ist eine furchtbare Saat. Damit eint man kein Volk, man trennt die Menschen voneinander. Und dem einzelnen ist leicht das Rückgrat zu brechen. So wird das Regieren einfach.«

»Vor diesem Hintergrund frage ich mich«, der Untersuchungsrichter deutete auf seine Ledertasche, »ob es wirklich klug ist, auch das Protokoll der vergangenen Tage in Ihrem Buch zu verwenden. All diese Kritik an der Zuständigkeit der Gerichte und ihrer Vertreter, vor allem aber die scharfe, beleidigende Beschwerde gegen die Fürsten der deutschen Länder.«

Hohnhorst hob das Glas. »Ich bin zu alt, um mich freiwillig zu beugen. Sie selbst haben den Inquisiten stets auf die Ungebührlichkeit und Sträflichkeit seiner Ausdrücke hingewiesen. Mit diesem Zusatz versehen, werde ich gerade dieses Protokoll Wort für Wort abdrucken lassen.«

Er trank und schmeckte dem Wein nach. »Etwas, lieber Freund, hat mich erstaunt. Nicht die Passagen, die er stets mit seinem Schwur bekräftigte: Reine Liebe zum Vaterland, Freiheit für das Volk! Damit will er sich, wie gewohnt, sittlich rechtfertigen. Allein, seinem kurzsichtigen Denksystem liegt ein geplanter, kalter Meuchelmord zu Grunde. Und darauf läßt sich keine Veränderung zum Guten bauen. Im übrigen hat er dieses, uns jetzt vorliegende, Glaubensbekenntnis erst während der letzten zwei Monate entwickelt. Die ersten Verhöre beweisen es. In der Ruhe des Krankenzimmers scheint er die einzelnen Punkte aus seinem Gedächtnis mühsam herausgesucht zu haben, Vorlesungen, Bruchstücke der Reden, die er seit der

Wartburg von anderen gehört haben mag. Denn unser Sand hat, bis auf den Mord, nie etwas aus sich selbst getan. Und selbst der Anstoß zur Tat stammte nicht von ihm.«

»Gut. Vielleicht hat sein Verteidiger Rüttger ihn zu diesem Diktat veranlaßt? Immerhin besuchte er ihn wöchentlich.«

Hohnhorst schüttelte energisch den Kopf. »Damit hätte sich der fleißige Advokat selbst den schlechtesten Dienst erwiesen. Am 10. Februar lieferte er seine Verteidigungsschrift beim Hofgericht ab. Ich erfuhr durch ein Gespräch, daß Rüttger versucht, den schwachen Geisteszustand des Inquisiten als Entlastung anzuführen. Allein, gerade in den vergangenen Tagen hat der Mörder seinen intakten Verstand unter Beweis gestellt.« Nachdenklich fuhr er mit dem Finger durch die dichten Brauen. »Ich frage mich, woher nahm Sand mit einem Male die deutliche Beschwerde gegen die Regenten, ohne sich gleich meuchelnd auf sie zu stürzen? So und losgelöst von seiner Person kann selbst ich vielem zustimmen.«

Der beleibte Mann wischte sich die Stirn. »Gut – nein, nichts ist gut! In den langen Monaten des Verhörs habe ich mich bemüht, das Eigene, die Substanz im Wesen des Inquisiten herauszufinden.« Er zuckte die Achseln. »Sand ist nur Geste. Es ist nichts Großes an ihm ... Was indes Ihre Frage betrifft: Gut, das mag meine Schuld sein. Ich empfahl ihm, nicht nur seinen Körner zu lesen, sondern sich auch mit Schiller und anderen zu beschäftigen.«

»Daher also, lieber Freund.« Hohnhorst lachte und schenkte nach.

Der Untersuchungsrichter blieb ernst. »So mag meine Absicht, wie Sands, alles zum Schlimmeren gewendet haben. Sei's denn. Es steht mir zwar nicht zu, aber möchten Sie Ihren Entschluß nicht noch einmal bedenken?«

»Befürchten Sie nichts.« Die hellen Augen wurden hart. »Diese Gelegenheit muß ich nutzen. Überzeugen Sie sich selbst von der Notwendigkeit. Geben Sie uns eine Probe aus dem

Protokoll, etwas von den Stellen, in denen Sand sich direkt an die deutschen Fürsten wendet.«

Mit vorgewölbter Unterlippe überflog der Gerichtsrat die Mitschrift. »Der Inquisit diktierte: ›Ihr Fürsten sollt allezeit die Meister und Ersten im Volke sein, und Ihr habt Euch meist überall als die Schlechtesten benommen.‹« Und während er suchte: »Sand nennt die Regenten infame Lügengeister. Sogar eidbrüchig. Daß sie sich nur am Volk bereichern. Gerade hier klagt er an: ›Jammer und Not im Lande rühren Euch nicht, Euer übermäßiges Prassen, Eure Selbstsucht einzuschränken ... Ihr Fürsten Deutschlands! Warum mußtet Ihr mich aus meinem Frieden aufstören? Warum habt Ihr mich gezwungen, meinen Glauben und mein Vertrauen zu Euch aufgeben zu müssen ... Rettet das Vaterland! Noch ist nichts verloren. Nur einmal beweist Euch recht von Herzen deutsch, nur einmal zeigt, daß Ihr ganz dem Wohl des Volkes, und nicht mehr Euerm eigenen Willen lebt.‹«

»Genug, lieber Freund.« Hohnhorst legte die Faust auf den Tisch. »Auch wenn es aus dem Munde des Mörders Sand stammt. Gleichgültig. Jeder wird diese Stellen auch losgelöst von dem Fall bewerten. Vielleicht erregt mein Buch auf diese Weise etwas Unruhe im Denken unserer Regenten.« Weit beugte er sich vor. »Und in Cotta aus Stuttgart habe ich einen Verleger gefunden. Mag er vorsichtig und ängstlich sein. Aber ich habe ihm versichert, daß ich peinlich getreu bei der Wiedergabe unserer Akten bleibe. Was also kann geschehen?«

Von der unbedingten Entschlossenheit des Kanzlers ließ sich der Untersuchungsrichter anstecken. »Gut, sehr gut. Ich werde sorgen, daß von diesem Protokoll sofort zwei Abschriften gefertigt werden. Damit es nicht im Verlauf des Prozesses auf seltsame Weise verlorengeht.«

Hohnhorst erhob sich. »Kommen Sie, lieber Freund. Ich denke, daß wir uns das Abendbrot verdient haben.« Am Arm führte er den Gast aus der Bibliothek hinüber ins Speisezimmer.

Nach der Küchenarbeit saß Friederike in der Wohnstube, strickte und las gebannt im Buch auf ihren Knien. Nur wenn die Mutter zu laut sprach, blickte sie hinüber zum Kanapee.

»Den Präsidenten Walter spielt Herr Müller. Ferdinand, sein Sohn, Herr Löwe.« Leicht fiel Frau Kloster heute das Lernen.

»Welch ein Glück am Sonntag!« ›Kabale und Liebe‹ wurde schon oft gegeben. Der Theaterzettel heute vom 16. April bereitete ihr große Freude. Nur die Besetzung hatte sich geändert, nur einige Namen der Schauspieler mußte sie sich neu einprägen.

»Den Wurm spielt ...?« Und nach einer Pause. »Nein! Den Wurm gibt Herr Kaibel. Wurm! Unser Herr Kaibel? So ein berühmter Schauspieler. Warum gibt er sich nur dazu her, einen Wurm zu spielen?«

Um seine Frau nicht zu stören, wartete der Oberzuchtmeister still an der Wohnstubentür, bis die Tochter ihn bemerkt hatte. Sofort legte Friederike Buch und Strickzeug zur Seite und folgte dem Vater leise in die Küche.

»Was bekommt Carl heute?« fragte er.

»Grießmehlsuppe, mit Rosinen und Wein.«

Kloster verzog das Gesicht. »Schon wieder?«

Seit Carl Ludwig Sand unten im Krankenzimmer lag, kochte die Frau des Oberzuchtmeisters für den Gefangenen. »Das Kostgeld vom Gericht kommt uns gerade recht.« Und seit gut einem Jahr aß die eigene Familie auch nach dem Speisezettel, den Doktor Beyerle mit Frau Kloster besprach. Friederike war glücklich über diese Regelung, nur Valentin Kloster murrte hin und wieder.

Streng sah die Tochter den Vater an. »Du weißt, der Carl verträgt nur weiches Essen. Nicht so schwer, sagt der Arzt.« Sie stellte die Schüssel auf den Tisch, bedeckte sie mit dem Teller, den Löffel legte sie dazu.

»Schon recht, Mädchen. Ich bring's ihm runter.« Seufzend

griff Kloster nach dem Brei. Friederike hielt seine Hand fest. »Bitte, warte noch. Weißt du schon was?«

»Nichts, Kind. Hab' nur gehört, daß im Hofgericht schon alles vorbei ist.«

»Vorbei?« Ihre Augen wurden dunkel. »Auch wenn es schlimm steht, sag doch, was bedeutet das?«

»Ich glaub', die verhandeln den Sand jetzt am Oberhofgericht.«

In plötzlichem Zorn stampfte das Mädchen den Fuß auf. »Vater, du mußt es doch wissen! Du bist doch ein wichtiger Mann im Zuchthaus. Das Oberhofgericht? Ist das denn gut oder schlecht für Carl?«

Ratlos rieb Kloster über die Stirn. »Glaub mir, Kind, ich wüßt's auch gern. Aber der Verteidiger darf nicht mehr kommen. Nur noch manchmal die Pfarrer. Und die reden mit Carl von der Bibel. Sonst hab' ich immer was gehört, aber jetzt erfahr' ich nichts mehr.«

»Dieser Verteidiger. Ist das ein guter Mann?«

Wieder wollte Valentin Kloster die Achsel heben, doch als er die Not seiner Tochter sah, versuchte er zu trösten: »Schon recht, Mädchen. Ehrlich ist er und freundlich. Der Advokat tut was, ganz bestimmt. Wir müssen nur warten.«

Ungelenk drückte er ihren Arm. »Sag, und wenn es ganz schlimm kommt?«

Sie schwieg. Jeden Abend bete ich für Carl, mehr nicht.

»Glaub mir, Kind, für mich ist es auch schwer. Auch für die Kerle vor seiner Tür. Für uns alle. Vielleicht verurteilen sie ihn und lassen den Carl dann hier bei uns sterben? In Ruhe. Und wenn's anders kommt, weißt du Mädchen, es geht schon weiter.«

Offen blickt Friederike in seine Augen. »Danke, Vater. Aber sorg dich nicht. Traurig bin ich dann, nicht mehr.« Sie schüttelte den Kopf. »Nein, das ist lang vorbei.«

»Schon recht, Mädchen.« Nachdenklich griff der Oberzuchtmeister die Schüssel, mit einem Mal schmunzelte er. »Ich bring' den Brei runter. Danach komm' ich und ess' ihn selbst, auch wenn mir das weiche Zeug nicht schmeckt.«

Die Aussprache über das hofgerichtliche Gutachten war beendet, die Diskussion der Verteidigungsschrift durchgeführt. Am späten Vormittag des 5. Mai gab es vor der endgültigen Abstimmung eine kurze Pause. In kleinen Gruppen standen die 13 Richter des obersten badischen Gerichtshofes im Flur beieinander, andere gingen auf und ab.

Präsident Wilhelm von Drais gesellte sich kopfschüttelnd zu seinem Kanzler und dem Untersuchungsrichter. »Warum hat sich Advokat Rüttger nicht darauf beschränkt, einzig und allein das Leben des Mörders zu retten? Mir unbegreiflich. Statt dessen plädiert er auf völlige Straffreiheit, wegen partiellen Wahnsinns.«

»Ich hatte es befürchtet.« Freiherr von Hohnhorst winkte enttäuscht ab. »Und da er bemüht war, die Tat sogar moralisch zu rechtfertigen, indem er anführt, Sand habe in der festen sittlichen Überzeugung gehandelt, dem Vaterland durch den Mord an Kotzebue einen Dienst zu erweisen, wird selbst der Antrag auf landesherrliche Begnadigung keine Stimme finden.«

»Folgte man Defensor Rüttger, so müßte ein Mord aus Liebe, aus Mitleid, aus welchen Gefühlen auch immer, jeweils unterschiedlich bewertet werden.« Entrüstet straffte der Präsident die Weste. »Das Gesetz kennt keine moralische Ursache als Entschuldigung für einen Meuchelmord.«

»Ich stimme Ihnen zu, verehrter Präsident.« Hohnhorst verengte die Brauen. »Sand zeigt bis zum heutigen Tag keine Reue. Ja, er ist stolz auf seine Tat. Ohne jede Einsicht. Demnach bleibt ihm allein Artikel 187 der Carolina, in Verbindung mit Paragraph 26 der Großherzoglichen Strafordnung.«

Dem Untersuchungsrichter perlte Schweiß auf der Stirn. »Gut, doch ich meine, daß die einfache Strafe des Schwertes genügt.« Er ballte das Schnupftuch in der Hand. »Nur die Enthauptung. Ein Aufstecken des Kopfes auf den Pfahl scheint mir nicht notwendig.«

Das Glockenzeichen. Mit einer knappen Entschuldigung kehrte der Präsident als erster in den Sitzungssaal zurück.

Während sie nebeneinander Platz nahmen, raunte Hohnhorst dem beleibten Mann zu: »Auch ich werde mich dafür einsetzen, lieber Freund. Enthauptung ohne Schärfung. Sand hat nicht aus Gewinnsucht gemordet. Diesen Umstand werden wir geltend machen.«

Beide Fenster waren geöffnet. Draußen sangen die Vögel. Rote und weiße Lichtnelken. Der Strauß stand auf dem Tisch. Samstag, der 13. Mai, ein milder Morgen. Seit dem Frühstück blätterte Carl im Johannesevangelium und las seine Lieblingsstellen nach.

»Besuch, Sand.« Mit unbewegter Miene ließ Kloster den Fremden ins Zimmer. »Warte draußen«, befahl der Herr im leichten Reisemantel. Leise schloß der Oberzuchtmeister die Tür.

»Staatsrat von Gulat.«

Ja, Besuch. Jede Abwechslung war willkommen, und Carl lächelte dem Fremden höflich entgegen. »Ich bin ...«

»Das ist mir bekannt.« Geschäftig trat der Staatsrat näher ans Bett. »Das Ministerium der Justiz in Karlsruhe hat mich beauftragt, Sie, Carl Ludwig Sand, nach Ihrem Befinden zu fragen, und ob Sie in der Lage sind, aufrecht zu sitzen?«

Carl überhörte den förmlichen Ton, bereitwillig gab er Auskunft. »Täglich fließt der Eiter ab. Der linke Arm bleibt für immer gelähmt. Mein Zustand ist unverändert. Und sitzen?« Er schüttelte den Kopf.

Schweigend betrachtete ihn der Fremde.

Sitzen? Plötzlich fühlte Carl den Puls hart hinaufschlagen. Niemand kommt aus Karlsruhe, nur um mich das zu fragen. »Ist es soweit?«

Der Fremde schwieg.

Ein Vorbote! Ja, er muß mich prüfen, ob ich fähig bin, meinem Schicksal aufrecht entgegenzusehen. »Ich habe die Kraft!« Zu laut. Sofort schüttelte ihn der Husten, Carl achtete nicht auf den Schmerz. »Ich werde ...« Er rang nach Atem, spuckte, endlich gelang es ihm, ohne Keuchen zu sprechen. »Eine Probe wird es beweisen.«

Er verlangte nach dem Oberzuchtmeister. Fassungslos wehrte Kloster ab.

»Schnell! Es muß sein«, flehte Carl und streckte ihm den gesunden Arm hin. »Versteh doch, der Herr muß es für das Gericht wissen. Jetzt gleich.«

Abwartend verschränkte Staatsrat von Gulat die Arme.

Allein wagte es der Oberzuchtmeister nicht, seinen Gefangenen aufzuheben. Er nickte den beiden Wärtern zu; zu dritt trugen sie den Kranken vom Bett hinüber zum Fenster und setzten ihn behutsam im Sessel ab.

Seine rechte Hand packte die Lehne, einen Moment gelang Carl das Gleichgewicht. Atemnot! Über den stechenden Schmerz quälte er sich zu einem Lächeln. »Sie sehen, mein Herr ...« Kraftlos sank der Kopf vornüber, und Kloster fing den erschlafften Körper auf, bevor er zu Boden fiel.

Erst im Bett kehrte das Bewußtsein wieder. Ängstlich prüfte Carl den Blick des Fremden. »Es wird gehen«, versicherte er, »mit dem Willen geht es.«

Keine Erklärung. Wortlos schritt Staatsrat von Gulat aus dem Krankenzimmer.

Ich beweise meine Kraft. Man soll mich nicht liegend antreffen. »Warte, Kloster. Laß mich zu Atem kommen.«

Sitzen! Nur dann wird das Tor für mich geöffnet. Der Fremde kennt mein Urteil. Für das Schwert muß ich sitzen können! Sonst bleibt mir der größte Triumph versagt.

Seine Augen waren entschlossen. »Ja, wir proben das Sitzen. Bis es mir gelingt.«

Die Seile waren zu einer Schlinge hochgebunden, die Zudecke war entfernt worden. Nackt lag Carl auf dem Lager. »Das Ministerium für Justiz verlangt ein Gutachten.« Professor Chelius beugte sich über die Wundöffnung, seine schlanken Hände umtasteten die stark geröteten Ränder. »Eine Blutung?«

»Nur im oberen Bereich des Wundkanals«, erklärte Doktor Beyerle mit unverhohlenem Ärger. »Diese gewaltsamen Sitzübungen! Seit zwei Tagen überanstrengt der Patient seinen Körper in nicht vertretbarer Weise.«

Leicht krauste Maximilian Chelius die hohe Stirn. »Sand, ich habe Sie nur operiert. Doch dieser Arzt«, ein respektvoller Blick streifte Anton Beyerle, »er hat an Ihnen ein medizinisches Wunder vollbracht. Unermüdlich, über ein Jahr hinweg, hat er beinah täglich Ihr Leben gerettet. Warum wollen Sie ihm jetzt Ihre Mithilfe versagen?«

»Das Urteil ...« Carl befeuchtete die rissigen Lippen. »Verstehen Sie?«

»Aber Sand, gerade das ist es doch. Selbst wenn das Gericht Sie zum Tode verurteilt«, kühl lächelte der Professor, »solange wir Mediziner die Ansicht vertreten, daß Sie nicht sitzen können, geschweige aufrecht knien, darf nicht vollstreckt werden.« Damit erhob sich Chelius und trat zum Tisch. »Herr Kollege, erlauben Sie mir, Ihnen gleich hier den Befund zu diktieren. Unverzüglich sollen ihn die draußen wartenden Richter zur Kenntnis nehmen.«

Nein. Carl warf den Kopf hin und her. Nein!

»Montag, den 15. Mai 1820. Nach gründlicher Untersuchung durch Professor Doktor Maximilian Joseph von Chelius und in Anwesenheit des behandelnden Chirurgen ...«

»Das dürfen Sie nicht!« Hart packte der Patient ins Haar. »Ja, ich habe durchgehalten.« Flehend sah er seinen Arzt an. »Helfen Sie, Doktor Beyerle. Mein Ziel. Ich muß es erreichen.«

Leicht überrascht hielt Chelius inne. »Sand, ohne jede Sympathie für Ihre Tat, allein aus medizinischer Verantwortung und

Barmherzigkeit ermögliche ich Ihnen ein ruhiges Weiterleben, bis Sie Ihrer Krankheit erliegen.«

»Solch einen Tod will ich nicht!« Carl stieß den Ellbogen in die Matratze und versuchte, den Oberkörper hochzustemmen. »Ich beweise Ihnen ...« Hilflos fiel er zurück.

»Sand. Ihre Muskeln sind zu schwach. Der Thorax wird sofort in sich zusammensinken. Sie werden ersticken, ehe man Sie richtet.«

»Ich habe genug Atem. Trotz der Wunde ist meine Brust noch sehr gut. Lassen Sie es mich beweisen. Bitte.«

Professor Chelius weigerte sich, diese Probe ohne Anwesenheit der Richter zu gestatten. Gemeinsam mit Doktor Beyerle wickelte er den frischen Verband.

Der Oberzuchtmeister half dem Kranken, sich an den Bettrand zu setzen. Als der Oberkörper nicht mehr schwankte, trat er zur Seite.

»Das freie Sitzen geht.« Sieg!

Wortlos standen die Ärzte neben Freiherrn von Hohnhorst und dem Untersuchungsrichter in der Nähe der Tür.

»Zum Beweis meines starken Atems werde ich Ihnen Körner vortragen.« Carl sammelte sich und schloß die Augen. »Frisch auf, mein Volk! Die Flammenzeichen rauchen, / Hell aus dem Norden bricht der Freiheit Licht ...«« Immer wieder sank die Stimme, gekeuchte Worte, dann plötzlich wieder lauter und fest. Mehr als fünf Minuten deklamierte der Gefangene, ließ nicht nach, bis zum Schluß des Gedichtes »Vergiß die treuen Toten nicht, und schmücke / auch unsre Urne mit dem Eichenkranz!«

Kloster legte den Erschöpften zurück ins Kissen und deckte ihn zu.

Kurz beugte sich Hohnhorst zum Untersuchungsrichter. »Will er es wirklich?«

Der beleibte Mann wölbte die Unterlippe und nickte.

»Verehrter Professor, diese Probe hat uns überzeugt.« Die hellen Augen unter den gebuschten Brauen wurden hart. »Wir haben keine Bedenken. Es wäre wünschenswert, wenn auch Sie sich der Meinung des Gerichtes anschließen könnten.«

»Da selbst der Inquisit darauf drängt«, mit leichtem Schwung warf Maximilian Chelius den Rock über die Schulter, »beuge ich mich und werde das Gutachten in Ihrem Sinne abfassen.«

Triumph! Das Tor zur Stadt war nah. Sie zünden Lichter für mich an. Bald habe ich mein Ziel erreicht.

An den Türrahmen gelehnt, horchten die Wärter in den Flur. Schritte. Endlich. Wie verabredet, setzten sie Carl in den Sessel unter das linke Fenster.

»Geht. Eilt euch.«

Sie griffen nach ihren Ketten und huschten gebückt hinaus.

Nur mit dem Hemd bekleidet, umklammerte Carl die Lehne, bereit, den Oberkörper nach vorn zu ziehen. Neben ihm, auf dem Tisch duftete weißer Flieder. Er war gewappnet.

Die Tür wurde aufgerissen. Kloster straffte die Brust. Philipp von Jagemann und der Direktor des Zuchthauses betraten als erste das Krankenzimmer, gefolgt von zwei Stadträten und einem Gerichtskommissar.

»Carl Ludwig Sand. Mein Amt hat mir die Pflicht aufgebürdet, Ihnen heute ...«

»Ohne Umschweife, meine Herren«, unterbrach Carl den Stadtdirektor mit sicherer Stimme, »Sie finden mich ruhig und auf alles gefaßt.« Er hob die Brust, mühsam unterdrückte er den Husten.

»Der Inquisit soll sich schonen«, ordnete Herr von Jagemann an und deutete auf das Bett. Sofort gab der Zuchthausdirektor den Befehl an Kloster weiter.

Mit unbewegtem Gesicht trug der gedrungene Mann den Gefangenen auf seinen Armen zurück und lehnte ihn mit dem Rücken gegen die erhöhte Stirnwand. Danach mußte er den Raum verlassen.

»Bitte, meine Herren.« Carl lächelte.

Philipp von Jagemann zögerte. »Seine Königliche Hoheit hat das Urteil am 12. Mai bestätigt. Sie dürfen sich meiner ...«

»Ohne Umschweife. Ich kann es ertragen.«

Eine steile Falte wuchs auf der Stirn des Stadtdirektors. Kühl befahl er dem Gerichtsbeamten zu beginnen.

»In der Untersuchungssache wird auf amtpflichtiges Verhör, eingebrachte Verteidigung, erhobenes Gutachten des Hofgerichts zu Mannheim und weitere Rechtsberatung am Oberhofgericht, von diesem zu Recht erkannt:

Daß Inquisit, Carl Ludwig Sand von Wunsiedel, des an dem kaiserlich-russischen Staatsrat von Kotzebue verübten Meuchelmordes für schuldig und geständig zu erklären, daher derselbe – ihm zur gerechten Strafe, anderen aber zum abschreckenden Beispiele – mit dem Schwerte vom Leben zum Tode zu bringen sei. Alle in dieser Untersuchungssache angelaufenen Kosten ...«

Carl lehnte den Kopf weit zurück. Mit Triumph werde ich einziehen. Durch meinen Opfertod wird die Schande der Fürsten aller Welt bekannt.

Als der Bevollmächtigte schwieg, öffnete Carl die Lider, ruhig glitt sein Blick von einem zum anderen.

»Carl Ludwig Sand.« Der Stadtdirektor trat näher ans Bett. »Das Urteil wurde Ihnen heute, am 17. Mai 1820, ordnungsgemäß und vollständig verlesen. Das Urteil wird in drei Tagen, am Samstag vor Pfingsten, vollstreckt.«

»Meine Herren, Sie sind mir willkommene Boten.«

Deine Worte! Bewahre sie der Nachwelt! Das ist jetzt deine Pflicht. »Darf ich etwas zu Protokoll geben? Noch ein letztes Mal?«

Während Philipp von Jagemann ungeduldig neben seinen Stadträten am Fenster stand und hinausblickte, diktierte Carl dem Beamten unter Aufsicht des Zuchthausdirektors.

Leicht fand er die Worte, frei, ohne mühseliges Nachsinnen griff ein Gedanke in den anderen. »Die Stunde der Entscheidung ist mir willkommen. In der Kraft meines Gottes will ich mich fassen. Kein menschliches Leid scheint mir größer, als leben zu müssen, ohne dem Vaterland und den höchsten Zwecken der Menschheit dienen zu dürfen. Ich sterbe gern, weil ich nicht mit meiner Liebe für diese Idee leben darf, weil ich nicht frei sein darf.

So trete ich der Pforte der Ewigkeit mit frohem Mut entgegen. Mein Tod wird die befriedigen, die mich hassen, und denen dienen, die mich lieben und meine Idee teilen. Willkommen erscheint mir der Tod. Und ich fühle durch Gott die nötige Kraft, so sterben zu können, wie man soll.«

»Carl Ludwig Sand. Es wird Ihnen gestattet, heute und in den folgenden Tagen Besucher zu empfangen.«

»Mehr kann ich nicht wünschen. Sie sind sehr freundlich zu mir.« Dankbar wollte Carl nach der Hand des Stadtdirektors greifen, doch Jagemann verschränkte die Arme vor der Brust.

»Möchten Sie den Beistand eines Geistlichen?«

Carl schüttelte den Kopf. »Danke. Das ist nicht nötig. Ich habe Zeit genug gehabt, mich auf diesen Schritt vorzubereiten.« Mit einem Mal begriff er die neugewonnene Freiheit. Es ist deine Zeit, du darfst bestimmen, deine letzten Stunden planen. Nutze sie. »Doch, den Hofprediger Katz sähe ich gern. Auch Pfarrer Karbach würde ich mit Freude noch einmal treffen. Wissen Sie, damals in Erlangen hörte ich ihn predigen.«

Die Räte und der Gerichtskommissar hatten das Krankenzimmer bereits verlassen.

»Noch eine Bitte.«

Langsam wandte sich Philipp von Jagemann um.

»Darf ich den Eltern schreiben?«

Unwillig nickte der Stadtdirektor. »Doch nur kurz und im Beisein des Direktors.«

Zeige keine Schwäche. ›Wie ich lebte, solange ich mich kenne, in sehnsuchtsvoller Heiterkeit, die in den männlichen

Jahren zu beherzter Freude der Freiheit hinaufrankte, so gehe ich nun meinem Ende entgegen. Gott sei mit Euch und mir.‹ Ohne Zittern der Hand gab er Papier und Stift zurück.

Erst als er allein im Zimmer lag, rollten ihm Tränen über die Wangen.

D as Urteil ist gefällt!« Der Alltag in Mannheim stockte. Die Nachricht zerschlug alles Hoffen, kein Gebet war erhört worden. »Hingerichtet wird am Samstag!« Entsetzen. Ohnmächtiger Zorn. Von einer Stunde zur anderen veränderte sich der gewohnte Tagesablauf. »Früh am Samstag vor Pfingsten!« In Stunden wurde gerechnet.

Hilflose Unruhe trieb die Bürger schon am Mittag des Donnerstages aus ihren Häusern, Geschäften und Werkstätten.

Q6! Jeder Weg, selbst der in die entgegengesetzte Richtung, führte die Menschen zunächst zum Zuchthaustor. Doppelte Wachen, Soldaten mit aufgepflanztem Bajonett! »Nicht stehenbleiben!«

Noch befolgten sie den Befehl, verlangsamten nur den Schritt, sahen voll Mitleid zum hohen Gefängnisblock hinüber, und verbittert gingen sie weiter.

Der Tag war warm und sonnig. Viele suchten in ihrer Ratlosigkeit Zuflucht im Schloßpark. Niemand beachtete heute die blühende Pracht der Beete. Aus Furcht vor der Polizei wollten sie hier unter freiem Himmel diskutieren, halblaut ihre Meinung sagen gegen Obrigkeit, Fürsten und Gesetz. Und bald entstand ein Gerücht: »Studenten wollen den Sand befreien!« Es wucherte. »Hast du schon gehört? Studenten werden Mannheim an vier Ecken anzünden und den Sand befreien.« Es verbreitete sich schnell.

»Jetzt, wo ich's weiß, Friederike.« Immer wieder wischte Sebastian die Hände an den Hosenseiten. »Jetzt versteh' ich's plötzlich auch nicht.«

Friederike schwieg. Warum redet Sebastian? Wie soll ich denn an etwas anderes denken, wenn er immer davon redet? Sie warf den Kopf zurück. Schreien müßte ich. Ja, seht her, Leute! Meine neuen Schuhe! Weich sind sie. Und nicht nur über einen Leisten geschlagen. Ja, da staunt ihr! Mit großen Schritten ging sie neben dem hochgewachsenen Schustergesellen her. Rennen würde ich, wenn die Leute nicht wären.

»Weißt du, Friederike. Besser, wenn sie ihm lebenslänglich gegeben hätten. Viel Zeit hat er ja sowieso nicht.«

»Sebastian. Laß doch.« Flehend sah ihn das Mädchen an. »Nichts hilft ihm mehr.«

Harte Stimmen, Flüche, auch laute Drohungen!

Erschreckt drehten die beiden sich um.

»Macht Platz! Platz da!« Aufrecht, in Frack und Zylinder, den sattelähnlichen Sitz hoch zwischen den Beinen, lief Karl Friedrich von Drais mit seinem Veloziped, hob die Füße, das Gefährt rollte, erneuter Schwung. »Macht Platz! Platz da!« Einige aufgebrachte Mannheimer versperrten ihm den Weg. Flüche.

Er war zu schnell, von Drais mußte ausweichen, ungebremst holperte sein Zweirad über die Beete, nur mit Mühe hielt der Erfinder das Gleichgewicht und entschwand zwischen den Büschen. Böse Schadenfreude! Verwünschungen!

»Warum? Was haben die Leute plötzlich gegen ihn?« Entrüstet stemmte Friederike ihre Arme in die Hüfte.

»Ja weißt du das denn nicht? Sein Vater hat doch schuld. Der hat den Sand doch zum Tod verurteilt.« Sebastian rieb den Zeigefinger fest über den langen Nasenrücken. »Kein Wunder, daß die Leute fluchen. Der Drais ist doch der Sohn vom Präsident vom Oberhofgericht.«

Atemlos starrte Friederike den Freund an. Das bedrückte hilflose Gefühl wandelte sich plötzlich in helle Wut auf diesen Erfinder mit seinem Veloziped. »Der aufgeblasene Dummkopf!« schrie sie. »Ja! Runterfallen soll er! Jeden Tag!« Jetzt ballte auch sie die Hände. »Ich wünsche, daß er nie einen findet, der sein Holzding baut! Ja! Das wünsch' ich ihm!«

Verwirrt, beinah verlegen stand der Schustergeselle vor ihr.

Friederike atmete befreit. Das Zittern hörte auf, sie ließ die Arme sinken. »Es war dumm von mir, Sebastian. Ich weiß es ja. Den verrückten Kerl trifft keine Schuld.« Sie fühlte Erleichterung. Zum ersten Mal seit gestern, seit der Vater es ihr in der Küche erzählt hatte.

Zwei Schläge der Turmuhr. Von weit her drang das Halb-Stunden-Schlagen ins Krankenzimmer. »Um zehn fangen wir an.«

»Ist gut, Kloster.« Carl lehnte an der Stirnwand, sorgfältig war sein Haar gescheitelt, die langen, dunklen Locken ließen das Gesicht noch blasser erscheinen. Freitag. Bis in die Nacht war der Tag geplant. Am Mittag eine Brühe. Spargel zum Abendbrot. Der Herr aus Heidelberg wollte am frühen Nachmittag kommen. Alles war vorbreitet. Genau hatte der Gefangene mit dem Oberzuchtmeister die Liste der angemeldeten Besucher durchgesprochen.

Deine Person gehört nicht mehr nur dir allein, ermahnte sich Carl gefaßt und mit großem Ernst. Wie du schon deine Tat vor aller Augen vollbracht hast, so hast du auch jetzt deine letzten Stunden im Angesicht des Volkes zu vollenden. Sand, bedenke jedes deiner Worte, achte auf die Gesten, und vor allem: zeige keine Schwäche.

Die auferlegte Pflicht war ihm willkommen, sie hatte ihn von aller Furcht befreit. Werde ein Christus! Carl lächelte. Denke daran: Jeder, der dich von nun an sieht, wird von dir berichten.

Drei Schläge vom Turm!

Bücher und Brett waren zur Seite gestellt, die Seile in einer Schlinge hochgebunden, das Krankenzimmer gereinigt, geordnet, streng hatte Kloster die Sträflinge beaufsichtigt. Seit Mittwoch war seine Miene gleichmütig. Nur hin und wieder wischte er kurz über die Augen.

Zweifelnd betrachtete der gedrungene Mann die beiden Sträuße auf dem Tisch. »Was meinst du? Besser, ich lass' dir nur den Löwenzahn. Der Flieder ist nicht mehr gut.«

»Nur zu, Kloster. Gleich schlägt es zehn«, erinnerte ihn Carl und setzte leise hinzu: »Ja, Blumen. Sie blühen – und verwelken.«

»Was? Ja, schon recht, Junge.« Mit dem Flieder in der Hand blieb er an der Tür noch einmal stehen: »Also, ich schick' dir dann gleich den ersten rein. Wenn was ist, läutest du.«

»Wie verabredet. Danke, Kloster.«

Ruhig sah Carl in das leuchtende Gelb des Löwenzahns.

»Obrist Holzing!« meldete der Oberzuchtmeister.

In voller Uniform stand der Offizier vor dem Bett. »Ich bin ...«

Carl hob die Hand. »Wie könnte ich Ihr Gesicht vergessen? Sie haben sich über mich gebeugt, als ich blutend am Boden lag. Sie haben mich verhaftet.«

Der Offizier wußte nicht weiter. Freundlich half Carl dem Gespräch. »Sie sind also Soldat?«

»Habe gehört, daß Sie auch mal dabei waren.«

»Ganz recht, Herr Obrist.« Ein Lächeln. »Doch gehört diese Zeit nicht zu meiner angenehmsten Erinnerung.« Der Offizier überlegte. »Schade, das mit dem Mord.«

»Nein. Ich habe Monate vorher darüber nachgedacht und seitdem wieder vierzehn Monate. Meine Ansicht hat sich um nichts geändert.«

»Als Soldat und Mensch bedaure ich zutiefst, daß Sie so jung sterben müssen. Aus eigener Schuld.«

Carl strich mit der Hand über die Stirn. »Ich danke Ihnen. Doch es gibt einen Unterschied zwischen Ihnen und mir: Ich sterbe für meine Überzeugung, Sie aber, wenn Sie den Tod finden, für eine fremde.«

Erstaunen. Dann straffte der Offizier die Brust. »Gott befohlen, Herr Sand.« An der Tür salutierte er.

»Der Gerichtskommissar!«

Er war für den ordnungsmäßigen Ablauf der Hinrichtung verantwortlich. Seit er das Urteil verlesen hatte, erkundigte er sich täglich zweimal gewissenhaft nach dem Befinden des Inquisiten.

»Befürchten Sie nichts. Meine Standhaftigkeit läßt nicht nach.«

»Carl Ludwig Sand, die Hinrichtung wird nicht, wie überall im Land verbreitet, gegen elf Uhr stattfinden. Aus Sicherheitsgründen wurde der Zeitpunkt vorverlegt. Fünf Uhr morgen früh.«

»Sosehr fürchtet das Gericht der Fürsten unser deutsches Volk?«

Der Bevollmächtigte antwortete nicht.

»Also bei Sonnenaufgang. Ich werde bereit sein.«

»Auf Grund Ihres schwachen Zustands ist Ihrem Wunsch entsprochen worden: Oberzuchtmeister Valentin Kloster wird Sie auf der Fahrt zum Schafott stützen.«

So wirst du, treuer Kloster, mein Simon von Kyrene sein.

»Ich danke Ihnen von Herzen.«

Die Tür öffnete sich wieder. »Er sagt, er wär' ein Schulkamerad.«

»Wie geht es dir?«

Carl runzelte die Stirn. Das Gesicht war ihm fremd. Gleichgültig. Er ist hergekommen. Nur das zählte. »Mir geht es sehr gut.« Er streckte die Hand aus. Freudig ergriff sie der Besucher. »Wenn es dir gut geht, dann geht es mir auch gut.«

Sie sahen einander an.

Gib ihm ein Wort mit auf den Weg. »Wir stammen beide aus dem Fichtelgebirge, dem Mittelpunkt unseres geliebten Deutschlands. Hier ist der Hauptsitz der alten germanischen Stämme, vergiß das nie, lieber Freund. Hier sind die Quellen vieler großer Flüsse, die nach allen Richtungen strömen. Hier ist der Vaterlandsaltar, auf den man jedes Opfer mit Freuden legen muß. Denke immer daran.«

»Danke, Carl. Danke.« Tief verbeugte sich der junge Mann.

Nach dem Mittagsläuten brachte Valentin Kloster die Fleischbrühe.

Der Gefangene bat, sie am Tisch einnehmen zu dürfen. »Solange noch Zeit ist, will ich meine schwachen Muskeln üben.«

Während er aß, hörte er mit einem Mal Geschrei. Carl ließ den Löffel sinken.

Hochrufe. »Sand!« »Sand!« Und wieder: »Hoch! Hoch!« Laute Befehle dagegen: »Macht Platz!« »Geht weiter!«

Hosianna für mich? Carl senkte den Kopf. »Es ist noch zu früh«, flüsterte er.

»Schon recht, Junge. Das sind die Leute draußen vorm Tor.« Fest umklammert Kloster sein Schlüsselbund. »Wenn die alle reinkämen? Ich wüßt' nicht, was ich machen würd'.« Er grinste.

Erst lange nach zwei Uhr meldete der Oberzuchtmeister den neuen Besucher.

»Sand. Der Herr aus Heidelberg, den Sie ...« Für einen Augenblick schwankte die Stimme. »Mit dem Sie reden wollen.« Rasch kehrte er in den Flur zurück.

In Begleitung des Direktors betrat ein klobiger, großer Mann das Zimmer. Zögernd blieb er, weit vor dem Fußende des Bettes, an der Wand neben dem Ofen stehen. »Sie haben mich herbestellt, hier bin ich.« Er sah den Gefangenen nicht an, seine Hände verbarg er auf dem Rücken.

»Sie sind mir willkommen, verehrter Wittmann.« Carl griff ins Haar. »Jetzt bin ich Aug' in Aug' mit meinem Henker.«

»Nachrichter. Von Beruf bin ich Nachrichter.« Wittmann schüttelte den Kopf. »Besser, ich seh' Sie nicht an. Das macht's nur schwerer. Die Augen der Person stören bei der Arbeit.«

Carl konnte den Blick nicht abwenden. »Bitte, wie soll ich

mich auf dem Schafott verhalten? Damit Sie Ihre Arbeit gut verrichten können?«

Der Henker wehrte ab: »Bin's gewohnt, daß sich die Person fürchtet.«

»Ich habe keine Furcht.«

Betroffen fuhr Wittmann zusammen, seine Mundwinkel zuckten. »Den Hals geradehalten. Still sitzen«, murmelte er. »Das reicht.«

»Denken Sie so?« Eine Probe.

Widerstrebend blickte der Henker zum Verurteilten hinüber, er atmete schwer. »Das Haar muß ab, Herr Sand. Hoch, bis über den Nacken. Am besten heute schon, oder gleich morgen früh. Sonst treff' ich nicht genau.«

So bald? Carl ließ die dunkle Strähne langsam durch seine Hand gleiten.

Im Gesicht des grobschlächtigen Hünen wuchs die Unruhe.

»Mein langes Haar ist ein Zeichen der deutschen Würde. Lassen Sie es mir auf der letzten Fahrt. Bitte.«

»Das geht. Die Knechte schneiden's dann.« Wittmann wischte den Schweiß von der Stirn. Immer wieder schlug er die Faust in seine linke Hand. »Morgen wird's schwer für mich, Herr Sand. Ich, ich weiß doch, was Sie für unser Vaterland getan haben!«

»Die Zeit ist um«, drängte der Zuchthausdirektor leise.

Mit dem Blick hielt Carl die unruhigen Augen seines Henkers fest. »Verehrter Wittmann, wir beide wollen morgen dafür sorgen, daß es glatt und sicher vonstatten geht. Lassen Sie sich durch nichts verwirren, und sollten Sie auch drei und vier Mal hauen.«

Mit großen Schritten kam der Nachrichter zum Bett und ergriff bewegt die Hand des Inquisiten.

»Nein, Wittmann, von Ihnen kann ich jetzt noch keinen Abschied nehmen.« Carl lächelte: »Wir sehen uns ja noch. Noch ein einziges Mal.«

Stumm senkte der Scharfrichter den Kopf und folgte dem Direktor in den Flur.

»Geht's noch, Carl?« flüsterte Kloster besorgt von der Tür.

In dem blassen Gesicht glänzten die dunklen Augen. »Ich bin zufrieden.«

»Schon recht«, und laut meldete der Oberzuchtmeister: »Maler Moosbrugger.«

Ein junger Mann, fast noch ein Knabe, Samtjacke, den Hemdkragen offen, leicht kam er ins Zimmer. Zunächst scheu, doch dann sah er mit unverhohlener Neugierde zum Bett, schließlich nickte er stolz. »Ich bin froh, Herr Sand, daß Sie wirklich so aussehen.«

Mit einer List hat er sich Zutritt verschafft! Carl runzelte die Stirn. »Den Maler Moosbrugger habe ich anders in Erinnerung.« Ungehalten setzte er hinzu: »Wenn dich nur die Lust nach Sensation ...«

»Es gibt zwei«, lachte der junge Mann, »zwei Moosbruggers. Meinen Vater und mich.« Unbekümmert eilte er zum Bett, nahm die Hand des Kranken und drückte sie. »Ich bin der Fritz Moosbrugger.«

Der Vater wagt es nicht, also schickt er den Sohn. »Wie alt bist du?«

»Fünfzehn. Aber das bedeutet nichts. Ich bin Vaters bester Schüler. Das sagen alle. Ich male gut. Und Bilder verkauft habe ich auch schon.«

Sein unbeschwertes Lachen. Dieses helle Gesicht. Das ist sein Geschenk an mich. Genieße es zum letzten Mal. »Fritz, du weißt, daß ich mit dem Bild deines Vaters nicht ganz zufrieden war.«

»Gerade deshalb komme ich ja her. Bevor's zu spät ist.« Der Junge hockte sich zu Carl auf die Bettkante.

Vom Vater habe er den Auftrag erhalten, nach dem ersten Gemälde ein neues anzufertigen. Während Fritz sein Bild beschrieb, setzte er sich in Positur, zeigte die Kopfhaltung und ahmte die Miene nach. Seine rechte Hand griff in die linke Seite der Samtjacke und zog ein weißes Tuch aus der Innentasche. »Keinen Dolch mehr, Herr Sand! Auf meinem Bild greifen Sie nach diesem Tuch hier. Sie haben es schon halb aus dem Rock. Und ganz deutlich leuchtet der weiße Stoff in Ihrer Hand.«

Gerührt strich Carl den Arm des Jungen. »Lieber Fritz ...«

»Und was noch schöner ist«, er lachte stolz, sprang auf und ging im Krankenzimmer herum. »Die Frau Bassermann hat es gesehen. Und schon ist es verkauft. Gleich nach Pfingsten soll ich es in ihr Haus bringen. Ja, die Bassermanns sind reiche Leute.«

Er setzte sich wieder, drückte begeistert die Hand seines Modells und ließ Carl nicht zu Wort kommen. »Gerade fertige ich noch ein Kupfer von meinem Gemälde an. In allen Buchhandlungen verlangen die Leute nach Bildern von Ihnen, Herr Sand. Sie sind berühmt, wissen Sie. Schade, daß ich Ihnen den Kupferstich nicht mehr zeigen kann.« Erschreckt hielt Fritz Moosbrugger inne, aller Überschwang wich aus seinem Gesicht. »Das wollt' ich nicht sagen. Bitte.« Bekümmert ließ er die Arme sinken. »Der Bruder hat es mir vorher verboten, ich sollte nur Grüße ausrichten und nicht soviel über mein Bild reden. Der Bruder studiert in Heidelberg, der kennt alles von Ihnen. Weil er Student ist, hat er keine Erlaubnis bekommen. Deshalb durfte ich Sie besuchen.«

»Nein, ich bin dir nicht böse. Im Gegenteil.« Aufmunternd lächelte Carl dem Jungen zu. »Bemühe dich stets um die wahre deutsche Bildnerei. Male die großen deutschen Männer oder, besser noch, schaffe Statuen. Kein Marmor aus Italien. Meißle deine Figuren aus deutschem Granit. Und du wirst ein großer Künstler.«

Ohne zu verstehen, nickte Fritz Moosbrugger.

»Noch etwas, lieber Fritz. Läßt du mir das weiße Tuch? Zum Abschied?«

Bereitwillig legte es der Junge in seine Hand. »Es tut mir leid, das mit Ihnen.« Hastig drehte er sich um und rannte hinaus.

Duft von frisch gekochtem Spargel. Zurückgesunken lag Carl im Lehnstuhl am Fenster. »Laß mich so essen, dann ist es leichter.« Der Oberzuchtmeister hielt den Teller dicht unter das Kinn seines Schützlings. »Der erste in diesem Jahr.«

»Weißt du, Kloster, meine Mutter ist eine große Liebhaberin von Spargel.« Tränen. Beschämt schützte Carl die Augen mit der Hand. Zeige keine Schwäche! »Und immer wenn ich ...« Die Stimme erstickte, Zittern schüttelte den Körper. Zeige keine Schwäche! Und schluchzend zwang er sich weiterzusprechen: »Dann lade ich die Mutter im Geiste ... zu mir an den Tisch.« Ohne Gegenwehr, haltlos weinte Carl.

»Schon recht, Junge.«

Voll Mitgefühl ließ Kloster ihm die Zeit. Und als der Gefangene ruhig wurde, schlug er vor, auf den Abendbesuch der Geistlichen zu verzichten. »Für's Gebet kommen die ja morgen früh noch mal. Direkt vorm Aufbruch.« Leise drängte er: »Jetzt nur noch der frische Verband, dann kannst du schlafen.«

Versage nicht! Die Pflicht rief Carl zurück. Heller loderten die Fackeln am Tor zur Stadt! Gehe deinen Weg aufrecht bis zum Ende. »Unser Plan wird erfüllt. Erst Doktor Beyerle, dann die Pfarrer. Ich habe noch viel zu ordnen für morgen.« Er trocknete die Augen und lächelte. »Kloster? Nur eine Träne im geheimen. Verstehst du, sie ist keine Schande in meiner Lage.«

»Schon recht, Junge. Schon recht.«

Um dem Oberzuchtmeister seine ungebrochene Kraft zu beweisen, verlangte Carl das Spargelgericht aufrecht sitzend am Tisch einzunehmen.

Die Schale blieb leer, aus der stark entzündeten, verquollenen Wundöffnung tropfte kein Eiter mehr. »Überanstrengung, Sand.

Ihr Zustand hat sich bedrohlich verschlechtert.« Mit der gewohnten ärztlichen Strenge fuhr Anton Beyerle fort: »Ich halte es für unbedingt notwendig ...« Er brach ab. »Verzeihen Sie, Sand. Ich kann mich nicht an den Gedanken gewöhnen.«

»Sorgen Sie sich nicht mehr, Doktor.« Carl lehnte den Kopf weit ins Kissen zurück. »Sie können den Zügel locker lassen. Bis zum Schwertstreich wird die Krankheit mein Leben nicht mehr einholen.«

Entschlossen nahm der Arzt ein Fläschchen aus seiner Rocktasche, gab etwas von der Flüssigkeit in ein Glas und verdünnte sie mit Wasser. »Dieses Mittel wird den Schmerz während der Nacht betäuben.«

Keine Vergünstigung. Nur zögernd nahm Carl das Glas. »Im Besitz meiner vollen Geisteskraft will ich morgen auf den letzten Weg gehen und im Angesicht des Volkes vor den Henker treten.«

Doktor Beyerle wich dem Blick aus.

»Als mein Arzt wissen Sie, wozu mein unbedingter Wille imstande ist.« Ernst reichte ihm Carl das Glas zurück. »Ich achte Sie als Freund.«

»Das Mittel sollte Ihnen den Gang etwas lindern.«

»Danke, Doktor.« Carl ballte die Faust. »Diesen Kelch will ich morgen mit wachem Sinn bis zur Neige leeren.«

Bevor Anton Beyerle den Raum verließ versprach er, gegen vier Uhr in der Frühe zum letzten Mal den Verband zu wechseln. Er mußte Carl versprechen, pünktlich zu sein.

»›... Siehe, es kommt die Stunde und ist schon gekommen, daß ihr zerstreut werdet, ein jeglicher in das Seine und mich allein lasset. Aber ich bin nicht allein, denn der Vater ist mit mir.‹«

Das 16. Kapitel aus dem Johannesevangelium hatte sich der Verurteilte gewünscht. Mit geschlossenen Augen lauschte er der ruhigen Stimme des Hofpredigers. »›Solches habe ich mit euch geredet, daß ihr in mir Frieden habet. In der Welt habt ihr Angst, aber seid getrost, ich habe die Welt überwunden.‹«

Nie habe ich mich vom Vater entfernt. Jetzt freue ich mich, zu Ihm zu kommen, Ihm zu begegnen.

Carl schlug die Lider auf. Am Fußende des Bettes warteten die beiden Seelsorger. »Ich danke Ihnen, Hofprediger Katz«, und zu Pfarrer Karbach gewandt: »Mit Begeisterung habe ich in Erlangen Ihren Predigten gelauscht. Ja, ich durfte während des Studiums einige Male selbst Gottesdienst abhalten. Und es ist wahr und richtig. Eine Predigt erklärt, hilft dem Unwissenden zu verstehen.« Mit der offenen Hand wies Carl zur Bibel auf dem Tisch. »Dem Wissenden aber genügt das reine Wort.«

Pfarrer Karbach faltete die Hände. Inständig ermahnte er den Verurteilten, seinen Entschluß zu bedenken. »Der Hofprediger und ich, beide sind wir bereit. Schlagen Sie Gottes Beistand nicht aus.«

»Allein auf mich gestellt, werde ich das Blutgerüst besteigen. Das ist mein fester Wille.« Carl stützte den Oberkörper hoch. Offen sah er die Geistlichen an. »Nicht aus mangelnder Liebe zur Religion. Doch ich, ich bin selbst Theologe und habe mich lange genug auf diesen Tod vorbereitet.« Seine Stimme wurde versöhnlich. »Ich meine, ein solcher Gang durch die Menge widerspricht der Würde Ihres Amtes. All das Volk. Der Tumult. Bitte verstehen Sie, mein Glaube ist fest in meinem Herzen. Er muß mir nicht von außen gegeben werden.«

Erschöpft legte er sich zurück.

Und einen letzten Besuch morgen früh? Zum Gebet?

»Sie sind mir willkommen. Ich danke Ihnen von ganzem Herzen.«

Kloster brachte eine zweite Öllampe und stellte sie auf den Ofen.

»Ja, mach uns Licht!« Die Flammen flackerten hoch.

Erschöpfung und Schmerz zeichneten das blasse Gesicht. Carl atmete flach. Nicht nachlassen. Noch ist nicht alles vorbereitet. »Meine Kleider? Ist dafür gesorgt, Kloster?«

»Schon recht, Carl.« Bedrückt setzte sich der Oberzuchtmeister zu ihm. »Liegt schon draußen im Flur.«

Die Antwort genügte nicht. Doch keine abgetragenen, zerschlissenen Kleider, die man nur aufgehoben hat, weil man sie für solch einen Tag noch einmal nutzen will?

»Sind feine Sachen, Junge. Ganz feine. Eine reiche Dame hat sie geschenkt.«

Gewissenhaft ließ sich der Gefangene sein Kostüm für den großen Tag beschreiben. Weiche Halbstiefel, die Hose aus Leinen. »Welche Farbe?«

»Hell ist die.« Der Rock mit Samtkragen, und darunter ein weißes Hemd. Kloster seufzte. »Wußte gar nicht, daß das jetzt noch so wichtig ist?«

Still lächelte Carl. Nein, das mußt du auch nicht verstehen. Er ließ eine Strähne durch die Hand gleiten. »Sag, ist der Rock schwarz?«

»Nur der Kragen. Sonst ist er grün, Junge. Ziemlich dunkel.«

Von weitem wird er schwarz aussehen. »Ich danke dir, lieber Kloster.« Carl legte den Kopf zurück und starrte zur Decke.

»Wenn du willst, Junge, dann bleib' ich.«

»Danke. Ich will versuchen, etwas zu schlafen. Morgen muß ich ausgeruht sein.« Er lächelte. »Wir beide.«

Bekümmert nickte Kloster und wischte über die Augen. »Was soll ich dir ...«, erst nach heftigem Schlucken vermochte der gedrungene Mann wieder zu sprechen. »Was willst du vorher essen? Ich muß das fragen, Junge, verstehst du.«

Fest blieb der Blick nach oben gerichtet. Nein, keine Umstände. Nur die gewohnte Mehlsuppe, schön braun gebrannt, wie jeden Morgen. Doch dies letzte Mal, ausnahmsweise, eine doppelte Portion. »Bitte wecke mich um drei Uhr. Dann müssen wir uns mit nichts übereilen.«

»Gute Nacht, Junge.« Mit hängenden Schultern und schwerem Schritt verließ Valentin Kloster das Krankenzimmer.

Ohne Hast zog Carl die gelähmte Hand auf die Zudecke

und verschränkte die Finger seiner Rechten in die gefühllosen der Linken. »O Herr, schenke mir Deine Gnade. Gott, bis hierher hast Du mir Stärke verliehen, gib mir jetzt noch die Kraft, in Würde zu sterben. Daß ich mein Werk vollende.«

Drei dunkle Schläge vom Turm. Carl horchte dem Ton nach, bis er verklungen war. Das erste Glockenzeichen für meinen Tag. Zweimal noch werde ich den vollen Stundenschlag hören.

Leise wurde die Tür geöffnet.

»Kommt nur!« rief der Verurteilte. »Wir dürfen keine Zeit mehr verschenken.«

Betont gelassen betrat Kloster das Krankenzimmer. »Schon gut, Carl.« Seine Uniform war faltenlos, die Knöpfe schimmerten. »Ist noch Zeit genug.«

Von den Wärtern wurden Wasser und Tücher ans Bett gebracht. Schwere Schultern. Sie schwiegen, hielten die Köpfe gesenkt.

»Warum seid ihr traurig, wenn ich es nicht bin?«

Beide zuckten nur die Achseln.

»Achte nicht auf die dummen Kerle. Sie heulen, weil's auch ihr letzter Tag ist. Ein Jahr. Bequem hatten sie's, da draußen vor der Tür.« Der Oberzuchtmeister nahm die Zudecke ab. »Kümmer dich nicht drum. Heut' brauchst du Mut, den brauchst du heute.« Zornig fuhr er die Sträflinge an. »Los jetzt. Was steht ihr da 'rum? Fangt an!«

Während die beiden ihm Füße, Beine und den Unterleib wuschen, nickte Carl befriedigt. »Das ist die Sitte alter germanischer Stämme. Auch sie reinigten sich von Kopf bis Fuß, ehe sie ins Treffen gingen.«

Er bat Kloster, heute mit besonderer Sorgfalt das lange Haar auszukämmen, genau auf den Scheitel zu achten.

Nein, er friere nicht. So im Bett sitzend, löffelte der Verurteilte genußvoll die warme Mehlsuppe. Als Doktor Beyerle ins Zimmer kam, ermahnte Carl einen der Sträflinge: »Bring den Topf noch nicht weg.«

Über ein Jahr war jeder Griff Tag für Tag geübt, auch zum letzten Mal versorgte der Arzt, Hand in Hand mit Kloster, seinen Patienten.

Nach dem Verbandswechsel blickte Carl zu Doktor Beyerle auf. »Bitte. Erweisen Sie mir noch einen Dienst.«

Erleichtert nickte der Arzt. »Sand. Vertrauen Sie mir. Was in meiner Macht steht, werde ich für Sie tun.« Schon glitt seine Hand in die Rocktasche.

»Das meine ich nicht, Doktor«, wehrte Carl ab, und besorgt wies er auf seinen mageren Leib, seine abgezehrten Beine. »Der Vorrat an Verbandstoff ist noch groß. Wickeln Sie mich ein. Sonst hängt die Hose so ganz ohne Form an mir herunter.«

»Sand!« Erschüttert wich Anton Beyerle einen Schritt zurück, doch als er die ernste Miene seines Patienten sah, faßte er sich. »Wenn das wirklich Ihr Wunsch ist, so will ich ...«

»Ist gut, Doktor.« Der Oberzuchtmeister war bereits auf dem Weg zur Tür. »Ich mach' das schon. Ich hol' Wollstrümpfe und dicke Schals. Damit geht's besser.«

Langsam trat der Arzt ans Bett und nahm die Hand des Kranken fest in beide Hände. »Noch nie, Sand, hatte ich einen Patienten, der mit soviel Willen und Kraft seiner tödlichen Krankheit trotzte. Und noch nie bin ich einem Menschen begegnet, den ich so wenig begreife, der aber dennoch meinem Herzen sehr nahe ist.« Tränen standen in den Augen des Doktors.

Heftig schluckte Carl, er wehrte sich gegen die Rührung. Es ist nur ein Abschied. Nein, zeige keine Schwäche. »Ich bin tief in Ihrer Schuld. Danke für alle Geduld und die unermüdliche Fürsorge.«

»Gott möge Sie gnädig aufnehmen, Sand.«

Der Patient sah Anton Beyerle nicht nach, als er rasch das Krankenzimmer verließ.

Vier dumpfe Schläge vom Turm. Das zweite Glockenzeichen. Kloster kehrte zurück. Wollstrümpfe. Wollschals für den Leib. Dann, mit Hilfe der Sträflinge, die helle Leinenhose, Stiefel, das Hemd, zuletzt knöpften sie den Rock und richteten den weiten Hemdkragen. Carl selbst faltete das weiße Schnupftuch und steckte das Geschenk des jungen Moosbrugger in die linke Innentasche.

Harte Stiefeltritte im Flur!

Die beiden Wärter zuckten hoch, ihre Ketten rasselten über den Boden, eng beieinander preßten sie sich an die Wand.

»Wenn Ihr mir den Carl aufregt, dann ...« Kloster drohte ihnen mit der Faust, beschwichtigend wandte er sich dem Gefangenen zu: »Ist noch Zeit, Junge.«

Carl lächelte. »Sorg dich nicht.«

In der Tür erschien der Zuchthausdirektor, seine schwarzen Stiefel glänzten, mit Zufriedenheit stellte er fest, daß der Verurteilte vollständig bekleidet auf dem Bett lag.

Marschieren, Rufe, Hufschlag der Pferde, deutlich war der Lärm vor dem Zuchthaus zu hören.

»Wenn unten alles bereit ist?« Carl strich über das Haar. »Sie können über mich verfügen.«

»Noch nicht. Erst wenn es fünf läutet, Sand. Jetzt ist es Zeit für die Pfarrer.«

Mit dem Daumen wies der Direktor kurz auf die Sträflinge und befahl Kloster: »Schaff sie zurück in ihre Zelle. Dann halte dich im Flur mit den Zuchtmeistern bereit.«

Carl hob die Hand. »Wartet noch.« Offen und voller Herzlichkeit sah er die beiden an. »Ihr wart mir ehrliche Freunde. Ich danke euch.«

»Du bist ein guter Mensch.« Und der andere schluchzte auf: »Vergiß uns nicht, Carl.«

Kloster schob die Unglücklichen vor sich her in den Flur.

Mit großem Ernst begrüßte Carl den Hofprediger Katz und Pfarrer Karbach. »Ihre Fürsprache wird meinen Geist stärken.«

Dann erkundigte er sich beim Zuchthausdirektor: »Wie spät ist es?«

Noch eine halbe Stunde. Lauter drang der Lärm durch die geschlossenen Fenster ins Zimmer. Carl horchte und reckte das Kinn. Ja, ich werde erwartet. Hungrig verlangte er nach einer zweiten Portion seines Frühstücks.

»Sand, bald treten Sie vor Gottes Angesicht.« Hofprediger Katz fragte sanft und zurückhaltend: »Gehen Sie diesen Weg ohne Haß?«

Carl blickte auf. »Den hab' ich nie gehabt.« Ruhig setzte er den Topf neben sich auf die Matratze. »Gegen wen sollte ich Haß empfinden? Man ist mir hier immer mit großer Menschenliebe begegnet.« In den tiefen Höhlen glänzten die Augen. »Dem Fürsten kann ich für das milde Urteil nur danken. Die Herren der Gerichtskommission haben mich stets mit Schonung behandelt. Insbesondere der Untersuchungsrichter. Wie gern hätte ich gerade ihm dankbar zum Abschied die Hand gereicht. Nein, ich hege keinen Groll. Selbst der Mann, der heute das letzte Amt an mir verrichten wird, hat mein ganzes Vertrauen und Wohlwollen.«

Wieder wandte sich Carl an den Direktor und fragte nach der Uhrzeit.

»Noch gut zehn Minuten, Sand. Wir erwarten noch den Stadtdirektor. Dann erst.«

Seine letzte Zeit wollte der Verurteilte still mit Gott verbringen. Nein, kein gemeinsames Gebet. Er bat die Anwesenden, sich hinter die Stirnwand des Bettes zu begeben. »So fühle ich mich allein.«

Ohne Hast zog er den gelähmten Arm auf die Brust, verschränkte die Finger und blickte zur Decke. »Unser Vater in dem Himmel ...« Tonlos bewegte er seine Lippen, dachte jedes Wort, das er sprach. »... Und vergib uns unsere Schuld, wie wir unsern Schuldigern vergeben.« Carl unterbrach. Ich habe vergeben, o Herr. Mit Inbrunst sprach er das Gebet zu Ende.

Du bist ihm ebenbürtig. Schließe die Andacht mit Körners Wort. Er löste die Finger, hob den rechten Arm und rief: »Alles Ird'sche ist vollendet, / und das Himmlische geht auf!«

Zuchthausdirektor und Pfarrer traten wieder aus dem Versteck, schweigend harrten sie neben dem Verurteilten aus.

Unruhe, Stimmen draußen auf dem Flur. Carl stützte den Oberkörper hoch. Schritte. Philipp von Jagemann blieb gleich in der Tür stehen. »Sand. Um den Vorgang nicht unnötig zu verlängern, wäre es angebracht, wenn Sie auf jegliche Ansprache verzichten. Geben Sie mir als Mann Ihr Wort?«

Und was sie auch von mir verlangen, es wird sich gegen sie wenden. »Selbst wenn ich wollte, meine Stimme ist zu schwach. Niemand würde sie hören. Ja, ich gebe Ihnen mein Wort.«

Zum ersten Mal lächelte der Stadtdirektor den Inquisiten an. »Danke. Ich sehe Sie nachher.« Er kehrte um, seine Schritte verhallten im langen Flur.

Vom Turm schlug es fünf.

Mit dem letzten Glockenzeichen führte Kloster zwei Zuchtmeister ins Zimmer. Leise Anweisungen. Die beiden hoben den Verurteilten aus dem Bett, sie stützten ihn unter den Achseln.

»Wartet, bitte.« Auf der Schwelle sah Carl zurück. Mein Bett. Meine Fenster. Wie das Gelb des Löwenzahns leuchtet! »Mein Zuhause. Es war mein Patmos.«

Kloster ging voran. Kraftlos hing der Verurteilte zwischen den Zuchtmeistern, immer wieder versuchte er Schritte, meist schleiften seine Stiefel nur über die Holzdielen des Flurs. An der Treppe verlangte Kloster, daß man ihn ganz anhob, so trugen sie ihn die Stiegen hinunter und durch die schmalen Gänge.

Carl hustete, der Schmerz in seiner Brust drohte ihn zu überwältigen. *Durch, Sand! Durch!* Keuchend kämpfte er gegen die Ohnmacht an.

Vor der Hoftür stand der offene Wagen bereit. Sie schleppten ihn bis zum Schlag, setzten seine Füße auf den Tritt, stemmten und schoben ihn hoch. Breitbeinig wartete Kloster in der Kalesche, packte nach dem ausgestreckten Arm; behutsam half er seinem Schützling auf die Bank und setzte sich sofort eng an seine linke Seite. »Ist gut, Junge. Ich bin bei dir.«

»Sorg dich nicht.« Das Atmen wurde leichter. Klar und bewußt nahm Carl den Tumult draußen in der Stadt wahr. Über die Kruppe der beiden Pferde sah er auf das geschlossene, hohe Tor. Ich werde erwartet. Achte auf deine Gesten, ermahnte er sich, bewahre Haltung und Würde.

Rufen, lautes Weinen. Der Verurteilte hob den Blick. Aus jedem der vergitterten Fenster reckten sich Hände durch die Eisenstäbe. Stumm winkte er hinauf.

Vor ihm bestiegen jetzt die beiden Zuchtmeister den Kutschbock.

»Gott befohlen, Sand.« Mit gefalteten Händen nahmen die Geistlichen Abschied.

»Ich danke Ihnen. Sie waren mir ein großer Trost.«

Zum letzten Mal streifte der Blick des Zuchthausdirektors prüfend die Kalesche, danach sah er zur geschlossenen, zweiten Kutsche und wartete auf das Zeichen des Stadtdirektors.

»Wenn ich Schwäche zeige, Kloster«, flüsterte Carl hastig, »dann ruf mich, sag meinen Namen, bis ich den Kopf wieder hebe.«

»Schon recht, Junge.« Kloster legte ihm den Arm um die Schulter. »So ist's leichter für dich. Lehn dich nur an.«

Der Direktor straffte die Brust. »Öffnen!« Sein Befehl hallte über den Hof.

Zugleich schwangen die eisernen Torflügel auf.

»Sand!« »Sand!« Und lauter klagend, aufschluchzend: »Sand!« Zur Begrüßung trugen sie Blumen und Zweige in den Händen. Bewegt strich Carl über die Lippen.

Die Pferde trabten an. Festlich langsam rollte der Wagen durch das Tor in die Stadt.

EPILOG

Wolkenverhangen, ein schwerer, stumpfer Himmel. Es hatte aufgehört zu regnen.

Höchste Alarmbereitschaft für die ganze Garnison! Infanterie, Kavallerie, noch in der Nacht war das Militär in die Stadt eingerückt. General von Neuenstein befehligte den Einsatz. Bewaffnete auf dem Paradeplatz, auf allen Märkten, an jeder Kreuzung. Patrouillen, zu Fuß, zu Pferde, durchkämmten Mannheim. Von A1 bis U3, von C7 bis Q6 kontrollierten sie das Gitter der Straßen. Rechtzeitig, lange vor dem Fünf-Uhr-Schlagen waren alle Maschen gesichert.

Aus dem Parkett drohte keine Unruhe. So bewacht, hatten sich die Bürger fügsam von ihren Plätzen erhoben und befolgten ohne Protest die Anweisungen der bewaffneten Ordner.

Draußen, nahe dem Heidelberger Tor, sollte der letzte Akt des Schauspiels stattfinden. Der größte Teil des Publikums begab sich direkt zur Hinrichtungsbühne vor der Stadt. Dort, jenseits des Walls, war das Schafott gestern in der Wiese aufgeschlagen worden.

Andere Bürger ertrugen die Spannung nicht. »Sand!« Als die Kalesche aus dem Tor rollte, reckten sie dem Verurteilten die Arme entgegen. »Sand!« »Sand!« Das blasse Gesicht. Die dunklen schwarzen Locken. Frauen schluchzten auf.

Befehle! Pferdeleiber drängten das Volk zur Seite. General Neuenstein ritt an die Spitze der Dragoner vor. Hoch richtete er sich im Sattel auf und blickte zurück. Bewaffnete zu Fuß sicherten rechts und links den offenen Wagen sowie die Kutsche der Beamten. Dicht aufgeschlossen hielt sich eine zweite Eskadron bereit.

Der General hob die Hand. Sofort brach der Lärm ab. »Vorwärts!« Gemessen setzte sich der Zug in Bewegung.

Kein lautes Jammern mehr, kein Gedränge, still folgten die Bürger, beteten für den Verurteilten, einige murmelten: »Leb wohl, Sand. Leb wohl.«

Draußen, auf der Wiese, war die erregte Menge nur unwillig zurückgewichen. Im weiten Viereck hatte ein Bataillon Infanterie das Blutgerüst umstellt.

Ihr Tuch fest um den Kopf geschlungen, harrte Friederike neben Sebastian aus. Sie kümmerte sich nicht um das Stoßen und Drängen, nicht um die Gespräche ringsum. Mit weiten Augen starrte sie zu den drei schwarzgekleideten Männern auf der gezimmerten Plattform hinüber. »Sebastian.« Bestürzt griff sie nach der Hand des Freundes. »Das dürfen sie nicht.«

Alles war vorbereitet. Der Sarg stand unter dem Schafott, die

Rampe hinauf zur Bühne war fest vernagelt. Jetzt hockte der Henker neben dem Richtstuhl mit seinen Knechten zusammen. Sie packten Brot aus, frühstückten und schwatzten; zwischen den Bissen pafften sie an ihren Pfeifen.

»Ist eben so, Friederike.« Mehr Trost wußte der Schustergeselle nicht.

Ein Raunen ging durch die Menge. Alle Köpfe reckten sich zur Stadt. Oben auf dem Damm, in der frischgehauenen Schneise zwischen den Weiden und Sträuchern, tauchten die ersten Reiter auf. Dragoner galoppierten heran, bezogen Stellung hinter den Zuschauern. Harte Befehle. Sofort öffnete sich der Weg durch die Absperrung.

Feierlich rollte die Kalesche den sanften Hügel herunter und auf das Blutgerüst zu. Carl Ludwig Sand lehnte an der Brust des Oberzuchtmeisters, den Blick zum grauen Himmel gerichtet. Das lange Haar umrahmte das bleiche Gesicht.

»Um den armen Sand so herzubringen? Also, dafür hätt' ich dem Gericht auch keine Kutsche ausgeborgt«, flüsterte eine Frau. Ihre Nachbarin schlug das Kreuz. »Keiner hätte das gemacht. Und dem Juden mußten sie viel Geld dafür bezahlen.«

Noch während der Fahrt sprang einer der Zuchtmeister vom Kutschbock und dirigierte die Pferde am Halfter, bis die Kalesche nahe genug vor der Holzrampe stand.

»Bis hierher hat mich Gott gestärkt.«

Eilig stiegen der Bevollmächtigte des Gerichts und die Abordnung der Stadt über die Leiter zur Plattform hinauf. Kurz begrüßten sie Scharfrichter Wittmann und seine Gehilfen.

»Kommt jetzt.« Der Stadtdirektor wollte keine Zeit verlieren.

Von Kloster und den Zuchtmeistern wurde der Verurteilte aus dem Wagen gehoben, sie stützten ihn unter den Achseln, führten und trugen ihn die hölzerne Schräge empor.

»Schenkt mir noch einen letzten Moment.«

Sofort verstand Kloster. »Beiseite«, befahl er seinen Männern leise und stellte sich dicht hinter den Geschwächten.

Im Rücken sicher gehalten, wandte Carl Ludwig Sand den Kopf und blickte zu den Türmen und Häusern von Mannheim hinüber, dann sah er in die Gesichter der Menschen unter ihm. Kappen, Tücher, da und dort Studentenmützen, Hüte, die Menge entblößte das Haupt. Bewegt lächelte der Verurteilte den Bürgern zu.

»Genug jetzt, Sand«, mahnte der Stadtdirektor ungeduldig. »Keine Ansprache. Sie haben mir Ihr Wort gegeben.«

Einen Moment schwankte der Körper, zitterte, doch Kloster half ihm ins Gleichgewicht zurück.

Mit der Rechten griff Carl Ludwig Sand in die Innentasche seines Rockes, zog das weiße Schnupftuch heraus, und das Kinn gereckt hob er den Arm, streckte die Finger zum Schwur, den Blick fest in den Himmel gerichtet. So verharrte er.

Mit einem Mal verdüsterte sich seine Miene, und gleichzeitig schleuderte er das weiße Tuch auf den Boden des Blutgerüstes. Gebannt hatten die Bürger der Geste zugesehen.

»Jetzt ist es genug.« Gleichmütig bat der Verurteilte: »Jetzt bringt mich weiter.«

Mit Hilfe der Zuchtmeister führte ihn Kloster bis vor den Richtstuhl.

»Carl Ludwig Sand.« Philipp von Jagemann hob die Stimme. »Ich frage Sie: Haben Sie die Kraft, das Urteil stehend anzuhören?«

Wenn er die Hand auf die Lehne stützen dürfte, wenn der Oberzuchtmeister in seiner Nähe bliebe. »Ja. Aufrecht will ich den Spruch entgegennehmen.«

Der Gerichtskommissar trat vor. Laut und für jedermann vernehmlich hallten seine Worte über den Richtplatz.

»... daher ist derselbe – ihm zur gerechten Strafe, anderen aber zum abschreckenden Beispiele – mit dem Schwert ...«

Friederike wollte nicht zuhören. »Ich bin froh, daß der Vater noch bei ihm ist«, flüsterte sie. Neben ihr wischte der Schustergeselle unentwegt seine Hände an den Hosenseiten.

Das Urteil war verlesen. »Gott sei mit Ihnen.« Nacheinander verließen die Beamten das Blutgerüst.

Der Oberzuchtmeister schickte seine Männer voraus. Allein half er dem Verurteilten auf den Richtstuhl.

»Danke, Kloster. Für alles.« Ein Lächeln.

»Schon recht, Junge.« Helle Tränen rannen über das knittrige Gesicht. »Ich ...« Hilflos hob er die Hand. »Und beten werd' ich für dich.« Er riß sich los. Sein Schritt dröhnte die hölzerne Rampe hinunter.

»Gott gib mir in meiner Todesstunde viel Freudigkeit ... Es ist vollbracht! ... Ich sterbe in der Gnade meines Gottes.«

»Brav, Herr Sand.« Der Henker näherte sich dem Stuhl. »Das sind heilige Worte.« Wittmann reckte die Schultern, in voller Größe stand er inmitten der Bühne. Matt schimmerte der schwarze Pelzumhang. »Kerle, macht euch an die Arbeit!«

Der Rock, das Hemd, die Knechte wollten die Arme mit Stricken eng an den Oberkörper schnüren.

»Nicht so hoch. Es nimmt mir den Atem. Ich bleib' ja ruhig.« Sie banden ihm nur die Hände auf die Schenkel.

Er schüttelte heftig den Kopf. »Bitte, laßt mir doch die Haare.«

»Nur die im Nacken, Herr Sand. Das muß sein. Die andern bleiben dran.« Freundlich beugte sich Wittmann hinunter. »Und nachher schick' ich die Locken Ihrer Mutter. Ich versprech's.«

Sand nickte, und die Gehilfen schnitten den Nacken frei, das restliche lange Haar drehten sie über dem Kopf zusammen. Jetzt reichte ihnen der Scharfrichter ein rotschwarzes Seidentuch. »Für die Augen.«

»Es sitzt zu locker. Ich will nichts sehen. Bindet es mir fester.«

Einer der Knechte schlang ein Leinenband unter das Kinn, faßte die Enden mitsamt dem Haarschopf, so zog er den Kopf des Verurteilten hoch.

Als der Henker sich breitbeinig neben dem Richtstuhl aufbaute, das Schwert zückte und den Griff mit beiden Händen umschloß, wandte sich Friederike ab.

Ein einziger Aufschrei. Stille, lähmendes Entsetzen. »Mein Gott, der Kopf fällt nicht«, stammelte eine Frau. »Er hängt noch am Hals.«

Voll Grauen preßte Friederike die Hände gegen die Ohren. Der zweite Schrei!

Schluchzen. Weinen. Von überall her.

Nur kurz dauerte die Reglosigkeit. Schon liefen einige Studenten an dem Mädchen vorbei, andere hinterher. Es war ein Signal. Die Leute erwachten aus dem Entsetzen, Frauen und Männer drängten, jeder wollte nach vorn.

»Komm, Friederike.« Sebastian faßte ihren Arm.

»Laß mich hier!« Zornig stieß sie ihn weg, schrie: »Ich will da nicht mit!«

»Dann wart' hier auf mich.« Schon ließ sich der Schustergeselle von der Menge mitreißen.

Friederike kauerte sich ins Gras, sie weinte nicht, wiegte den Körper hin und her. Ihre Augen waren auf das Blutgerüst gerichtet.

Das weite Viereck löste sich auf. In Reih und Glied standen die Soldaten. Pferde galoppierten, oben auf dem Damm sammelte sich die Kavallerie.

Kaum waren Rumpf und Kopf zusammen in den Sarg gelegt worden, stürzte das Publikum zur Bühne des Schafotts hinauf. Taschentücher, Holzspäne wurden in das noch warme Blut getaucht. Vom Henker kauften sie Haarlocken. Einer rannte mit dem Richtstuhl davon.

Außer Atem kehrte Sebastian zurück und hockte sich neben Friederike. »Hier, für dich. Zum Andenken an den Carl.« Er hielt ihr den blutgetränkten Span hin.

Müde erhob sich die Tochter des Oberzuchtmeisters. »Es ist nur ein Stück Holz.« Nach einigen Schritten wandte sie noch einmal den Kopf. »Wirf es weg.«

Literaturhinweise

Die folgenden Quellen und Darstellungen haben sich bei meinen Recherchen als besonders nützlich erwiesen:

Anon. (Hrsg.): Acten-Auszüge aus dem Untersuchungs-Proceß über Carl Ludwig Sand; nebst andern Materialen zur Beurtheilung desselben und Augusts von Kotzebue. Altenburg/Leipzig 1821.

Anon. (Hrsg.): Carl Ludwig Sand, dargestellt durch seine Tagebücher und Briefe von einigen seiner Freunde. Altenburg 1821.

Bennion, Elisabeth: Alte medizinische Instrumente. Stuttgart o. J.

Bremer Zeitung. 31. März 1819–27. Mai 1819.

Büssem, Eberhard: Die Karlsbader Beschlüsse von 1819. Die endgültige Stabilisierung der restaurativen Politik im Deutschen Bund nach dem Wiener Kongreß von 1814/15. Hildesheim 1974.

Chelius, Maximilian Joseph: Handbuch der Chirurgie. Bd. 1 u. 2, Abt. 1, 3. verm. u. verb. Aufl. Stuttgart 1829/30.

Cramer, Friedrich: Noch acht Beiträge zur Geschichte August von Kotzebues und C. L. Sands. Aus öffentlichen Nachrichten zusamengestellt. Mühlhausen 1821.

Dorst, Tankred: Sand. Ein Szenarium. Köln 1971.

Friedmann, Helmut: Alt-Mannheim im Wandel seiner Physiognomie, Struktur und Funktionen (1606–1965). In: Forschungen zur Deutschen Landeskunde, Bd. 168, 1968, S. 45–62.

Gawliczek, Herbert O. / Senk, Walter E. / Hatzig, Hansotto: Chronik der Ärzte Mannheims. 350 Jahre Medizin in der Stadt der Quadrate. Mannheim o. J.

Gentil, Joseph: Mannheim in der Erinnerung. In: Schriften der Gesellschaft der Freunde Mannheims und der ehemaligen

Kurpfalz, Mannheimer Altertumsverein von 1859, Heft 3, 1955, S. 5-39.

Haupt, Hermann: Karl Follen. In: Hundert Jahre Deutsche Burschenschaft. Burschenschaftliche Lebensläufe. Ausgew. u. hrsg. von H. Haupt u. P. Wentzke. Heidelberg 1921. (Quellen und Darstellungen zur Geschichte der Burschenschaft und der deutschen Einheitsbewegung, Bd. VII, S. 25-28.)

Hausenstein, Wilhelm: Carl Ludwig Sand. In: Süddeutsche Monatshefte, 3. Jg., Stuttgart 1906, S. 178-201.

Hausenstein, Wilhelm: Der Idealist vor 100 Jahren und wir. In: Die neue Rundschau, XXIV. Jg., Bd. 1, Berlin 1913, S. 629-643.

Hausenstein, Wilhelm: Die Welt der alten Burschenschaft. In: Der Neue Merkur, 2. Jg., Bd. 1, München/Berlin 1915, S. 397-435.

Hausenstein, Wilhelm: Dokumente zur Geschichte des Studenten Carl Ludwig Sand. In: Forschungen zur Geschichte Bayerns, Bd. 15, 1907, S. 160-183; 244-270.

Hirsch, Fritz: Q6 in Mannheim. Ein Beitrag zur Topographie und Genealogie der Stadt. Karlsruhe 1924.

Hohnhorst, Staatsrath von (Hrsg.): Vollständige Übersicht der gegen Carl Ludwig Sand, wegen Meuchelmordes, verübt an dem K. Russischen Staatsrath v. Kotzebue, geführten Untersuchung. Aus den Originalakten ausgezogen, geordnet und herausgegeben. 1. und 2. Abt. Stuttgart/Tübingen 1820.

Jäger, Elisabeth: Wunsiedel 1810-1932; darin: Carl Ludwig Sand. In: Geschichte der Stadt Wunsiedel, Bd. 3, Wunsiedel 1983, S. 31-37.

Jarcke, Carl Ernst: Carl Ludwig Sand und sein, an dem Kaiserlich-russischen Staatsrath v. Kotzebue verübter Mord. Berlin 1831.

Jöst, Erhard: Der Heldentod des Dichters Theodor Körner. Der Einfluß eines Mythos auf die Rezeption einer Lyrik und ihre literarische Kritik. In: Orbis Litterarum, Jg. 32, 1977, S. 310-340.

Kaeding, Peter: August von Kotzebue. Auch ein deutsches Dichterleben. Berlin 1985.

Kotzebue, August von. In: Allgemeine Deutsche Biographie. Bd. 16, Neudruck der 1. Aufl. von 1882, Berlin 1969, S. 772–785.

Kotzebue, August von: Die silberne Hochzeit. Ein Schauspiel. Grätz 1799.

Meier, John: Carl Ludwig Sand im Liede. In: Volksliedstudien von J. Meier. Straßburg 1917. (Trübner Bibliothek, Bd. 8, S. 177–213.)

Müller, Karl Alexander von: Karl Ludwig Sand. München 1925.

Österreichischer Beobachter. März 1819–Mai 1820.

Plewe, Ernst: Zur Entwicklungsgeschichte der Stadt Mannheim. Sonderdruck aus: Festschrift zur Einweihung der neuen Räume der Wirtschaftshochschule Mannheim am 11. Mai 1955.

[Sand, Wilhelmine:] 4 Briefe (unveröffentlicht) von Wilhelmine Sand an ihren Sohn Karl Ludwig aus dem Jahre 1817. Bearb. v. Elisabeth Jäger. Wunsiedel 1984, Stadtarchiv.

Singer, Friedrich Wilhelm: Hochzeit im Sechsämterland. Eine Studie zur Volkskunde im Fichtelgebirge. 1988.

Steiger, Günter: Aufbruch. Urburschenschaft und Wartburgfest. Leipzig/Jena/Berlin 1967.

Stephenson, Kurt / Scharff, Alexander / Klötzer, Wolfgang (Hrsg.): Darstellungen und Quellen zur Geschichte der deutschen Einheitsbewegung im neunzehnten und zwanzigsten Jahrhundert. 4. Bd. Heidelberg 1963.

Stern, Ad. (Hrsg.): Theodor Körners Werke. 1. Teil. Darin: Leyer und Schwert. Stuttgart 1814. S. 69–116. (Deutsche National-Litteratur, Historisch Kritische Ausgabe, Hrsg. v. J. Kürschner, 152. Bd.)

Walter, Friedrich: Geschichte Mannheims vom Übergang an Baden (1802) bis zur Gründung des Reiches. Darin: Kotzebues Ermordung. In: Mannheim in Vergangenheit und Gegenwart. Bd. II, Mannheim 1907, S. 125–142.

Weber, Paul: Der Schuhmacher. Ein Beruf im Wandel der Zeit. Aarau/Stuttgart 1988.

Wentzcke, Paul: Die deutschen Farben. Ihre Entwicklung und Deutung sowie ihre Stellung in der deutschen Geschichte. Heidelberg 1955. (Quellen und Darstellungen zur Geschichte der Burschenschaft und der deutschen Einheitsbewegung, Bd. IX.)

Wentzcke, Paul: Geschichte der deutschen Burschenschaft. 1. Bd.: Vor- und Frühzeit bis zu den Karlsbader Beschlüssen. 2. Aufl., unveränd. Nachdruck, Heidelberg 1965. (Quellen und Darstellungen zur Geschichte der Burschenschaft und der deutschen Einheitsbewegung, Bd. VI, Heidelberg 1919.)

Tilman Röhrig

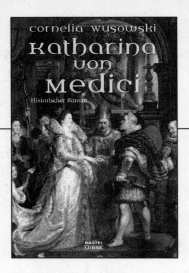

**Von der deutschen First Lady
des historischen Romans**

Katharina von Medici war eine der mächtigsten Frauen der Renaissance, berühmt-berüchtigt durch ihre entscheidende Rolle in der »Bartholomäusnacht« 1572, dem Massaker an den französischen Protestanten. In diesem opulenten Lebensroman erscheint sie in einem neuen Licht: als kühle Machtpolitikerin ebenso wie als leidenschaftlich liebende Mutter, als sinnenfrohe und gebildete Herrscherin, die Gewalt und Krieg verabscheute, aber vor keiner List zurückschreckte, um ihre Ziele zu erreichen.

ISBN 3-404-14814-2